Bravoures

W0361041

© Au vent des îles, 2024
Graphisme de couverture : Gabrielle Ambrym

© Witi Ihimaera, 2000
First published by Penguin Books (NZ) Ltd, 2000
Titre original : *The Uncle's Story*

ARTS COUNCIL
NEW ZEALAND TOI AOTEAROA
creative nz

*L'éditeur remercie Creative New Zealand
pour son soutien à la production de ce titre.*

Le Code de la propriété intellectuelle interdit les copies ou reproductions destinées à une utilisation collective. Toute représentation ou reproduction intégrale ou partielle faite par quelque procédé que ce soit, sans le consentement de l'auteur ou de ses ayants cause, est illicite et constitue une contrefaçon sanctionnée par les articles L335-2 et suivants du Code de la propriété intellectuelle. Le photocopillage tue le livre.

Witi Ihimaera

Bravoures

Traduit de l'anglais (Nouvelle-Zélande)
par Mireille Vignol

AU VENT DES ÎLES

Pour tous les Sam et tous les Cliff du monde.

« Je veille, solitaire dans la nuit,
Que celui à qui le rêve d'amour sourit,
Prenne garde à l'appel,
Qui annonce le malheur à ceux qui dorment,
Et les appelle, angoissé, à s'éveiller.
Prenez garde ! Prenez garde !
La nuit bientôt va se dissiper »

La mise en garde de Brangäne
Tristan et Isolde, Richard Wagner.

Première partie

Moi,
Michael

Chapitre un

— 1 —

Le comble de l'ironie, c'est que tout avait commencé avec Jason.

« Il est grand temps que tes parents soient au courant, avait-il décrété. Si tu ne leur dis pas maintenant, tu ne leur diras jamais. Tu leur dois la vérité. Fais-le pour toi. Fais-le pour moi.

– D'accord, je leur parlerai », lui avais-je promis.

J'étais monté en voiture, un petit signe d'adieu et j'avais pris la route, Highway One. Quatre heures plus tard, j'étais à Hastings. Il faisait noir. J'aurais pu pousser jusqu'à Gisborne, mais j'ai décidé de m'arrêter dans un motel. J'aurais dû me douter que la nuit allait engendrer le rêve duquel je me réveille toujours en hurlant.

— 2 —

Vous savez ce que c'est avec les cauchemars, surtout ceux qui vous hantent depuis l'enfance. Vous êtes seul dans le noir. Vous vous sentez si bête de vous être encore rendu vulnérable. Vous vous êtes endormi et mis en danger. Les cauchemars ne renoncent jamais. Ils se contentent d'observer et de patienter. Ils ont tout leur temps. Ils vous regardent rire au soleil. Ils vous regardent en famille et avec vos amis. Puis un soir, au moment où vous vous y attendez le moins, ils déboulent de l'obscurité et votre sommeil s'emplit d'un effroi familier.

Je marchais sur une route noire à minuit. J'entendais une espèce de vrombissement. Quelque chose sortait des ténèbres derrière moi. J'étais incapable de le distinguer, mais je savais que c'était l'énorme étalon cauchemardesque qui m'avait pourchassé toute ma vie, un nombre incalculable d'années, dans un nombre incalculable de rêves et de lits.

Je prenais la fuite, mais mes membres étaient de plomb. Je ne pouvais me déplacer qu'au ralenti. J'essayais de me concentrer. Je me rendais compte que je grinçais des dents. Je m'encourageais à courir plus vite, à échapper au noir. Je me retrouvais bientôt en nage.

Je me retournais. Je voyais seulement les yeux de l'étalon et les étincelles de ses sabots sur la chaussée. Discerner seulement la moitié de l'animal le rendait d'autant plus effrayant. Avec son hennissement perçant, il clamait que cette fois-ci il allait m'attraper.

Mon cœur s'emballait. Je m'entendais gémir, je me sentais batailler et tenter de courir. J'intimais à mes bras et mes jambes de me propulser en avant. Trop tard. L'étalon surgissait sur ma gauche, me tourmentait, m'encerclait dans l'obscurité, attendait le moment propice. Tagada, tagada, tagada, tout autour de moi, sabots en feu, puis...

Il était là. Fonçait sur moi. Je ne pouvais rien faire.

Réveille-toi. Réveille-toi donc !

Mais l'étalon se cabrait et tonnait sa rage; les lames d'acier tranchantes de ses sabots déchiquetaient l'obscurité en dessinant des arcs de feu. Ses yeux étaient exorbités, les veines de son cou tendues comme des cordes.

Les sabots frappaient. Tranchaient.

«NON !»

J'esquivais les sabots d'une pirouette, bondissais de l'obscurité en hurlant et atterrissais dans la lumière. Tandis que j'écoutais les échos du vrombissement, désormais palpables, réels, sur les murs du motel, les images commencèrent à s'estomper.

Je sautai du lit et suivis le bruit jusqu'à la fenêtre. Je l'ouvris. Le froid me piqua le visage. Dans la grisaille brumeuse du matin hivernal, des jockeys s'entraînaient sur un hippodrome adjacent. Le son des sabots faisait des ricochets dans la chambre. Les cavaliers se dressaient sur les étriers. Des jets de vapeur giclaient des naseaux des chevaux. Je me suis bouché les oreilles.

Mon cœur s'affolait. J'étais encore désorienté. J'appelai la réception.

«Ma montre s'est arrêtée. Pouvez-vous me donner l'heure ?

– 6 h 30, monsieur.

– Mais où suis-je, bon Dieu ?

– À Hastings.

– Et qui suis-je ?»

La standardiste crut à une plaisanterie. Je l'entendis chuchoter : «Le type de la quarante et une ne sait pas qui il est…

– J'en saurais rien non plus si j'avais picolé comme lui hier soir au bar, lui répondit quelqu'un. Mais le client est roi…»

Un froissement de papier. Une pause. «Vous vous appelez Michael Mahana, monsieur. Vous vous êtes enregistré la nuit dernière. D'après mes informations, vous vous rendez au mariage de votre sœur.

– Ah oui ! Je dois libérer la chambre à quelle heure ?

– À 10 heures.»

— 3 —

J'arrivai à Gisborne juste après midi. Après une demi-heure de route, la vallée et le village sont apparus. Rien ne semblait avoir changé : pieds de vignes ou de kiwis de chaque côté de la route, entrecoupés des mêmes bâtisses au toit rouge — tiens, tiens, quelqu'un avait quand même installé une parabole dans l'arrière-cour ! Et n'était-ce pas une Mercedes noire, là, garée devant la vieille maison commune ? Voilà à quoi rimait le développement économique maori : toujours plus de joujoux de luxe pour les garçons.

L'entrée de la ferme était située à quelques kilomètres du village. Quelqu'un avait rafraîchi la peinture du portail et de la pancarte : VINS MAHANA. Nul doute qu'Amiria avait tanné papa jusqu'à ce qu'il s'en charge. Histoire de faire bonne impression sur la future belle-famille. Le chemin privé avait même été nivelé et goudronné. J'ai tourné, franchi la grille empêchant le bétail de passer, mis le pied au plancher et monté la côte en faisant ronfler le moteur. Je suis arrivé devant la maison et l'ensemble de bâtiments et de cuves où mon père fabriquait son cabernet sauvignon destiné à l'exportation.

Amiria descendait l'escalier. Les gens disent toujours qu'on nous repère, nous autres membres de la famille Mahana, à notre façon de marcher. Comme si rien ne pouvait nous empêcher de faire ce que nous voulons. Comme si le monde nous appartenait.

« Je croyais que tu ne conduisais que des voitures japonaises, me dit ma sœur dès que je m'arrêtai. Tu dois gagner beaucoup d'argent. À moins que ce soit… mon cadeau ? »

Je suis descendu, je l'ai étreinte et embrassée. Visage large et beau, épaisse chevelure brillante, des yeux étincelants de bonne humeur, une bouche généreuse et les dents blanches du bonheur. Lorsque nous étions plus jeunes, nous nous disputions toujours pour savoir qui avait le plus grand espace entre les incisives. Elle aimait gagner… jusqu'à ce qu'elle lise dans un magazine de mode que cette dentition était la manifestation d'une nature lascive.

Maman a dévalé les marches. « Tu devais arriver hier soir ! » Elle a regardé derrière moi comme si elle s'attendait à voir quelqu'un. « Tu es venu seul ? Pourquoi n'as-tu pas amené une petite amie ? »

Papa était en haut de l'escalier. Nous nous sommes serré la main. « C'est un vrai cirque, me confia-t-il. Ta mère a perdu les pédales : elle noue des rubans partout. Évite de rester immobile trop longtemps. »

Comme par hasard, maman avait attendu mon arrivée pour glisser en passant à Amiria que l'organisation de la noce avait été… modifiée. Elle espérait que je prendrais son parti et celui de mon père pour contrer la redoutable colère de ma sœur.

« Tu essaies de me dire que la réception est prévue sur le marae[1] ?

– Ma chérie, le Starlight était trop petit, répondit ma mère.

– Trop petit ? C'est une salle de deux mille places ! »

Maman chercha des yeux le soutien de mon père. « Tu es issue d'une famille de mana[2], dit-il. Tout le monde s'attend à être invité à ton mariage. Ils viendront pour honorer la mémoire de ton grand-père Arapeta et pour le prestige de notre nom. Nous ne pouvons pas leur refuser ça. Pense à ce qu'il aurait dit ! Il se retournerait dans sa tombe si nous ne faisions pas de notre mieux pour maintenir notre rang.

---

1. Lieu de rassemblement dans une tribu. (Toutes les notes sont de la traductrice.)

2. Pouvoir, puissance.

– Je ne vais pas te laisser me piétiner, lui répondit-elle.

– Il est plus approprié que le mariage soit célébré sur le marae. Toute la famille pourra y assister, des kuia aux nouveaux mokopuna. Et le clan de ta mère viendra de la côte, avec les enfants.»

Papa avait son air buté, son menton se faisait de plus en plus saillant.

«Je vous ai prévenus que je voulais un mariage en petit comité, rétorqua Amiria. Et que je ne voulais pas d'enfants à la réception. Que vont penser les parents de Tyrone? Ils vont nous prendre pour des Indiens en plein pow-wow.

– S'ils n'ont jamais mis les pieds sur un marae, alors il est grand temps, répondit papa.

– Ma chérie, tenta d'expliquer maman, le vrai problème, c'est qu'il est impossible pour ton père d'avoir un hangi[3] au Starlight.»

Amiria se lâcha. Elle côtoyait depuis tant d'années son groupe d'amis pakeha[4] mollassons d'Auckland qu'elle avait pris l'habitude de toujours arriver à ses fins.

«Écoutez-moi bien. Quand nous avons parlé des noces, nous étions d'accord pour un service à table, avec des couverts...

– Il y aura des couverts, l'interrompit papa. Nous ne mangeons plus avec nos doigts depuis longtemps. Tu nous prends pour des cannibales ou quoi?

– Mais je voulais... Je voulais un mariage à la pakeha! Avec des serveurs et un groupe de musique! Vous me l'aviez promis! Quand je vous ai appelés d'Auckland, vous avez dit que...

– Il y aura des serveurs, ma chérie, dit maman. Tes cousins seront sur leur trente-et-un et tonton Bimbo apportera son karaoké.»

---

3. Hangi: four creusé dans la terre.

4. Pakeha: blanc, blanche. Nom et adjectif.

Ma sœur en resta bouche bée. «C'en est trop ! cria-t-elle. Le mariage est annulé. A-nnu-lé !»

C'est papa qui eut le dernier mot. «Amaria, quel genre de Maorie es-tu ?»

Je décidai de m'éclipser et de me réfugier dans la pièce de devant. J'ouvris le clapet de mon portable et appelai Wellington.

«Allô ?

– Salut.» C'était samedi après-midi, mais Jason semblait groggy, à moitié endormi. Je l'imaginai au lit, pensai aux draps glissant sur son torse lorsqu'il avait tendu le bras vers le téléphone.

«Ah ! c'est toi, dit-il. Attends deux secondes. Je suis sorti en boîte et je suis rentré tard.» J'entendis des craquements et des soupirs : des mystères étouffés. «Tu es bien arrivé ? Comment ça va ?

– J'avais oublié le cirque familial. Une mère, un père et une sœur. Les engueulades habituelles.

– Tu leur as dit, alors ?

– Pas encore. L'occasion ne s'est pas présentée. Mais bientôt.»

Il y eut un silence. Une hésitation. «Tu devrais peut-être laisser tomber, dit-il. Si tu ne le sens pas, ne leur en parle pas.

– C'est nouveau, ça ! Quand je pense que tu me harcèles depuis des mois !

– Oui. Eh bien…

– Tu me manques. J'aimerais que tu sois avec moi.

– Je sais. Écoute, on discutera à ton retour. En attendant, amuse-toi bien.»

— 4 —

L'ambiance était aussi explosive avant le dîner. Et j'étais en première ligne.

«Je ne comprends pas ta sœur, me dit maman. Essaie de la raisonner, elle t'écoute toujours.»

Pas ce jour-là.

«Merci de ton soutien, me lâcha-t-elle d'un ton ironique. Heureusement que tu es censé être de mon côté.»

Nous étions huit à table : Amiria et Tyrone, les quatre parents, Tante Pat — la sœur aînée de mon père — et moi.

«Kia ora, neveu, me salua Pat. Tu devrais te dépêcher, ta frangine te laisse sur le carreau. À moins que tu attendes d'avoir l'âge de m'épouser, eh ? Et tu n'as pas intérêt à répondre à cette question !

– Je t'épouserais volontiers, lui dis-je. C'est juste que je ne suis pas du genre à me marier.

– Mon petit Michael, tu es un ange. Plus un mot ou tu vas tout gâcher.»

Je l'étreignis rapidement. Elle n'avait jamais apprécié les contacts physiques. Je ne sais pas comment elle avait survécu au sein de notre tribu. C'était peut-être pour lui échapper qu'elle avait quitté Waituhi et emménagé dans un appartement de la banlieue de Gisborne peu après la mort de grand-père Arapeta.

«N'oublie pas, me murmura-t-elle, nous devons bien nous tenir devant la belle-famille. Asseyons-nous ensemble et ne faisons pas les imbéciles.»

Les futurs beaux-parents de ma sœur, M. et Mme Henderson, étaient dans le salon où papa leur montrait la croix militaire de son père Arapeta. Mes parents étaient encore sous le choc, car Tyrone, qu'Amaria avait rencontré alors qu'il faisait du surf en Nouvelle-Zélande, était issu d'une famille de Texans, propriétaire d'un casino à El Paso. Il n'était pas étonnant que papa, pour qui ces choses avaient de l'importance, essayât d'impressionner les Henderson et de leur prouver que, si notre histoire ne remontait pas jusqu'à Davy Crockett et l'Alamo, elle était tout aussi honorable.

«Arapeta faisait partie des 146 premiers cadets maoris à être acceptés à l'académie militaire de Trentham. C'était en 1939 et ils n'étaient pas beaucoup à avoir de l'expérience. Mon père s'est fié au sang de ses ancêtres guerriers — intelligence, ingéniosité et autorité — pour faire ses preuves. Il n'avait que vingt ans. Quand il s'est retrouvé en Égypte pour combattre Rommel, il avait déjà été promu sergent. Il a été blessé à El Alamein, alors qu'il était à la tête de son peloton. En Italie, devenu commandant, il s'est battu à Monte Cassino sous les ordres de Pita Awatere. Il a fini la guerre avec le grade de lieutenant-colonel. Il avait seulement vingt-trois ans quand on lui a décerné la croix militaire.

– Waouh! s'exclama M. Henderson. J'avais entendu dire que les Maoris étaient des ennemis redoutables...»

Papa acquiesça. Il adorait parler d'Arapeta. «Quand il est revenu, il a épousé ma mère, Florence. Ma sœur est née la première et mon père m'a nommé Monty en souvenir de la bataille de Monte Cassino. Je crois qu'il espérait que je pourrais faire la guerre à mon tour, mais j'étais un peu trop jeune pour celle du Vietnam. Si j'avais été plus âgé, je me serais porté volontaire. Mais je me suis engagé en temps de paix et j'ai fait trois ans de service comme artilleur. Mon père est venu à ma remise de diplôme et m'a confié qu'il avait rarement été aussi fier. Il m'a dit — il jeta un coup d'œil rapide à ma tante — que j'avais restauré l'honneur de la famille.»

M. Henderson se tourna vers moi en souriant.

« Et toi, mon garçon ? As-tu suivi la tradition militaire ?

– Michael est le premier d'entre nous à aller à l'université, dit papa. Il tient du côté de sa mère. De toute façon, il n'y a pas de guerre pour lui.

– Tu es diplômé en quoi ? » me demanda M. Henderson.

Mon père répondit encore à ma place. « Je voulais qu'il fasse des études de viticulture et qu'il prenne ma suite, mais vous savez ce que c'est… les garçons n'en font qu'à leur tête.

– Exactement comme Tyrone.

– Michael a toujours aimé les arts. Il a monté un cabinet-conseil pour assister ceux qui cherchent des recommandations sur l'art maori ou biculturel. Tu collabores étroitement avec le gouvernement, pas vrai, fiston ? »

J'acquiesçai. On devenait facilement muet en sa présence.

« Ah bon ? dit M. Henderson. C'est très impressionnant, mais en quoi ça consiste ?

– Aucune idée, lui répondit papa, mais c'est sans doute bigrement moins dur que de travailler la vigne ! »

Tout le monde riait lorsque Tyrone et Amiria arrivèrent.

« Tyrone, dit cette dernière, tu n'as pas encore rencontré mon frère Michael. »

Il n'était qu'un éclat de dents blanches sur un visage hâlé et ouvert. « Alors c'est toi le jumeau, c'est donc vrai ! J'ai vu des photos, mais je n'avais pas percuté. Vous vous ressemblez beaucoup.

– Sauf que je suis plus jolie, tint à souligner Amiria. Et l'espace entre mes dents est moins large que celui de Michael. »

Maman s'était surpassée pour le dîner. Entrée-plat-dessert, bon vin et aucune nourriture maorie à l'horizon

— ni os de porc ni cresson puha. Ma sœur la remerciait de temps en temps par un sourire radieux. Au milieu du repas, on pouvait dire que la soirée semblait tout à fait réussie. Papa et M. Henderson avaient enlevé leurs cravates et s'appelaient par leurs prénoms. Maman et Mme Henderson se remémoraient le bon vieux temps et échangeaient des anecdotes d'Amiria et Tyrone quand ils étaient bébés. Pour couronner le tout, M. Henderson avait poussé le célèbre cri de guerre du siège de Fort Alamo.

Tante Pat me lança un petit coup d'œil discret : « Je te parie que ton père va vouloir rivaliser avec un haka. »

Une ombre furtive rembrunit étrangement la bonhomie et l'amabilité ambiantes. Était-ce dû à ma conversation avec Jason ? « Tu devrais peut-être laisser tomber, avait-il dit. Si tu ne le sens pas, ne leur en parle pas. » Il n'y a rien de pire, pour un ou une célibataire, que de participer à une fête de famille où les conversations et les codes tournent autour de votre situation conjugale. Vous ne vous êtes pas conformés aux règles, vous êtes un échec. Vous vous sentez isolé.

Tante Pat perçut sans doute mon changement d'humeur. Elle me coula un regard inquiet.

« Au fait, lança papa à Tyrone, est-ce qu'Amiria t'a prévenu ? Les Mahana ont la manie d'engendrer des jumeaux. On en compte sept, rien que dans votre génération.

– Oh non, répondit-il en se frappant le front en guise de plaisanterie.

– Quand Amiria sera enceinte, poursuivit maman, n'oublie pas d'acheter une de ces grandes poussettes doubles !

– Merci bien, lui renvoya Tyrone. Voilà de quoi rassurer un futur époux !

– Arrêtez vos histoires d'épouvante, coupa Amiria. Vous devriez vous estimer heureux qu'on n'annule pas le mariage ! »

On entendit alors des crissements de pneus. Deux voitures se garèrent devant la maison. La porte s'ouvrit d'un coup.

« Salut tout le monde ! » s'écria Denise, la demoiselle d'honneur d'Amiria. Elle entra, suivie d'autres amis qui avaient déjà bu quelques verres au pub.

« J'y vais », annonça ma sœur. Elle se tourna vers Tyrone, qui se leva et s'apprêta à lui emboîter le pas.

« Où donc, ma chérie ? demanda maman.

– Je pars célébrer ma dernière nuit de liberté avec les filles et Tyrone enterre sa vie de garçon au motel avec les autres.

– Ça ne sera pas des obsèques nationales, pouffa Denise.

– Qu'est-ce que tu en sais ? On a peut-être prévu une strip-teaseuse, lui renvoya un des jeunes.

– Tu ne saurais pas quoi faire d'elle ! »

Papa et M. Henderson échangèrent un regard entendu. Maman et Mme Henderson firent semblant de ne pas comprendre l'allusion. Les mariages sont de telles tartuferies.

« Tyrone, dit Amiria, tu devrais emmener Michael. On ne va pas l'abandonner toute la soirée avec la génération d'anciens ! »

La génération d'anciens s'insurgea en caquetant.

« Bien sûr, répondit-il.

– Ne comptez pas sur moi, m'excusai-je. Ce sera pour une autre fois...

– Après tout, renchérit maman, qu'est-ce que Michael irait faire à un strip-tease ? Il a une petite amie. »

Les invités sourirent. Ma mère semblait aux anges.

« Tu es sûr que tu ne veux pas venir avec nous ? » insista Amiria avant de se résigner.

Elle fit le tour de la table. Je vis les joues tendues accepter sa bise rouge, comme pour récompenser sa bonne conduite. Je compris alors que le moment était venu, que je tenais l'occasion tant attendue. Après des années où j'avais laissé papa et maman parler à ma place et inventer l'histoire de ma vie, il était temps de trouver ma voix et de m'exprimer. C'était maintenant ou jamais.

«Je n'ai pas de petite amie.»

Les lèvres d'Amiria flottèrent au-dessus de mon visage; elle recula.

«Bien sûr que si!» objecta-t-elle.

Papa me dévisageait sans comprendre.

«Je n'ai pas de petite amie, je n'en ai jamais eu et je n'en aurai jamais. Jamais. Point final.»

Je vis alors, dans son regard, que ma mère savait déjà. Peut-être savait-elle depuis toujours, s'en était toujours doutée. Ce fameux instinct maternel…

«On reparlera de tout cela plus tard, mon fils, dit-elle. Quand nos invités seront partis.»

Mais papa s'entêta.

«Qu'est-ce que tu racontes? Bien sûr que tu as une petite amie! Et tu vas suivre l'exemple de ta sœur, te marier et me donner des petits-enfants.»

Comme toujours, papa essayait de mener le jeu. S'il disait que quelque chose allait se passer, cette chose se passerait.

Mais je ne lâchai rien.

«Je ne te donnerai pas de petits-enfants. Ma petite amie est un petit ami. Je dois vous faire un dessin ou quoi?»

Après un moment de silence, maman s'excusa et fila dans la cuisine. Le visage de papa s'empourpra et ses doigts se crispèrent sur son verre de vin. M. et Mme Henderson se regardaient. Denise et les autres jeunes s'écartèrent lentement. Tante Pat se tapota les lèvres avec sa serviette.

«Purée, murmura-t-elle, t'as le chic pour choisir le moment propice, toi.»

— 5 —

Une heure du matin. J'étais assis sur les marches du porche. Les Henderson étaient retournés à leur motel. Maman était allée se coucher, en pleurs. Papa et tante Pat se disputaient dans le salon.

Je vis des phares : Amiria revenait de sa virée entre filles. Elle s'arrêta. Sortit de voiture. Fit claquer la portière. Et s'adossa contre le capot, les bras croisés.

« T'étais vraiment obligé de faire ça ? me demanda-t-elle. Tu n'aurais pas pu jouer les trouble-fête ailleurs ?

– Je n'en pouvais plus. Toutes ces histoires de petite amie… Il était grand temps qu'ils soient au courant. »

Elle s'approcha de moi et s'assit. « En tout cas, t'as choisi le pire moment pour le faire. Imagine un instant la journée de demain : je suis devant l'autel avec Tyrone, le pasteur pose la question classique pour savoir si quiconque a un motif valable de s'opposer au mariage et quelqu'un crie au fond de l'église : son frère est gay ! »

L'idée la fit pouffer.

« Tu as toujours été mélodramatique.

– Qu'est-ce que tu veux, il ne reste plus qu'à en rire. Et t'es bien placé pour me traiter de diva ! Toi la grande folle, la fée Carabosse qui gâches la fête. Sais-tu que Denise a failli refuser d'être demoiselle d'honneur parce qu'elle n'aimait pas sa robe ? Tu aurais dû cracher le morceau plus tôt, j'aurais pu me passer de Denise et tu aurais porté sa robe !

– Le rose ne me va pas au teint. »

Elle soupira, puis m'enlaça. « Écoute, j'essaie juste de te ménager. Je ne t'en veux pas. De toute façon, je me prépare à un mariage de merde. Et puis on est jumeaux. On est censés tout se dire. Je devrais savoir ce qui se passe dans ta vie. Tu ne m'en as jamais parlé. Comment c'est arrivé ?

– Je ne crois pas que ça arrive. C'est juste comme ça.

Peut-être que quand on était ensemble dans le ventre de maman, tu m'as filé quelques chromosomes qui m'ont fait basculer.

– Mon Dieu, s'exclama-t-elle, ça veut dire que j'ai certains des tiens ! »

Elle se leva et m'embrassa sur le front. « Tu es toujours mon jumeau, murmura-t-elle. On est aussi liés que Tyrone et moi le serons demain. Pour le meilleur et pour le pire. Dans la richesse comme dans la pauvreté. Dans la santé comme dans la maladie. Jusqu'à ce que la mort nous sépare. »

Une demi-heure plus tard, papa et tante Pat avaient cessé de se hurler dessus. Je perçus la présence de mon père derrière moi, dans l'entrée. Sa voix semblait venir d'un passé lointain.

« Est-ce que tu peux changer ? Est-ce que tu peux te faire soigner ? » me demanda-t-il.

Il pensait toujours qu'on pouvait tout réparer. En cas de crevaison, tu enlèves le pneu et tu mets la roue de secours.

« Non.

– Tu ne veux pas changer, c'est ça ?

– Je ne peux pas.

– Mais tu ne peux pas vraiment aimer ce que tu fais avec d'autres hommes », dit-il d'un ton horrifié.

Je lui donnai une réponse claire et concise. Jason aurait été fier de moi.

« Si. »

Il recula d'un pas, comme si je l'avais frappé. Il chercha ses mots.

« Tu es censé être mon fils, mais je te jure que je le regrette. »

Une étoile tomba du ciel et creva la nuit comme une aiguille qui vous transperce l'œil.

Chapitre deux

— 1 —

Wellington était digne d'un décor de carte postale. Le ferry interîles qui s'éloignait du terminal scindait en deux le bleu profond et distillé du port. Les reflets du soleil sur les immeubles de verre projetaient des éclats intermittents à la surface de l'eau.

J'essayai de téléphoner. Ma propre voix me répondit : « Kia ora. Nous ne sommes pas à la maison. Laissez un message après le bip. »

Jason était peut-être sous la douche.

Je fonçai vers la ville étincelante. Ce jour marquait le début de ma vraie vie. J'étais désormais bien décidé à me présenter tel que j'étais, à contrôler l'histoire de mon existence telle que je la vivais, à ne plus accepter la version mensongère de mes parents. Dorénavant, l'avenir était tout ce qui comptait.

J'appuyai sur la touche rappel. Toujours rien. Je sentis un désir familier. J'accélérai à fond.

Je glissai la clé dans la serrure et ouvris la porte de l'appartement.

« Jason ? C'est moi ! » Un coup d'œil dans la cage d'escalier. Je montai les marches quatre à quatre. Posai mon sac dans la chambre en espérant qu'il n'était pas encore parti.

Je pourrais peut-être le persuader de prendre sa matinée. Se faire porter pâle. Un rhume. On avait de quoi célébrer !

J'ouvris la porte de la salle de bains. La glace était embuée, une serviette humide traînait par terre. Son odeur flottait dans la pièce. Je devais l'avoir raté de peu.

Je m'aperçus dans le miroir. Je fus un instant sidéré de voir que j'étais sorti indemne de ces derniers jours.

Un examen plus poussé révéla une différence dans mon reflet. Je pensai d'abord qu'un visage nouveau s'était substitué à l'ancien, puis je compris que c'était en réalité la pièce qui avait changé. Il manquait certains petits objets. Les affaires de toilette de Jason. Le canard en plastique jaune sur le rebord de la baignoire. Sa brosse à dents.

J'entrai dans la chambre, contournai le lit défait et ouvris l'armoire. Ses vêtements avaient disparu. Même les cintres n'étaient plus là. Je sortis sur le balcon et l'appelai sur sa ligne directe.

« Allô ?

– C'est moi. Que se passe-t-il ?

– Je t'expliquerai à midi. Déjeunons ensemble. Rendez-vous à l'endroit habituel. »

— 2 —

Pour être honnête, le départ de Jason n'était pas une surprise totale : je m'y attendais à moitié. Nous nous querellions depuis sept mois. Même avec le recul, il était difficile de savoir à quel sujet — il n'y en avait pas qu'un seul, c'était à propos de tout. Mais un thème revenait sans cesse :

« Tu ne m'apprécies pas à ma juste valeur, Michael. Tu n'apprécies pas notre relation. Tant que tu n'auras pas fait ton coming out auprès des tiens, ça ne marchera jamais. »

Je n'avais pas soupçonné que nos identités — maorie pour moi, pakeha pour lui — aient pu poser problème un jour. J'avais essayé de le lui expliquer.

« Mon peuple est parmi les plus homophobes au monde, lui avais-je dit. Je ne suis même pas censé exister.

– Pourtant tu existes bel et bien, et j'existe aussi. C'est une question de reconnaissance, pour moi. Soit tu choisis de me reconnaître, soit non. À toi de voir.

– J'ai peur. Peur des conséquences. De ce qui risque de... »

Nos discordes s'étaient aggravées à une cadence vertigineuse. Des silences troublants alternaient avec des reproches que nous échangions des nuits entières — autant de symptômes d'une relation en berne, un crash annoncé. Après nos disputes, il m'arrivait parfois de lui faire l'amour, comme si cela pouvait résoudre nos différends, et il se laissait séduire. Mais dès que nos chamailleries recommençaient, il m'accusait d'utiliser nos rapports sexuels pour le manipuler et détourner son attention de nos vrais problèmes.

L'annonce du mariage d'Amiria avait été notre plus récent champ de bataille.

« Si tu prenais notre relation au sérieux, avait-il dit, tu dirais la vérité à tes parents. Tu leur dois la vérité, tu te la dois. Tu me la dois. »

J'avais franchi le pas pendant le week-end. Mais apparemment, Jason avait quand même décidé de me faire payer.

La circulation était si dense autour de Courtenay Place que quand je réussis à me garer, j'avais déjà un quart d'heure de retard. Bien sûr, chaque fois qu'il se passe quelque chose de vraiment grave dans votre vie et que vous avez besoin d'un endroit tranquille pour parler, vous ne le trouvez pas. Le restaurant était bondé, bruyant, et Jason avait choisi l'emplacement le plus en évidence. Sans compter qu'il n'était pas seul. Dès qu'il m'aperçut, il interrompit sa conversation avec la personne à sa table : « Michael est arrivé. »

Tout d'abord, l'expression sur son visage me redonna espoir, mais je compris vite qu'elle manifestait de l'angoisse et de la peur — ce qui me surprit et m'attrista à la fois. Notre relation avait débuté deux ans plus tôt dans un tel élan passionnel de jeu et de désir ! Nous étions alors de simples amants plutôt qu'un Maori et un Pakeha et je le trouvais irrésistible. Quelques mois plus tard, il semblait parfaitement logique qu'il emménage chez moi et que nous vivions en couple. Il avait été heureux la première année et une grande partie de la seconde. Comment une relation si joyeusement engagée avait-elle fini par l'effrayer ?

Face à la nervosité de Jason, son acolyte lui posa une main rassurante sur l'épaule. Je reconnus Graham, l'accompagnateur qu'il avait rencontré dans le cadre de sa thérapie avec Margo. Je lui fis signe et traversai la salle lorsque j'entendis un cri : « Michael ! »

Roimata se rua sur moi en bousculant les serveurs comme des quilles. Un nuage roux de cheveux. Son corps de poupée semblait avoir été versé et tassé dans un tailleur, mais débordait au sommet. Des talons aiguilles capables de vous transpercer le pied s'il avait le malheur de se trouver sur son chemin.

Elle me colla une grosse bise sur la joue.

Super, j'avais bien besoin de ça ! J'allais passer le déjeuner avec le visage barbouillé de rouge à lèvres. Et l'intrusion de Roimata, surtout elle, serait loin de ravir Jason.

« Je t'ai laissé des tonnes de messages, me dit-elle. Pourquoi ne m'as-tu pas rappelée ? Il faut que je sache où en est notre dossier. »

Elle était présidente de Toi Maori, une association d'art indigène qui luttait pour obtenir une part des subventions allouées aux orchestres symphoniques, aux compagnies de théâtre, de ballet ou de danse contemporaine, aux galeries et aux maisons d'édition. Elle m'avait chargé de rédiger une demande de financement auprès de l'État.

« J'étais parti en week-end, mais je t'appellerai ce soir. Je déjeune avec Jason.

– Jason ? Il est ici ? »

Je lui adressai un regard sceptique. Elle l'avait sans doute vu. Comment se fait-il que deux êtres que l'on aime n'arrivent pas à s'entendre ?

« N'oublie pas de m'appeler, me dit-elle. J'ai besoin de ta demande rapidement. Les Maoris sont en mouvement, mais ils n'ont nulle part où aller. Si les grandes instances artistiques du pays refusent de nous ouvrir la porte, nous entrerons par la fenêtre. »

Roimata avait un goût prononcé pour le mélodrame.

Je la quittai et rejoignis ma table.

« Excuse-moi, je ne savais pas que Roimata serait là aussi. »

Mon compagnon détourna les yeux sans commenter. Graham me répondit.

« Jason n'a jamais été une priorité dans ta vie, n'est-ce pas, Michael ? »

C'était donc Graham qui s'exprimait à sa place. Je n'allais pas me laisser faire.

Je m'assis en face de Jason et le regardai. Putain, qu'il était mignon ! Je n'ai pas honte d'avouer qu'au début de notre relation, c'est moi qui l'avais dragué. Il se vantait toujours que je n'en croyais pas ma chance quand il avait enfin cédé — et ce n'était pas faux. Dans nos cercles d'amis, sa beauté et son rire enfantin avaient garanti sa popularité. Pas que nous ayons beaucoup ri dernièrement, ceci dit.

«Vous avez commandé ?

– Nous avons déjà mangé, me répondit Graham. Jason ne peut pas rester. Il va te dire ce qu'il a à te dire, puis nous partirons.»

J'ignorai le copain visiblement devenu ennemi.

«Tu vas laisser ce connard parler à ta place ?» demandai-je à Jason.

Graham maugréa, Jason posa une main sur son épaule pour le calmer.

«Je déménage, Michael. Je viendrai chercher le reste de mes affaires plus tard.»

Graham se leva. «Maintenant que c'est dit, on peut y aller.

– Pas si vite, répondis-je. J'ai droit à un peu de temps pour comprendre. J'ai tout dit à ma famille, Jason. Ils sont au courant, maintenant.»

Il essaya de partir, mais je lui pris les mains pour l'en empêcher. Tout ce que l'on veut dire passe parfois par le toucher. Notre relation avait été si physique et tactile, au début, avec tant de drôlerie et de rire.

«Tu leur as aussi parlé de moi ?

– Non, pas encore, mais…»

Il hocha la tête. Me décocha un sourire amer et entendu.

«Tu ne comprends toujours rien. Peu importe, il est trop tard.»

Il tenta de se dégager, mais je le retins.

«Parle-moi, Jason. Il n'est pas trop tard. Je t'en prie, je ne veux pas te perdre.»

Mes paroles l'encouragèrent à prendre l'offensive.

«Tu dis que tu ne veux pas me perdre, Michael, mais je ne t'appartiens pas. Notre relation est basée sur un rapport de dépendance. Je m'en étais toujours douté, mais c'est seulement après ton départ pour Gisborne que j'ai eu le temps d'y réfléchir. J'ai placé ma vie entre tes mains. Je dois retrouver le contrôle, reprendre les rênes.»

Il fondit en larmes, s'attirant les regards inquiets des clients du restaurant. Je tentai de le consoler, mais c'est vers Graham qu'il se tourna. J'éprouvai l'impuissance habituelle, l'incapacité habituelle de réagir à ce genre de situation — à ces pleurs inattendus. Je compris pour la première fois que Jason traversait une crise plus profonde que notre rupture, qui nous dépassait tous les deux. Pourquoi ne l'avais-je pas remarquée dans le passé?

Un moment plus tard, il se remit de ses émotions et me regarda:

«Je sais que c'est lâche de ne pas t'avoir attendu à la maison, dit-il, mais je devais partir avant ton retour. Je n'aurais jamais eu le courage de le faire, autrement. Même maintenant, j'ai envie de revenir vers toi, mais il ne le faut pas. Si je reviens, je ne me trouverai jamais. Je dois comprendre qui je suis et ce que je veux vraiment.

– On peut en parler ensemble.

– Non, je dois le faire seul. En réalité, c'est un processus qui n'a rien à voir avec toi ou avec nous. C'est moi qui suis en cause. Margo dit que ce que nous traversons est juste le symptôme d'un problème plus grave. Elle doit m'aider à désembrouiller mes nombreuses questions d'identité avant que je puisse mettre le doigt dessus. Graham m'a soutenu pendant les séances de thérapie de groupe...» Il s'interrompit. Les larmes brillaient dans ses yeux. «Et je suis persuadé que je t'aime.»

Je le croyais vraiment. Je voulais le croire. Il fit signe à Graham qu'il était prêt à partir. Mais il ne m'épargna pas une dernière phrase assassine: «Si je devais revenir, j'aimerais savoir que tu m'attends.»

Il s'éloigna. Longtemps après son départ, je restai assis, seul à table, m'accrochant à l'espoir de son retour.

Évidemment, ils m'avaient laissé le soin de régler l'addition.

— 3 —

Oui, le comble de l'ironie, c'est que tout avait commencé avec Jason, mais je n'avais pas la moindre idée du bouleversement qui m'attendait, même après avoir écouté le message de tante Pat sur mon répondeur.

«Bonjour, neveu. Si tu avais des projets pour ce weekend, annule-les. J'arrive et j'exige toute ton attention.»

J'avais bien besoin de ça! J'ai commandé une pizza, regardé un film à la télé et essayé de ne pas penser à Jason. À 2 heures du matin, je me suis retrouvé assis sur le carrelage de la douche sous une cascade d'eau. J'étais obnubilé par le fait d'avoir fait mon coming out et d'avoir perdu mon compagnon; c'était la pagaille dans mon appartement, la pagaille dans ma vie. Et voilà que ma tante avait décidé de me rendre visite alors que, plus que tout, je désirais être seul.

Dieu sait comment j'ai enduré la semaine, mais le vendredi, comme portée par le vent du sud, tatie Pat débarqua chez moi et lança: «Me voici dans le lieu de perdition, n'est-ce pas?»

Je lui accordai l'habituelle étreinte minimaliste, lui montrai où poser sa valise, puis l'invitai au restaurant.

«Comment vont mes parents?

– Eh bien, tu n'y es pas allé avec le dos de la cuillère, répondit-elle. Qu'est-ce que tu crois? Je me demande comment on a réussi à tenir le coup toute la journée du mariage.»

Ah oui, le mariage. Notre interprétation de la Famille Heureuse aurait été digne d'un Oscar. Nul ne s'était opposé à l'union avant l'échange de vœux et non, je n'avais pas porté de robe à la réception, je n'avais déshonoré personne. Mais aussitôt la noce terminée, après qu'Amiria, Tyrone et la belle-famille américaine avaient été dûment expédiés aux quatre coins de la Terre, papa m'était tombé dessus à bras raccourcis. La pierre que j'avais jetée dans le miroir de leur vie avait fendu le verre.

« Sans même parler des sentiments de ta famille, Michael, crois-tu que la tribu, les membres de notre iwi, vont continuer à te respecter quand ils sauront quel genre de pervers tu es ? Ils t'ont élevé, ils t'ont bercé de leur aroha, leur amour, mais ce que tu fais est répugnant à leurs yeux. C'est abject pour leurs croyances en tant que Maoris et en tant que chrétiens.

– On est vraiment obligé de mêler Dieu à cette histoire ? avais-je demandé.

– La tribu te considère comme l'un des siens. Elle a nourri des attentes à cause du mana de grand-père Arapeta. Tu as été élevé pour y jouer un rôle. Mais les hommes comme toi sont des parias. Ils n'ont pas de place parmi nous. Un des privilèges d'être Maori, c'est qu'à ta mort, ton iwi t'honore en venant te chercher et en te ramenant chez toi pour y être enterré. Peu importe où tu te trouves et ce que tu as fait — même si tu as assassiné quelqu'un —, il remplira ses obligations envers toi.

– Tu veux dire que ce serait mieux si j'étais un assassin ?

– Michael, avait dit maman en se ralliant à sa cause, ta famille n'a-t-elle donc aucune importance à tes yeux ? Ton grand-père était un homme respecté. Tu es le seul petit-fils et notre seul fils. Est-ce que tu essaies de nous dire que nous n'aurons pas de mokopuna ? Pas de petits-enfants ? Et qu'adviendra-t-il de notre whakapapa, notre descendance ? Tu veux que tout s'arrête avec toi, Michael ? Comment peux-tu être aussi égoïste ?

– Amiria se chargera d'avoir des enfants. »

Papa avait levé le poing. Son fonctionnement habituel : une avalanche de mots, toujours plus de mots puis, quand ils ne suffisaient plus, les poings.

Mais je n'avais pas cédé.

« Pourquoi ne pas cracher le morceau, papa ? La raison de ta colère n'a rien à voir avec moi. C'est une question de réputation. Tu es juste furieux de penser qu'on va commencer à te montrer du doigt en disant : "Au fait, tu connais la dernière ? Le petit-fils d'Arapeta, le fils de Monty, est un pédé." »

La menace de la violence a parfois autant d'impact que l'acte en soi. Quand papa s'était précipité vers moi, maman avait crié, mais c'est tatie Pat qui l'avait arrêté. Il avait pointé un doigt accusateur vers moi : « Personne n'a jamais été comme toi dans notre famille, Michael. Personne. »

Ma tante semblait adhérer aux vues de mon père.

« Mon neveu, dit-elle pendant le dîner, tes parents sont désespérés. Ils pensaient t'avoir inculqué la différence entre le bien et le mal.

– Toutes ces histoires de bien et de mal ! m'emportai-je. Ce qu'on doit faire et ne pas faire. Ça n'a jamais laissé de place pour l'homme que j'étais, l'homme que je suis toujours. Tu connais papa. J'ai grandi en l'entendant me dicter mon comportement, m'expliquer qui j'étais censé être. Et je n'étais jamais à la hauteur. C'est si difficile d'être Maori ! J'imagine que c'est ce qui fait notre force. Mais quand j'ai quitté la maison pour trouver un lieu avec moins d'interdits, je crois que j'ai échoué. »

Tatie Pat attendit que je me calme. Puis elle posa une question qui se glissa sous ma peau et me dénoua.

« Qu'est-ce qui a le plus d'importance à tes yeux, Michael ? Le fait d'être Maori ou le fait d'être gay ? »

Sur le coup, déconcerté, je ne sus que répondre. J'avais été Maori toute ma vie. Qui sait ? J'avais sans doute aussi été gay toute ma vie. La première identité était positive, source de fierté. L'autre était négative, source de honte.

«Personne ne devrait être forcé de choisir, tatie. Jusqu'à présent, je me suis conformé à ce que tout le monde voulait que je sois. Mais il arrive un moment où l'on ne peut plus se mentir. Ce n'est pas une question de choix. Je suis qui je suis. Mon coming out m'a valu de perdre mes parents — et peut-être aussi mon petit ami, parce que la peur m'a fait attendre trop longtemps.»

Ma tante réfléchit, puis inspira profondément.

«D'accord, Michael, je commence à comprendre. Tu avais raison d'avoir peur. Et maintenant, attention les yeux, je veux découvrir ton monde.»

— 4 —

Par chance, Roimata répondit quand je lui téléphonai.

«Tu as envie de sortir ce soir? J'ai de la visite.

– Quelqu'un pour toi ou pour moi? demanda-t-elle en riant. J'avais l'intention de me coucher tôt, mais puisque c'est toi… d'accord.

– Bien. On passera te chercher dans une demi-heure.»

Nous trouvâmes Roimata en tenue de femme fatale. Elle s'habillait toujours avec style, mais quand elle sortait, elle était mortelle. Elle aimait se glisser dans quelque chose de moulant, encager certaines de ses formes, en rehausser d'autres, puis percher le tout sur les plus hauts talons possible. Mais lorsque je fis les présentations, elle n'eut pas l'air enchantée.

«On va en boîte avec ta tante?

– Elle n'est pas si vieille, répondis-je, sur la défensive. Elle a la cinquantaine, je crois.

– Je ne te parle pas de son âge, mais de son look! Twinset et collier de perles? Non, c'est juste pas possible.»

Son visage s'éclaira. Je ne connaissais que trop bien cette expression et avais pris l'habitude d'éviter mon amie quand elle l'affichait. Mais Pat ne pouvait pas s'en douter. De telle sorte que lorsque Roimata lui proposa joyeusement un verre, puis s'empressa de le renverser sur l'ensemble pull-gilet incriminé, ma tante crut vraiment à un accident.

«Oh, mon Dieu. Je suis navrée!

– Ce n'est pas grave, répondit Pat, j'en ai un de rechange chez Michael...

– Inutile de perdre du temps. Je suis sûre que je vais trouver quelque chose qui vous ira.»

Au diable le twin-set et les perles! Pat se retrouva soudain dans un pull noir ras du cou sur lequel Roimata lui fit enfiler mon propre blouson de cuir. Un rapide relooking du visage, une noix de gel dans les cheveux, un épais trait d'eye-liner... l'affaire était dans le sac!

«Je ne peux pas sortir comme ça, protesta ma tante. Si je tombe sur quelqu'un de chez moi, on va penser que je fais hommasse.»

Roimata fronça la bouche en cul-de-poule.

«C'est l'idée, dit-elle en me donnant un coup dans les côtes. La raison pour laquelle votre neveu m'a demandé de vous accompagner, c'est pour que les gens pensent que vous êtes avec moi, n'est-ce pas, mon cher Michael?»

Après quelques secondes de flottement, tatie Pat finit par piger.

«Roimata est-elle une version féminine de toi?

– Tu veux savoir si elle est lesbienne ? Oui.

– Mais ma chère petite, dit-elle en se tournant vers mon amie, tu es pourtant adorable!»

En fin de compte, la boîte de nuit était si sombre que ma tante aurait pu porter n'importe quoi. Au Hellfire Club, le DJ balançait du lourd, les rayons des stroboscopes déchiraient le noir et Cher, en Lazare fraîchement ressuscité, chantait à pleine voix. Le morceau était un des préférés de Roimata et elle avait hâte de rallier la piste de danse.

« Vas-y, lui dis-je, je vais nous chercher à boire.

– Je viens avec toi, s'empressa de dire ma tante qui semblait prête à filer retrouver le confort de sa petite maison de Gisborne.

– Hors de question ! » répliqua Roimata.

Pat n'eut pas le temps de répondre, mon amie l'entraîna à travers la foule survoltée. Je pris plaisir à les observer et vis un couple de gars torse nu faire tourner ma tante dans leurs bras avant de la relâcher dans ceux de Roimata. L'un d'eux, au crâne rasé et aux traits slaves prononcés, me remarqua, m'adressa un clin d'œil et me fit signe de les rejoindre. Je levai les mains.

Merci, pas ce soir.

Il eut une mine déçue, puis se remit à danser en faisant virevolter sa chemise au-dessus de sa tête.

Je commandai au comptoir et me frayai un chemin en contournant la piste. Je repérai l'ami de Jason, Graham, dans un coin de la salle. Il me vit et me tourna ostensiblement le dos.

Si tu veux jouer à ce jeu-là, alors on sera deux, pensai-je.

J'apercevais de temps en temps ma tante et mon amie. Au début, Pat semblait stupéfaite, comme frappée par un rayon laser. Mais Roimata dut la persuader de ne pas rester plantée là, de bouger quelque chose, n'importe quoi, car quand je la vis à nouveau, elle dansait et se lâchait vraiment, pour autant qu'elle en était capable.

« Tu n'aurais pas un peu d'eau ? » me cria-t-on dans l'oreille gauche. Je me tournai. Le crâne rasé m'avait rejoint et il me sembla plus grand que sur la piste de danse. Il avait remis sa chemise et s'en servait de serviette pour éponger la sueur. Il était trapu et continuait à se balancer en musique.

«Si», dis-je en lui passant un verre. Il le brandit au-dessus de sa tête et le versa sur son visage et le long de son cou. Les lasers embrasaient son profil et le cernaient de flammes vertes. Il lécha une goutte d'eau sur ses lèvres. Puis il me regarda et lança : «Je te vois toujours avec un autre type, d'habitude. C'est mon jour de chance ou quoi ?»

Direct. Droit au but.

J'aurais pu dire oui et passer à l'étape suivante, mais je secouai la tête et répondis : «Je ne suis pas seul.»

Il haussa les épaules, résigné, genre un de perdu, dix de retrouvés. Puis il m'adressa un énorme sourire ravageur.

«Je m'appelle Carlos, ne l'oublie pas !» dit-il en me menaçant de son doigt tendu.

Puis il repartit sur la piste, dispersant les lumières avec son énergie exubérante.

Mes invitées réapparurent.

«Tu n'as pas honte, tatie ! Comment oses-tu t'amuser ainsi ? Tu vas aller tout droit au purgatoire.

– Fiche-lui la paix, me houspilla Roimata, elle ne s'est jamais autant éclatée.

– Il y a même des hommes qui dansent avec des femmes ici, s'étonna Pat.

– Beaucoup viennent tout simplement pour s'amuser et danser, expliquai-je. On peut faire ce qu'on veut, être qui on veut. Ça s'appelle la liberté. Fais attention, c'est contagieux.

– Bon, assez papoté, on perd du temps», m'interrompit mon amie en nous entraînant à nouveau vers la piste. Ma tante avait sans doute été une rock'n'rolleuse dans sa jeunesse.

«Vas-y, girl !» l'encouragea Roimata.

Je croisai le regard de Pat et lui souris.

«Incroyable ! Je me demande pourquoi il nous a fallu attendre si longtemps pour nous apercevoir qu'on pouvait faire la fête ensemble…»

Vers 3 heures, j'étais prêt à aller me coucher. Nous avions quitté le Hellfire Club pour le Jordan's, où ma tante découvrait les joies du billard.

«Je vais vous abandonner, annonçai-je.

– Tant mieux, parce que Pat et moi allons faire un tour au bar exclusivement féminin : Girls Only. T'es partante, girl ?»

Une fois que Roimata était lancée, rien ne pouvait l'arrêter. Ma tante n'eut même pas la courtoisie de faire semblant d'hésiter.

«Bien sûr, girl», lui répondit-elle. Elle m'étreignit et me dit de ne pas l'attendre.

Je pris un taxi, une douche et me couchai. À l'aube, j'entendis une voiture s'arrêter devant la maison et Roimata aider ma tante à gravir les marches jusqu'à la chambre d'amis. Avant de repartir, elle entra dans la mienne et s'assit sur mon lit. J'étais à moitié endormi.

«Pourquoi ne m'as-tu pas dit que vous aviez rompu, Jason et toi ?

– C'est Pat qui t'en a parlé ? demandai-je, gêné. De toute façon, il est possible qu'il revienne.

– Ah, les mecs, vous êtes tous les mêmes ! dit-elle en m'embrassant sur la joue. Fais de beaux rêves, Michael.»

— 5 —

Tatie Pat me réveilla à midi.

«Je dois m'en aller, dit-elle, je dois retourner à la réalité.

– Tu n'as même pas déjeuné. Tu ne peux pas prendre la route avec le ventre vide. Je vais te faire des œufs au bacon.

– Non, insista-t-elle, reste au lit, mon neveu. Tout va bien.»

Je me détendis et sombrai dans les oreillers. «En tout cas, je suis heureux que tu sois venue, tatie.

– Et je te remercie sincèrement de m'avoir montré Sodome et Gomorrhe. J'ai passé la nuit à attendre d'être foudroyée ou changée en statue de sel ! »

Je fus surpris quand ma tante me caressa le visage et m'ébouriffa les cheveux. « Mais je ne suis pas seulement venue pour danser jusqu'au petit matin, Michael. Ni pour mieux vous comprendre, toi et ta vie parallèle. J'ai aussi quelque chose à te donner. »

Elle se pencha et saisit un gros colis marron ficelé.

« Je l'ai gardé pendant des années sans savoir qu'en faire. Je pense que j'attendais quelqu'un comme toi.

– Qu'est-ce que c'est ?

– Ne le lis pas tout de suite. Quand je serai partie. »

Sa voix se brisa, puis regagna sa force et sa clarté, comme un rayon de soleil perçant un ciel nuageux.

« Ton père a eu tort de dire que tu étais le premier homosexuel de la famille. C'est faux et il le sait très bien. Il était présent quand notre père, ton grand-père Arapeta, a mis Sam à la porte. Comme toi, Sam avait peur d'avouer qui il était à ses parents. Alors je te comprends.

– Sam ?

– Mon frère. Le frère de ton père.

– Mais il n'y a que vous deux dans la famille.

– Non. Nous avions un frère aîné. Il s'appelait Sam. Ce colis t'expliquera tout », dit-elle d'une voix plus douce en me le tendant.

Plus tard, je m'installai sur le balcon avec le paquet de ma tante. Elle avait fait un nœud si serré que je dus couper la ficelle avec des ciseaux. J'ôtai le papier kraft, un second emballage fait de journaux vieillis des années 70, et trouvai enfin un carnet : JOURNAL DE SAM.

Les contours étaient roussis, comme s'il avait été jeté et récupéré dans un feu. Je le feuilletai délicatement. Au moindre faux mouvement, les bordures risquaient de s'effilocher et les pages de s'envoler. Certaines avaient été brûlées jusqu'à la reliure ou manquaient complètement.

Un article à moitié calciné tomba du carnet. C'était une coupure du Gisborne Herald datée du 10 août 1969 avec une grande photo sous le titre «En route pour le Vietnam». Je reconnus immédiatement mon grand-père, mais pas les trois hommes avec lui. Deux d'entre eux baissaient les yeux, le troisième regardait droit devant lui. La légende fournissait des explications. *Le marae de Poho o Rawiri était le théâtre d'une vibrante cérémonie d'adieu pour trois jeunes soldats, les premiers Maoris du district à se porter volontaires au sein de l'infanterie néo-zélandaise au Vietnam : messieurs Sam Mahana, George [le nom de famille était brûlé] et Turei Johnson. Posant fièrement à leurs côtés, M. Arapeta Mahana, père de Sam et aîné respecté, qui a combattu avec honneur pendant la Seconde Guerre mondiale en tant que commandant du bataillon maori, où il a reçu la croix militaire.*

Avant même de lire la légende, j'étais certain que Sam était celui qui fixait l'objectif. Il avait la posture typique des Mahana, bien campé sur ses deux pieds, légèrement penché en avant, prêt à en découdre avec le monde. Et une douce inclinaison de la tête, signe de circonspection et de vigilance.

Puis ses yeux semblèrent soudain outrepasser l'appareil photo. Un jeu de lumière me donna l'impression que c'était moi qu'il fixait. Son regard m'accapara.

Et le passé revint au galop.

Deuxième partie

L'oncle Sam

Chapitre trois

— 1 —

«Hei runga, hei raro ! Hii haa, hii haa. »

Le karanga, l'appel rituel des femmes, fusa au-dessus de la maison commune Poho o Rawiri devant laquelle attendaient Sam, George et Turei. Ces deux derniers étaient si nerveux qu'ils gardaient les yeux baissés.

«En avant les gars, leur dit Arapeta. Tête haute ! Le clan veut vous voir tels que vous serez au Vietnam : fiers, déterminés, virils.

– L'ennemi me fait beaucoup moins peur que cette cérémonie, confia Turei à George. J'ai l'habitude de creuser le four hangi dans le jardin, pas d'emprunter l'entrée principale.

– C'était vraiment nécessaire, papa ? demanda Sam avec un geste en direction du marae et de l'énorme assemblée. On ne pouvait pas se passer de la grosse mise en scène, pour changer ?

– Je veux leur montrer qui est mon fils : un soldat prêt à partir en guerre, comme son père avant lui, lui répondit Arapeta en lui donnant une solide poignée de main. Je suis fier de toi, mon garçon. La guerre fera de toi un homme. C'est le plus beau jour de ma vie.»

Il étreignit étroitement Sam et scruta ses yeux pour y voir son âme.

C'est le problème avec lui, songea Sam. *Il est toujours en train d'essayer de me manipuler.*

Alors il lui refusa l'accès à son âme et ordonna à celle-ci de se réfugier dans l'ombre, à l'abri du regard inquisiteur.

«Toia mai, te waka ! Ki te urunga, te waka ! Ki te takotoranga i takoto ai, te waka !»

Le son du haka de bienvenue déferla dans les airs. Arapeta indiqua aux femmes en foulard noir qui le précédaient de mener le groupe, l'ope, sur le marae. Il avait assemblé une foule impressionnante pour l'occasion : deux de ses anciens compagnons au sein du bataillon maori, Claude et Kepa, à la tête d'une cinquantaine d'autres membres de familles de vétérans du district. Ce jour-là, Arapeta présenta rituellement Sam, George et Turei au général Collinson, commandant en chef des armées. Ce dernier n'ignorait pas la publicité qu'il pouvait tirer d'une telle occasion. Il était venu de Gisborne en avion, accompagné d'une équipe de tournage de propagande militaire.

Alors que l'ope se déplaçait sur le marae, la sœur de Sam, Patty, échappa à Florence, leur mère, et se précipita vers lui. Il l'accueillit à bras ouverts et lui ébouriffa les cheveux.

«Que tu es mignonne ! lui dit-il. Quelle jolie robe !

– Je l'ai mise exprès pour toi. Tu reviens quand ?

– Pas avant longtemps, ma puce. Mais tu sais ce que je vais faire ? Je vais prendre une photo de nous deux et la garder dans la poche tout contre mon cœur. Tu es ma préférée.»

Arapeta les aperçut alors. Les discours étaient sur le point de commencer.

«Pat, ordonna-t-il, va vers ta mère et ton petit frère Monty.»

Il se mit à donner des instructions. Un hochement de tête par-ci, un regard et un petit signe par-là. Les trois garçons devaient rejoindre les hommes à l'avant, les femmes, les enfants et tous les autres derrière eux.

Patty embrassa rapidement son frère et s'en alla.

Papa s'est toujours comporté ainsi, songea Sam. *Il se place systématiquement en tête. Il donne des ordres. Il ne pose jamais de questions. Et j'ai passé ma vie entière, comme tout le monde, à lui obéir. Mais si je vais au Vietnam, c'est pour moi. J'y vais pour moi seul, pour prouver que...*

Mais il ne trouva pas ses mots. Que voulait-il prouver ?

Le groupe s'assit et les discours commencèrent. Hemi, l'aîné du clan, ouvrit la séance en s'adressant à Arapeta dont il rappela tous les exploits lorsqu'il avait commandé le 28e bataillon. Claude, l'un des anciens combattants, lui répondit, puis ce fut le tour du général Collinson. Il se félicita de voir un fils d'Arapeta Mahana lui emboîter le pas. Sam se souvint qu'il avait été l'un des supérieurs de son père pendant la Seconde Guerre mondiale. Arapeta ne se lassait d'ailleurs jamais d'ironiser sur le fait que Collinson avait mené des hommes, mais n'avait engendré que des filles.

« Je sais pas ce qu'on fout ici, dit Turei à George. On n'intéresse personne. Et si on filait au pub en douce pour laisser les feux de la rampe aux Mahana ?

– Ne me mêle pas à ça, lui répondit Sam. C'est le cirque organisé par mon père, je n'y suis pour rien. Nous sommes seulement les animaux de foire de Monsieur Loyal. »

Quelques rires fusèrent et Arapeta réagit sèchement d'un signe de la main : « Ne va pas tout gâcher, fils. »

Mais ce ne fut pas la seule perturbation. Un brouhaha s'éleva de la foule. Les mères de George et de Turei avaient finalement décidé de venir. Elles étaient fermement opposées à ce que leurs fils s'engagent — en particulier Lilly, mère de Turei — et elles reprochaient à Arapeta de ne pas les en avoir dissuadés. Il resta de marbre. Si elles étaient là pour causer des troubles, tant pis.

Il donna la parole à son compagnon Kepa d'un simple geste. Le ciel s'était couvert. Le discours suivant était réservé aux habitants locaux du marae, puis ce serait au tour d'Arapeta, pour clore la cérémonie.

«Tihei mauriora ! s'écria-t-il pour conclure. J'éternue et voilà le souffle de la vie !»

Il prit appui sur son bâton sculpté et se leva. Il semblait porter le ciel sur son dos.

«Turuki turuki, paneke paneke. Tenei te tangata puhuruhuru.»

Sam observa la prestation de son père ; il était imbattable dans ce domaine. Lorsqu'il s'avança au centre du marae, tous les yeux étaient sur lui. En quelques mots, son autorité réduisit le monde au silence. Il cessa d'être humain et se mua en dieu incarné. Rien d'étonnant à ce que les hommes l'aient suivi sur le champ de bataille.

«Nos ancêtres ont toujours été des guerriers, commença-t-il. Les Maoris n'ont jamais répugné à se battre. Pendant la Seconde Guerre mondiale, notre peuple s'est porté volontaire pour en découdre avec Hitler et aucune race ni aucun pays impliqué dans ce conflit n'a égalé notre contribution. Le bataillon maori est parti en campagne le 13 mars 1940. Nous nous sommes éloignés de Wellington pour l'Europe à bord de l'*Aquitania* le 1er mai. Je n'oublierai jamais l'émotion de ces adieux. Nous avions quitté le port depuis longtemps et nous entendions toujours les filles de Ngati Poneke chanter *Now Is the Hour : L'heure est venue*.»

Il pointa son bâton vers certains des aînés dans l'assemblée.

«Nous étions des garçons, dit-il. Des gamins issus de fermes, de marae du pays tout entier… des petits campagnards qui jouaient aux hommes. Et nous étions tous dans la compagnie C, pas vrai les gars ? On nous surnommait les Ngati Kaupois : les cowboys.

– Ka tika, répondirent les anciens. C'est vrai.

– Le 29 novembre 1940, nous avons rallié la première ligne de combat au Moyen-Orient. Ça vous rappelle des souvenirs ? Nous avons traversé la Grèce où nous avons eu notre première expérience de bataille au mont Olympe. Nous avons remporté la victoire sous le regard des dieux grecs. Après cela, nous sommes devenus des hommes.»

Il marcha de long en large devant les anciens combattants et s'arrêta face à Hemi. Les rubans de ses médailles flottaient au vent.

«Nous nous sommes aussi frottés au conflit en Crète, pas vrai, Hemi ? Tu y étais ! Je t'ai vu affronter les Allemands.

– Ae, répondit l'aîné en bombant le torse. Les Allemands ont déployé leur aviation et leur infanterie contre nous, mais dans la baie de Souda, nous avons mené la charge à la baïonnette et nous les avons décimés. Nous en avons transpercé une centaine dans le genre de combat rapproché qui nous vient naturellement. C'est là que nous avons obtenu notre réputation de braves. Ae, ae.

– Mais c'est à la guerre du désert en Égypte et en Libye que notre bataillon s'est réellement distingué, n'est-ce pas, les gars ? enchaîna Arapeta sans tarder, s'adressant à un autre vétéran. J'étais votre officier… Il se tourna vers le général Collinson. Sauf votre respect, mon général, nous n'avions pas besoin de Pakeha pour nous diriger. Nous avions nos propres supérieurs, de bons militaires, des hommes plus compétents que de nombreux Blancs.»

Un murmure d'approbation parcourut la foule.

«Bien dit, Arapeta, secoue-leur les puces, à ces Pakeha.»

Le général Collinson resta impassible, mais il glissa à son aide de camp : « Ce vieux roublard a un sacré culot…»

Arapeta poursuivit : « Notre baptême du feu eut lieu à El Alamein et nous avons survécu. Nous avons combattu à Tobrouk où nous avons pris un total de 1 123 prisonniers, alors que nos pertes étaient de 5 morts et 11 blessés. En février 1942, notre bataillon a été dépêché en Syrie. Puis Rommel a attaqué la 8e armée britannique en Libye, nous y sommes donc retournés pour lui prêter main-forte. À Marsa Matruh, tandis que les troupes alliées se retiraient, nous avons avancé. Nous avons vu les colonnes de véhicules de Rommel s'approcher et la 21e division de Panzer nous encercler. E hika ! Nous étions assiégés. Mais nous nous sommes sortis de ce mauvais pas et bientôt nous étions à nouveau sur pied. Vous vous souvenez de Munassib, les gars, où nous avons tué plus de 500 Boches ? Et après cela, il y a eu Tripoli, Médenine et la vallée de Tebaga.»

Toute sa vie, Sam avait entendu raconter les exploits du bataillon maori. Chaque nouvelle version devenait plus épique et rabaissait Sam et sa génération.

« Puis vint la bataille pour le Point 209 », poursuivit Arapeta.

Dans le jour déclinant, les gémissements des vieux soldats soufflèrent comme un vent de désolation.

« Nous étions avec Pita Awatere qui a engagé la compagnie C au combat. L'offensive a débuté à 17 heures. Notre compagnon Moana Ngamiru a perdu la vie en sécurisant la zone de deux postes de tir. Les Allemands ont voulu contre-attaquer, nous faire reculer. Nous étions à court de grenades, alors nous avons ramassé des pierres et nous les avons lapidés. À 5 heures le lendemain matin, nous avions pris le Point. C'est ainsi que Pita a reçu la croix militaire. Et Moana, la croix de Victoria à titre posthume.»

Le marae explosa : « Ae ! Ae ! Ka tika ! »

Arapeta s'engouffra prestement au cœur des souvenirs.

« Ce fut ensuite Takrouna. Et quelle bataille ! Notre

camarade, le soldat de première classe Manahi, aurait mérité une croix de Victoria pour ses efforts ce jour-là, mais ce ne fut pas le cas. Sa Majesté jugea toutefois bon de m'attribuer la croix militaire. Après cela, je me suis trouvé en Europe au côté du commandant Awatere pour la campagne d'Italie au fleuve Sangro et à Monte Cassino.»

Soldat et orateur sans pareil, Arapeta s'interrompit et parcourut le marae du regard. Accoutumé à être écouté, il savait mettre son audience dans sa poche. Il procédait avec style et précision. Il imposait son mana, même avec des gens comme… oui, comme le général Collinson. La pause permit toutefois aux mères de George et de Turei de se frayer un passage jusqu'au premier rang.

«Tu sais que nous y sommes opposées, lança celle de Turei. Si nos fils meurent au Vietnam, Arapeta, ce sera de ta faute.»

Il regarda Lilly. Des deux mères, c'était elle qu'il fallait surveiller le plus étroitement – avec son franc-parler et son côté impulsif, elle pouvait causer des problèmes. Ce n'était qu'une femme, et minuscule par-dessus le marché, mais elle n'avait pas froid aux yeux. Elle s'exprimait d'un ton généralement hostile et devait être remise à sa place. Des murmures parcouraient déjà la foule. L'art d'être meneur consiste à persuader les gens qu'on peut les entraîner n'importe où en toute sécurité — même si c'est impossible.

«Vos enfants ne mourront pas, répondit Arapeta. Comment je le sais ? Je le sais parce que je connais mon fils. C'est un leader, il le tient de moi, et il vous ramènera vos garçons sains et saufs, comme j'ai ramené mes hommes à leurs mères. Je vous le promets.»

L'assemblée retint son souffle en digérant l'effroyable assurance d'Arapeta, son arrogance, sa présomption d'invincibilité quasi divine. Comme s'il pouvait s'engager au nom de son fils.

« Kaati ! Ça suffit ! » conclut-il en se tournant vers les trois garçons. D'un geste théâtral, il traça une ligne en l'air avec son bâton, qui les unissait au général et autres gradés présents.

« Ka tuwhera te tawaha o te riri, kaore e titiro ki te ao marama : quand la voie de la guerre s'ouvre soudain, aucun homme ne fait attention à la lumière de la raison. Cet ancien proverbe reprend tout son sens aujourd'hui avec la décision de nos trois garçons d'aller combattre au Vietnam. Il est beau de voir trois représentants de cette génération honorer la tradition de leurs ancêtres. En tant que derniers survivants du bataillon maori, nous saluons votre courage et votre bravoure. Toi, mon propre fils, tu entretiendras notre esprit martial qui nous garantit que les Maoris ne deviennent pas aussi faibles que des femmes. »

Arapeta tenait son audience. D'un seul regard, il embrassa tout le marae.

« Avant de partir au front, la mission des guerriers était toujours sanctifiée. Je vous présente trois garçons sous le tapu de Tumatauenga, dieu de la Guerre. Combattez pour l'honneur de votre tribu ! Combattez pour éliminer l'ennemi jusqu'au dernier ! Aux armes ! Aux armes ! »

Les mots claquaient à travers le marae ; leurs échos atteignaient les collines environnantes et attiraient les nuages orageux.

En un grand geste d'esbroufe, Arapeta sauta en l'air, les yeux exorbités et les lèvres imprégnées de salive. Il se lança dans un haka, la harangue féroce des hommes maoris.

« Ka mate, ka mate, ka ora, ka ora ! »

Les anciens combattants bondirent immédiatement pour se joindre à lui. Leurs articulations rouillées fusionnèrent. Leur circulation sanguine ralentie par la bière et la douceur de vivre s'attisa, des étincelles enflammèrent leurs veines et les firent bouillir.

« Ka mate, ka mate, ka ora, ka ora ! »

Sam prit sa place à côté d'Arapeta sous les hurlements approbateurs des spectateurs. Ils croyaient qu'il soutenait son père. Ce n'était peut-être pas faux, mais il voulait aussi affirmer son indépendance vis-à-vis de l'homme qui avait gouverné son existence depuis qu'il était venu au monde. Il se tenait poings serrés, veines du cou tendues. Quand il regarda Arapeta, ses yeux lui sortaient de la tête.

Et son père n'était pas dupe. Il sentit la colère de Sam. Et éclata d'un rire tonitruant.

« Tu te crois plus fort que moi, fils ? Tu ne me surpasseras jamais. »

Les deux hommes se faisaient face et exécutaient le haka comme s'ils étaient rivaux.

« Tenei te tangata puhuruhuru nana nei whakawhiti te ra ! »

La foule était sur pied, elle hurlait et les acclamait. C'est à cet instant que l'orage éclata au-dessus de leurs têtes.

« Aa, haupane, kaupane, haupane kaupane whiti te ra… »

Le dieu de la Guerre en personne s'était joint au haka.

Chapitre quatre

— 1 —

Le *Bristol*, avion-cargo de l'armée de l'air néo-zélandaise, décolla de Te Kore, le Néant, et amorça sa descente à travers les différents niveaux de Te Po, la Nuit. Le noir se marbra de lumière — elle mouchetait, tachetait, fondait et fusionnait les amas diaphanes. Un flash aveuglant illumina soudain l'obscurité. Le soleil apparut, s'embrasa comme une allumette et perfora la ligne entre ciel et mer.

«Ara ! Ki te ao marama, marmotta Sam. Regarde ! Le jour se lève.»

Il avait beau avoir assisté au spectacle à maintes reprises, il s'extasiait à chaque fois de son implacable magnificence. Quand il était petit, il aimait aller s'asseoir sur la montagne sacrée, Hikurangi, premier lieu sur Terre à recevoir la lumière matinale. Il tendait le visage aux rayons du soleil, émerveillé à l'idée que toute cette énergie provînt d'une boule de feu en fusion au fin fond de l'univers. Il eut conscience que ce même astre avait déjà effleuré Hikurangi et que ses rayons réfractés venaient brûler le Vietnam comme un laser.

D'autres soldats de la compagnie Victor se réveillèrent et se penchèrent sur la mer de Chine méridionale. Le chatoiement de l'eau virait du vermillon au pourpre, puis au bleu céruléen strié de nuances cramoisies, jusqu'à ce que la lumière du jour surgît à la hâte de l'opalescence.

Tuia i runga, tuia i raro.
Le monde se reconstitue.
Tuia i roto, tuia i waho.
Le haut et le bas, fusionnés par la lumière.
Tuia i te here tangata ka rongo te Ao.
La structure externe et la structure interne à présent. Leurs nœuds solidement reliés sont soudés par les rayons de soleil.

La résurrection d'une promesse de vie, du mouvement de l'histoire.

Sam réveilla George et Turei.

«Chef, je faisais un rêve superbe, lui dit George. Elle mesurait 1 m 80, une nana chaude comme la braise et...»

Turei enchaîna en bâillant: «Oui, merci chef, alors moi je prendrai le menu poulet plutôt que bœuf, si c'est possible, et un petit verre de ce vin qu'ils servent en première classe.»

Sous l'appareil, le Vietnam émergea comme un nageur sortant de l'eau. La province de Phuoc Tuy, à l'est de Saigon, se dessinait au loin.

Les portes avant du *Bristol* s'ouvrirent et la chaleur s'engouffra. L'assaut brûlant distendait les veines, sécrétait la sueur et aspirait toute l'humidité à la surface de la peau. Le corps de Sam tenta de se défendre: il ferma les yeux, retint son souffle et s'isola. Mais la chaleur était patiente. Elle savait que tôt ou tard, il finirait par respirer. Lorsque Sam expira une dernière bouffée de fraîcheur et en inspira une nouvelle, le Vietnam se rua pour l'envahir et l'assécha complètement. Il propulsa une douleur torride dans tous les vaisseaux et veines de son corps, lui déchiqueta les yeux et se faufila dans son scrotum jusqu'à le posséder de fond en comble.

À partir de maintenant, lui dit la chaleur, *tu m'appartiens. J'accompagnerai chacun de tes souffles et tu ne m'échapperas jamais. Jamais.*

«Sergent Mahana, faites sortir les hommes ! ordonna le lieutenant Haapu.

– Exécution !» cria Sam.

La compagnie débarqua et se déversa comme un seau de poissons destinés à tressaillir au soleil.

Sam mit sa main en visière. L'œil torve du soleil ne cillait jamais. Son éclat fulgurant, comme la chaleur, prenait possession de lui. Il foula le tarmac de la base de Vung Tau.

«Satané petit tane…» murmura-t-il.

Les appareils de combat américains grouillaient autour de lui et au-dessus de sa tête. Des techniciens installaient des missiles Thud dans des chasseurs bombardiers alignés en rangs serrés de chaque côté. Sur une piste voisine attendaient des avions F-4 Phantom. Et partout, des escadrilles d'hélicoptères, des avions-cargos et des appareils de reconnaissance scintillaient au soleil.

Turei siffla doucement.

«On se croirait sur le tournage des *Bérets verts*. Où se cache John Wayne ?»

C'est alors qu'un rugissement perçant de turbines leur déchira les oreilles : deux destroyers Iroquois s'apprêtaient à décoller de la base. L'un après l'autre, les pilotes manœuvraient, les hélicoptères vibraient, piquaient du nez, puis, la queue en l'air, s'éloignaient progressivement du sol. Sam aperçut un mitrailleur qui attachait sa ceinture, penché au-dessus du vide.

Les pales des Iroquois fouettaient sèchement l'air. Clac clac clac.

Mais ils n'eurent guère le loisir d'apprécier la vue. Ils devaient passer par le bureau de l'Immigration, établi au camp de transit américain, où des compagnies d'Aussies et de Yanks attendaient également leur affectation dans les zones de combat.

Sam fut frappé par le silence soudain. Les Américains étaient désorientés, paumés, morts de trouille. Contrairement aux Kiwis et aux Australiens, ils étaient pour la plupart des conscrits, des civils qui débarquaient là après six semaines d'entraînement élémentaire. L'armée américaine leur faisait quatre promesses : elle leur raserait la tête, elle leur donnerait un fusil, elle les enverrait au Vietnam. Pour le reste, à eux de se démerder. Ils étaient responsables de leur intégration dans l'infrastructure de leur unité. Le lieu de bataille, les camarades de combat et la satisfaction des recrues ne faisaient pas partie du contrat. Que ça leur plaise ou non, leur supérieur immédiat, amateur de fumette, pouvait monter en grade — non pas au mérite, mais grâce à sa maigre ancienneté. Qui sait ? Si d'aventure il recevait une balle dans le crâne, ils devraient peut-être le remplacer. D'une manière ou d'une autre, leur expérience au Vietnam — ennui, horreur et choc — était entre les mains de dieux capricieux. Peut-être seraient ils envoyés en patrouille à My Lai. Peut-être un autre pauvre bougre y serait envoyé à leur place.

À vrai dire, il y avait aussi une quatrième promesse : l'armée s'engageait à les ramener chez eux. En un ou plusieurs morceaux, morts ou vifs… rien n'était garanti. Tout cela dépendait d'eux. Les conscrits américains ne voulaient qu'une chose : finir leur service et, avec l'aide de Dieu, ne pas rentrer chez eux dans un cercueil scellé enveloppé du drapeau américain.

Personne ne veut que sa mère perde un fils au Vietnam.

— 2 —

« Putain, je sue comme un cochon », maugréa Turei.

Suivant l'ordre du lieutenant Haapu, Sam avait rassemblé la compagnie pour rencontrer le commandant Worsnop, leur chef de corps, et son adjoint, le capitaine Fellowes.

« Garde à vous ! »

Le commandant examina les troupes. Son capitaine, qui le suivait quelques pas plus loin, s'arrêta devant Sam.

« Vous êtes le fils d'Arapeta Mahana, n'est-ce pas ? »

J'ai beau essayer, songea Sam, *je ne peux jamais échapper à l'influence paternelle.*

« J'ai assisté à vos adieux sur le marae Poho o Rawiri, poursuivit Fellowes. Votre père n'a pas hésité à nous remettre à notre place. Je suis sûr que vous vous montrerez aussi bon soldat que lui. Tel père, tel fils. »

« Repos ! ordonna le commandant. Vous serez bientôt transférés à Nui Dat, sur la base des forces armées néo-zélandaises et australiennes. Lorsque nous nous sommes engagés avec les Aussies dans ce conflit, le chef des opérations américaines au Vietnam, le général Westmoreland, nous a assigné la province de Phuoc Tuy pour lutter contre les Vietcongs. Vung Tau est la base de ravitaillement et Nui Dat, celle des opérations. Nous disposons de trois bataillons d'infanterie australiens, de l'escadrille 9 de la Royal Air Force australienne — hélicoptères Iroquois, avions-cargos Caribou et Hercules — et d'une unité de bombardiers de Canberra. Les États-Unis procurent leur soutien avec des groupes d'artillerie lourde autonomes, des hélicoptères et des avions pour offensive terrestre — ça va des F-4 Phantom aux gunships d'attaque AC-47 en passant par les Cessna d'observation, précisa le commandant avant de marquer une pause, l'œil pétillant ; puis, il y a nous. »

Un murmure amusé traversa la salle.

«La contribution de la Nouvelle-Zélande est sans doute modeste comparée à celle de nos alliés, mais nous avons un rôle important à jouer dans l'effort de guerre. Vous êtes des soldats et je ne vous apprendrai rien en vous disant que ce n'est pas la taille qui compte, mais ce que l'on fait avec.»

La compagnie entière siffla et l'acclama. Le commandant Worsnop ne semblait guère être le genre de type à sortir de telles blagues. Il attendit que le calme revienne.

«Soldats, à partir de maintenant, vous appartenez tous au bataillon d'Anzac, le corps expéditionnaire australien et néo-zélandais. Vous incarnez la volonté de nos gouvernements d'assister le Sud-Vietnam contre l'agression communiste. C'est votre mission. La mienne est d'ordre plus personnel. Je tiens à assurer la collaboration cruciale de votre groupe de commande. Nous ne sommes pas isolés. Nous devons travailler en équipe. Si l'un d'entre nous tombe, les autres le porteront. Essayons d'œuvrer ensemble. Si vous le pouvez, essayez de fraterniser avec le personnel australien à Nui Dat. Bienvenue au Vietnam.»

«Allez, les gars. Préparez-vous à partir !»

La compagnie Victor se répartit dans un convoi de six camions escorté par des engins blindés australiens, destination Nui Dat. Le lieutenant Haapu attribua le dernier véhicule à Sam et son unité.

«Une fois monté, Sergent, ordonna-t-il, dites à vos hommes de charger et d'armer leurs fusils.

– Déjà ? s'étonna George.

– Oui, lui répondit Sam et sois prudent. J'ai pas envie de commencer cette guerre avec ton canon braqué sur mes fesses.»

Le convoi franchit bruyamment les grilles et le périmètre défensif de la base aérienne. Loin du port, Vung Tau incarnait une puissance et une beauté surprenantes, quasi arrogantes. À l'origine, les Français y avaient établi un simple poste de douane, mais dans les années 1890, la ville était devenue une petite cité balnéaire prospère, baptisée le Cap Saint-Jacques. Des fonctionnaires et hommes d'affaires de Saigon, à seulement douze kilomètres à l'ouest, y avaient recréé l'ambiance de la Côte d'Azur : avec ses énormes villas, palmiers, plages et bars, on aurait pu croire que les Français continuaient à régner.

George laissa échapper un sifflement admiratif : « Waouh, chef, regarde ça… »

Une jeune femme sortait d'un immeuble. Elle était vêtue d'un ao dai, la robe moulante portée sur un pantalon blanc. Son visage semblait satiné à la perfection. Le moindre sourire l'aurait fendillé.

« Je croyais que t'aimais les femmes plus plantureuses, lui renvoya Sam.

– Pour le moment, n'importe laquelle ferait l'affaire.

– C'est pas ce que tu racontais à ma frangine quand tu lui contais fleurette, fit remarquer Turei, dont la sœur, Emma, était excessivement bien en chair.

– Justement, à ce propos… lui lança George, les lèvres plissées.

– Quel salopard ! renvoya Turei avec une colère feinte. Je me disais bien que son marmot te ressemblait. »

Le convoi déambula dans la périphérie de plus en plus peuplée et pauvre de la ville. Les habitants locaux semblaient pressentir leur passage et s'écartaient prestement sans un regard en arrière. Dans ce pays, le Code de la route était simple. Les plus gros avaient la priorité. Tous les autres — mobylettes, pousse-pousse ou piétons — leur cédaient le passage. Tous, sauf les enfants qui couraient après les camions.

« Si l'un d'entre eux vous lance une pomme, faites gaffe, les avertit Sam. Renvoyez-la immédiatement. Elles sont peut-être rouges et rondes, mais certaines de leurs pommes ont la sale manie de faire boum.»

Le convoi accéléra en entrant dans la campagne et la température atteignit les 30 degrés. Les camions quittèrent bientôt les voies goudronnées, la poussière de latérite rouge s'engouffra. Sam se rapprocha de Turei.

«Ça va aller, lui dit ce dernier. Si la chaleur ne me tue pas, ce sera l'asthme.

– Estime-toi heureux que ce ne soit pas la saison de la mousson.

– Pour que ma troisième option soit la noyade ? Génial…»

Sam retourna à sa place. Il s'était attendu à une jungle dense, pas à ce qu'il voyait. Le paysage, dégagé à perte de vue, était comme craquelé par un soleil impitoyable. Mais ce n'était pas de simples rayons solaires qui avaient balafré et défolié la terre. Elle avait été ravagée par les bombardements, les attaques chimiques et les tirs.

Une demi-heure plus tard, ils pénètrent dans une jungle secondaire, entrecoupée d'hévéas et de bambous. Le convoi grimpe à deux cents mètres d'altitude. Une mangrove marécageuse. Puis un pont.

Sam est alerté par son sixième sens. L'état de la route les ralentit. Les quatrième et cinquième véhicules ont pris du retard, créant une brèche vulnérable. La protection se referme comme les doigts d'un poing.

«Rattrape-les, jure-t-il. Rattrape-les, putain.»

Il regarde les blindés sur le pont. Le premier, celui sous le commandement du capitaine Fellowes, le franchit lourdement. Le deuxième suit et traverse.

Le pont explose. Isolés du convoi, les derniers blindés deviennent la cible de mitrailleurs à partir d'une colline voisine.

«Tout le monde descend ! À droite, à droite !» ordonne Sam en montrant le côté abrité du camion. Il brandit son fusil, plonge et roule en touchant terre.

Des balles traçantes déchirent la toile du camion. Une explosion retentit devant eux tandis qu'une boule de feu orange frappe le véhicule de Fellowes — mais ses hommes sont déjà descendus.

La route n'offre aucun abri. Sam continue à dégringoler sur le côté et se camoufle dans un champ d'herbe à éléphant. L'instant suivant, quelqu'un le percute. Turei.

«Tu peux pas trouver ton propre abri ?» lui demande Sam.

Un autre corps lui fonce dessus.

«Vous me ferez bien une petite place ?» demande George.

Levant la tête, Sam voit le lieutenant Haapu lui faire signe de lancer l'offensive sur la position ennemie.

Bien reçu, opine Sam. Il prépare George et Turei à avancer à son signal. Compte un, deux, trois. Décolle soudain et fonce à travers la végétation, propulsé par une montée d'adrénaline pure. Il s'abrite au bord de la route et attend ses hommes, qui le rejoignent. Ils ressurgissent tous les trois du fossé, fusil à l'épaule, puis plongent de l'autre côté pour se mettre à couvert.

C'est alors qu'une ombre s'abat sur eux comme un grand oiseau sombre.

Sam lève les yeux. Le monde entier s'est mué en tourbillon et tonnerre assourdissant. Un engin aux ailes meurtrières se stabilise en fauchant et déchiquetant le soleil.

Bouche bée, George articule sa stupeur en un seul mot: Puu-tain.

Un hélicoptère de combat Huey Cobra se trouve directement au-dessus de leur tête, si proche que Sam a l'impression qu'il pourrait le toucher en tendant la main. Les turbines soufflent un cri de guerre, un hurlement strident qui lui perfore le cerveau. Le monde entier trépide et vole en éclat.

L'appareil plonge et pique du nez, la queue en l'air. Il est hérissé de tout un arsenal de mitrailleuses, de lance-roquettes et de tourelles. Les canonniers s'agrippent aux deux portes latérales.

Soudain, l'hélico se rue. Son ventre s'ouvre dans un déclic, s'abaisse et propulse un missile qui fuse en sifflant. Une nouvelle ruade annonce le lancement d'une deuxième roquette. En se dirigeant vers la cible, les projectiles répandent une traînée de fumée bleue dans la mangrove. Puis la position visée explose en un déchaînement de déflagrations. Le coteau crépite et s'enfume.

Les tirs hostiles cessent. Avec un flegme insolent, l'hélicoptère vire à angle droit. Sa verrière étincelle. Il descend, se dérobe et survole le marécage. Les canonniers mitraillent la zone de balles traçantes. Au dernier moment, le soleil illumine un oiseau de dessin animé peint sur le fuselage : Woody Woodpecker. Avec un frétillement espiègle de la queue, l'appareil s'élève et quitte le terrain.

En quelques secondes, le convoi sécurise son emplacement et le capitaine Fellowes lève l'alerte. On dirait presque que l'attaque n'a jamais eu lieu.

Ce soir-là, la compagnie Victor dressa les tentes dans la plantation d'hévéas de Nui Dat. Une heure plus tard, les trois amis étaient assis ensemble dans le mess. Les Kiwis et les Aussies formaient des groupes tapageurs, mais les Néo-Zélandais et les Australiens ne se mélangeaient pas.

Notre rivalité cordiale persiste même en temps de guerre, songea Sam, *si les chamailleries doivent se traduire par des coups de poing, ma foi, rien de nouveau sous le soleil.*

«Ouah ! Chef, ce repas est délicieux, dit George. À défaut de femme, la bonne bouffe est ce qu'il y a de mieux. Qu'est-ce que t'en dis, Turei ?»

Mais ce dernier était engagé dans un duel de regards avec un rouquin australien qui l'avait pris en grippe.

«Ce salaud essaie de me faire baisser les yeux», dit-il.

Avant qu'il puisse choisir un plan d'action, un groupe de six aviateurs traversa le mess, dont un grand pilote blond souriant. Un Aussie lui cria : «Hé, Harper, par ici !»

Le type acquiesça et se fraya un chemin autour des tables. Il frôla celle des Kiwis. Quelques soldats se mirent à siffler et à taper des pieds. L'un d'eux entonna le chant de Woody Woodpecker : «ah ah ah ah AH ! ah ah ah ah AH !». D'autres se joignirent bientôt à lui.

Le blond fit une grande révérence puis feignit de s'étonner d'une telle adoration. C'est alors qu'ils commencèrent à le bombarder de petits pains. Il éclata de rire, bras levés pour se protéger, puis il attrapa un pain en l'air et le renvoya. Sam découvrit alors l'inscription US Air Force et la paire d'ailes sur son blouson.

Chapitre cinq

— 1 —

Le cycle de préparation de la compagnie Victor débutait chaque jour à 5 heures avec entraînement physique, lutte, combat rapproché, escalade, descente en rappel, exercices de fuite et d'évasion. L'après-midi était consacré à la reconnaissance et au maniement des armes, au génie explosif, à la topographie (carte et boussole) et à la théorie des déplacements nocturnes. Les manœuvres perfectionnaient l'aptitude des soldats sur le terrain.

Turei, à son poste de grenadier, n'avait guère besoin de pratique et devint rapidement un expert en pose de mines antipersonnel Claymore. Le capitaine Fellowes était épaté par la précision de son ciblage.

« S'il connaissait l'étendue de ton expérience… dit Sam.

– Tu m'étonnes ! poursuivit George en riant. Toutes ces attaques sur les postes de police quand t'étais membre du gang, bro ! »

Mais l'arme décisive et soutien principal de leur section restait la M60, une mitrailleuse polyvalente. Dans ce domaine, Mandy Manderson et Jock Johanssen formaient la meilleure équipe de tireurs. Leur compétence pouvait faire la différence entre victoire et défaite dans les échanges rapprochés qu'affectionnaient les Vietcongs. Si Manderson était blessé, Johanssen était capable de le remplacer au pied levé.

«Je sais que t'es un simple fusilier qui attend son heure, lui disait Manderson, mais ton seul espoir est sans espoir.

– Merde ! Je vais être obligé de prendre les choses en main et de t'arranger un petit accident…»

L'entraînement physique était accompagné de briefings, d'études topographiques et autres exposés sur les opérations de terrain au Vietnam.

«Messieurs, leur annonça le commandant Worsnop, la province de Phuoc Tuy est délimitée par la mer de Chine méridionale et l'estuaire de la rivière de Saigon. Elle compte cent mille personnes, regroupées en majorité le long des routes 15, 23 et 44. Baria et Dat Do sont les grands centres urbains, mais la population est principalement rurale. Elle est partout autour de nous. Elle nous surpasse en nombre. Et au moins un quart de ces gens ont de la famille des deux côtés du conflit. Qu'est-ce que ça signifie pour nous ? Ça signifie qu'une personne au comportement amical n'est pas forcément amicale. De fait, un civil sur quatre est un ennemi potentiel. Mais vous n'en saurez rien.»

Il laissa à la classe le temps d'assimiler ces informations.

«Pourquoi ? Parce que, de jour, vous ne verrez que de simples villageois travaillant aux champs. De nuit, en revanche, ces derniers peuvent se changer en miliciens du Front de libération nationale engagés dans la guérilla. Au niveau le plus élémentaire, ils communiquent des renseignements sur nous — puissance et nombre — aux forces communistes régionales. C'est pour cela que, contrairement aux Américains, nous n'employons aucun civil vietnamien pour la cuisine ou le ménage à Nui Dat. Les attaques au mortier de l'ennemi sont déjà suffisamment proches de nous.»

Les hommes rirent. Au cours des nuits dernières, Nui Dat avait été la cible de fréquentes bombes vietcongs.

«Le citoyen lambda est susceptible d'aller plus loin et de poser des mines ou des pièges à pieu punji. Pire encore, il peut guider des unités communistes et les infiltrer dans notre champ de manœuvre. Certains seront armés.»

Worsnop marqua une pause avant de reprendre son discours, faisant monter la tension d'un cran.

«Je vous ai déjà parlé des forces communistes dans la région. Permettez-moi d'insister, messieurs, car là aussi, leur nombre est largement supérieur au nôtre et le terrain à leur avantage : sachez que la jungle couvre environ les trois quarts de Phuoc Tuy. D'après nos renseignements, les communistes disposent de deux bataillons provinciaux composés de soldats locaux équipés d'armes d'infanterie modernes — je répète : modernes. Oubliez les films qui les représentent comme une armée de paysans. Ils sont hautement entraînés, remarquablement adaptables et extrêmement mobiles.

«En plus de ces deux bataillons — D440 et D445 —, les communistes ont trois régiments réguliers dans la zone. Ils sont les plus dangereux de tout Phuoc Tuy. La plupart sont professionnels, comme nous : des soldats aguerris en provenance du Nord-Vietnam, bien équipés et soutenus par un bataillon sol-air. Ils bénéficient aussi de renforts aériens de Hanoi. N'oubliez jamais que nous sommes moins nombreux. Les communistes sont des ennemis redoutables, ne commettez pas l'erreur de les sous-estimer.

« Dans ces circonstances, que faisons-nous ici et que pouvons-nous faire contre leur supériorité numérique ? Notre mission est de garder le dessus. Notre stratégie consiste à rester sur la défensive tout en planifiant des attaques. Nous devons maintenir une pression incessante pour que l'ennemi ne puisse même pas envisager de mener une campagne de grande envergure contre nous. Comment ? En bloquant leurs voies d'approvisionnement et leur accès à Dat Do et à Baria. En tendant des embuscades dès qu'ils se déplacent. En montant de sérieuses offensives contre leurs bases. En nous assurant qu'ils ne peuvent pas poser l'ombre d'un orteil dans cette province. Questions ? »

Il y eut un moment de silence, puis Sam leva la main.

« Mon commandant, les hommes voudraient connaître la date de leur première opération.

– Ça ne devrait pas tarder. »

Les activités de la compagnie Victor s'élargirent : surveillance du périmètre, entretien des barbelés et intenses patrouilles des environs immédiats de Nui Dat. Rapidement, la deuxième section sous la commande du lieutenant Haapu fut aussi chargée de missions de reconnaissance de Phuoc Tuy, quadrillant régulièrement la province pour établir la présence alliée dans les villages et villes, et pour tenir l'ennemi à distance.

Mais tout ne tournait pas autour du travail. Nui Dat jouissait de bons équipements de sport et de loisirs, dont un cinéma en plein air qui semblait une véritable cible offerte aux Vietcongs. Un soir, il y eut même une projection du film de guerre *A Yank in Vietnam* ; Sam n'en croyait pas ses yeux. C'était dingue. Un hélicoptère lançait l'offensive, à la sauce Hollywood, sur le grand écran alors qu'un échange de coups de feu bien réel prenait place à deux pas d'eux, au-delà de la base. Il s'esclaffa en regardant le spectacle, un Coca à la main, attirant à son insu l'attention de l'Américain blond. Tandis que Harper parcourait la foule des yeux, un AC-47 vrombit au-dessus de leurs têtes. Son fuselage, équipé de rangées de miniguns électriques, grésillait et laissait des traces lumineuses dans le ciel. Harper discerna un jeune type au teint basané essayant en vain d'étouffer son rire. Et, par un effet d'optique, l'éclairage des armes illumina le profil de Sam comme un halo de lucioles. Quelque chose en lui émut Harper, de sorte que son image resta gravée sur sa rétine longtemps après le départ de l'appareil.

— 2 —

Un matin, Sam fut confronté à la nature complexe de la guerre et à la terreur de la population locale piégée entre deux armées rivales dans une zone de combat perpétuelle.

«Préparez les hommes, ordonna le lieutenant Haapu. L'ARVN vient de demander des renforts pour une mission Recherche et Destruction en cours dans un village côtier.»

En se dirigeant vers les camions, Sam vit un insecte d'un vert chatoyant se débattre dans la poussière, tentant désespérément d'échapper à une attaque de scorpions. Avant même l'arrivée du convoi, une odeur de violence flottait dans l'air.

Sam mena sa troupe au pas de course, fusils armés, sur la place du village. Deux maisons brûlaient et des habitants hurlaient. Sam vit un soldat de l'armée de la République du Vietnam assommer un vieil homme d'un coup de crosse.

«C'est quoi, ce bordel ? demanda-t-il à un Australien plus expérimenté.

– L'ARVN casse du niaquoué.»

Sam fut stupéfié par la brutalité de l'opération Recherche et Destruction, mais il n'avait aucun moyen de comprendre l'histoire du conflit dans lequel il venait de débarquer. L'armée du Sud-Vietnam combattait les communistes depuis la Seconde Guerre mondiale. Ses soldats avaient peut-être perdu leurs pères, frères, sœurs ou leurs enfants dans cette bataille acharnée avec le Nord. Ils hurlaient des obscénités en rassemblant les habitants sur la place.

«Ce village résiste à l'ARVN depuis longtemps, poursuivit l'Aussie. Depuis que son chef a été tué par ce salopard là-bas, le commandant. L'ARVN n'aime pas la résistance, même quand elle la provoque, alors elle s'obstine à revenir maltraiter la population. C'est la troisième fois qu'on est appelés ici et j'en ai plein le cul. Je suis venu au Vietnam pour protéger les civils contre les communistes, pas pour les voir se faire persécuter par les leurs.»

Quatre heures plus tard, les villageois étaient toujours parqués sur la place. Le soleil cognait et leur brûlait le visage. Le commandant refusait de leur donner à boire et les abreuvait d'insultes et de coups. De temps en temps, un des civils était emmené dans un bosquet voisin. Une détonation éclatait.

«Tactiques d'intimidation, expliqua l'Australien. Tu en entraînes un au loin et tu fais semblant de l'abattre en espérant que quelqu'un va craquer et admettre qu'ils gèrent une cellule communiste. Mais ils n'ont pas peur de nous. Regarde leurs yeux...»

Sam se tourna vers eux. En réalité, les villageois ne regardaient ni l'ARVN ni le cordon de soldats. Ils guettaient les collines. Là, effectivement, la peur se lisait sur leurs visages.

«Tu vas vite piger qu'ils se font baiser par nous, par les Vietcongs et par tous ceux qui passent chez eux. Ils essaient de mener une vie normale, de s'occuper de leurs rizières et de leur bétail. Et voilà qu'on débarque en agitant nos petits drapeaux, en jouant aux sauveurs, mais en les secouant au passage. Nous ou les Américains. On les rassemble, on boucle leur village, on fouille leurs maisons, on les interroge et on bouleverse leurs vies. Nos potes de l'ARVN tuent leurs buffles d'eau pour les faire parler. Il nous arrive de les emprisonner voire de les descendre si on les soupçonne de nous cacher des renseignements. Si un paysan veut se venger d'un autre et chuchote dans l'oreille de l'ARVN que son voisin collabore avec les Vietcongs… une minute plus tard, pan ! M. le voisin innocent prend une balle dans la tête.»

L'Australien alluma une cigarette et en offrit une à Sam. «Je m'appelle Jim.

– Enchanté. Moi, c'est Sam et merci, mais je fume pas.

– On est censés se battre pour eux et défendre leurs intérêts, poursuivit-il, mais là où ça déconne pour de bon, c'est qu'ils nous foutent une trouille bleue. On se lance dans ces missions Recherche et Destruction, en quête de preuve de liens avec l'ennemi pendant que les habitants attendent qu'on se barre. Mais qui reste-t-il dans les villages ? Il n'y a plus de policier. Plus d'instituteur. Plus de prêtre. Ils ont tous été soupçonnés de collaboration et exécutés dès le commencement par un parti ou l'autre. Il n'y a plus que les vieux et les très jeunes. Pourtant, on continue à avoir peur d'eux. Pourquoi ? Parce qu'on ne sait pas distinguer un Vietnamien d'un Vietcong. Nos soupçons alimentent nos craintes. Et soudain, on se met à les considérer comme de la merde, comme des chiens, et à les traiter en conséquence : ne crois pas que l'ARVN soit la seule. Il suffit qu'on revienne d'une mission et que certains de nos potes y aient laissé les bottes. Qu'on ramasse les morceaux après qu'ils ont marché sur une mine. Qu'on doive repousser la cervelle dans le crâne d'un mec avant de glisser ce qu'il en reste dans une housse mortuaire. On se retrouve survoltés, débordant d'un type de rage qui exige vengeance. Et on se surprend à penser "ce gamin a peut-être seulement cinq ans, mais il est capable de me tuer" ou "cette vieille dame a une bonne tête de mamie, mais qui sait, elle a peut-être une grenade sous la manche." On les bouscule donc un peu et, pour être tout à fait sûrs, on maintient la pression. Là-dessus arrive un type à la gâchette facile, un Américain défoncé qui vide son M16 en voyant un paysan manipuler un truc qui ressemble à une grenade. Ou alors un troufion qui grille un pauvre innocent d'un coup de lance-flammes. Ou quelqu'un court chez lui pour protéger sa famille quand on arrive et on se dit qu'ils sont tous nos ennemis et on balance une grenade par la fenêtre. En un éclair, la section entière se déchaîne, fout le feu au village et tire sur tout ce qui bouge.» Jim inspira une longue bouffée sur sa cigarette. «Et pendant ce temps, les Vietcongs observent à partir des collines. Bien sûr, l'ARVN a sans doute raison de penser qu'il y a une cellule coco ici. Parce que quand on va enfin se barrer avec nos jolis petits drapeaux pour retrouver la sécurité de notre forteresse à la con, tu crois que ce sera fini pour eux ? Pas étonnant qu'ils regardent les collines. Après notre départ, au crépuscule, il y aura de l'agitation là-haut et vlan, ce sera au tour des Vietcongs de débouler et de les faire chier. Aidés par leurs espions, ils rassemblent à nouveau la population. T'as parlé aux Australiens ? Pan, t'es mort ! On t'a vu donner quelque chose à un des soldats. Pan ! Tu leur as souri ? Pan, pan, pan ! Tu dis que l'ARVN a pris un de tes fils ? Dans ce cas, nous, on va prendre le suivant. T'en as pas d'autres ? On se débrouillera avec ta fille. Dis au revoir à ton papa, fillette, on est ta nouvelle famille. Et, juste pour vous donner une bonne leçon, on va amener votre chef dans les champs. Oh regarde, vieil homme, c'est pas ta petite-fille qui court vers nous pour te sauver ? Un coup de fusil et pan ! Mais c'est pas le chef qui tombe, c'est sa petite-fille. Et c'est la leçon. Les vieux ont intérêt à s'assurer que leur village se comporte mieux la prochaine fois sinon gare aux petits-enfants.

«Et par-dessus le marché, toutes les factions en guerre balancent des bombes et des défoliants sur leurs rizières. Ils sont perdants sur toute la ligne, ces paysans, et ils le savent.

Voilà le genre de guerre qu'on mène. Une guerre pourrie, cruelle, sale, dégueulasse.»

Quelques jours plus tard, une nouvelle mission fut confiée au peloton de Sam : il devait patrouiller la «clôture», un vaste secteur miné qui s'étendait de Dat Do à la mer et qui était censé empêcher les Vietcongs d'accéder aux zones peuplées et à de potentielles réserves d'armes. Mais apparemment, les Vietcongs venaient s'y approvisionner, déterraient les mines et les volaient sous couvert de la nuit.

Lors de sa deuxième matinée sur place, Sam tomba de nouveau sur Jim, qui finissait aussi sa ronde à l'aube.

«Salut, Kiwi. Ça va comme tu veux ?

– Ça va, et toi ?

– Je compte les jours avant mon retour en Australie. Plus que deux semaines, mon pote, et je retrouve ma bourgeoise et mes gosses.»

Il grimaça de plaisir. Sur le rivage, des enfants jouaient juste au-delà du périmètre du champ de mines.

«Tu serais pas Hori, par hasard ? demanda-t-il en utilisant le terme péjoratif pour Maori. Si je te tombais dessus dans le noir et si t'étais pas en uniforme, je te confondrais sans doute avec un type du coin.

– Et t'aurais peut-être raison. L'uniforme ne garantit rien, si ?

– Décidément, t'apprends très vite. C'est bien le problème de cette guerre. On n'est jamais sûrs de rien. Ni à quoi ressemble l'ennemi ni qui il est vraiment... dit-il en sortant son paquet de cigarettes. J'arrête de fumer dès que je rentre.»

Un petit cri s'éleva soudain. Un des enfants était tombé.

«Putain de mioches ! Dong lai ! Halte ! Foutez le camp !» hurla Jim. Il s'approcha d'eux en battant des bras, les chassant comme des bestioles noires dans le jour naissant. Celui qui avait chuté restait à terre.

« Non, Jim ! » cria Sam, qui s'aperçut qu'au lieu de jouer, les enfants tentaient de déterrer des mines et que l'un d'eux, celui au sol, avait foiré son coup.

« Merde ! » lança Jim.

La mine que le gamin laissa tomber était à quelques secondes d'exploser. Il ne restait plus qu'à essayer de se placer entre elle et lui et d'espérer qu'il survivrait.

L'engin les déchiqueta tous les deux.

— 3 —

Quelle absurdité ! Sam fut complètement déstabilisé par le décès de Jim. C'était la première de ses connaissances à trouver la mort au Vietnam. L'explosion hantait ses rêves. Il avait vu de si près la désintégration soudaine des deux êtres. Il revoyait leurs silhouettes se découpant dans l'aube puis leur disparition brutale un instant plus tard. Des tas de viande et des débris d'os sur la plage. Et lui était resté planté là, en état de choc, tandis que leur sang coulait sur son visage comme une pluie. Quel ennemi envoie des enfants déterrer des mines ?

Ç'aurait pu être moi à la place de Jim, comprit aussi Sam.

Il avait frôlé la mort ; il avait senti son souffle. Il serait peut-être moins chanceux la prochaine fois.

Et comment se remet-on de la perte d'un ami ? Lentement, une minute à la fois, un jour à la fois. En essayant de passer à autre chose. De se consacrer à la tâche. D'aller de l'avant. Et on se rétablit bientôt.

Un après-midi à la base, Sam, George et Turei tombèrent sur des types qui jouaient au basket : le pilote d'hélico blond, son copilote et un troisième Américain. Ils se disputaient bruyamment le ballon et se lançaient des directives. Sam marqua un temps d'arrêt — les blagues et les rires semblaient issus d'un autre monde. Alors que les Kiwis passaient leur chemin, le blond repéra Sam, se rappela son profil illuminé par les lumières de l'avion et, dans un élan de spontanéité, il lui envoya la balle avec un sourire décontracté aussi large que l'État de l'Illinois. Étrangement, ce geste permit à Sam de fermer la porte sur sa tristesse.

«Vous voulez jouer ? demanda le pilote.

– Un jeu à trois contre vous ? Franchement, j'hésite…

– Allez, je sais que vous en avez envie. Vous faites pas prier. Fox, Seymour et moi, on a besoin d'adversaires.»

Sam feignait la timidité et l'innocence. George et Turei jouaient le jeu et avaient du mal à garder leur sérieux.

«Mais le basket est votre sport national, non ? demanda Sam en donnant un coup de pied dans la poussière. C'est pas très courant, chez nous. On est des gars de la campagne et vous êtes des grands citadins américains.

– On va vous accorder un avantage, dit le pilote blond. 10 points d'avance pour votre équipe.

– 14 ?

– 12.

– Marché conclu», dit Sam en crachant dans ses mains. Il ôta sa chemise et son pendentif en jade.

Surpris, les Américains rirent et se firent un clin d'œil. Ils allaient les massacrer. Le blond serra la main de Sam.

«Cliff Harper.

– Tu peux m'appeler Sam.»

Harper lui tendit le ballon. Avant qu'il puisse prendre sa respiration, Sam le lança à George, qui fit une passe à Turei en défense : pivot, bond et dunk.

«C'est quoi, ce bordel ? s'exclama Harper, ébahi.

– 2 points pour nous, lui dit Sam, ce qui fait 14. On va voir si vous pouvez marquer. À vous.

– Heureusement que le basket n'est pas courant chez vous… Qui vous a appris ?

– Des mormons de l'université Brigham Young.

– Et j'imagine que des campagnards comme vous n'ont jamais joué en pro ? dit Harper, qui commençait à comprendre.

– Si tu me l'avais demandé, je t'en aurais parlé. On était dans l'équipe de la fac. Bon, on arrête de causer et on joue un peu ?»

Le pilote éclata de rire. «Sale petit cachottier», lui dit-il.

La partie reprit. Harper lança le ballon à Seymour, mais Turei l'intercepta avant d'être bloqué par Fox qui fit une passe à Harper… ce dernier n'était pas mauvais pour un Yankee, concéda Sam. Quand il monta, il essaya de l'arrêter, le bouscula un peu…

«On ne serait pas trop intimes, là ?» le taquina l'Américain.

Pris au dépourvu, Sam recula et Harper en profita pour se faufiler et inscrire un panier sans que le ballon touche l'arceau.

«C'est un swish ! dit-il. 14 à 2.»

Le jeu recommença. Sam fit signe à George et Turei de se positionner en homme-à-homme. Quand ils marquèrent les deux points suivants, Harper sembla ravi :

«Hé les mecs, dit-il à ses coéquipiers. Dieu existe pour de bon. Il nous a enfin envoyé des adversaires dignes de ce nom.» Il quitta son tee-shirt, car il faisait de plus en plus chaud ; la sueur dégoulinait sur ses pectoraux. Il montra Sam du doigt : « Je vais pas te lâcher, toi. T'es mon larbin.»

Le match se fit sérieux. Sous la chaleur accablante, une passe maladroite de Turei permit aux Américains d'égaliser.

Sam changea de stratégie. Il avait toujours été doué pour tirer de loin alors au lieu de se poster dans la zone avant, il se concentra et marqua un panier à distance.

«Regarde un peu ce connard !» dit Harper à Seymour d'un ton plein d'admiration.

Vingt minutes plus tard, l'équipe kiwi menait de justesse. Harper consulta sa montre. «Et merde ! On doit partir, mais vous ne perdez rien pour attendre. Vous pouvez commencer à trembler !»

Sam sourit et rejoignit les joueurs au robinet, où ils s'aspergèrent d'eau et se rincèrent la bouche.

«Quels autres sports vous pratiquez ?» demanda Harper.

C'était une question innocente, mais Sam ne put s'empêcher de le taquiner : «Le football américain.

– Tu plaisantes !

– T'es pas au courant ? Le foot américain est un sport traditionnel maori.»

Harper éclata de rire, se jeta sur Sam et ils se mirent à chahuter, à s'esquiver ou à s'autoriser quelques effleurements de peau chauffée par le soleil. Puis Sam abdiqua, mains levées, et retourna se rafraîchir au robinet. Quand il eut fini, il s'aperçut que Harper avait ramassé son pendentif en jade.

«Qu'est-ce que c'est ?

– Un hei tiki. Mon père me l'a donné à mon départ. Il est dans la famille depuis des années. Il est censé me protéger.»

Le hei tiki était en forme d'homme. Ses volutes et spirales réfractaient le soleil, qui éclairait les grands yeux et la langue tirée du visage.

«Un *étiki* ? fit Harper. Je peux même distinguer les veines.»

Quand Arapeta l'avait glissé autour du cou de son fils, le hei tiki s'était animé au contact de sa peau et s'était logé à sa place, dans un creux de son torse.

Harper montra du doigt le pénis, qui s'enroulait autour de la cuisse gauche.

«Et ça, c'est quoi ? Et ça ?»

Des taches pâles semblaient gicler du gland jusqu'aux épaules du hei tiki.

«Il s'appelle Tunui a te Ika, en honneur de la comète de Halley. Quand les gens l'ont vue dans le ciel, elle leur a fait penser à un orgasme masculin. Et les taches pâles, eh bien ce sont, euh… des étoiles.

– Tu me charries ? lui demanda Harper.

– Non, c'est vrai», répondit Sam en essayant de garder son sérieux, mais il finit par craquer. Il se tordit de rire, bientôt imité par Harper. Les autres les regardaient, perplexes.

Sam passa le cordon du hei tiki autour de son cou et sentit l'amulette retrouver sa place. Il tendit la main à Harper.

«Merci pour le match.

– Affirmatif, lui répondit Harper avec une poignée de main vigoureuse et un grand sourire. La base est petite, on se recroisera sans doute. Tu me dois une revanche.»

Il était raisonnable de l'envisager, mais ça n'eut jamais lieu. Puis, une semaine plus tard, la compagnie Victor eut droit à une permission à Vung Tau.

Chapitre six

— 1 —

«Enfin l'heure de tirer une bordée», exulta Turei en se frottant les mains.

Il était 4 heures de l'après-midi et la compagnie Victor venait juste de prendre ses quartiers à Vung Tau. Les hommes n'avaient que l'alcool et le sexe à l'esprit — certainement pas les mises en garde du capitaine Fellowes : «Je sais que ça va entrer par une oreille et sortir par l'autre, mais évitez les endroits dangereux, n'allez nulle part seul, ne dépensez pas tout votre argent et si vous voulez coucher avec les call-girls, utilisez des capotes et rentrez avant le couvre-feu.»

La bonne blague. Quand Sam, George et Turei arrivèrent en ville, l'unique conseil qu'ils avaient l'intention de suivre était celui de rester ensemble. Pour le reste, les règles sont faites pour être transgressées, mon pote, et le capitaine devait bien savoir que les Maoris ne mettent jamais de préservatif.

Les trois amis de Waituhi arrivèrent dans les bas-fonds près du port à 5 heures, mais avec le raccourci que leur fit prendre George, ils se perdirent dans un dédale de venelles ourlées d'étals.

«Tu parles d'un éclaireur, grommela Turei, t'es même pas foutu de trouver la route de la baise.»

Le marché débordait de fleurs pour les offrandes de temples et de fruits variés : ananas, papayes vertes, ramboutans, mangues, lychees, fruits à pain, goyaves, fruits de la passion, citrons verts sauvages, pommes-cannelles et avocats. Les marchands vendaient du riz, des nouilles fraîches et du tofu. L'un d'eux proposait des œufs de caille, de poule et de canard dont certains macéraient dans un mélange charbonneux de cendre, de chaux et de sel. Dans un coin du marché, des paniers étaient pleins à craquer de poussins et de canetons qui piaillaient, gigotaient et grimpaient les uns sur les autres. Les étals de poissons frais et de viande se trouvaient sous le toit en tôle ondulée d'une halle. Les poissons frétillaient dans des plats métalliques. Des homards aux pinces bleu roi et aux carapaces pourpres irisées étaient empilés en tas. Des oies blanches au bec jaune étaient attachées à côté d'oies noires au bec rouge. On vendait des oiseaux chanteurs emprisonnés dans des cages de bambou. Des nuages de mouches s'élevaient lorsque les clients manipulaient des morceaux de viande. Certains présentaient une ressemblance troublante avec du chien ou du rat.

George poussa un cri d'horreur lorsqu'il tomba par hasard sur une fosse à serpents. Un vieil homme rabougri était en train de dépouiller les reptiles aux yeux vert vif et à la peau verte et brillante. Ils l'attaquaient en sifflant quand il les saisissait et les incisait.

Dès qu'ils furent sortis de l'embrouillamini d'étals, Sam prit la tête et ils arrivèrent enfin au marché du sexe sous toutes ses formes avec ses bars bondés d'entraîneuses, de maquereaux et de racoleuses. Le commerce allait déjà bon train, les amis n'étaient qu'un groupe perdu dans un flot de Yanks, d'Aussies et autres soldats en permission. Les filles, tout sourire, les appelaient et tentaient de les attirer au passage.

Certaines d'entre elles étaient loin d'être mignonnes, mais l'obscurité et l'éclairage judicieux pouvaient faire des miracles — le désir de s'envoyer en l'air aidait aussi. Rien de tel qu'un déchaînement d'hormones couplé à l'effet relaxant de mauvais alcool pour changer toutes les filles en véritables bombes.

George repéra une call-girl à son goût. Elle était plutôt enveloppée, ce qui explique sans doute pourquoi elle était moins populaire que ses compagnes. Elle le reluqua et le classa immédiatement dans la catégorie des pigeons, à laquelle il appartenait.

«Ouah ! dit George.

– Salopard, lui lança Turei. Elle ressemble à Emma !

– Qu'est-ce que tu veux ? Ta sœur m'a dégoûté à tout jamais des maigrichonnes...»

George s'approcha d'elle pour la baratiner. Elle lui montra sa carte de santé tamponnée, preuve qu'elle avait passé une visite médicale.

«T'as pas deux copines pour mes amis ?» lui demanda-t-il.

Elle siffla entre deux doigts et négociait bientôt avec d'autres entraîneuses qui s'étaient précipitées à son signal.

«Les filles sont prêtes, juste pour vous Kiwis», dit-elle.

Elles menèrent les gars dans le bar voisin, LOVE FOR YOU HERE. Ils s'installèrent dans des box séparés avec une femme chacun. Par respect pour son grade, George donna la plus jolie à Sam, garda la plus corpulente pour lui et attribua la troisième à Turei. Celle de Sam le fit jouir en quelques secondes.

«Ouh, dit-elle en souriant, tu attendais ça depuis longtemps, hein, petit soldat !»

Une demi-heure plus tard, il descendit les marches. Le bar était tellement bondé et enfumé qu'il ne vit pas Turei avant de lui rentrer dedans.

« Yo, bro ! lui lança ce dernier. T'es heureux, chef ? »

Sam acquiesça en souriant.

« Où est George ?

– Il est encore en haut, ce saligaud. Mais je vais l'achever. Regarde ça… dit Turei en lui montrant un verre de vin à l'aspect douteux.

– Qu'est-ce que c'est ? »

Le croyant intéressé, le patron du bar désigna un petit tonneau en verre rempli d'un liquide transparent. Lovés à l'intérieur, se trouvaient des serpents d'un mètre de long, le dos marron et le ventre rayé crème et noir.

« C'est vin de serpent, évidemment, expliqua-t-il. Il rend ton arme virile grosse et forte. Tu bois, puis tu manges le serpent. Pas la peine d'avoir grosse et forte arme virile si tu peux pas tenir toute la nuit. Tu veux ?

– Non merci. »

George les rejoignit à ce moment. « J'ai soif, à boire ! »

Un dangereux éclat farceur passa dans l'œil de Turei. « Pas une bonne idée », lui murmura Sam, car George avait horreur des reptiles. Mais :

« Je t'offre la spécialité de la maison, dit Turei en faisant signe au patron. Hé, mon copain veut goûter ton vin ! »

Le type lui en versa un verre, que George descendit d'un trait.

« Ça a bon goût ? voulut savoir Turei.

– C'est pas la vodka locale ? C'est pas ce que vous buvez, vous ? » demanda George en en prenant un deuxième.

Turei fit un clin d'œil démoniaque à Sam.

« Puisqu'on est ici, autant manger », poursuivit-il.

Sam chercha à alerter George, mais Turei lui donna un coup de pied dans le tibia.

«C'est moi qui régale», dit-il en menant George à une table d'où il ne pouvait pas voir le proprio sortir un des gros serpents du tonneau.

Cinq minutes plus tard, celui-ci plaça une assiette devant George. Les dés de viande — marron sur le dessus et striés crème et noir dessous — étaient frits et baignaient dans une sauce épaisse.

«Vous mangez pas ? demanda George.

– C'est déjà fait, s'empressa de lui répondre Turei.

– Vous devriez goûter ce steak. Il est délicieux.

– Euh, non, merci.»

En regardant George, Sam se sentit nauséeux.

«Tu aimes ? dit le patron. Tu veux encore ?

– Ouais, d'accord.»

Le type apporta le tonneau sur la table et en sortit deux serpents. Turei était secoué par un fou rire.

«Lequel ? Marron ou rayé ?

– Espèce de fumier», lâcha George à Turei juste avant de vomir.

— ? —

À 10 heures, le quartier chaud s'était enflammé. George et Turei, à moitié ivres et soutenus par Sam, chantaient *Ten Guitars*. Rejoints par d'autres Kiwis, ils partirent chez madame Godzilla, où l'ambiance était frénétique. Après une altercation avec des Aussies, dont le rouquin qui dévisageait Turei depuis leur arrivée au Vietnam, ils trouvèrent enfin une table.

«Toi et moi, Hori, lança l'Australien, on va s'expliquer d'homme à homme un de ces jours.

– Quand tu veux et où tu veux», répondit Turei.

Soudain, à travers la fumée, Sam vit Cliff Harper et son collègue, Fox, qui revenaient de l'arrière-salle avec des filles.

Lorsqu'ils écartèrent le rideau de perles, ils furent accueillis par des sifflets et des grondements. Fox rit et focalisa les applaudissements sur Harper en lui donnant une tape dans le dos. Ce dernier sourit.

Des rapports sulfureux avaient pris place dans l'arrière-salle. Deux des entraîneuses continuaient à se disputer l'attention du pilote. Il leva gracieusement les bras au ciel: «Merci, mesdames, j'ai ma dose pour aujourd'hui.»

Elles étaient tenaces. Un éclat plus résolu traversa les yeux de Harper.

«Peut-être tu veux danser ?»

Il essayait d'être diplomate, mais quand d'autres filles se pressèrent autour de lui, la frustration se lut sur son visage. Il avait forniqué et désirait à présent boire un coup avec ses potes. Puis Sam vit qu'il remuait bizarrement les doigts.

Fous-moi la paix, veux-tu ?

Sam fut interloqué. Harper avait parlé en langue des signes, habituellement réservée aux sourds. Heureusement pour lui, certains de ses camarades étaient disposés à s'occuper des filles, qui finirent par les suivre. Il s'affala sur sa chaise, la tête entre les mains. Ses doigts se remirent à faire des signes.

Qu'est-ce que je peux m'emmerder, Johnny…

Il but une lampée de bière, promena un regard blasé autour du bar et vit Sam. Il plissa les yeux pour s'assurer qu'il ne se trompait pas et lui sourit. Sam eut alors l'audace d'agiter ses doigts à son tour:

Qui est Johnny ?

Harper recracha sa gorgée de boisson et, sidéré, reposa son verre.

Tu me comprends ?

T'es pas au courant ? La langue des signes, comme le basket, est une tradition maorie.

Harper sourit.

Laisse-moi deviner. Des missionnaires mormons te l'ont enseignée ?

Exactement. T'es avec des amis ?

Oui. Toi aussi ?

Le vacarme et la fumée semblèrent s'amplifier. Harper fit des signes désespérés, puis il montra la porte.

Trop de bruit ici. Retrouve-moi dehors. Je veux te parler.

Sam opina de la tête, emporta sa bière et dit à George qu'il allait prendre l'air. Il se fraya un chemin dans la foule — parcours encombré et ponctué de petites tapes affectueuses sur les fesses — et atteignit enfin la rue. Harper s'extirpa de son groupe d'amis pour le rejoindre. Les deux hommes restèrent plantés là, à regarder les étoiles, sans éprouver la moindre gêne. Le silence était complètement naturel. Leur compagnie réciproque suffisait. Il est parfois inutile de saturer l'air de paroles.

«Alors, c'est qui, ce Johnny ? demanda enfin Sam.

– Mon petit frère. Il est né sourd et muet. Mes parents et le reste de la famille ont dû apprendre la langue des signes pour lui parler.

– Le reste de la famille ?

– Je viens du Midwest, de l'Illinois. Mon père a une ferme à quelques heures de route de Chicago. J'ai deux sœurs, Gloria et June, bien plus âgées que moi. Mais maman voulait des garçons, alors mon pauvre père a dû persévérer jusqu'à ce que ça marche. Je suis né douze ans après June, et Johnny m'a suivi deux années plus tard pour me tenir compagnie. Je suis devenu tellement doué au langage des signes qu'à la fin, mes parents ont renoncé à l'apprendre et se servaient de moi quand ils voulaient communiquer avec Johnny. «Cliff, dis ceci ou dis cela à ton frère.» À l'adolescence, il savait lire sur les lèvres, mais on a continué à parler ensemble à notre manière, ce qui finissait par agacer tout le monde. «De quoi vous parlez, les garçons ?»

demandait ma mère. June s'inquiétait : «Tu dis du mal de moi dans mon dos, Johnny Harper ?» On s'amusait comme des petits fous.» L'expression de son visage vacilla entre bonheur et nostalgie. «Les conversations avec Johnny me manquent. Ces échanges dans notre langue secrète. Alors parfois, comme tout à l'heure, j'oublie où je suis et je me mets à lui parler comme s'il était ici. Et c'est tombé sur toi !»

Harper passa les doigts dans ses cheveux. Des éclats dorés s'éparpillèrent dans le noir.

«Je suis rarement aussi bavard, poursuivit-il. Et toi, alors ? Comment tu as appris cette langue ?

– Je t'ai parlé des dirigeants mormons... L'un d'eux, l'ancien Crowe, nous a entraînés au basket et au foot américain.

– Tu veux dire que c'était vrai ? Tu plaisantes !

– Je plaisante ? Man, si tes potes d'hélico jouent contre nous au foot, on vous mettra la branlée de votre vie — et tu seras mon larbin, cette fois-ci.

– Pari tenu ! répondit Harper en crachant dans ses mains. Mais ça n'explique pas comment tu connais la langue des signes.

– Eh bien, l'ancien Crowe était partiellement sourd-muet. Tu vois ce que je veux dire : ses mots étaient parfois étouffés et noués, pas faciles à comprendre pour l'équipe. Comme j'étais le capitaine, j'ai appris les signes pour transmettre ses instructions. Il m'arrivait de les modifier pour jouer avec ses nerfs. Je me souviens même d'un match où j'ai dit aux gars de faire ce que moi, je voulais, en faisant semblant que ça venait de lui. Je me suis fait remonter les bretelles quand on a perdu.»

Harper hurla de rire. Il s'adossa au mur et souffla longuement.

«Ça fait du bien de rigoler, bon Dieu. De rire pour de bon. Cette guerre nous prive de tout, on oublie tant de choses. Tiens, je viens juste de me souvenir que c'est la fin de l'automne au Dos de la Lune…

– Au Dos de la Lune ?

– C'est le nom de notre ferme. Les arbres qui flambent de tous leurs oranges et rouges vont perdre leurs feuilles. Le vent froid descendra tranquillement du nord, juste assez glacial pour briser la buée quand elle te sort de la bouche. Mon père et Johnny vont conduire le bétail en altitude pour le pâturage hivernal. La neige ne tardera pas, suivie des blizzards et du grésil. L'an dernier, un grizzly a tué une de nos bêtes. Je l'avais en point de mire, mais comme par hasard, mon fusil s'est enrayé. Le temps que je le débloque, l'ours s'était barré. J'ai lancé les chiens, mais ils n'avançaient pas assez vite dans la neige. Les congères peuvent dépasser la taille d'un homme. C'est Johnny qui devra s'occuper de ce grizzly s'il revient. Heureusement qu'il a été réformé à cause de sa surdité, poursuivit Harper tristement. Mais voilà que je recommence… un vrai moulin à paroles !»

Un grand tumulte s'échappa du bar, vivats et sifflets, applaudissements. Harper se tourna vers Sam.

«Hé ! Faut pas rater madame Godzilla : c'est le clou du spectacle.»

Il lui passa un bras sur les épaules et l'entraîna vers une fenêtre. Cette proximité physique s'établit si aisément que le corps de Sam se laissa couler dans l'étreinte amicale. En arrivant, Harper poussa Sam, qui était plus petit, devant lui pour qu'il voie mieux.

La scène était vide, mais le pianiste s'apprêtait à commencer.

«Pourquoi elle s'appelle madame Godzilla ? demanda Sam.

– Tu vas comprendre.»

À l'intérieur, les clients qui frappaient en rythme sur les tables évoquèrent pour Sam les indigènes de Skull

Island qui incitaient King Kong à venir chercher la jeune fille sacrificielle. Si ce n'est qu'au lieu de taper trois grands coups sur un gong de la taille de la lune, quelqu'un marquait la cadence avec un petit triangle : *ding, ding, ding*. L'image réductrice provoqua l'hilarité de Sam.

« La voilà », dit Harper.

Le rideau de perles s'écarta et madame Godzilla fit son apparition. Elle — « il ? » — avait réussi à fourrer son énorme corps dans une robe noire dix fois trop petite qui lui arrivait loin au-dessus du genou et d'où se balançaient des noix de coco d'un goût douteux. Soigneusement maquillée, elle portait une incroyable perruque blond platine qui lui couvrait un œil. Elle sourit, révélant plusieurs dents en or au milieu d'une bouche rougie par la consommation de bétel. Elle semblait vaguement familière, de façon troublante.

Elle donna un coup de pied en direction du pianiste et entama son numéro.

« T'as envie d'amour, petit soldat ? »

Coup de reins, déhanchement, clin d'œil — allez, minaude et fais tourner ces perles, girl !

« Je te présente la Marylin Monroe de Vung Tau », annonça Harper. Il était si près que son haleine rafraîchissait le cou de Sam.

Madame Godzilla descendit de l'estrade pour se mêler aux clients ; quatre GI tentèrent de s'enfuir. Manque de chance. Elle les retint dans ses bras monstrueux, força l'un d'eux à s'asseoir sur son giron singulièrement bosselé, puis se mit à chanter :

« (Quel bol tu as !) Car ce soir tu m'aimeras… »

Madame Godzilla remuait ardemment du popotin, se déhanchait et pivotait en poussant de profonds gémissements lubriques. Elle plongea ses doigts aux ongles immenses dans l'entrejambe du GI — aïe. Et ouille. Il pâlit et les rires fusèrent quand elle fit une grimace indiquant qu'elle avait beaucoup de mal à trouver ce qu'elle cherchait.

«J'ai une combine pour combler ta pine (si t'en as une)
Tu vas t'envoyer en l'air, je saurai te satisfaire !»

Elle vira brutalement le soldat et chercha le spécimen au-dessus. Mais les hommes, quelle que soit leur taille, voulaient tous lui échapper. Déçue, elle termina sa chanson :

«Je suis la meilleure pépée de tout Vung Tao, yeah !»

Elle fixa le public de son regard perçant et personne n'eut le courage de ne pas l'applaudir.

Sam se tourna vers Harper.

«T'avais raison ! Je n'aurais manqué ça pour rien au monde…»

On aurait dit deux gamins qui s'étreignaient avec enthousiasme, au comble du bonheur. Comme s'ils avaient volé une pastèque dans le potager du fermier et échappé à sa colère en sautant la clôture et filant sur la route. Comme s'ils s'étaient faufilés sous le nez du guichetier au cirque et regardaient les trapézistes se balancer sous le chapiteau. Comme s'ils avaient fait la guerre buissonnière pour une descente en luge, prêts à foncer sur la neige dans le froid qui hachait leur rire en minuscules fragments syllabiques.

Mais quelqu'un — Turei — attrapa Sam et le tira vers lui.

«Ah, te voilà enfin, bro ! Faut qu'on y aille !

– Non, attends…»

Turei n'était pas d'humeur à négocier.

«Allez, Sam, espèce de gros fêtard !»

Tout en riant et protestant, ce dernier esquissa un geste de regret vers Harper et le quitta. Il ne pouvait pas savoir que son départ provoquerait un insondable sentiment de perte chez le pilote. Comme si Sam était tombé de la luge et avait dégringolé et disparu dans la neige.

— 3 —

Lorsque la compagnie Victor revint à Nui Dat, Sam fut surpris de voir que le lieutenant Haapu les attendait.

« Vos hommes se sont bien amusés, sergent ? Tant mieux. Au boulot, maintenant ! Rassemblez-les d'urgence pour un briefing. »

Turei adressa un regard enthousiaste à George. « Tu crois que c'est ce que je pense que c'est ? »

Une demi-heure plus tard, le commandant Worsnop prit la parole. « Nous y sommes, les gars. Vous avez été patients, mais demain notre bataillon se joindra à des forces australiennes et américaines pour une vaste offensive contre les communistes. »

Sam en eut le souffle coupé. Certains des soldats acclamèrent la nouvelle.

« La compagnie Victor fait partie du groupe de tête qui montera le camp de base. L'occasion de mettre votre entraînement en pratique. Bonne chance. Le nom de code est : opération Bucéphale. »

Les hommes travaillèrent tard dans la nuit, engagés dans les préparatifs. Chaque soldat vérifiait son barda : casque et gilet pare-balles, sangles, harnais, sac banane, poche à munitions, étui à pistolet, gourdes, baïonnette ou machette, ceinture à cartouches. Les rations lyophilisées étaient les plus légères. Il suffisait d'ajouter de l'eau et de mélanger. Après cela, les hommes n'eurent plus qu'à attendre l'extinction des feux et essayer de voler quelques heures de sommeil.

Sam relut des lettres d'Arapeta, de Florence et de Patty. Celles de son père exprimaient, dans un style solennel, l'espoir que Sam honore le mana de son iwi. Celles de sa mère semblaient tachées de larmes et Patty avait envoyé un dessin de son nouveau poney. Elle se plaignait de ce que leur petit frère Monty ne cesse de tout casser. La lecture le rendit sentimental et il finit par les ranger. Pour une raison ou une autre — la solitude ou le stress —, il songea à Harper.

Il passa le reste de la soirée à regarder la lune, allongé dans son lit de camp. L'opération Bucéphale était l'occasion de se venger. Utu pour la mort de Jim.

Dans le silence de la nuit, George se mit à jouer de la guitare en chantant : « E pari ra, nga tai ki te ahau… »

Pour Sam, les paroles de cette vieille chanson de la Seconde Guerre mondiale évoquaient Arapeta. Serait-il à la hauteur pour marcher dans les traces de son père ?

George s'exclama. Intrigué, Sam le rejoignit. « À qui tu parles ? »

Les traits tirés et les yeux hagards, son ami montra un bosquet d'arbres du doigt. Sam ne distingua rien au départ, puis il vit quelque chose bouger, cligner des yeux.

Perché sur une branche, une chouette brun roux les observait fixement.

« Je viens d'avoir de la visite, expliqua George en riant. Tu vois ? Elle m'a appelé par mon nom. Ça m'étonnerait que je revienne vivant de cette guerre. »

Puis, courageusement, il se mit à chanter une sérénade à la chouette.

« E hotu ra ko taku manawa… »

L'oiseau le toisa et poussa un cri discordant, à glacer le sang.

« Ma chanson ne te plaît pas ? » demanda George.

La chouette lui lança un dernier regard. Cligna des yeux. L'instant suivant, dans un bruissement de velours, elle prit son envol et passa en plein devant la lune.

Chapitre sept

— 1 —

4 heures du matin. Toujours noir. Sam sentit qu'on lui tapotait l'épaule et le lieutenant Haapu chuchota : « C'est l'heure. Réveillez les hommes. »

Sam se leva immédiatement et parcourut la tente en gueulant : « Debout les gars ! Douche et rata ! »

À 5 heures, l'aurore n'était pas loin. Dans tout Nui Dat, le corps expéditionnaire australien et néo-zélandais se préparait à rejoindre la base de Luscombe.

« Grouillez-vous ! Fissa, fissa ! »

À 5 h 30, la compagnie Victor avait pris position autour de la piste et les hélicoptères décollaient.

Ceux de combat partirent en premier. D'autres moteurs se mirent à ronfler. Contact, fumée bleue, odeur de carburant. Du silence absolu au vacarme assourdissant en une seconde. Les engins se balançaient et vibraient sous les pales. Le soleil étincelait sur les rotors.

« Tour de contrôle, c'est Woody Woodpecker. Vérification radio, à vous.

– Woody Woodpecker, je vous reçois 5 sur 5.

– Affirmatif. Départ imminent. »

Harper décolla, l'appareil trépida et, comme à son habitude, le pilote salua les soldats restés sur la piste. Il promit de remplir sa mission en immobilisant l'adversaire pendant l'avancée des troupes. Il pria pour tous les pauvres bougres qui se trouveraient bientôt face à face avec l'ennemi. *Reviens en un seul morceau, Sam.*

À 6 heures, les Australiens étaient partis. C'était le tour de la compagnie Victor.

Les fantassins couraient déjà vers les appareils qui leur étaient assignés. Sam vit le lieutenant Haapu guider les tireurs de mortier, l'officier de service, le signaleur et l'infirmier à bord du premier hélico. De toute la section, le signaleur était la cible préférée des tireurs embusqués. Sans lui pour relayer les ordres, demander des renforts ou une ambulance aérienne afin d'évacuer les blessés, vous étiez mal barrés.

Le soleil déboula dans le ciel au grand galop. Sam poussa sa troupe à travers les rayons pour embarquer vite fait bien fait. À l'intérieur, le copilote lui fit un signe de reconnaissance : c'était Seymour, l'un des joueurs de basket. Ils comptèrent ensemble les hommes : George, Turei, Mandy Manderson, Jock Johanssen, Red Fleming et six fusiliers. Ils portaient tous, attachés à leur sac en fourniment supplémentaire, des lance-roquettes antichars jetables. Si l'ennemi se croyait en sécurité dans les bunkers, ces petits bijoux l'en chasseraient.

Sam leva le pouce en direction de Seymour. L'hélico décolla et se joignit à la formation de bataille. Le sol défilait, six cents mètres sous leurs pieds.

Vingt minutes plus tard, la terre commençait déjà à exploser.

« C'est notre artillerie, expliqua Sam pour rassurer ses hommes. Ils nous couvrent et occupent les Vietcongs pendant qu'on avance. »

La radio s'affola ; l'armada claqua, vola et amorça sa descente vers la zone d'atterrissage — toujours le moment le plus dangereux.

Sam entendit le message du pilote aux hélicoptères de soutien :

« Une minute avant de larguer les hommes. Aucun ennemi en vue sur la Landing Zone. Approche finale imminente. Tout est bon, Woody Woodpecker ?

– Bien reçu. Tout bon. »

L'appareil s'inclina à gauche et suivit le coteau d'un sombre terrain montagneux. Le sol se précipita bruyamment et ils se trouvèrent en vol stationnaire, six mètres au-dessus d'une parcelle défrichée au milieu de la jungle.

Sam croisa le regard de Red Fleming : « Ça va ?

– Je me suis pas pissé dessus, chef, si c'est ce que tu veux dire. Pas encore. »

Puis, comme par miracle, l'appareil s'abaissa à nouveau pour se stabiliser à trois mètres au-dessus de la Landing Zone.

« Go, go, go ! » cria Seymour.

Sam sauta immédiatement, accueilli par un tourbillon de fine poussière rouge. Il courut vers l'abri le plus proche et roula par terre, fusil armé, attendant la balle qui révélerait la présence d'un sniper. Son cœur cognait si fort dans ses oreilles qu'il n'entendait presque plus rien.

Le reste des soldats toucha terre. L'hélico s'éleva dans un hoquet, prit de la vitesse et disparut derrière les arbres pour tenter de faire croire à l'ennemi qu'il ne s'était rien passé là. Il s'apprêtait à laisser une fausse piste dans une autre partie de la région.

Pendant les quinze minutes suivantes, la compagnie Victor garda la position tandis que le reste des troupes la rejoignait. À chaque arrivée, plus d'hommes et plus de matériel. Puis ce fut terminé : le bataillon entier était au sol.

Tout était silencieux. Avec le départ du dernier hélicoptère, Sam ressentit une terrifiante sensation d'isolement.

Satané petit tane, se dit-il. *On y est. On y est pour de bon.*

Dans la zone de combat.

— 2 —

Premier jour

«En avant», ordonna le commandant Worsnop.

Chaque compagnie du bataillon Anzac se dirigea vers le secteur opérationnel qui lui était assigné. Sam croisa un jeune soldat australien.

«Ça change des bagarres entre nous à la base, hein ? lui dit-il. Bonne chance, Kiwi !

– Toi aussi, Digger !»

La destination de la compagnie Victor se trouvait à deux heures de marche au sud-ouest. Le seul repère distinctif était le mont des Deux-Cornes. La route serpentait entre d'épaisses bambouseraies, des forêts secondaires et enfin une haute jungle primaire. Les détonations étouffées en provenance de l'est, qui tonnaient comme un orage lointain, signifiaient que l'atterrissage des Américains engagés dans l'opération Bucéphale ne s'était pas déroulé sous de si bons auspices.

La compagnie atteignit sa position en début d'après-midi et établit son camp de base sous les deux cornes. Pendant que des sections patrouillaient pour refouler l'ennemi, d'autres érigeaient la défense sur place en disposant sentinelles, mitrailleuses M60 et mines Claymore de façon à synchroniser la ligne de feu.

Au coucher du soleil, le commandant Worsnop convoqua les troupes : «J'ai reçu nos instructions et je peux maintenant vous dire pourquoi nous sommes ici. Comme vous le savez peut-être, les activités adverses ont redoublé dernièrement dans la province de Phuoc Tuy. D'après nos renseignements, elles sont coordonnées à partir d'une nouvelle base de soutien logistique située à proximité du mont des Deux-Cornes, qui fournit les forces vietcongs de notre province et de plusieurs autres.

« Jusqu'à aujourd'hui, nous avons frappé nos ennemis dès qu'ils faisaient surface. L'objectif de l'opération Bucéphale est de les tuer dans l'œuf. Les renseignements américains font maintenant état de préparatifs d'une offensive sur la base aérienne de Bien Hoa. Notre mission est d'arrêter les Vietcongs avant. Quand leurs quartiers seront découverts, un commandement conjoint s'assurera de les détruire. »

Il donna la parole au capitaine Fellowes, qui attribua un secteur de recherche à chacun de ses lieutenants. Celui de Haapu était un delta au cœur d'un vaste bassin fluvial, avec un village au fond d'une des vallées et un réseau entier de pistes qui disparaissaient dans les nuages.

« Début des patrouilles demain matin », dit Haapu à Sam.

Ce dernier eut du mal à dormir cette nuit-là. Il sentait la pression de sa première action de terrain. Serait-il à la hauteur ? Saurait-il mener ses hommes dans la bataille et les en ramener ? Aux premières lueurs de l'aube, le ciel devint une mer de vagues opalescentes teintée de rouge qui s'étendait au-delà du bout du monde. Sam remarqua qu'il était traversé d'est en ouest par une large barre nuageuse fragmentée en longues bandelettes parallèles, comme si des bancs de poissons frétillaient sous la surface.

Ciel de traîne, songea-t-il en s'apercevant que c'était un signe — que ce qui devait arriver allait arriver — et il fut envahi d'une sérénité extraordinaire.

Il se rappela le jour du palomino aux yeux fous. Il était grand adolescent à l'époque. Arapeta et d'autres dompteurs avaient rassemblé un troupeau de mustangs sauvages dans les monts Rimutaka. Son père eut le premier choix et il sélectionna le cheval palomino. Il essaya de débourrer l'étalon pendant des jours, puisant dans ses ressources de sagesse et de ruse, mais il finit par avoir recours au fouet. Sam le lui arracha des mains.

«Tu penses que tu peux mieux faire ? lui demanda son père. Si tu réussis à l'apprivoiser, je te le donne.»

Le lendemain matin, Sam leva les yeux sur un ciel de traîne avant de se rendre auprès du cheval dans le corral.

«Tu es le roi des étalons, lui dit-il, le monde devrait être ton royaume.»

Les yeux exorbités de rage, l'animal se cabra à son approche. Il avait la bouche ensanglantée par le mors et des blessures de coups de fouet encore moites sur le dos.

«Doucement, doucement», susurra Sam. Il passa plusieurs heures à frotter un onguent sur ses plaies sans cesser de lui parler.

La veille, il avait tordu un vieux drap qu'il comptait utiliser comme une bride souple. Il la plaça à sa bouche et le monta prestement. Il ne voulait pas de selle.

Toute sa famille se rassembla pour regarder la lutte.

«Ouvre la barrière, Patty ! cria Sam.

– Mais que fais-tu ? hurla son père. Ce cheval va te jeter et s'enfuir avant que tu aies le temps de sortir du corral.» Il essaya de retenir le portail, mais le palomino vit la faille, se cabra, fendit l'air d'un coup de sabot et… Arapeta poussa un cri et se déroba juste à temps.

Avec un furieux hennissement, l'étalon s'élança dans la campagne. Il rua pour tenter de se débarrasser de Sam, se tourna pour essayer de le mordre. Il courut sans s'arrêter, fonça dans les collines qu'il aimait tant, et les escalada à toute allure, en quête de liberté.

Ils eurent tôt fait d'atteindre le lieu où le col se découpe distinctement sur le bleu et se trouvèrent face au ciel pommelé.

«Allez, vas-y !» cria Sam.

Le mustang bondit et traversa un ciel foisonnant de poissons argentés.

Deux heures plus tard, Patty vit son frère. « Sam revient ! Il revient ! »

Il marchait sur la route, menant le palomino derrière lui. Arapeta, ravi et fier, l'accueillit les bras grands ouverts.

« Tu as réussi, mon fils. Tu as réussi ! » s'écria-t-il en allant reprendre son étalon.

Mais Sam hurla soudain pour le chasser :

« Fuis. Pars d'ici et dépêche-toi. File ! »

Le cheval se cabra, fit demi-tour et s'enfuit.

« Qu'est-ce que tu fais ? demanda le père.

– Tu m'as dit qu'il serait à moi si je réussissais à l'apprivoiser. C'est ce que j'ai fait. Il est à moi. Et je choisis de lui donner sa liberté. »

Arapeta avait interprété ce geste comme un comportement puéril, mais la mère n'était pas dupe et elle avait ri doucement.

« Le gamin est mou du chapeau, Florence, lui avait-il dit. Comme toi. »

Le banc poissonneux plongea dans le ciel. Le souvenir s'estompa.

« C'est l'heure de trouver Charlie[5] », lui dit le lieutenant Haapu.

Sam acquiesça. Advienne que pourra. La section était prête. Le signaleur, Zel Flanagan, passa un dernier appel radio et relaya les nouvelles :

« Ces pauvres Américains n'ont pas fermé l'œil de la nuit. Vingt blessés lors d'une contre-offensive. Ils ont subi des frappes continuelles.

5. Charlie : terme couramment utilisé pour Vietcong, VC (du code radio Victor Charlie).

– Personne n'a dit que ce serait une partie de plaisir», commenta le lieutenant Haapu.

Une heure plus tard, Sam déroula la carte et montra à ses hommes le secteur qui leur était assigné, le plus éloigné de leur emplacement.

«Vous êtes tous prêts ? Tout le monde sait ce qu'il doit faire ? À partir de maintenant, on limite les paroles et on communique par signes. Compris ? Exécution.»

Leur entraînement porta ses fruits. George et Red Fleming partirent en éclaireurs et fonctionnèrent en tandem, les devançant de peu. Sam suivait avec Flanagan, le signaleur. Puis venaient Mandy Manderson, avec le M60, et Jock Johanssen. Turei, armé de son lance-grenades M79, fermait la marche avec les cinq fusiliers sous sa commande : Hempel, Brooks, Jones, Starr et Quincey.

La patrouille se déplaçait en ordre dispersé. Après trois kilomètres, la jungle s'épaissit et la température grimpa comme dans un four. Le soleil perçait et mouchetait la pénombre. Leurs treillis se fondaient à la perfection dans le décor. Sam vérifia la carte, qui indiquait un sentier. Il le vit et fit signe à George de changer de formation pour s'y engager.

La patrouille ralentit et adapta son cheminement. George et Red Fleming passèrent devant, le reste se sépara en deux groupes de trois hommes, disposés de chaque côté de la piste. Les fusils étaient pointés à terre, car il est impossible de trouver le bon angle de tir dans la jungle.

Ils arrivèrent au lieu assigné et se mirent à la tâche. Sam procédait dans les règles. Il atteignait un endroit donné, s'arrêtait, parcourait la zone avec ses jumelles, ralliait le point suivant, et ainsi de suite. Il quadrillait étroitement le terrain, s'imposait la patience, ne voulait pas bâcler les recherches. Doucement, 400 mètres à l'heure, à l'affût du moindre signe de l'ennemi.

Vers 15 heures, George lui indiqua quelque chose devant eux.

La section se terra. Sam s'approcha de son ami sans bruit et observa à travers ses jumelles le point qu'il désignait du doigt : un vieux cimetière de l'autre côté de la clairière éclairée. George lui demanda par gestes s'il devait aller voir de plus près. Oui, répondit Sam.

L'instant d'après, George rampait dans les hautes herbes, au soleil, et entrait dans le cimetière du côté sud. Il revint cinq minutes plus tard.

Bingo ! Très intéressant et animé, ce cimetière, boss.

Sam consulta la carte : un village se trouvait à quelques kilomètres de là.

Avec deux tombes trop récentes pour être vraies, chef.

Sam fit signe à la section d'attendre et alla enquêter avec George, qui avait vu juste. Quand Sam appuya sur le sol meuble de la première sépulture, ses doigts s'enfoncèrent dans un cadavre putréfié grouillant de vers. Mais dans la seconde, il tira sur un bout de toile, fouilla plus profondément et… *tiens tiens*, tomba sur une cache de munitions.

Ils revinrent vers les hommes, bourrés d'adrénaline.

« Charlie va forcément se ravitailler ici, dit Manderson.

– On l'attendra de pied ferme, répondit Sam. D'où va-t-il venir ?

– Des collines par la piste du nord.

– Couverture ?

– Optimale. Bonne élévation. Bonne dissimulation. Bonne vue le long du sentier jusqu'au prochain coude. Aucun abri pour l'ennemi. »

Sam respira profondément et prit sa décision.

« Dis aux gars de se reposer. À 16 heures on descend préparer l'embuscade. »

Avant le temps de déclenchement, Sam calma les hommes et trouva George allongé sur le dos.

« Tu penses à la chouette ?

– Oui, répondit-il, le visage comme plongé dans l'ombre d'une ténébreuse paire d'ailes.

– Ne te laisse pas abattre. On est tes potes. On veillera sur toi.

– T'as un problème plus urgent à régler, lui renvoya-t-il en montrant les fusiliers. On a des bleus.

– Merde, jura Sam en se fustigeant de ne pas y avoir pensé avant. Rassemble les troupes. »

Ils s'approchèrent. Brooks et Quincey tremblaient.

Comment dire à un garçon qu'il doit tuer un homme ? Comment lui expliquer, alors que sa seule expérience est sans doute d'avoir tiré sur des lapins, que la guerre justifie de prendre la vie d'un être humain ? Comment le convaincre de presser la gâchette sans avoir d'états d'âme ?

« Bon, les gars, je n'ai jamais fait ce genre de discours avant, alors pardonnez ma maladresse. Quand vous vous êtes engagés, vous vous doutiez que vous seriez envoyés au Vietnam. En faisant vos classes, vous vous êtes entraînés au champ de tir. Mais ici, c'est pour de vrai, les cibles sont réelles. Ce n'est plus un bout de bois que votre balle va fendre. Elle va blesser et tuer. En plein dans le mille, elle se logera dans le cœur d'un homme et il mourra. »

Hempel était livide, à deux doigts de vomir.

« Je pourrais vous dire que c'est votre devoir envers la patrie et la démocratie, poursuivit Sam, et je vous rappelle que vous êtes des soldats professionnels. Rien de tout cela ne facilitera le meurtre d'un homme, mais c'est votre métier. Sachez qu'il n'est pas seulement un homme. Il est l'ennemi. C'est vous ou lui. Et il suit exactement le même raisonnement. Si vous tenez à votre vie et à celle de vos potes, appuyez sur la gâchette. Pour ce qui est du reste, de notre conscience disons, à chacun de trouver sa propre stratégie.

– Quelle est la tienne, chef ?» demanda Quincey, qui ne cessait de frissonner, complètement tourneboulé.

Que faire, hésita Sam. *Devrais-je le lui dire ?* Non, il opta pour : «Je vous conseille à tous de vous rappeler l'entraînement et les manœuvres. Laissez-vous guider par la pratique. Laissez le fusil tuer.»

16 h. Sam leur détailla l'embuscade. George et Red Fleming étaient postés en haut de la piste, là où l'ennemi était le plus susceptible d'entrer. Les autres prirent des positions en surplomb. Sam s'appliqua à placer Brooks et Quincey le plus loin possible de la zone de combat. Avec un peu de chance, s'il devait y avoir des morts, ils ne seraient pas directement responsables.

Une fois l'embuscade tendue, il ne restait qu'à attendre. À demeurer vigilant, d'une immobilité et d'un silence tels que la nature troublée pouvait reprendre son cours. C'est ainsi que les singes renouèrent avec leurs activités et leurs bavardages, les insectes avec leurs stridulations et les oiseaux avec leurs chants et sifflements. Il fallait se débrouiller pour ne pas bouger d'un iota, à tel point que les serpents, même les plus venimeux, pouvaient se glisser tranquillement sur votre cou, leur froideur pesante et leurs écailles sèches caressant votre peau.

Le soleil traversait le ciel. Soudain, les chants d'oiseaux cessèrent. George dit par signes : *Attention ! Charlie.*

Quelqu'un descendait la piste. La tension était comme un ressort remonté à bloc. George reprit ses signaux : *Fausse alerte, pas Charlie.*

Une paysanne et sa fille apparurent dans la lumière, passèrent à côté des soldats cachés, entrèrent dans le cimetière et se mirent à prier devant un petit autel. Quand elles revinrent sur leurs pas, l'enfant pleurait. Le visage de la femme était énigmatique, comme si la mort n'était qu'une simple étape de la vie.

La jungle recouvra son calme.

Une heure plus tard, le soleil crevait le ciel. La sueur coulait sur le front de Sam, le sel lui piquait les yeux. Il essaya de s'essuyer, perdit un instant sa concentration et perçut alors un changement.

Il observe. Écoute. Les insectes chantent. Une petite grenouille coasse. Mais quelque chose cloche.

À moins de 70 mètres, sur le chemin, l'ennemi apparaît. George et Red Fleming doivent lui avoir fait le signe du pouce, mais Sam l'a raté. Deux hommes armés d'AK-47, prêts à tirer. Doit-il lancer l'alerte ? *Non, attends, attends,* songe-t-il. *Calme tes nerfs. Ne déclenche pas encore le piège.*

Quand ils passent à côté de Sam, ils sont si près qu'il peut presque sentir leur sueur. Et eux, ne peuvent-ils pas sentir la sienne ?

Attends, attends. Trois autres Vietcongs arrivent en formation dispersée. Où sont les deux premiers ? À hauteur de Manderson et Johanssen. N'ayez pas la gâchette facile, les gars.

Attends. Deux nouveaux ennemis. Au niveau de George. Y en a-t-il d'autres ? Combien d'autres ? S'il attend trop longtemps, les deux premiers seront hors de portée.

Prends une décision, Sam. Lance-toi. C'est maintenant.

Se reposant sur la routine des exercices, il épaule le semi-automatique, lève le coude droit, agrippe le bois de la main gauche, ôte le cran de sûreté du pouce et ajuste la ligne de mire.

Presser, relâcher, accompagner.

Il sent le recul de l'arme. Une forte détonation et il voit presque la balle filer vers la cible, qu'elle atteint.

Un trou, l'os vole en éclat et la balle perce le crâne. Le sang gicle, rouge et épais. Le soldat s'affaisse. A-t-il le temps de prononcer un mot ? Un petit «oh» de surprise ? A-t-il une pensée pour sa famille, sa femme et ses enfants avant la douleur terrible et la chute dans la mort ?

Impossible d'y réfléchir maintenant. La mitrailleuse de Manderson et Johanssen vient de déchirer trois des ennemis en deux. Le groupe des fusiliers est tout aussi actif, le tacatacatac profond et lent des armes automatiques n'est pas loin. Sam voit un autre Vietcong s'écrouler, atteint à la gorge. Il tousse et gargouille en regardant son sang se verser.

Mais c'est trop facile. Ça ne peut pas être aussi facile. Ça ne l'est jamais.

Merde ! Cinq hommes supplémentaires descendent le sentier en tirant. En criant. En hurlant. George lance une grenade. Elle semble si inoffensive dans les airs. Puis boum. Les Vietcongs se replient, poursuivis par George et Red Fleming. Tacatacatac. Quelques minutes plus tard, ils réapparaissent sur la piste et prennent une position défensive.

Fin d'alerte, dit George par signes.

La section se rapproche. Turei et Mandy Manderson fouillent déjà les morts, en quête d'informations. Fox a une sale mine. Quincey vomit son petit déjeuner. Sam lui ordonne d'aider à nettoyer.

Mieux vaut qu'il travaille, qu'il passe des meurtres aux morts. Qu'il manipule des cadavres. Plus vite il regardera la mort dans les yeux, plus vite il s'y habituera.

Manderson montre ce qu'il a récolté sur les corps. Grenades, grande quantité de détonateurs et de documents indiquant qu'ils appartiennent au bataillon local D440.

Ils ne trouvent pas la carte du repère ennemi, mais l'un d'eux porte le badge du régiment 274 — une des unités vietcongs professionnelles.

Sam fait signe aux hommes. Ils sont déjà restés trop longtemps. Il est l'heure de repartir vers la base.

George leur montre le chemin, tandis que Turei prend Hempel, Brooks et Quincey sous son aile. Quincey est en larmes.

«Mon Dieu, oh ! mon Dieu…»

De retour à la base, Sam remarqua qu'il avait du sang sur son treillis et sur lui-même. Il gémit, frotta et s'écorcha la peau. Cette nuit-là, la jungle était bruyante et il se roula en boule pour étouffer ses voix accusatrices. On dit que quand vous tuez pour la première fois, quelque chose meurt en vous. Peut-être qu'en prenant la vie d'un homme, en la regardant s'échapper de lui, vous perdez toute votre innocence.

Hempel lui avait demandé comment il se pardonnait.

Sam ne lui avait pas répondu, parce qu'il n'avait jamais tué non plus.

Oui, mieux valait penser que c'était le fusil, non vous-même, qui était responsable.

Deuxième jour

Le lendemain matin, les Américains étaient toujours immobilisés. Il y avait un certain nombre de morts et encore plus de blessés.

«Concentrons-nous sur notre tâche, dit le capitaine Fellowes. La meilleure manière d'aider les Yanks est de trouver l'ennemi – fissa – et de forcer leur repli. Nous savions que les régiments 275 et 33 étaient dans le secteur ; pas le 274. On doit attendre de la résistance.»

Pendant la nuit, les stratèges avaient analysé ce qu'avaient rapporté les patrouilles. L'activité adverse avait été principalement signalée au nord-ouest, par le lieutenant Haapu, et la section de Sam était la seule à avoir combattu.

Le capitaine poignarda la carte du doigt : «L'action semble être concentrée dans le nord-ouest. Nous devons y retourner et trouver l'ennemi avant qu'il nous trouve.»

Le matin était chaud et humide. Des nuages enveloppaient le ciel. Des éclairs de chaleur éclataient dans le lointain. Haapu pressa ses hommes et leur fit maintenir le pas de course jusqu'au cimetière. Ils épousaient le paysage, traversaient rapidement la jungle, se fiant à leur formation de base. Ils apprenaient à se glisser pour ne pas casser de branches. À marcher et à écouter en même temps. À distinguer le bruit d'un animal à deux pattes de celui d'un autre, à quatre pattes celui-là.

Lorsque la section arriva au cimetière, le lieutenant Haapu établit une base et sélectionna une zone pour Sam.

«Vous rechercherez des traces de retour de l'ennemi dans les plaines autour du mont des Deux-Cornes. J'attends votre rapport ici à 13 heures. Bonne chasse.»

Sam quadrilla son secteur. Dans le premier segment, il repéra un sentier et ordonna à ses hommes de le remonter en parallèle. Ils trouvèrent un petit tas de bâches, mais rien de probant, avant de se dissimuler dans d'épais buissons à côté d'une autre piste. Ils attendirent : rien. Dans la deuxième portion, Sam fit pénétrer les soldats à travers des bambous de deux à trois mètres de haut. Se frayer un chemin trop vite à travers ces arbres pouvait vous réduire en lambeaux.

Toujours aucun signe de Charlie.

«Tu sais qu'il y a plein de vipères de bambou, dit Turei à George pour le chambrer.

– Va te faire foutre, espèce de salaud.»

Pour le troisième segment, ils traversèrent un marécage infesté de sangsues. Pas le moment d'être sensibles. Il fallait rejoindre l'autre côté avant de les enlever. Mais les hommes, frissonnant de dégoût, ne pouvaient attendre, travaillaient en duos, se déshabillaient et zigouillaient ces cochonneries avec la braise de leur cigarette. Turei poussa un cri d'horreur en découvrant l'une d'elle qui palpitait sur son pénis.

«Tu trouveras rien d'autre qui acceptera de te sucer, lui dit George. Et le goût va sans doute la tuer.»

À midi, le temps était couvert. Quelques traînées de condensation d'avions se dessinaient en haute altitude tandis que, dans le lointain, des bombardements intermittents détonaient. La température grimpait et avec chaque geste, Sam suait un mélange de peur et d'effort. Attendre d'être descendu. Un sniper dans l'ombre d'un arbre, visant et pressant la gâchette…

«Vous avez repéré des signes de mouvements ? demanda Haapu quand Sam revint à la base. Non ? Alors on va tous faire de l'escalade, parce que l'ennemi doit être là-haut.»

Il pointa du doigt vers le mont des Deux-Cornes, puis consulta la carte. Il vit un village indiqué sur le flanc sud.

«Allons leur rendre visite.»

Ils commencèrent l'ascension. Un énorme front nuageux s'étendait à perte de vue. En pénétrant sous la canopée d'une jungle de plus en plus dense, un calme de mort s'installa et une forte brise se leva, fraîche et constante. Lorsqu'il sentit le crachin, Turei inclina la tête avec gratitude et avala quelques gouttes. Le sous-bois était congestionné de lianes enchevêtrées autour des troncs. La pluie s'intensifia, accompagnée de cris d'oiseaux ; des insectes volants éparpillaient les gouttes sur leurs ailes arc-en-ciel. Un nid de vipères luisait dans la moiteur. Tout cela était à la fois beau et rude. À mi-chemin, la jungle s'éclaircit et se changea en hauts roseaux d'herbe à éléphant. Le ciel noircit à une vitesse incroyable et la pluie devint torrentielle. La section se déplaça à travers un champ vert. Des fleurs rouges s'ouvrirent comme des mains tachées de sang pour recueillir l'eau. Cruauté et beauté en pleine guerre.

Stop. Le lieutenant Haapu se jeta à terre.

Ils avaient atteint un ruisseau gonflé et brun de vase, d'où partait un chemin cahoteux de poussière rouge. Sur l'autre rive, des champs et des rizières brumeuses et trempées s'étendaient.

Le sentier mène au village ? demanda Sam par signes.

Affirmatif, répondit Haapu. « Voici ce que nous allons faire, sergent. Vous allez attendre trente minutes pendant que nous montons et prenons nos positions avec vue sur le village. Dans trente minutes, vous suivrez le chemin. Compris ? On vous couvrira si nécessaire et dès que vous nous donnerez le feu vert, on vous rejoindra.»

Il s'en alla avec la moitié de l'escouade. Des décharges électriques fissuraient le ventre du ciel. Le plafond se déchira et un éclair fourchu frappa le sol. L'air crépitait d'ozone.

« Devine qui vient d'arriver», dit George.

Ses yeux se remplirent de mythes et d'êtres appartenant au passé maori.

«Te Uiuira», lui répondit Sam. Le dieu des éclairs.

George les avertit quand il repéra le village.

Dans le crépuscule, il ressemblait à un misérable amas de cagnas surélevées, encadrées de bambou et recouvertes de feuilles de palmier, le dos tourné au versant de la montagne. Des réservoirs d'eau de pluie étaient placés sous les corniches. Devant chaque hutte, sur un piédestal en bois, se trouvait un autel avec des offrandes aux esprits du vent et du ciel. La plupart avaient un porche avec, en dessous, des enclos à cochons ou à volailles. Mais hormis une poule soie et ses poussins, il n'y avait aucun signe de bétail.

Sam vit un habitant entrer dans le jardin à l'arrière de chez lui. Un petit groupe d'enfants minces comme des tiges de riz sortit en courant et se mit à jouer autour du dinh, l'autel en béton au milieu de la place. Si les gamins s'amusent dehors, raisonna Sam, le village ne doit pas présenter de danger. Il fit signe à George et Red Fleming.

Entrons. Ne tirez pas sans provocation.

Les soldats s'approchèrent d'un cau ki, un pont de singe avec une rampe précaire. Le ruisseau avait une odeur entêtante de feuille humide. En le franchissant, Sam vit son reflet dans l'eau et son esprit zappa sur le conte des trois boucs bourrus qui traversaient un pont en bois en claquant des sabots. Sous le pont vivait un troll…

George et Red Fleming avancèrent en éclaireurs. Des cigales qui craquetaient dans les palmiers s'interrompirent quand ils entrèrent dans le village. L'homme sortit de son jardin et cria un ordre aux enfants, qui se précipitèrent chez eux sans un regard en arrière. On aurait dit qu'ils n'avaient jamais existé.

Le silence descendit. Ne restait que le bruit de la pluie. Sam avait toujours eu confiance en l'instinct de George et celui-ci n'avait indiqué aucun danger. Puis deux silhouettes noires s'enfuirent en courant. George les montra du doigt et, par signes, demanda à Sam s'il devait les ramener.

Non, répondit ce dernier. *Pour le lieutenant Haapu.*

Ils patrouillèrent le village sur toute sa longueur, guettant le moindre danger. Arrivés à l'extrémité nord, ils regagnèrent la place centrale où Sam disposa ses hommes en position de défense, avec une vue à 360 degrés.

Il revint vers Zel Flanagan et lui indiqua de donner le feu vert.

Cinq minutes plus tard, Haapu et le reste des troupes ne les avaient toujours pas rejoints. Sam se sentait observé par les villageois tout autour de lui. Du coin de l'œil, il perçut un mouvement dans les lueurs sous la pluie et remarqua qu'une bougie allumée dans l'une des cagnas était manipulée comme un signal.

Dans le lointain, Sam vit un superbe caméléon au corps d'un bleu pâle moiré avec une gorge jaune. Il le vit changer en une nuance plus profonde et furieuse, avant de virer en un extraordinaire vert translucide. Puis le reptile fila comme l'éclair et fut remplacé par une vieille femme, qui tenait une bougie et observait Sam à travers le treillis de sa hutte. Elle posa la bougie et ouvrit la paroi végétale. Lorsque le regard de Sam revint sur elle, elle était assise sur la véranda comme une reine de Saba rabougrie. Elle lui fit signe.

Haere mai. Viens.

« Quel est donc ce pouvoir que tu exerces sur les femmes ? » lui demanda George.

Sam se sentit obligé d'obéir.

« Je t'accompagne, lui dit Flanagan, tu auras besoin d'un interprète. »

La vieille femme se leva et salua Sam. Sa voix lui fit penser à un chant. Et à une grand-tante âgée depuis longtemps disparue. Il fut immédiatement ramené à elle, au lieu où elle habitait, dans une case semblable à celle-ci — sauf qu'on l'appelait un whare chez eux —, et où elle les avait accueillis, sa mère et lui, dans une langue pareillement mélodique. Ce soir-là, après le dîner, il avait suivi des doigts le moko, le tatouage, sur son menton et l'avait écoutée lui chanter des oriori pour le bercer et l'endormir:

Po ! Po ! E tangi ana ki te kai mana
Waiho me tiki ake ki te Pou, a hou kai
Hei a mai te pakake ki uta ra…

La pluie, le frémissement des arbres… en un clin d'œil, Sam revint au Vietnam, sous le regard intrigué de la vieille dame. Ses cheveux étaient ratissés dans un chignon, ses dents tachées par le bétel. Son mari se tenait derrière elle. Il avait perdu une jambe et prenait appui sur sa béquille. Une balafre lui coupait le visage de l'oreille gauche au menton. De la cagna s'échappait une odeur de bois brûlé et de riz.

«Que dit-elle ? demanda Sam à Flanagan.

— La vieille mère dit qu'elle nous attendait.

— Comment savait-elle que nous allions venir ?

— Les collines ont des yeux. Les oiseaux ont quitté leurs abris à notre approche. Les collines ont aussi des oreilles. Elles envoient les vibrations de chaque brin d'herbe sur lequel nous marchons. La vieille mère t'invite à entrer et à partager son repas.»

L'homme se mit à crier sur sa femme.

«Son mari ne veut pas de nous, expliqua Flanagan, mais elle insiste. Elle lui rappelle que c'est elle qui porte la culotte.»

Sam hésita. Il se sentit chuter, comme s'il passait de l'autre côté d'un miroir, et il repensa au whare de sa grand-tante. Le sol était aussi couvert de nattes, mais à la place du jade et des capes de plumes, celle-ci avait un autel et une divinité du foyer. Apaisée par les offrandes, cette dernière portait chance.

La femme fit entrer Sam dans la première pièce, avec son sanctuaire de photos jaunies d'êtres aimés. Devant chacune, il y avait un bol contenant de l'argent et des morceaux de nourriture destinés aux ancêtres de la famille. À travers la fenêtre, on apercevait un petit temple dressé dans le jardin qui pacifiait les esprits errants.

«Pho ?» leur proposa-t-elle.

Elle mena Sam dans la cuisine. Le mari les suivit en clopinant. Une grosse marmite en céramique ornée d'un dragon et remplie d'eau était posée à côté du feu.

«La vieille mère demande si tu as faim», traduisit Flanagan.

Elle s'était accroupie devant un fourneau à charbon. Elle était si maigre que des plis de peau formaient des rides autour de ses genoux.

Elle tira Sam vers la marmite qui mijotait sur le feu, plaça une poignée de nouilles dans des bols, puis souleva le couvercle. Des os flottaient dans le liquide frémissant. Elle les écarta avec une louche, prit du bouillon et le versa sur les nouilles. Elle ajouta ensuite des pousses de soja, de fines tranches de viande et des garnitures variées. Le tout semblait salé et épicé.

C'est à ce moment que le lieutenant Haapu arriva, causant une grande agitation. La vieille femme lui tendit un bol. Il adressa un regard furieux à Sam avant de refuser la soupe d'un signe de tête à la fois tendre et triste. Il avait capturé les deux hommes vêtus de noir qui s'étaient enfuis du village. Quand ils s'aperçurent que la vieille femme leur offrait à manger, les prisonniers lui crachèrent dessus. Elle ne se démonta pas, sortit de la case et les réprimanda vertement. Flanagan traduisit ses propos.

«Elle leur dit qu'ils ne peuvent pas ignorer qu'elle soutient les Vietcongs. Ses fils et ses filles n'ont-ils pas joyeusement rejoint leur lutte ? Et ses petits-enfants ? Et qu'a-t-elle reçu en récompense ? Elle sait qu'une de ses filles a été tuée, mais les Vietcongs sont incapables de lui dire où elle est enterrée. Elle veut le savoir pour pouvoir se rendre sur sa tombe avant le Têt, et aider son esprit à trouver la paix. Elle doit faire des offrandes pour nourrir l'esprit de son enfant. Comme ce n'est pas possible, sa fille est devenue un esprit errant. L'encens ne brûle pas pour elle. Et un de ses fils est porté disparu. Elle pense que lui aussi a été hy sinh, sacrifié.»

Elle s'interrompit, exténuée, leva le menton, regarda les montagnes et se remit à parler.

«Elle soutient les communistes, mais elle leur en veut. Ils sont venus il y a quelques jours et, pour une raison ou une autre, ils ont pris sa truie la plus précieuse. Elle exige qu'ils la lui rendent.»

Comme si ça ne suffisait pas, elle se tourna vers Haapu, Sam et le reste de la section, et se mit à les houspiller à leur tour.

«La vieille mère tient à nous rappeler qu'elle est toujours notre ennemie, traduisit Flanagan en souriant. Quand les Français régnaient sur le pays, elle n'éprouvait aucune sympathie pour eux : ils avaient tué son père. Et elle n'a aucune sympathie pour nous non plus.

— Ce qui veut dire qu'elle pourrait nous empoisonner, constata Turei, ou au moins nous filer une bonne courante.»

La femme perçut son inquiétude et leur adressa un regard méprisant. Elle poussa un gémissement exagéré, se serra la gorge et fit mine de mourir. Puis elle se reprit, traîna Sam, Haapu et Flanagan à nouveau dans la case.

Mangez ! Mangez ! ordonna-t-elle par signes.

« Je ne comprends pas, dit Sam. Si nous sommes l'ennemi, pourquoi veut-elle nous nourrir ? Nous nous battrons peut-être un jour contre ses enfants et les tuerons.

— Pourquoi présumes-tu que tu tueras ses enfants ? traduisit Flanagan. Elle dit que ce sont peut-être eux qui te tueront. »

La pluie se mit à tambouriner.

« Nous sommes restés ici trop longtemps, décréta Haapu, partons. »

Sam s'inclina et remercia la vieille femme. Elle avait au visage une expression attristée, éternelle, qui lui disait : *tu es un garçon. Tu as faim, comme tous les garçons. Tous les garçons doivent manger.*

« Rejoignez vos hommes », lui ordonna Haapu d'une voix sifflante. Il ne pouvait pas regarder Sam dans les yeux. Ce dernier traversa la place du village et se retourna à mi-chemin. Le couple allumait des bâtons d'encens et les plantait dans le brûloir en cuivre. Les paumes en coupe comme un bouton de lotus, la vieille femme priait. C'est alors que le lieutenant Haapu la saisit par le bras, la bouscula en bas des marches de chez elle et la jeta dans la boue. Elle tomba en poussant un cri d'oiseau. Son mari se précipita pour la protéger, mais Haapu le jeta aussi par terre et épaula son fusil.

Qu'est-ce qu'il fout ? se demanda Sam.

L'instant suivant, la cagna s'enflamma. La silhouette du vieux couple se découpa : il pleurait, enlacé dans une étreinte.

Sam agrippa le bras du lieutenant.

« À votre place, sergent, lui dit celui-ci, je la fermerais. Rassemblez vos hommes et barrons-nous d'ici. Exécution ! »

Il attendit que la section ait évacué les lieux pour s'expliquer :

« Notre mission a toujours été de trouver l'ennemi. Il nous a vu entrer dans le village. Il nous a vu en sortir. Il va présumer que nous retournons à la base. Il sait que nous aimons être bien au sec, il pensera donc qu'il peut rendre une visite au village après notre départ. Eh bien, nous allons lui réserver une petite surprise. Nous allons rester et préparer une embuscade nocturne.

— Pourquoi avez-vous brûlé la cagna ? lui demanda Sam. Ce vieux couple ne nous avait rien fait, il... »

Haapu le rabroua d'un léger coup de coude.

« Concentrez-vous sur la mission. Il y a un carrefour non loin, c'est là que nous tendrons l'embuscade. Allons-y avant qu'il fasse noir. Et sergent, j'espère pour vous que nous allons réussir — ou, sinon, que les Vietcongs seront convaincus par ma petite supercherie. Vous devez comprendre qu'en acceptant l'hospitalité et la nourriture de la vieille femme, vous avez signé son arrêt de mort. »

La nuit tomba rapidement, accompagnée de pluie. La jungle se referma sur eux et Sam sentit la peur s'installer. L'embuscade était prête depuis une heure. Bien que n'étant qu'à une dizaine de mètres les uns des autres, les hommes étaient comme avalés dans la gueule de la nuit.

Sam savait que George se tenait sur sa gauche et Flanagan sur sa droite. Son ami lui avait fait un signe de la main et l'instant d'après, il avait disparu. Sam tentait en vain de le revoir. Il perdait la notion de temps et d'espace.

Son imagination se mit à lui jouer des tours. Il se demanda s'il était allongé seul dans la jungle, si tous les autres étaient partis ailleurs. Ou si, en ce moment précis, un ennemi s'approchait de George en rampant comme un serpent, lui tranchait la gorge et n'allait pas tarder à lui faire subir le même sort. Il imagina Charlie surgir des buissons humides, brandir une baïonnette et la plonger dans…

Ressaisis-toi, mon gars.

Sam ferme les yeux et songe à Hempel, Brooks, Jones, Starr et Quincey, qui doivent partager ses peurs et ses hallucinations. Il a honte. Il espère que le lieutenant Haapu a tort, qu'il n'a pas mis la femme et son mari en danger de représailles. Il se recroqueville et prie pour son salut et celui du couple.

« Je t'en supplie, Dieu, rétablis le monde : le haut avec le bas, tuia i runga, tuia i raro. Répare-le pour qu'il retourne à son état initial, tuia i roto, tuia i waho. Tisse la vieille mère et son mari dans ton cadre de protection, je t'en prie, Dieu… »

Il voit alors Charlie qui descend le sentier. La prière reste inachevée, le cadre vole en éclat.

Une montée d'adrénaline inonde le corps de Sam. Il a l'impression de se noyer, dresse la tête au-dessus des vagues, déglutit et saisit son fusil. Le lieutenant Haapu a vu juste. Les Vietcongs, se croyant seuls dans la jungle, s'approchent en parlant et en riant. Leurs lampes poignardent l'obscurité. Ils défilent en fumant. Certains deux par deux. Fusils baissés. Décontractés.

Un étroit faisceau de lumière l'éblouit momentanément.

Il enlève le cran de sûreté. L'ennemi est déjà passé devant George, sur sa droite, et c'est à Haapu, plus en aval et sur sa gauche, de déclencher l'attaque.

Merde, songe-t-il, *je devrais les compter.*

Deux Charlie, quatre Charlie, six Charlie, huit Charlie, dix Charlie, douze Charlie, quatorze Charlie. Putain, combien lui en faut-il ? Allez, lieutenant, lancez cette putain de fusée éclairante !

Un bruit sec typique et un éclat soudain, c'est parti. La fusée fait virer la jungle en un blanc épouvantable.

Les ennemis sont aveuglés comme des opossums dans les phares d'un camion. Saisis au beau milieu d'un pas, sourire aux lèvres. Piégés en train de parler de vie, d'amour et de tout le bordel de l'univers. Tandis que la lueur fleurit tout autour d'eux, ils se figent, surpris et déroutés. Puis c'est le chaos le plus total, les tirs soutenus fracassent la nuit. Une fraction de seconde plus tard, Sam saisit le détonateur de la mine Claymore, ôte la sûreté et l'actionne. *Crac.* La jungle explose dans un flash orange et un nuage de fumée noir de jais. La zone cible est soudain criblée de billes d'acier. Le sol vibre sous l'impact. L'air est saturé de hurlements.

Une autre fusée éclairante. Manderson et Johanssen commencent leur carnage. Leurs mitrailleuses crachent un flot constant de balles traçantes et déciment six Vietcongs ; bras levés au ciel, ils ouvrent la bouche pour un dernier souffle avant de s'effondrer dans la pluie. Tout autour de lui, Sam entend le boum boum boum de ses hommes qui participent au combat.

On les tient, se dit Sam. *Ils sont piégés.*

Sam éprouve une joie et un soulagement absurdes, comme s'il pouvait déjà rire de leur triomphe. Mais à présent, l'ennemi réagit, contre-attaque et s'éloigne du sentier. Les soldats se muent en ombres qui dansent autour des balles, prennent position et ripostent. Quelque part, un lance-roquettes amorce sa pluie de feu.

Repère son éclat caractéristique dans le noir, songe Sam. *Vise et tire.*

Crac, une balle s'échappe et frappe un soldat adverse au visage, en plein dans l'œil gauche. Elle déchiquette la cornée, traverse la fermeté du palais, la langue, et emporte le côté droit de la mâchoire. Il s'effondre en s'étouffant.

Mais Sam est pris pour cible par un ennemi, qui hurle et lance une grenade. Sam la regarde dégringoler vers lui, heureusement elle rebondit contre un arbre et retombe sur le sentier. Des éclats fusent, suivis par le soldat ennemi, baïonnette au poing.

Au cul les sommations.

Sam tire en succession rapide. Recul à chaque coup de feu. La première balle touche le soldat au bras et le déséquilibre. La deuxième siffle sous son aisselle. La troisième lui perfore le poumon droit et ressort par le dos, en arrachant un trou énorme. L'homme titube. La quatrième le frappe au visage et il s'écroule.

Épargne-moi une telle mort, prie Sam, *épargne mon visage. Je veux partir vite, d'une balle dans le cœur.*

Les adversaires se replient, couverts par le feu d'un de leurs mitrailleurs. Les balles traçantes, points vert et blanc fascinants et superbes dans le noir, flottent vers Sam. Puis, avec une rapidité infernale, elles explosent bruyamment autour de lui. Il se jette sur le dos dans la boue, totalement paniqué par les éclats sur son visage et sur son torse, à quelques centimètres seulement au-dessus de son corps. Il inspire à fond et songe : *pas le moment d'avoir la trique*.

L'embuscade se termine aussi soudainement qu'elle a commencé. La jungle retrouve le silence. Sam est essoufflé et dégouline de sueur. Une odeur de cordite et de poudre brûlée se dégage et se mêle à celle du sang, douce et cuivrée.

Flanagan le rejoint. Le lieutenant Haapu a ordonné de cesser le feu et de boucler la zone.

L'opération de nettoyage se termina à minuit. Leur section ne déplorait aucune victime. Il y en avait quinze du côté vietcong et trois prisonniers. Il était évident que bien d'autres avaient été blessés, mais Charlie avait réussi à les évacuer, sauf celui avec la moitié du cerveau sortant de son crâne.

« Quand va-t-il mourir à votre avis, infirmier ? demanda Haapu.

— Bientôt, mon lieutenant.»

Haapu acquiesça et ordonna à George de guider la section hors de la zone. Sam et lui resteraient avec le soldat et les rattraperaient.

Sam regarda les hommes disparaître dans le noir et dans la pluie. Le Vietcong savait ce qui l'attendait et se mit à gémir. Haapu s'agenouilla à ses côtés et le berça. « N'aie pas peur», lui dit-il.

Il tenta de s'asseoir, comme pour rejeter la mort, mais il s'effondra rapidement. Des bulles de salive et de sang gonflaient autour de sa bouche quand il respirait. Ses yeux devinrent vitreux.

«Serrez-le fort», ordonna Haapu à Sam.

Ce dernier s'accroupit et étreignit l'agonisant qui le regardait fixement, comme s'il se demandait pourquoi c'était à lui de mourir, et qui se mit à pleurer. Les larmes durèrent longtemps, puis il soupira et sa tête tomba sur le torse de Sam, à la manière d'un amant. Une de ses mains trouva le hei tiki et le serra.

«C'est ça, voilà, le rassura Sam. Accroche-toi.»

Haapu se glissa derrière le soldat, sortit son couteau Bowie et dit une prière. Il repensa à son boulot à l'abattoir de Whakatu. Les moutons entraient dans les box, lui et ses collègues marchaient parmi eux et…

D'un coup rapide, il lui trancha la gorge.

Sam sentit les doigts relâcher le jade.

Il ne resta plus que la pluie.

Troisième jour

Des bourrasques de pluie hurlaient comme des sorcières, comme des banshees dans la nuit. Sam, épuisé, essayait de dormir. Son escouade, revenue tard à la base, avait été plus chanceuse que d'autres sections de la compagnie Victor. L'une d'elles était tombée dans une embuscade qui lui avait coûté un mort et deux blessés.

Sam gémit puis flotta dans un monde entre l'éveil et le sommeil, sortes de limbes crépusculaires. Combien de temps sa chance tiendrait-elle ? La jungle s'irisa de menaces et il entendit l'appel de la chouette : cou cou cou cou. Il eut une vision de George tombant au fond d'une fosse couverte de bambous, la poitrine transpercée de pieux punji.

Dire que nous devons repartir en patrouille. Demain sera-t-il le jour de la chouette ?

À 4 heures du matin, Sam continuait de tourner et se retourner dans son lit. La jungle lui paraissait réellement démoniaque. Il imaginait des cobras se dresser, déployer leur coiffe, siffler et le frapper sans relâche. Ils démolissaient sa résistance et mettaient à jour sa vulnérabilité.

Arapeta, qui semble avoir attendu le moment précis où son fils est le plus faible et le plus exposé, en profite pour l'attaquer. Surgissant de l'obscurité, il se rue sur Sam dans les atroces spirales de son cauchemar. Désarmé, sans défense, ce dernier fond dans ses bras. « Papa ! »

Puis il remarque son sourire obscène et, avant qu'il puisse l'arrêter, Arapeta lui enfonce les doigts dans la bouche, comme pour le gaver. Sam le repousse en riant. Mais son père est fort, il réussit à insérer les deux mains et l'oblige à ouvrir la mâchoire. Terrorisé, Sam entend ses maxillaires se briser et craquer. Les yeux exorbités, il sent la main gauche d'Arapeta se glisser contre sa langue, frôler les amygdales et pénétrer dans sa gorge. Puis la droite suit.

«Ouvre grand, fiston, papa veut entrer.»

Les veines de son cou cèdent et éclatent. Les gouttes de sueur forment des ampoules sur sa peau. Il ne peut plus respirer. Les palpitations de son cœur exténué l'assourdissent. Il étouffe et tente de vomir son père. Tout cela se déroule à grande vitesse : Arapeta est déjà dans sa bouche jusqu'aux aisselles, dont les poils éraflent ses lèvres. Son visage se retrouve face au sien, luisant et moite, dans un baiser contre-nature. Il regarde Sam…

Sam hurla et batailla pour se réveiller. Le cœur affolé, il tentait désespérément de remplir ses poumons. Il vit une aube rouge sang — encore ce ciel de traîne. Puis il se mit à frissonner de chagrin et de peur en se rappelant ce qui s'était passé quelques jours après qu'il avait libéré le palomino doré.

Cette semaine-là, son père avait eu un comportement étrange. Il s'absentait constamment et rentrait à la ferme tard le soir. Curieux, Sam avait interrogé sa mère.

«Où est papa ?

– Tu as eu tort de le provoquer, avait répondu Florence. Contente-toi de faire tes corvées, tu le sauras bien assez tôt.»

Alerté par ces paroles, il avait veillé pour pouvoir parler à son père et l'avait trouvé plein d'entrain, satisfait.

«Où étais-tu, papa ?

– Je débourrais des chevaux. Je m'en suis dégoté un vraiment excellent. Je te le montrerai un jour. Quand je l'aurai dressé. Il est coriace, avait-il dit en riant et en ébouriffant les cheveux de Sam. Tu verras, mon fils, y en a plus pour longtemps.»

Trois jours plus tard, Sam effectuait des réparations sur le toit de la grange, tandis que Monty et Patty, au pied de l'échelle, s'indignaient qu'il ne les autorise pas à monter.

« Non, interdit. J'ai pas envie que vous tombiez.

– Je tomberai pas, supplia Monty. Patty elle risque de tomber, parce que c'est une fille et que les filles sont nulles et savent rien faire, mais pas moi. »

Ce qui suffit à déclencher une bagarre entre eux. Sam se redressa en riant. Il plaça sa main en visière contre le soleil aveuglant. Dans le lointain, il vit son père revenir à cheval vers la ferme. Son frère et sa sœur coururent à sa rencontre en criant : « Papa ! Papa ! »

Sam s'empressa de descendre du toit et les rejoignit.

Sa mère était sortie sur la véranda et croisait les bras, comme si elle tentait de se contenir.

« C'est ton nouveau cheval ? demanda Sam à son père quand il arriva.

– Oui, c'est ça », répondit Arapeta, les yeux brillants sous son chapeau.

Sam avança d'un pas et remarqua des traces de coups de fouet. « Il s'est pas laissé faire, on dirait ! »

Il caressa le dos encroûté de sang séché de l'animal qui poussa un hennissement, faisant surgir un souvenir de sa mémoire. Il l'observa plus attentivement et recula comme s'il avait été frappé.

C'était le palomino doré, le roi des étalons.

En regardant son père mettre pied à terre, le sang lui battit dans les tempes.

« Bon à rien, cette carne, pesta Arapeta. Je voulais le garder, je pensais en faire un bon cheval, mais y a rien à en tirer. »

Arapeta épaula son fusil et, tranquillement, sans même prendre la peine de viser, il fit sauter la cervelle du palomino. Les genoux avant cédèrent en premier, puis l'animal haleta un instant et défaillit dans la poussière. La mère de Sam cria, descendit les marches en courant et serra Monty et Patty contre son corps.

Sam s'approcha de la bête, la regarda dans les yeux et y vit un coucher de soleil doré. Il s'agenouilla, complètement perdu, essayant de comprendre.

«Tu ne pouvais pas t'en empêcher, hein, Arapeta ! cria la mère.

– M'empêcher de quoi ?

– D'infliger ça à ton fils. De retrouver l'étalon. De le débourrer. Tu voulais être le roi. L'étalon noir.

– Ce que tu racontes n'a aucun sens, Florence. Je n'y comprends rien.»

Sam hurla, s'écarta d'Arapeta, s'enfuit en courant. Il était prêt à aller n'importe où, pourvu qu'il s'éloignât. Il se fondit dans le paysage, sillonna la campagne, se dirigea vers les collines qu'il affectionnait. Il se précipita au sommet et atteignit rapidement le lieu où elles se découpent distinctement sur le bleu. Il s'était retrouvé face au ciel pommelé, avec ses bancs de poissons argentés reflétant la lumière. Il avait alors sauté et basculé dans les cieux, les traînes s'ouvrant en dispersant des éclats, flash, flash, flash, tout autour de lui.

«Pourquoi as-tu fait cela, papa ?»

Trois heures plus tard, Sam repartit en patrouille. Ébloui par le soleil et le ciel argenté, il escalada le mont des Deux-Cornes, où il retrouva le sentier du village.

Il sourit en imaginant la vieille femme l'attendre sur la véranda de sa hutte et hocher la tête en percevant les perturbations causées par sa section. N'avait-elle pas dit que les collines avaient des yeux et des oreilles ? Il pouvait presque entendre son pas traînant, la voir aller puiser de l'eau.

Tu es un garçon. Tu as faim, comme tous les garçons. Tous les garçons doivent manger.

George et Red Fleming s'arrêtèrent soudain, les avertirent en levant la main et se jetèrent au sol, imités par toute la section. Sam rampa jusqu'à George, rejoint peu après par le lieutenant Haapu.

Village en vue, leur mima George. *Quelque chose cloche.*

Sam sortit ses jumelles. Tout lui parut exactement comme la veille. Même pont. Même amas de cagnas avec la place centrale, le puits. Puis il s'aperçut qu'il n'y avait aucun signe de vie, humaine ou animale. Rien. Et il sentit des relents de cendre ; quelque chose brûlait.

Où sont les villageois ?

Haapu regarda Sam d'un air entendu. Il ordonna à George d'aller enquêter et de sécuriser les lieux avec Hempel et Brooks.

Sam vit des images qu'il redoutait. Il s'apprêtait à se lever, mais Haapu le retint, le visage sombre :

Pas vous, sergent Mahana. Restez ici.

Impuissant, Sam regarda George disparaître en direction du village. Le ciel bourdonnait de libellules, dont les ailes scintillantes tranchaient les airs comme des couteaux argentés de mauvais augure.

Une demi-heure plus tard, George leur signifia de le rejoindre : la zone était sécurisée.

Dès que Sam s'approcha, il sut que les Vietcongs étaient passés. Du petit pont qui menait à la place, il sentit l'odeur de brûlé. Les allées de certaines cagnas étaient jonchées de détritus, comme si elles avaient été fouillées et vandalisées. Mais ce qui glaçait le sang, c'était le silence et l'immobilité. Rien ne bougeait, pas même une poule ne picorait.

George les attendait, le visage cireux. Hempel était secoué de haut-le-cœur. Assis par terre, Brooks regardait dans le vide.

« Rapport, exigea Haapu.

– Les villageois sont morts, mon lieutenant. Hommes, femmes et enfants. Même les animaux. Ça remonte à la nuit dernière ou à ce matin. Roués de coups, puis abattus.

Les cadavres sont tous dans un champ derrière les maisons.

– Il ne reste plus personne ?»

George regarda Sam, qui comprit alors.

«Il en reste deux, mon lieutenant, mais...»

Sam vit au loin l'infirmier de la section, Vickers, qui s'occupait de deux vieilles gens, assises face à face, ligotées à des pieux sous le soleil de plomb. *Oh, miséricorde !*

George tenta de le retenir : «Sam, mon pote, ils sont pas beaux à voir.

– Ne me touche pas !»

Il courut. La vieille femme leva la tête à son approche. Il tomba à genoux devant elle. Sa robe était tachée de sang et il découvrit avec horreur le sort que l'ennemi lui avait réservé. Elle était étripée. Ses intestins s'étaient répandus et chaque fois qu'elle respirait ou déglutissait, ils se retournaient et grouillaient comme des vers de terre. Des mouches noires tournaient furieusement autour de sa tête. Elles s'en prenaient à Sam, lui reprochant d'interrompre leur festin. Elles avaient déjà pondu leurs œufs dans les plaies ouvertes.

La villageoise ne s'inquiétait pourtant pas de son propre état ; elle montra son mari. Il avait été lui aussi éviscéré. Vickers faisait de son mieux pour soulager la douleur et bandait le ventre du vieil homme.

Regarde ce qu'ils lui ont fait, fit-elle comprendre à Sam.

«Je leur ai donné des piqûres antidouleur, expliqua l'infirmier. C'est un miracle qu'ils aient survécu aussi longtemps. Elle voulait que je m'occupe de son mari avant elle, mais elle est en pire condition. Il n'y a rien d'autre à faire que les soulager. Si seulement ils pouvaient mourir, bon sang, mais apparemment, ils se disputent pour décider qui doit partir en premier.»

Vickers força un sourire navré. Il était complètement désarmé. Sam répéta en regardant fixement les entrailles : «Il n'y a rien à faire».

La vieille femme dut comprendre. La souffrance tissait de fines toiles sur son visage. Elle posa la main sur le bras de l'infirmier en un geste de réconfort et de remerciement. Sam se mit à gémir et à se balancer. La salive s'accumulait sur ses lèvres.

«C'est ma faute, oh, mon Dieu ! se lamenta-t-il.

– Comment c'est arrivé ? demanda Haapu en ordonnant à Flanagan de parler avec la victime.

– Elle dit que les Vietcongs sont venus ce matin, traduisit-il. Ils étaient furieux d'avoir perdu des hommes dans l'embuscade. Ils ont incendié le village entier. Ils ont tiré sur tout ce qui bougeait. Ils ont tué les habitants et ils ont appris que le couple nous avait donné à manger. Ils se sont vengés en le forçant à regarder les exécutions. Puis ils lui ont infligé cette mort lente. Plus douloureuse qu'une balle dans la tête. L'ennemi voulait vraiment les punir de nous avoir offert un repas.»

La vieille femme sombra dans le silence. L'effort l'avait épuisée. Elle se tourna vers son mari et murmura à Flanagan.

«Elle veut que je dise à son mari de se dépêcher de mourir.»

Elle se mit alors à tousser. Ses intestins dansaient dans la poussière. Sam courut chercher de l'eau dans un réservoir, en ramena dans ses mains en coupe et en passa sur ses lèvres. Elle ouvrit la bouche et suça ses doigts.

Ah, l'eau de pluie. Toujours fraîche.

Il en fit couler sur son front. Elle leva la tête avec reconnaissance vers les gouttelettes étincelantes.

«Je suis responsable, dit Sam. C'est arrivé à cause de moi. La destruction de votre village. Vos morts…

– Non, c'était ma faute», intervint Haapu.

Elle les regarda tour à tour.

Vous devez accepter vos souffrances. Et moi les miennes.

Elle fit signe à Sam de s'approcher. Leur nez et leur front se touchaient. La brume bleue de l'âge troublait ses yeux. Elle chuchota.

«Elle te dit de ne pas être triste, traduisit Flanagan. La veille de notre arrivée ici, elle a consulté le calendrier lunaire, qui lui a prédit un jour de malchance, le suivant aussi, mais — ah ! — le troisième serait un jour de chance.

– De chance ? Pourquoi ?

– Tu ne comprends pas ? Aujourd'hui est le jour de sa mort.»

À ce moment, le mari se mit à hurler tant et plus.

«Le vieux père veut que nous les achevions tous les deux, traduisit Flanagan. Il demande : "Qu'attendez-vous ? Prenez-vous plaisir à nous voir souffrir ? Faites donc preuve de clémence en abrégeant notre misérable existence. Et réservez la première balle pour ma femme."»

Cette dernière lui répondit en criant. L'humour de la situation crispait les lèvres de Flanagan.

«La vieille mère dit qu'il n'en est pas question. Qu'elle n'a aucune confiance en lui. Si ça se trouve, il se rétablira dès qu'elle sera morte et repartira voir la chérie de son enfance pour se mettre en ménage avec elle. Et le mari lui réplique qu'il veut juste s'assurer qu'elle meurt, parce qu'il en a ras le bol d'écouter ses histoires.»

Haapu se tourna vers Sam. «Évacuez les hommes et attendez-moi au pont.

– Non.

– C'est un ordre, sergent.

– Mon lieutenant, répondit Sam en sentant les larmes lui monter aux yeux. Je suis responsable de la situation. C'est à moi de la clore.»

Haapu hésita, puis acquiesça.

«Avant que vous partiez, lui dit Flanagan, la vieille mère tient à vous faire deux cadeaux. Elle veut d'abord vous donner l'emplacement de la base adverse : il est dans un tunnel creusé là-haut, entre les deux sommets. Le second cadeau est de vous dire qu'on a besoin de deux choses dans la vie : de riz et d'eau potable. Mais pour bien vivre, il en faut trois autres : un jardin, un enclos à cochons et une mare à poissons.»

Haapu la remercia et retourna vers les hommes qui attendaient. «Allez, les gars, prenez vos affaires et ouste !»

Sam les regarda partir. Quelques longues secondes s'écoulèrent. Il sortit son pistolet. La vieille femme soupira de soulagement. Elle puisa dans ses dernières forces pour indiquer son mari avec des signes qui ne trompaient pas.

Lui en premier, tu m'entends ? Il est moins coriace que moi. Il sera plus facile pour moi de voir son visage mort que l'inverse. Ça lui briserait le cœur.

Sam détourna les yeux. La voix de la villageoise s'éleva, pleine de colère.

S'il te plaît. Les femmes sont plus coriaces que les hommes. Elles ont un corps plus solide. Un cœur plus solide aussi. Laisse-moi donner à mon époux ce dernier cadeau, preuve de ma force et de mon amour.

Sam hésita, puis consentit. Le mari voulut protester, mais se contenta finalement d'un geste exaspéré.

Sam lui tira une balle dans la tête. Il s'avachit dans ses bras.

La vieille femme le regarda avec un sourire serein.

J'avais coutume de laver ma truie la plus précieuse trois fois par jour.

Elle prit la main qui tenait le pistolet et le braqua contre sa tempe.

Vite. Mon mari a déjà fait beaucoup de chemin et je dois le rattraper.

La déflagration résonna à travers les collines.

Utu : le désir de vengeance.

Une heure plus tard, le lieutenant Haapu fit une halte. L'épaisse montagne boisée de jungle semblait s'étendre à l'infini, les sommets jumeaux apparaissaient comme de véritables cornes nimbées des voiles noirs des nuages.

« On se sépare. Sergent Mahana, prenez le versant de droite, cherchez, mais n'engagez pas le combat. Je passerai par celui de gauche. Rendez-vous à la cime à 16 heures, dit Haapu qui fit une pause et sourit à Sam. Je sais que vous êtes encore sous le coup de ce qui s'est passé avec la vieille femme et son mari.

– C'était ma faute.

– La mienne autant que la vôtre. J'ai décidé de tendre l'embuscade pendant la nuit. Je n'étais pas obligé, mais c'était mon choix. Je suis censé prendre des décisions difficiles. On me paie pour ça, c'est mon travail. »

Sam se tourna vers ses hommes, qui rongeaient leur frein.

« Allons-y. Formation en diamant. »

George et Red Fleming partirent devant et les guidèrent hors de la vallée. Sam, Flanagan, Manderson et Johanssen constituaient la ligne horizontale. Turei et les fusiliers couvraient les arrières. Ils durent bientôt escalader la montagne à travers des arbres immenses, puis le terrain devint accidenté et parsemé de gros rochers. Ils s'approchaient des sommets où la crête se scindait en deux et formait une autre vallée, avec son propre système de drainage.

George s'arrêta et attendit les instructions de Sam.

Prends sur la gauche, lui indiqua ce dernier.

Red Fleming leva soudain la main et s'agenouilla, prêt à tirer. Il fit signe à Sam de s'approcher.

Il avait découvert un sentier zigzagant entre des buissons et des arbustes qui semblait avoir été emprunté récemment. Sam demanda à ses hommes de s'en éloigner d'une dizaine de mètres et de le remonter en se déplaçant en file indienne. Il était difficile de ne pas perdre la piste de vue, et encore plus difficile de respecter les intervalles entre les hommes. Les lacets étaient si serrés qu'ils s'y retrouvaient souvent agglutinés.

Une demi-heure plus tard, Sam ordonna une pause. George s'effondra, exténué et reconnaissant.

Soudain, Sam sentit qu'on le tirait par la manche : c'était Flanagan, il avait les yeux ronds comme des billes. Il porta le doigt à ses lèvres et montra le versant.

Manderson était assis par terre, les jambes tendues, car il avait placé son fusil au niveau de ses chevilles pour pouvoir se soulager du harnais de la mitrailleuse autour de ses épaules. Il se tenait raide comme un piquet. Johanssen avait déposé son arme contre son pied droit et les deux fusiliers s'étaient figés comme des statues, là où ils se trouvaient.

Turei faisait de furieux signes d'avertissement.

Plus un geste. Ennemi en vue.

L'immobilisation du groupe entier était extraordinaire, comme un arrêt sur image dans un film.

Sam tourna la tête. Lentement. Millimètre par millimètre, jusqu'à ce qu'il puisse voir ce que Turei avait repéré. Le sentier formait un coude en atteignant la crête. Il y avait un trou dans la verdure devant lui. Et un Vietcong ! Qui regardait par le trou.

Sam eut un instant de panique. La section adverse les suivait sans doute de quelques minutes seulement. Les suivait-elle ? Non. Alors que faisait-elle ? Son cœur battait si fort qu'il s'étonnait que le soldat ne pût l'entendre. Il n'arrivait pas à croire qu'il ne l'ait pas vu non plus. C'était comme un jeu de cache-cache. Charlie allait bientôt rire et crier : « Trouvé ! »

Sam se rendit compte que c'était la peinture de camouflage de son visage qui le sauvait. Le soldat tournait la tête dans tous les sens, essayait de discerner ce qui se trouvait au-delà des feuilles du côté de Sam. Puis il poursuivit son chemin.

Ils n'eurent pas le temps de souffler qu'un autre Charlie apparut. Sam s'immobilisa et le fixa en prenant soin de plisser les yeux pour cacher les blancs. Le soldat semblait le voir.

S'il prend son fusil, songea Sam, je vais devoir rouler par terre, prendre le mien et tirer.

L'ennemi passa son chemin.

Sam fit signe à son équipe de rester immobile et dissimulée.

Une section entière de Vietcongs gravit le sentier.

Cinq minutes plus tard, quand le dernier d'entre eux eut disparu derrière la crête, Sam signala la fin de l'alerte à ses hommes.

«Ce coup-ci, j'ai pissé dans mon froc pour de bon», lui dit Turei.

Quincey et Hempel étaient pliés en deux, étouffant leur rire. Jones était sur le dos, et agitait ses pieds en l'air. Sam les laissa relâcher la tension comme ils l'entendaient. Puis une pensée le frappa :

«Ils doivent rentrer à la base.»

Sam et George crapahutèrent au sommet de la crête. Ils rampèrent et regardèrent la patrouille adverse à travers leurs jumelles. Elle entra sous les arbres et disparut soudain. Le sentier était vide. Où était-elle ?

La sueur dégoulinait du front de Sam, qui essayait de la retrouver. Elle resurgit, collée au flanc et descendant entre les deux sommets.

«On les suit pour jouer à chat ? demanda George.

– Non, on risque de trop s'approcher.»

À point nommé, un des Vietcongs se retourna, comme s'il avait repéré l'éclat des jumelles de Sam. Celui-ci avait les nerfs à vif, mais en réalité, ce que le soldat avait remarqué était beaucoup plus près de lui : des singes qui hurlaient et s'éloignaient, comme charriés par le courant d'une rivière.

Sam et George revinrent vers le reste de la troupe.

« George et moi allons suivre l'ennemi. Hempel, tu viens aussi avec nous. Les autres, vous nous attendez ici. Flanagan, envoie un message radio au lieutenant Haapu pour lui dire que nous avons vu Charlie et que la base est probablement proche d'ici. »

Il fit signe à George de prendre les devants. Ils se déplaçaient rapidement, en empruntant le sentier. Les singes continuaient de brailler et de bondir à la cime des arbres en un ballet onirique déréglé. Les Vietcongs s'enfouissaient dans la végétation.

Stop, indiqua George.

L'ennemi s'était volatilisé, comme par enchantement. Il n'y avait plus de traces de pas. Les trois hommes rebroussèrent chemin. George huma l'air. Il montra où ils étaient passés d'un signe et quitta le sentier. Sam et Hempel voyaient sa tête dépasser des buissons, à quelques mètres seulement devant eux. Puis il se retrouva soudain au milieu d'un groupe de cochons sauvages qui reniflaient la terre. Il laissa échapper un cri, leva les bras, fit un pas de côté et bascula dans le néant. Sam chercha la chouette des yeux : non, tu ne peux pas le prendre.

Paniqué, il courut voir où il était tombé. Son ami l'avertit d'un regard. *Ne t'approche pas, Sam.*

Il gisait dans une fosse de corps en décomposition, qui servaient de nourriture aux cochons. Ils portaient des uniformes de l'armée américaine et grouillaient d'asticots. La chute de George avait libéré un nuage de gaz fétides. George pointa du doigt sur sa gauche. Un fil de détente était connecté à un des cadavres. Trois autres, reliés au piège, parfaitement alignés et prêts à sauter, reposaient devant un fossé noir : une cavitée cachée.

Sam réfléchit à ce qui se trouvait derrière : sans doute des espèces de tunnels creusés dans le flanc de la colline, les renforcements d'un système qui parcourait la vallée.

C'est ici, pensa-t-il. *Nous avons découvert le périmètre de défense de la base adverse.*

Hempel rejoignit Sam, jeta un seul coup d'œil à George et à la fosse, se retourna et se mit à vomir…

Arrête-le, George l'avertit par signes. *Cet endroit est truffé de pièges.*

Trop tard.

«Oh merde…»

Le sol céda sous les pieds de Hempel. L'herbe dégringola, le soldat fit un geste résigné et suivit.

Silence.

Il se trouvait au milieu d'une fosse à tigres soigneusement préparée, hérissée de pieux punji en bambou, durcis sur les flammes et taillés en pointe. Ils mesuraient un mètre de haut et étaient enduits d'excréments. Hempel y était embroché. Un pal lui avait percé la gorge, un autre lui transperçait l'épaule gauche. Un troisième lui sortait du ventre. Les plaies saignaient abondamment. Il se tourna vers Sam et lui adressa un regard perplexe de faon. Puis ses yeux se révulsèrent. Hempel ouvrit la bouche et le sang se déversa comme une fontaine.

Oh non, songea Sam. *Pas l'un de mes bleus…*

Sam s'empressa d'aider George à s'extraire de son piège et à descendre dans celui de Hempel.

«Il est mort, chef. Le pauvre bougre est mort.»

Sam lança une corde pour que George, pris de frissons et de tremblements, remonte le cadavre. Les deux amis s'assirent, hébétés, et le regardèrent.

«Putain, chef, tu veux pas lui fermer les yeux ?»

Le corps de Hempel était encore tiède et le sang si rouge, oh si rouge.

Quelques minutes de plus s'écoulèrent. *J'ai perdu un homme,* songea Sam avant de faire signe à George qu'il était temps de partir.

«On le ramène ? demanda ce dernier.

– Essayons de trouver la base ennemie dans un premier temps, répondit Sam, le visage sombre et déterminé. Pour qu'il ne soit pas mort en vain.»

Ils soulevèrent le cadavre et le déposèrent sur des branches, hors d'atteinte des cochons. Puis ils pénétrèrent et descendirent dans le tunnel dissimulé. Une ouverture se dessina ; quand Sam s'y glissa, la terre s'éboula et il faillit tomber.

Il resurgit en haut d'une falaise qui dominait un vallon secret entre les cornes jumelles de la montagne. La base ennemie se nichait au creux de la vallée.

En ton honneur, Hempel.

Sam nota tous les détails — l'emplacement des postes de défense et des positions armées, les champs de mines potentiels, les bunkers cachés connectés au tunnel, les arènes de combat, les fossés couverts. Il chercha le lieu le plus probable du poste de commande.

Quand il eut fini, ils firent demi-tour et rejoignirent leur patrouille. Quincey sanglota en voyant le corps ensanglanté de Hempel.

«Ça suffit, lui dit Sam entre ses dents. Arrête, man !

– C'est facile pour toi, putain, lui répondit ce dernier, moi c'était mon pote.

– Peut-être, mais il est mort, nous non. Le mieux que tu puisses faire, en tant que pote, c'est ton boulot, lui lança Sam en se tournant vers Flanagan. Établis le contact avec le lieutenant Haapu.»

La radio crachota : «Nous avons trouvé la base ennemie, mon lieutenant.»

La section retourna au village. Le bataillon s'y déployait et des convois blindés débarquaient des soldats et du matériel militaire.

Sam alla se recueillir seul dans le champ où ses hommes avaient enterré la vieille femme et son mari.

Le soleil disparaissait, projetant des nuances de violet, de rose et d'or dans le ciel. Les arbres de la jungle se firent ombres. La lune, blême et ronde, se leva avant la nuit tombée. Sam avait entendu dire qu'elle était particulièrement belle au Vietnam, mais il ne s'était pas attendu à ce mélange de pâleur et de luminosité. Des chiens sauvages aboyaient et, dans le crépuscule, Sam écoutait les esprits, leur mouvement, leur murmure dans les rivières et leur plongée dans la mer. Ils soupiraient sur les pierres tout autour de lui, sifflaient dans les arbres, heureux de dominer leur territoire. Pour les Maoris, c'est l'heure où les esprits des morts entament leur long périple vers Te Reinga. Là, à l'extrémité nord d'Aotearoa, ils attendent que le soleil se couche. Le vieux père avait peut-être déjà atteint le promontoire sur la mer, d'où les âmes quittent notre monde d'un bond pour rejoindre le suivant.

« J'espère que tu as rattrapé ton mari », dit-il à l'esprit de la vieille mère, des larmes plein les yeux.

Puis il alla retrouver ses hommes, rassemblés à la zone d'atterrissage, au milieu d'une confusion d'hélicos dont les pales étincelaient comme les ailes irisées des lucioles. Le corps de Hempel attendait d'être rapatrié à Nui Dat.

« Prêt, sergent ? » lui demanda Haapu.

Sam acquiesça. Il remarqua la présence du commandant Worsnop, du capitaine Fellowes et la compagnie Victor au grand complet. Cliff Harper y était aussi. Dans le chaos et le vacarme du monde…

Salut, Sam, lui fit-il en langue des signes.

Ce dernier leva la tête. *Dieu que je me sens seul.*

Je suis là pour toi.

Worsnop se tourna vers les hommes.

«Il n'est jamais facile de perdre un ami, dit-il. Il n'est jamais facile de perdre un bon élément. Nous demandons au Seigneur de veiller sur John Hempel. Hempel, vous rentrez chez vous aujourd'hui.»

Il instaura le salut. Les soldats firent une haie d'honneur et tirèrent une salve tandis que Sam, George, Quincey, Brooks, Jones et Starr transportaient le pauvre corps brisé et le hissaient dans l'hélicoptère. Le moteur hurla, les rotors gémirent. La puissance, la prestance et la terreur — ihi, mana, et wehi — doublées de chagrin, s'emparèrent de Sam et, sans savoir comment, il se retrouva à mener George et Turei dans un haka en l'honneur de Hempel.

«Ka mate, ka mate, ka ora, ka ora…»

Leurs pieds tapaient. Leurs yeux étaient exorbités. Ils se tenaient demi-accroupis, les mains frappaient les cuisses.

«C'est la mort, c'est la mort, c'est la vie, c'est la vie…»

Projections de postillons et de gouttes de sueur.

Leur chagrin toucha Cliff Harper.

Merde alors ! Voilà que je pleure pour un soldat que je ne connais même pas.

Il baissa les yeux puis il salua Sam. L'hélico décolla, déclenchant une tempête dans la zone.

Quatrième jour

À l'aube, le bataillon était prêt à lancer l'offensive sur la base ennemie. Déployé sur la crête en face des cornes jumelles, il surplombait la vallée. Le commandant Worsnop consulta sa montre. En place ! Il ordonna aux deux groupes d'artillerie du tir de barrage d'affaiblir l'adversaire avant la percée de ses hommes.

«Quadrillage et feu !»

Il y eut une demi-minute de silence, le temps de la transmission radio du message, puis: «exécution !»

Depuis les hauteurs, Sam entendit approcher les tirs, qui frappaient le versant sud de la base ennemie, le transformant en une énorme explosion orange. De nouvelles rafales sifflèrent au-dessus de sa tête, du sud au nord ; les obus pilonnaient la position adverse. Il fallut quelques secondes aux détonations pour parvenir aux oreilles de Sam. Le sol trembla.

Comment l'ennemi peut-il survivre à tout cela ?

L'offensive offrait un spectacle bouleversant qui sembla durer des heures. Après les dernières rafales, les déflagrations s'estompèrent. La fumée se dissipa sur la scène de massacre.

Accalmie subite. Les nuages embrasés de soleil proposèrent un intermède étourdissant de beauté. Sam se souvint de son rôle, au lycée, dans le chœur d'une comédie musicale montée par les doyens mormons de l'université Brigham Young:

Mes yeux ont vu la gloire
de la venue du Seigneur,
Il piétine le vignoble
où sont stockés les raisins de la colère !

Comme s'il attendait en coulisse de se joindre au chœur, un escadron de F-4 Phantom déferle en sifflant dans le vent.

«Ouah, regarde ça chef, murmure Turei, ils sont juste superbes…»

Aux premières loges, Sam voit l'approche des avions en CinémaScope. Ils foncent en rugissant et se faufilent entre les cornes des collines jumelles. Alors qu'ils descendent en piqué par-dessus la crête, ils lâchent les roquettes – elles sont si près que Sam voit sortir les ailerons latéraux. Il suit leur course vers la cible.

Le sifflement précède la violence d'un impact d'une splendeur stéréophonique. Des cercles concentriques émanent de l'explosion. Les Phantom redoublent de puissance pour vaincre la pesanteur et retrouver le ciel.

Une seconde plus tard, c'est un tonnerre de déflagrations. La terre hoquette et chancelle.

Une deuxième frappe est ordonnée. Les avions transportent des bombes et du napalm, que les Vietnamiens surnomment bom bi, car quand la mère bom explose, elle génère 600 bébés bombes.

La base adverse déploie ses défenses sol-air et touche l'un des appareils dans sa mission. Il frôle la crête, décoiffe Sam et s'éloigne dans un sillage de fumée. Le pilote lutte pour s'éjecter.

«Allez, man. Vite. Saute…»

Le Phantom explose, projetant une pluie de débris enflammés aux quatre coins du ciel.

Mais des hélicoptères de combat américains fondent déjà sur eux depuis le nord-ouest. Ils volent en guirlande, comme un corps de ballet. La chorégraphie exercée lors de leur lente perte d'altitude est de toute beauté. Ils disparaissent un instant avant de resurgir derrière la crête comme des carapaces noires armées, les verrières scintillant au soleil.

«Tiens, crie George, c'est notre vieux copain.»

Woody Woodpecker a repris du service. Lorsqu'il les survole, ses canonniers penchés aux portes sont si proches que Sam pourrait leur serrer la main. Nouveau plongeon dans la vallée de la mort. Harper descend son appareil au-dessus des combats et ses hommes ouvrent le feu :

Glory, glory hallelujah
Glory, glory hallelujah
Glory, glory hallelujah
La vérité de Dieu est en marche !

C'est à nous, songe Sam en comprenant que le tour de la compagnie Victor va bientôt venir. *Allez, capitaine, donnez-nous l'ordre d'engager le combat.*

C'est alors qu'il voit une tarentule et la ramasse. L'araignée a toujours été un symbole important dans la famille Mahana. Elle est kaitiaki — protectrice — et évoque Riripeti, la femme-araignée de Waituhi que certains appelaient Matua, la Matriarche.

«E Riripeti, kia ora», la salue-t-il.

Elle semble le renifler. Il l'approche de son visage. Elle le touche délicatement. Puis elle se tourne soudain en direction de la base ennemie et se dresse sur ses pattes arrière, en position d'attaque.

C'est le signe. C'est le moment.

Sam respire à fond. Il invoque de toutes ses forces Tumatauenga, ou Tu, dieu de la Guerre et mangeur d'hommes. L'heure des représailles est venue : utu. Il crache les mots vers les sommets jumeaux.

«À l'attaque !» Il se rue droit devant, le M79 en bandoulière, afin d'avoir son fusil et sa baïonnette à portée de main dans les combats rapprochés. Il a le ventre noué et des difficultés à respirer, mais il ne ressent aucune peur.

Celui qui frappe le plus fort et le plus rapidement a le dessus, il s'en souvient. Bute l'ennemi avant qu'il te bute. Sam touche son pendentif de jade, qui palpite dans sa main et lui propage sa chaleur. *Je refuse de mourir aujourd'hui.*

Il mène sa section dans la descente vers la base adverse en repérant la disposition des tirs, en particulier ceux des armes automatiques qui balayent le ras du sol. Il voudrait avertir sa compagnie de ne pas se faire piéger, mais il ne lui reste plus qu'à espérer que leur arsenal a décimé l'ensemble des défenses ennemies. Dans la zone de combat, les échanges de tirs et de balles traçantes forment un violent spectacle de grand feu d'artifice. L'air, saturé du vacarme de l'attaque terrestre, crépite et éclate comme du popcorn avec, de temps en temps, un nuage et le champignon orange d'une explosion.

Comment la guerre ose-t-elle être aussi belle ?

Soudain, Sam lève les yeux et voit qu'une fusée ennemie a touché la queue d'un de leurs hélicoptères. Du fluide hydraulique gicle dans tous les sens et le cœur de Sam fait un bond dans sa poitrine. Et si c'était Woody Woodpecker ? Non, c'est l'appareil de Fox, le collègue de Cliff Harper, qui est en difficulté.

Une salve de 12,7 retentit au-dessus de la tête du pilote. La suivante atteint le poste avant, près de l'artilleur. Encore une, juste à côté de Fox. Les autres percutent le moteur.

« Ils sont foutus », murmure Harper.

L'hélico vibre et perd de l'altitude en s'éloignant vers la jungle, son hélice déchiquetant et bouffant la cime des arbres, avant d'exploser en une langue de feu.

Et c'est l'*Hymne de la bataille de la République* qui vient à l'esprit de Harper, un chant patriotique glorifiant les martyrs et auréolant les anges de toutes les guerres auxquelles les Américains ont participé :

Dans la beauté des lys
Jésus est né au-delà des mers,
comme il est mort pour nous sanctifier
mourons pour nous libérer !

L'hélico s'abîme sur la gauche de Sam, mais il n'a pas le temps de regarder. Sa troupe est en difficulté.

«Fumée !» ordonne-t-il.

Il entend les grenades fumigènes siffler ; sa section est déjà ciblée. Le bruit caractéristique des tirs franchit la barrière du son. Les salves crépitent autour de lui. Il sent un éclat de chaleur près de sa joue et de son oreille droite, puis d'autres. Une bombe explose ; le soldat qui l'a déclenchée disparaît presque complètement. L'un des hommes à côté de lui se fait arracher la tête, mais son cœur s'acharne à pomper le sang qui éclabousse tout autour de lui. D'autres sont projetés en l'air comme dans un dessin animé, les jambes continuant de courir. Sam sent des gouttes sur son visage et goûte le sang d'un autre sur ses lèvres.

Le terrain est un véritable guêpier. Un profond fossé s'annonce avec, à gauche, des rouleaux de fil barbelé. Certains soldats s'y sont coincés ou s'en sont dégagés en courant droit dans la ligne de feu.

«Turei ! hurle Sam en voyant que George est piégé. Ne laisse pas la chouette le prendre.»

Turei acquiesce, vérifie la source des tirs et épaule le lance-roquettes : «Bye bye, Charlie.»

Sam va aider George à se dégager des barbelés. «Merci, chef.» Ils repartent en courant dans le crépitement de tirs.

Avec les fils de détente disposés partout, leur avancée n'est qu'une question de chance. Si c'est votre mauvais jour, vous le déclenchez et boum, vous vous faites déchiqueter. Ou vous regardez le moignon fumant qui a remplacé votre jambe.

Sam trébuche, se baisse et voit une tête rouler dans la poussière, les yeux encore ouverts. Un soldat déboule derrière lui et donne un coup de pied dans la tête qui vole dans les airs comme un étrange ballon de foot.

Sam pose un genou à terre. Un obus le frôle et le désoriente. Une ligne de tir s'amorce devant lui. George couvre ses arrières gauches. Puis Turei apparaît sur sa droite : «C'est pas pour dire, boss, mais ce film me plaît pas. Si on allait voir quelque chose de moins bruyant ?»

L'assaut épuise leurs munitions. Ils mitraillent tant et plus pour atteindre la base ; la scène semble véritablement tirée d'un film, quand les bons entrent à cheval dans la petite ville endormie et protègent les villageois sans défense contre les méchants gringos.

Sam pose son fusil à côté de lui, épaule le M79, fait feu. Six grenades montent en flèche et explosent, couvrant les Vietcongs d'éclats d'obus. Puis il repart en courant, George et Turei fidèles à ses côtés. Chaque éruption fournit une espèce de spectacle pyrotechnique — chandelle romaine, fontaine dorée, cascade, supernova —, mais la compagnie Victor persévère et gagne du terrain.

Une ligne de petits jets grésille dans la terre rouge en direction de Sam. Nom de Dieu ! Pétrifié, paralysé, il regarde les impacts se dessiner autour de lui en l'épargnant. *Sacré veinard,* se dit-il.

Il lève son fusil et décharge un magasin entier en direction de la provenance des balles. Des chargeurs vides sont éparpillés là où les soldats les ont jetés, l'un après l'autre, en rapide succession. L'ennemi réplique avec un féroce barrage de feu. Le voisin de Sam est coupé en deux à la ceinture. Pas le temps d'y penser. Contente-toi d'avancer. Et de tirer. Arme à hauteur de taille, tire, recharge et tire.

Papa a-t-il vécu la même chose au sein du bataillon maori ?

Il se trouve soudain dans le périmètre de défense de la

base, le réseau des bunkers. Charlie est absolument partout.

Vise, presse la gâchette, tire. Vise, presse, et un autre Charlie rejoint le paradis vietnamien. Descends le plus d'adversaires possible avant qu'ils t'attrapent à leur tour.

Autour de lui, les soldats sont engagés dans des combats rapprochés.

Sam n'a plus de munitions, un ennemi charge, il enclenche un nouveau magasin. Merde. Son arme s'enraye.

Le Vietcong épaule son fusil. Incroyable ! Le sien s'enraye aussi.

Sam hurle, se jette sur lui. Le choc d'une bombe les projette tous les deux dans les airs. Sam se redresse, abasourdi, et voit son adversaire ramper vers lui, brandissant un poignard…

George descend le Vietcong d'une balle dans la bouche, puis il dégoupille une grenade et la lance dans le bunker.

Boum.

Sin loi, murmure-t-il. Désolé, en vietnamien.

Sam roule et plonge pour récupérer un fusil encore fumant entre les mains d'un camarade mort. Devant lui, l'ennemi cesse le feu, détale des bunkers et prend la fuite avant l'assaut. Sam a l'impression étrange d'avoir sauté dans un poulailler. La volaille vole partout.

Les hommes tirent sans cesse. L'un des poulets l'éclabousse de sang et perd une aile. Un autre perd la tête, court dans tous les sens et disparaît.

Sam slalome entre les bunkers et mitraille les ennemis qui se réfugient à l'intérieur. Il voit le regard implorant d'un Vietcong alors qu'il le propulse au loin — il ne reste plus que ses sandales Hô Chi Minh, celles qu'ils fabriquent avec des pneus. Il se retourne et braque son arme dans un autre bunker où trois ennemis se sont abrités. Tout autour de lui, ses hommes sont frénétiques. Ils jettent des grenades comme autant de fruits mortels. Tirent dans la fumée et le chaos sur tout et n'importe quoi. Sur tout ce qui bouge, bordel.

La notion de temps a disparu. Les secondes se déroulent devant Sam et s'enroulent derrière lui. Il a l'impression de courir vers le ruban de ligne d'arrivée sous les encouragements de son père.

Épuisé, il inspire d'énormes quantités d'air et déborde d'adrénaline. Il vit une existence entière de terreur absolue. Ne peut s'empêcher de tirer encore et encore. Un camarade, qui manipule un lance-flammes à côté de lui, reçoit une première balle en pleine figure, puis, crac, une seconde qui lui sectionne la moelle épinière.

Fou de rage, Sam ramasse l'arme, l'active et dirige la flamme à l'intérieur de la tranchée. *Prenez ça dans la gueule, connards !*

Cinq silhouettes, véritables torches humaines, surgissent du trou en hurlant, leurs corps vacillant comme des bougies. Sam imagine sa mère se couvrir les yeux. Elle refuse de regarder. Mais le ruban de ligne d'arrivée est devant lui et… *Bravo, Sam, t'as gagné !*

Il entend crier. Quincey, déchaîné, court dans tous les sens à travers la base adverse en gloussant comme un fou. Le rire hystérique, tranchant comme une scie, coupe la soif de sang de Sam.

Oh ! Mon Dieu.

Il regarde autour de lui. De la folie pure. Un pur délire. Et soudain le silence… sauf pour Quincey, qui continue de rigoler comme un maniaque et de presser la gâchette de son fusil à court de munitions.

Glory, glory hallelujah
Glory, glory hallelujah
Glory, glory hallelujah
Sa vérité est en marche !

— 3 —

Une brise nuageuse et rafraîchissante souffla après la bataille, lors du nettoyage. L'offensive avait récolté une moisson amère. *Si je dois un jour me représenter l'enfer, il ressemblera à cela,* se dit Sam.

Tout semblait se dérouler au ralenti. L'évacuation des blessés... Poussière, herbe et débris tourbillonnaient tandis que les hélicos transportaient les victimes vers Vung Tau. Les infirmiers au sol se précipitaient pour administrer de la morphine, juguler les hémorragies ou ressusciter des cœurs. Des hommes hurlaient, secoués de tremblements. Il y avait du sang partout, accompagné de la puanteur nauséabonde des plaies ouvertes. Une boule de feu avait arraché la chair du visage, du cou et des épaules d'un soldat. Un autre avait le torse qui ressemblait à un jambon découpé en filets. Le biceps était apparent et des tendons jaunes sortaient de ses plaies.

Le lieutenant Haapu s'occupait d'un homme secoué d'une toux sèche et bavant du sang. Sa poitrine était en bouillie. À côté de lui, un soldat au dos broyé agonisait.

« C'est toi, maman ? T'es venue me chercher ? C'est l'heure de rentrer à la maison ? »

Un peu plus loin, un aumônier administrait les derniers sacrements à un homme qui gémissait : « Laissez-moi, mon père, je veux pas mourir, je ne veux pas... »

Les cadavres étaient alignés dans des nacelles recouvertes de ponchos maculés de sang. Un détachement les chargeait dans un hélicoptère Chinook. Sam vit une tête s'en échapper en roulant comme un melon dans la poussière. Il s'écarta et trébucha sur une botte, qui contenait un pied. Il eut l'idée fugace et absurde de l'emporter avec lui et de chercher preneur.

Quelqu'un a perdu un pied ? Tu veux essayer celui-ci ?

Ses pensées furent interrompues par le sifflement d'un autre Chinook qui arrimait un hélico abattu. Une voix hurla pour se faire entendre dans le vacarme.

« Lai dai ! Lai dai ! Par ici, saloperies de Charlie et restez allongés, bordel ! »

Les prisonniers furent brutalement rassemblés dans un camp improvisé. Certains avaient eu leurs vêtements à moitié arrachés dans la bataille, d'autres étaient grièvement blessés.

Sam se dirigea vers les bunkers. À l'intérieur, des corps étaient déchiquetés au point de n'avoir plus rien d'humain, certains amalgamés en monstrueuses sculptures de guerre à trois têtes, avec des tentacules soudés en guise de bras. Combien d'ennemis avaient trouvé la mort ? Sam l'ignorait. Il remarqua les traces de ceux que leurs amis avaient traînés loin du massacre.

Abasourdi, il s'assit au bord d'une tranchée et prit sa tête entre ses mains. Puis il vit Turei s'approcher de George au soleil, en agitant furieusement un petit serpent.

Quelle aberration au milieu de ce carnage…

« Allez George, me dis pas que tu as peur d'un mignon petit bébé serpent.

– Barre-toi et fous-moi la paix ! »

Turei leva le reptile devant ses yeux et le regarda tristement. « T'as entendu ça, mignon petit bébé serpent ? » demanda-t-il avant de le lancer sur son ami, qui recula en criant.

L'animal glissa dans son col ouvert. « Il m'a mordu ! » glapit George en secouant sa chemise et en poussant un hurlement surnaturel. Il fit tomber le serpent. Turei était hilare, au bord de l'apoplexie.

« Arrête ton cirque, enfin ! Tu vois pas qu'il est mort ? »

George se calma, regarda l'animal de plus près, puis se tourna vers Turei et lui donna un coup de poing en pleine figure.

«Je sors des combats sans la moindre égratignure, constata Turei. Je dois mon unique gnon à mon meilleur pote.»

Sam sourit tristement. Il n'y a ni vainqueurs ni vaincus à la guerre. Seulement des vivants et des morts.

Puis il fut abruptement ramené à la bataille quand il vit un lance-flammes abandonné à côté d'une tranchée familière. C'est celui qu'il avait utilisé pour en incendier l'intérieur, celui qui avait fait surgir cinq silhouettes hurlantes, le corps en feu, la chair grésillant sous ses yeux.

Cinq ennemis avaient brûlé vif à l'extérieur, mais Sam découvrait désormais que cinq autres avaient été incinérés dans le trou et, horreur suprême, les soldats étaient toutes des femmes.

Oh ! non, c'est impossible. Oh ! non non non.

Il se rappela la vieille mère et envisagea l'atroce éventualité qu'une d'elles soit sa fille. Il avait déjà tué la villageoise, avait-il aussi tué sa fille ? Il sauta dans la tranchée en criant. «Pardonnez-moi, oh pardonnez-moi !»

Il voulut embrasser les corps calcinés. Une femme, qui avait réussi à protéger son visage des flammes, serrait une lettre dans sa main.

Il la tendit à Flanagan, qui était venu le calmer.

«C'est pour son petit ami, expliqua-t-il en se mettant à lire. "Mon amour, il y a une assiette parfaitement ronde, bordée d'un motif chinois dans des nuances de bleu. Il montre deux amants pourchassés dans une clairière de saules courbés par le vent. Les coups de pinceau ont la délicatesse de cils. Les amants ont l'air très étranges, très distants, et si tu suis le dessin de l'autre côté du rebord, tu vois leur course à travers la montagne. Ils se tiennent par la main, contrairement à nous deux, mon amour, qui sommes séparés par cette guerre. Mais je pense à toi chaque fois que je retourne l'assiette et regarde les amants traverser le pont sur la rivière. Peut-être que quand la guerre finira, nous serons comme eux à la fin de leur voyage, car les voilà qui prennent leur envol, deux oiseaux lâchés par une main tendue, libérés dans le ciel, libres ! Libres ! Libres !"»

Désespéré, Sam remarqua qu'un énorme nuage noir et bourdonnant avait envahi la fosse.

D'où sortaient ces mouches ? Comment savaient-elles où aller ?

Il se mit à donner des coups désordonnés dans la nuée qui se reformait autour de lui, furieuse, gonflée et assoiffée de sang.

«Non, vous ne les aurez pas. Je vous en empêcherai.»

Les larmes coulaient sur son visage.

«Ressaisis-toi, chef, lui dit Flanagan. C'est la guerre, chef, la guerre.»

Trois heures plus tard, le commandant Worsnop ordonna la destruction de la base adverse et de ses réserves de munitions.

«Les lieux sont massivement piégés et il y a eu assez de morts pour une journée. Envoyons tout ça au diable !»

La détonation eut l'effet d'une éruption, qui ne prit fin qu'à la tombée de la nuit. On alluma des fusées lumineuses autour de la zone d'atterrissage. Les hélicos vinrent récupérer le bataillon. Des dizaines d'hommes piaffaient d'impatience en attendant de rejoindre Nui Dat.

Son appareil décolla et Sam baissa les yeux sur ce qui restait de la base : une scène de chaos et de massacre. Il aurait dû se sentir euphorique. À côté de lui, Flanagan avait sorti un petit carnet de sa poche et le lisait attentivement. Quand il eut fini, il le lui tendit.

Prends pitié de ces milliers d'âmes errantes
Forcées à rejoindre des rivages inconnus.
Celles pour qui l'encens ne brûle point
Et qui, désespérées, errent nuit après nuit.

Troisième partie

L'histoire de George

Chapitre huit

— 1 —

Une photo tomba du journal de l'oncle Sam :

SAM AVEC CLIFF HARPER, VIETNAM, 1969.

Ils étaient sur la plage après s'être baignés. Le cliché avait dû être pris lors d'une permission à Vung Tau, peu après l'opération Bucéphale.

Harper est assis dans le sable. Sam, cadré au centre, repose dans le havre formé par ses bras. Il a le torse fortement musclé, et un hei tiki en jade autour du cou. Il lève la main droite, comme pour s'opposer à ce que la photo soit prise et ses lèvres disent Non, mais il rit. C'est toutefois Harper qui attire l'attention : il fixe directement l'objectif. Son regard et son demi-sourire enfantin vous piègent immédiatement. On dirait qu'il absorbe la lumière. Les zones d'ombre — sur ses épaules, le long des muscles étirés pour étreindre Sam — ne servent qu'à souligner l'extraordinaire clarté de sa peau.

Certains hommes ont du charme, mais Cliff Harper appartenait à une catégorie différente. Sa physionomie transcendait les époques. Blond, élégant, irrésistible, d'une beauté à couper le souffle, il avait un regard intrépide qui projetait un mélange d'innocence et de sagacité. Avec son aspect timide et modeste, il évoquait le voisin de palier ou le frère rêvés. Le petit ami fantasmé.

— 2 —

«Michael ? Je sais que t'es chez toi !» La voix de ma sœur s'impatientait dans le répondeur. «Décroche, décroche immédiatement !»

Je posai le journal intime et la photo.

«Salut, Amiria. Alors, cette lune de miel ?

– Je savais que tu étais chez toi, je suis ta jumelle, tu ne peux rien me cacher. Le voyage de noces était génial, mais figure-toi que je suis enceinte ! gémit-elle.

– Déjà ? Mais personne ne tombe enceinte aussi vite !

– Tu connais la réputation de la famille Mahana, répondit-elle d'une voix contrariée. Et de ses femmes fertiles. Il suffit qu'un homme nous regarde pour qu'on soit en cloque... même si j'imagine que les femmes n'ont pas à se faire de souci avec toi ! Mais ce n'est pas pour ça que je t'appelle. Tyrone et moi partons d'Auckland pour le Texas ce week-end. Son père veut qu'il commence à travailler au casino immédiatement et là... je suis rongée par le doute. Je sais pas si j'ai envie de quitter la Nouvelle-Zélande pour de bon.»

Elle semblait au bord des larmes et je ressentis la même tristesse en l'imaginant à l'autre bout de la Terre.

«Tu viendras me dire au revoir à l'aéroport ?

– Tu crois que c'est bien prudent ? Maman et papa y seront et je voudrais pas déclencher la Troisième Guerre mondiale.

– S'il te plaît, Michael, c'est peut-être la dernière fois qu'on se verra.»

Je pris le vol Wellington-Auckland dans l'après-midi et trouvai le terminal international plein à craquer d'insulaires des îles Cook en partance pour Rarotonga. Ils étaient festifs et décontractés avec leurs colliers et couronnes.

J'aperçus mes parents et ma tante Pat dans une mer de fleurs. J'eus brièvement envie de m'éclipser, de faire comme si je n'avais pas pu venir… je pourrais toujours appeler Amiria au Texas plus tard avec une excuse quelconque — trop de travail ou des vols complets —, mais ma tante m'aperçut et me traîna vers mes parents.

« Bon, Monty, dit-elle à mon père qui devint rouge de colère en me voyant, comportons-nous en adultes… Tu as déjà gâché le mariage d'Amiria. Essaie de ne pas gâcher son départ, d'accord ? »

Il se tut et me lança un regard noir. Ma mère semblait mal à l'aise, comme si sa loyauté envers lui supplantait son envie de me serrer dans ses bras. Nous restâmes quelques instants plantés là, figés dans un nœud de silence au milieu des chants. Que dire à un père qui vous a clairement signifié que vous n'aviez plus de place dans sa vie ?

Amiria et Tyrone nous rejoignirent. Ils avaient fait quelques achats détaxés de dernière minute. Dès qu'elle me vit, ma sœur fondit en larmes. Quand nous étions petits, nous essayions toujours de nous pousser l'un l'autre hors du landau. Adolescents, nous avions parfois envie de nous étrangler. L'espace entre ses dents était plus grand que le mien. Comment allions-nous nous entendre quand elle vivrait à l'autre bout du monde ?

Pat entama la conversation :

« J'imagine que tu sais que ta sœur est enceinte ? »

Amiria renifla et lança un regard furieux à son mari.

« Je t'avais dit de continuer à utiliser des préservatifs. »

Maman rit nerveusement et papa lança : « T'as intérêt à prévoir une poussette double pour les jumeaux. »

Tyrone pâlit, Amiria pleura et on pouvait toujours compter sur notre mère pour en remettre une couche. « Ça sert à quoi que vous vous soyez mariés ? C'est bien pour avoir des enfants ! »

Une nouvelle dispute familiale commença. Mon père s'excusa auprès d'Amiria et l'assura qu'il ne faisait que plaisanter, pour la poussette double. Ma mère croisa les bras en déclarant ne pas voir où était le problème. Tyrone embrassa ma sœur et lui promit que sa grossesse ne le gênait pas.

Ma tante profita de ces démêlés pour me tirer sur le côté en me disant : « Ils n'ont pas besoin de nous. »

Mon père lui décocha un regard désapprobateur. Elle avait beau être l'aînée, il était le chef de famille. Elle lui avait toujours dit oui, elle avait toujours joué le rôle de la vieille fille soumise et gentiment ridicule.

« Je te cause des ennuis, tatie ? »

Elle soutint le regard de son frère, puis se tourna vers moi — j'eus le sentiment que leur relation subissait des changements.

« Oui. Ton père déteste que je sois dans ton camp. Il me voit toujours comme une gamine, comme quand nous étions sous la coupe d'Arapeta. Ce que j'ai été, jusqu'à maintenant… Il n'aime pas que je lui réponde ou que je le contredise. Il n'y est pas habitué. »

Nous allâmes boire un mauvais café à l'aéroport. Pat était tendue, mais pour une autre raison. Sans doute à cause du journal.

« J'ai commencé à lire l'histoire de Sam », lui dis-je.

Elle soupira, prit mes deux mains dans les siennes et les serra. Je fus surpris de l'intensité, de la force de son geste. Elle n'était pas loin de me faire mal.

« Je n'avais pas idée du soulagement que ce serait de partager son histoire. De la partager avec toi… »

Je comprenais. Nous n'étions plus simplement « neveu et tante ». Grâce à mon coming out, elle m'avait accordé sa confiance et donné le journal intime. Notre relation, à l'instar de celle qu'elle entretenait avec mon père, était en train de changer. J'aimais cette nouvelle tante, cette femme sémillante dont je devenais proche. Notre alliance redéfinissait nos deux vies.

Puis elle me dit une chose étrange, comme si je n'étais pas là : « Maintenant que la boîte de Pandore est ouverte, j'imagine que tout va être déballé, pour le meilleur et pour le pire. » Elle ferma les yeux. « Quand tu seras de retour à Wellington, j'aimerais que tu ailles parler à George. »

Je ne compris pas immédiatement de qui il s'agissait. Puis ça fit tilt :

« George ? Il n'est donc pas mort au Vietnam ?

– Mais non, qu'est-ce qui te donne cette idée ? Je ne l'ai pas vu depuis des années, mais j'ai appelé Emma…

– La sœur de Turei ?

– Tu as entendu parler d'elle ? Elle m'a communiqué le numéro de George à Porirua, tout près de Wellington. Je lui ai dit que tu aurais peut-être quelques questions sur Sam. Il t'attendra à la taverne de Porirua vendredi prochain à 20 heures.

– Tu crois qu'il me parlera aussi de Cliff Harper ? »

La question la déstabilisa. « Qu'est-ce que tu veux savoir sur Cliff Harper ? » Elle semblait fâchée, amère.

Nous rejoignîmes la famille en entendant l'appel final pour l'embarquement du vol des nouveaux mariés.

Maman allait sangloter, c'était une évidence, mais personne ne s'était attendu au chagrin paternel.

« Amiria », cria-t-il en pleurant à chaudes larmes.

Dès que je le vis, j'eus les yeux humides. En partie à cause de l'émotion ambiante, mais aussi parce que mon père pleurait le départ de sa fille alors qu'il avait banni son fils — moi — de la famille, sans verser la moindre larme. Pas une.

J'essayai toutefois de combler le vide entre nous. Voyant qu'il continuait de sangloter après qu'Amiria et Tyrone avaient passé les douanes, je m'approchai de lui pour le réconforter. Il me regarda en essuyant ses larmes avec un mouchoir, puis me tourna le dos.

«Ta mère et moi avons décidé qu'il vaut mieux que tu ne viennes pas à la maison pour Noël.

– Comment peux-tu dire de telles bêtises ?» lui reprocha Pat, mais il avait déjà disparu dans la joyeuse foule polynésienne.

Furieux, je le rattrapai et le forçai à me regarder dans les yeux.

«Papa, pourquoi crois-tu que je suis parti aussi loin ? Pourquoi crois-tu que je vis à Wellington ? Ça m'est complètement égal.»

Le pensais-je vraiment ? Oui. Non. Oui…

«Dans ce cas, ne remets plus jamais les pieds à la maison. Jamais.»

— 3 —

Il pleuvait quand je suis revenu à Wellington. J'étais déprimé, je m'en voulais d'avoir poussé mon père trop loin et d'avoir mal géré la situation. Mais rien ne sert de pleurer sur le lait versé.

Ce qui est fait est fait. Nous étions à nouveau en guerre.

La file d'attente pour les taxis était chaotique, des hommes d'affaires en costume me passaient devant sans un mot d'excuse. Un type encombré d'un gros sac en toile me bouscula et je me tins sur la défensive. Connard. Il aurait pu regarder…

Mais, encore sous le coup de l'altercation avec mon père et du départ de ma sœur, je laissai couler… jusqu'à ce qu'il me bouscule à nouveau.

«Tu te souviens de moi ?» me demanda-t-il en riant.

Tête rasée. Plus grand que je l'aurais cru. Un profil auréolé et enflammé de vert par les lasers… La boîte de nuit !

«Carlos.

– Bien joué ! Passez par la case départ et allez directement à votre hôtel de Mayfair ! Pourquoi tu ne m'as pas expliqué que c'était ta tante, l'autre soir, au club ? C'est ta copine qui me l'a dit. Surtout, je croyais que tu étais avec un autre mec. T'es libre ?»

Son culot me coupa le souffle.

«Je suis en couple, mais c'est pas la joie. Je suis bon pour personne en ce moment. Je ne veux pas m'engager.

– Merde alors, répondit-il avec un geste taquin. Et moi qui espérais qu'on allait s'envoyer en l'air ! Écoute, je te ramènerais bien chez toi, mais faut que je rapporte ce bazar…» En plus de son sac de marin, il avait tout un tas de matériel de plongée sur un trolley. «Je suis allé plonger autour des îlots Hen and Chickens.» Il sortit un morceau de papier sur lequel il griffonna son numéro de téléphone. Avec un grand sourire, il fit semblant de lancer des dés.

«Si tu tardes trop à m'appeler, tu perdras tes hôtels à Mayfair et tu iras tout droit en prison, c'est compris ?»

De retour dans mon appartement, je posai mes affaires et ouvris une canette de bière. Tout changeait autour de moi, à une vitesse effrayante. En moins d'un mois, j'avais fait mon coming out dans ma famille, mon amoureux m'avait largué et ma sœur était partie vivre en Amérique. Mes parents ne voulaient plus me parler et ma tante m'avait donné le journal d'un oncle dont j'ignorais jusque-là l'existence. Ma propre histoire disparaissait comme si quelqu'un avait appuyé sur le bouton «*supprimer*» du document intitulé Michael Mahana. Correction : C'était moi, Michael, qui avais appuyé sur le bouton et placé le document dans la corbeille. Cet acte volontaire avait fait de moi un homme sans histoire. Et voilà qu'un dénommé Carlos m'offrait un hôtel à Mayfair.

Jason continuait cependant à m'obséder. «Je suis persuadé que je t'aime, m'avait-il dit. Si je devais revenir, j'aimerais savoir que tu m'attends.»

C'était sans doute vrai. L'amour est une source constante de problèmes. Il nous mène à penser exclusivement à une personne. J'aimais Jason, j'étais prêt à l'admettre. Je voulais qu'il fasse partie de l'histoire que j'entendais désormais réécrire. Je voulais un partenaire pour m'accompagner dans ce meilleur des mondes. J'avais déjà perdu beaucoup de temps. J'abritais en moi une énergie qui métamorphosait les forces que j'avais décidé de mettre en mouvement. Ces forces étaient devenues incontrôlables et je craignais que, si j'attendais trop, Jason et moi allions trop nous éloigner. Or j'avais besoin de lui. Physiquement et émotionnellement.

Je l'appelai au travail le lendemain matin. J'étais sûr de moi. J'imaginais qu'il me suffirait de lui parler pour le faire fondre. De lui murmurer «Tu me manques» pour qu'il revienne dans mes bras.

Mais il n'était pas au bureau. «Désolé, Michael, personne ne sait quand il va rentrer. Tu veux laisser un message ? D'accord, je lui dirai que tu as appelé.»

Je raccrochai, frustré, et me rejouai la conversation. Vous savez ce que c'est. On devient soupçonneux. On commence à imaginer le non-dit derrière les mots : Désolé, Michael, Jason n'est pas ici, *pas pour toi*. Non, personne ne sait quand il va rentrer, *mais même s'il était ici, il refuserait de te parler*. Tu veux laisser un message ? *Tu peux, mais il finira à la poubelle.* D'accord, je lui dirai que tu as appelé, *mais franchement, Michael, il faut te faire un dessin ou quoi ?*

Je perdais la boule, j'avais besoin de confier mes angoisses à quelqu'un. Qui était mieux placée que Margo, la psy de Jason ? Je décidai de lui téléphoner.

J'eus de la chance, elle était entre deux rendez-vous. Sa secrétaire me la passa. « Bonjour, Michael, ça fait plaisir de vous entendre.» Elle avait une voix chaude, rassurante, comme un sofa douillet dans lequel je pouvais sombrer.

« Margo, j'ai besoin de votre aide. Jason m'a quitté et je n'ai aucune nouvelle depuis. Savez-vous où il est ?

– Vous ne le savez pas ?

– Non, et je me ronge les sangs. Quand il a commencé à consulter, je croyais que c'était pour des questions simples. Pour comprendre pourquoi il était malheureux. Ou pour savoir ce qu'il voulait dans la vie.

– Et vous pensiez que c'étaient des questions simples ?

– Je ne m'attendais pas à ce que ça dégénère à ce point. Trois mois plus tard, il remet tout et tout le monde en question. Qu'est-ce qui lui arrive, Margo ? Comment puis-je l'aider ?

– Vraiment ? Vous ne savez pas ce qui lui arrive ? Vous voulez l'aider ?»

Je perdais patience. Avec Margo, j'avais parfois l'impression d'entendre un écho ou un perroquet.

« Michael, il y a deux questions distinctes. La première concerne ce que Jason veut et la seconde ce que vous, vous voulez. Êtes-vous sûr de m'appeler parce que vous vous inquiétez à son sujet ou vous inquiétez-vous à votre propre sujet ? Avez-vous envisagé que s'il ne vous a pas donné son adresse, c'est pour que vous ne puissiez pas le trouver ? Il a besoin de temps pour réfléchir. Il s'est autorisé à explorer qui il est, ce qu'il veut et où il veut être… »

Margo n'y allait pas par quatre chemins. Elle avait raison : c'était pour moi que je m'inquiétais. J'avais espéré en secret que Jason lui avait confié qu'il m'aimait et qu'il voulait que nous nous remettions ensemble. Mais au lieu de cela :

« J'ai dû l'aider à aborder de très sérieux problèmes. Le résultat se traduit peut-être par le mécontentement de certains d'entre nous, mais l'essentiel, c'est que Jason fasse ses propres choix. S'il préfère rompre tout contact, nous devons respecter sa décision. »

Comme cela semblait raisonnable... Et manifestement, si Margo savait où il était, elle ne le dirait pas. Je changeai d'approche :

« Dans ce cas, Margo, pouvez-vous me donner le numéro de téléphone de Graham ?

– Vous êtes au courant, pour Graham ? me demanda-t-elle après un moment d'hésitation.

– Oui. »

Pourquoi le volume de sa voix avait-il augmenté de plusieurs décibels ?

« Eh bien, d'accord, j'imagine que c'est bon. »

Quelques instants plus tard, j'avais Graham au bout du fil : le soutien en thérapie de Jason, devenu son meilleur ami.

« T'as un sacré culot de m'appeler, dit-il. Mais si tu tiens vraiment à le savoir, Jason a emménagé chez moi. »

Emménagé ?

Graham ne prit pas de pincettes.

« Fous-lui donc la paix, Michael. Pourquoi ne pas admettre qu'il n'était qu'une conquête parmi tant d'autres dans ta collection ? »

Roimata me téléphona un peu plus tard pour que nous déjeunions ensemble et discutions de la proposition que j'avais rédigée pour Toi Maori : son conseil d'administration était ravi. Comme d'habitude, elle avait choisi un restaurant où nous ferions tache en étant les seules peaux brunes de la salle. Elle aimait illustrer sa position politique : les Maoris étaient peut-être une minorité, mais putain, pas de quoi nous empêcher d'entrer fièrement n'importe où et de tripoter l'argenterie.

« Donc, ça se présente plutôt mal avec Jason, hein ?

– Ne te sens pas obligée de jubiler.

– Tu sais très bien ce que je pense de lui. On ne s'est jamais entendus.

– Évidemment, lui rappelai-je. Qui a voulu nous faire rompre en essayant de me caser avec un autre prétendant ?

– Pas n'importe quel autre ! Don est Maori, il a du mana à revendre et, d'après ce que j'ai entendu dire, on ne l'appelle pas Queue de cheval à cause de ses longs cheveux. Il était parfait pour toi, mais qu'est-ce que tu as fait ? Tu l'as rejeté et t'es devenu un potato queen.

– C'est vrai, j'aime les garçons blancs. Quand je pose mes pattes brunes sur eux, je me sens délicieusement dégueulasse. »

Roimata savait que je plaisantais, mais elle ne put s'empêcher d'insister.

« Je voudrais seulement que tu comprennes que tu as été doublement colonisé. La première fois, par les Pakeha. La seconde, par les Pakeha homos. Même dans le monde gay, la majorité blanche a le pouvoir, l'argent et la capacité décisionnaire — ce sont leurs images qui te disent ce qui est désirable, comment te comporter ou comment ne pas te comporter. »

Roimata avait une force particulière, une vision particulière, qu'elle devait à sa formation universitaire en études maories, féministes et en histoire de l'art. Ce mélange explosif avait fait d'elle une fougueuse militante maorie. Ajoutez à cela son identité lesbienne et le monde n'avait qu'à bien se tenir.

«Pense par exemple à l'attitude des homos pakeha envers la famille, poursuivit-elle en se prenant au jeu de son discours universitaire. Le modèle occidental pénalise l'idée de maternité et de paternité dans la communauté gay. Par conséquent, l'espèce homosexuelle blanche est la seule qui ne se reproduit pas. Mais notre modèle maori est tribal. Qui devrait donc accorder la possibilité d'élever une tribu. D'élever des enfants.»

Elle débordait de passion, ses yeux étaient brillants et lumineux.

«Tu ne comprends pas, Michael ? Les questions d'identité et d'espace — de souveraineté ou tino rangatiratanga — pour lesquelles notre peuple se bat au sein de la société pakeha se retrouvent chez les Maoris gay au sein de la communauté gay pakeha ! La tribu gay dont parlait ta tante ne va pas apparaître par magie, nous devons l'inventer, nom de Dieu…»

Quand elle était frustrée parce qu'elle ne trouvait pas les bons mots pour exprimer ses sentiments, il lui arrivait de canaliser ses élans de ferveur sur moi. Cette fois-ci, elle tendit les bras au-dessus de la table, prit ma tête entre ses mains et m'embrassa. Elle faisait toujours ce qu'elle voulait de mon corps et je ne fus pas surpris qu'elle me tapisse de rouge à lèvres. Mais ce baiser allait au-delà du simple bisou. Il était puissant. Profond. Long.

«Pourquoi tu as fait ça ?» lui demandai-je. J'avais l'impression qu'une autre énergie essayait de s'infiltrer en moi.

Elle voulut masquer ses émotions par la désinvolture : «Ben, ça marche au cinéma et dans les pubs à la télé.»

Elle me regarda, comme pour décider si elle devait développer son argument ou non. Puis, jugeant qu'elle s'était suffisamment mise en danger, elle me lâcha les baskets… provisoirement.

«Mais je t'ai fait venir pour une autre raison : peux-tu m'accompagner au Canada le mois prochain ?

– Au Canada ?

– Il y a une grande conférence sur les arts autochtones à Ottawa. Elle est organisée par le peuple des Premières Nations du Canada, et des représentants indigènes du monde entier sont invités : d'Afrique noire, des Caraïbes, d'Asie, d'Europe et bien sûr, d'Océanie. Le thème est l'étude de modèles existants pour établir nos propres réseaux culturels. J'étais invitée dès le départ, mais figure-toi que la semaine dernière, je leur ai envoyé une copie de ta contribution par email et maintenant, petit veinard, ils veulent que tu m'accompagnes. Ils prennent en charge le voyage et tous les frais. Alors, tu viens ?

– Si mon calendrier le permet, oui.

– Génial.

– Bon, dis-je doucement, et si on parlait de ce baiser…»

Elle se tut. Elle avait horreur de se sentir acculée. Puis elle fit un petit signe de tête et m'adressa un regard à la fois triste et résigné.

«Je sais que t'es homo et tu sais que je suis lesbienne, mais je t'aime, Michael, et je veux que ce soit clair.»

Je pris sa main, l'embrassai et fus surpris de voir ses yeux se remplir de larmes. Notre relation avait toujours été tacite. Amiria était ma jumelle, mais Roimata et moi partagions autre chose. Ma sœur faisait partie du vieux monde, mon amie en faisait miroiter un nouveau.

Notre conversation était hasardeuse.

«Dommage que tu ne sois pas une femme, me dit-elle enfin en souriant.

– Dommage que tu ne sois pas un homme.»

À ce détail près, nous savions que nous étions faits l'un pour l'autre, à tous les égards.

Le serveur arriva à cet instant.

« Vous voulez autre chose ?

– Oui, répondit Roimata d'une voix forte et enthousiaste. Il prendra un grand joueur de basket...

– Un long noir, expliquai-je. Café.

– Et pour moi...

– Une carafe de blanc liquoreux ? suggérai-je en riant.

– Exactement, dit-elle, une Pakeha bourrée.

— 4 —

Ce soir-là, j'entendis frapper à la porte et descendis ouvrir.

« Jason. »

Mon cœur bondit en le voyant. Il était ravissant et d'autant plus désirable après son absence. Je m'avançai sans réfléchir pour le serrer dans mes bras, mais il recula. « Non. »

Je restai planté face à lui, paniqué à l'idée de ne plus pouvoir le toucher. Comment reprendre notre destin en main quand l'autre refuse ? Jason tremblait, mais il semblait déterminé. Il lui avait fallu une sacrée dose de courage pour se garer devant son ancienne maison et frapper à la porte comme un inconnu.

« Il paraît que tu me cherches, dit-il. Je ne veux pas que tu contactes Margo et Graham. Je suis venu pour cette raison : j'exige que tu cesses. »

Exige ? J'approuvai d'un signe de tête.

« Tu n'entres pas ?

– Non. J'ai dit ce que j'avais à dire. »

Et il tourna les talons. Les ultimatums ont toujours sur moi l'effet qu'a celui du drap rouge sur le taureau. Je me souvins que Jason avait le chic pour lancer de grandes déclarations et fuir avant que je puisse réagir. Comme si je n'avais pas de droit de réponse ou que celle-ci n'avait aucune importance. Ma tolérance à ce genre de comportement était limitée et je n'appréciais guère le rôle d'amoureux éconduit. Je le poursuivis et m'interposai entre sa voiture et lui. Je n'allais pas être rejeté sans me battre.

«Tu aurais pu me quitter avant le mariage d'Amiria. Ça m'aurait évité de faire mon coming out dans ma famille.»

Il me poussa sur le côté. Je ne sais pas comment Margo s'y prenait, mais il ne se laissait plus faire.

«Je ne t'autorise pas à m'intimider et je refuse d'être responsable de ce que tu as dit à tes parents.

– Mais c'est toi qui as insisté pour que je leur parle !»

Nous nous sommes soudain retrouvés en pleine dispute, happés dans le même cercle vicieux, nos voix retentissant dans la rue.

«Je l'ai peut-être suggéré, dit-il, mais c'est toi qui as pris la décision, pas moi, et il était grand temps que tu sortes du placard. Dans nos séances, Margo disait toujours qu'on ne peut pas vivre libres dans le secret : ton coming out était autant pour toi-même que pour le reste du monde. Quant à moi, je cherchais seulement à te donner un exemple de ce que tu me refusais. Pendant tout notre temps ensemble, je n'ai jamais été ta priorité. Chaque fois qu'on croisait ta famille dans la rue, tes parents ou amis maoris, j'avais toujours l'impression de t'embarrasser. Et j'en avais plus que marre de répondre au téléphone en faisant semblant d'être ton colocataire.

– C'est injuste, m'offensai-je. Tu ne m'as jamais embarrassé. N'essaie pas de rejeter ta propre gêne sur moi. Ce n'est pas ma faute si tu l'as pris comme ça.

– Comment voulais-tu que je le prenne ? Écoute le message que tu as enregistré sur notre répondeur. Tu ne dis pas : "Jason et moi sommes absents", mais "Nous sommes absents". C'est ton message et tu n'as jamais pris la peine de réfléchir à l'impression qu'il donne. Je ne suis pas ton compagnon. Juste un quidam logé à la même adresse.»

Après y avoir songé, je concédai que j'avais tort sur ce point, mais ne pus refouler une objection :

« Qu'est-ce qui t'empêchait de changer le message ?

– Le bail est à ton nom et tu ne m'en as jamais donné la permission. »

C'était reparti, la spirale d'accusations et de récriminations avec une culpabilité pour des choses auxquelles je n'aurais jamais pensé avant qu'on me les mette sous les yeux. Je fis une nouvelle tentative.

« Mais nous avons souvent parlé de tout ça, c'est même la raison pour laquelle j'ai fait mon coming out. Pour rendre notre relation légitime. J'admets qu'il y a des fois où j'ai mal évalué tes sentiments…

– Quand tu avais des réunions avec tes clients, m'as-tu jamais présenté comme ton amant ?

– Et toi ?

– On ne parle pas de moi, Michael, n'essaie pas de changer de sujet. Mais je peux répondre à ta place : non, jamais. En réalité, tu préférais aller à tes rendez-vous avec ta petite amie Roimata. »

J'étais désarmé. Devrais-je fournir des preuves à l'infini, toujours davantage de signes de mon amour pour lui ? Quand allais-je trouver le Saint-Graal ?

Il me dévisageait. Puis il se dégagea, ouvrit la portière de sa voiture et monta.

« Tu ne m'as jamais compris, Michael. Jamais. »

Le lien entre nous se brisa et je vis Jason s'éloigner de moi dans un long tourbillon. Je devais l'attraper avant qu'il ne soit trop tard.

« Je ne veux pas te perdre.

– Quand je suis avec toi, me répondit-il, les yeux remplis de larmes, tous mes vieux sentiments reviennent au galop. Mais je dois déterminer si c'est parce que j'ai réellement envie de toi ou si c'est juste pour te satisfaire. Tout est embrouillé, Michael, et parler avec toi finit de me déboussoler. Est-ce que je suis sorti avec toi par besoin d'amour ? Je n'ai jamais vraiment compris ce que je voulais. Je t'ai déjà expliqué que ça n'a rien à voir avec toi. C'est une question de qui je suis, moi, et de ce que je veux. Margo pense que je dois découvrir l'enfant en moi. Le toucher. Prendre soin de lui. Une fois que je l'aurai trouvé, je pourrai commencer à guérir. Je t'ai demandé de m'attendre. J'aimerais que tu sois là pour moi quand je reviendrai.»

Il démarra le moteur et partit à toute allure dans un crissement de pneus.

«Jason ? Jason…»

— 5 —

Vendredi venu, j'étais encore déprimé par ma dispute avec Jason. Je devais rouler jusqu'à Porirua pour parler à George. Ma tante avait présumé que je connaissais son nom de famille, ce qui n'était pas le cas. Et elle n'avait pas décroché quand je l'avais appelée. Soit elle était sortie, soit elle regardait un de ses vieux films adorés sur la chaîne de cinéma qu'elle captait grâce à son antenne parabolique. Ce n'était pas la sonnerie du téléphone qui allait la tirer du mélo où le héros embrassait l'héroïne sur fond de violons. Son acteur préféré était Guy Madison, la vedette de *Jusqu'à la fin des temps*. Elle avait tout un scrapbook sur lui.

Je décidai de tenter ma chance à la taverne de Porirua. Le bar, énorme et fruste, datait de l'époque des grandes beuveries — avec des parkings qui accueillaient jusqu'à un millier de véhicules pour que tout le monde puisse allégrement se bourrer la gueule. Aucun désodorisant n'aurait pu venir à bout des relents de tabac et de bière imprégnés dans la moquette. Un seul regard sur la clientèle de fêtards embringués dans le bar — galerie ininterrompue de portraits maoris ou océaniens — et je sus que je n'avais pas le moindre espoir de trouver un certain George, l'un des prénoms maoris les plus communs. Par-dessus le marché, j'arrivai pile au moment du show. Je venais juste d'acheter une bière quand les lumières se tamisèrent.

Super. Je n'avais plus qu'à trébucher dans le noir à la recherche d'un inconnu.

Un projecteur éclaira une petite scène. Un chanteur quinquagénaire fut accueilli par quelques gentils hourras.

«Je ne vous entends pas… lança-t-il avec un grand sourire. Plus fort !»

Il fut récompensé par un énorme hurlement de bienvenue, qui sembla le satisfaire. Il portait une perruque minable, des lunettes de soleil, un horrible costume rétro blanc à pattes d'éléphant, et une chemise au col pelle à tarte déboutonné. Ajoutez à cela une chaîne en or et vous aviez un véritable dinosaure disco des années 70.

«Merci, les amis, et merci à tous mes fans… dit-il en suscitant les rires de la foule. Allons faire un tour au bon vieux temps.»

Le groupe se mit à jouer et le chanteur entonna *Ten Guitars*, le célèbre hymne maori, en l'honneur de nos mères, nos pères, notre drapeau et nos tourtes au puha. Il avait sans doute eu une belle voix dans un passé lointain, il assurait toujours dans les graves. Le seul problème, c'est que quand il essayait de la pousser dans les aigus, elle se mettait à flageoler comme un train sur le point de dérailler. Par ailleurs, son costume s'ouvrit, dévoilant une horrible bedaine d'un blanc choquant. Mais il était manifestement le favori du coin et les clients reprirent le refrain en chœur et se chargèrent pour lui des notes les plus aiguës.

Le chant culmina dans les applaudissements, acclamations et trépignements. L'artiste fit une révérence, s'épongea le front et déclencha l'hilarité en ôtant sa moumoute pour s'éventer.

« Merci, les amis, nous allons maintenant céder la scène aux jeunes. Je vous demande d'applaudir bien fort le groupe que vous attendez tous, les Porirua Punishers ! »

L'ambiance changea immédiatement. Des rythmes noirs et polynésiens parcourent la salle. La scène fut envahie de fumée et les lasers sillonnèrent l'obscurité. Deux mecs branchés et deux chanteuses se dessinèrent dans la lumière.

« Oh, wahine, haere mai ki au », entonnèrent les gars.

« Oh, taku tane, let the good lovin flow », répondirent les filles.

« Let's do it! Get down to it! Arohaina mai… »

Le public hurlait. Rien ne vaut un bar bondé de Maoris et d'Océaniens quand la musique est cool, qu'elle susurre l'amour, le sexe et les rêves les plus fous. Après une ou deux chansons, je vérifiai ma montre. J'étais censé retrouver George à 8 heures et il était déjà la demie. Je me frayai un passage dans la foule, essayant de discerner les vétérans du Vietnam potentiels. Ma seule référence était Sylvester Stallone dans les films de Rambo, alors je cherchai une version plus âgée de l'acteur. Quelqu'un qui aurait pu porter un bandana rouge, se balader torse nu, et descendre d'une seule main des hélicoptères à coups de mitrailleuse.

Personne ne répondait à ces critères.

Je décidai de laisser tomber et allai déposer mon verre sur le comptoir. Le chanteur, débarrassé de son costume blanc, tirait des bières. Sa calvitie luisait sous les projecteurs. Un client s'adressa à lui :

« Pae kare, George, tu peux encore leur apprendre deux ou trois choses, à ces jeunots. »

George se fendit d'un grand sourire et nos regards se croisèrent. Il sembla surpris, puis il hocha la tête et me tendit la main.

«Tu dois être Michael. Patty m'a prévenu que tu passerais ce soir.»

Il m'amena dans un autre bar, en cours de rénovation. «Ce sera plus tranquille ici», dit-il. Des plaques de Placoplatre étaient posées contre les murs et la salle était encombrée de sacs de ciment, de carrelage et de bois. George grommela, écarta quelques planches d'un coup de pied, récupéra des chaises et décapsula deux canettes.

On commença à boire. Les basses du groupe nous parvenaient sourdement. Après un silence, je lui tendis la photo de mon oncle Sam avec Cliff Harper pour amorcer la conversation. Il la tint d'une main tremblante. Il négligea Harper et montra Sam du doigt.

«Ouais, c'est mon pote. C'est l'animal… Tu veux en savoir plus sur lui, hein ?

– Tout ce que vous pouvez me dire.»

Il acquiesça et réfléchit. Il me regarda, comme pour décider jusqu'où il pouvait aller.

«On était trois — Sam, Turei et moi — et on devait être un peu plus jeunes que toi quand on s'est engagés pour le Vietnam. Dieu qu'on était verts ! On avait fini le lycée depuis deux ans et la guerre durait depuis quatre. Sam était notre leader, on l'aurait suivi n'importe où. Toute sa vie, il avait été nourri des exploits militaires de son père. Tu connaissais Arapeta, j'imagine ?

– Il est mort quand j'avais huit ans, mais j'ai entendu beaucoup d'histoires.

– Arapeta était le grand chef, reprit George. Certains le croyaient encore plus redoutable que Bulibasha, son frère aîné. Fort comme un bœuf. Le genre à ne jamais rien lâcher. Têtu comme un âne. Soupe au lait. Un mari et un père violent, d'après ce que j'en sais. Valait mieux pas le contrarier, mais faut reconnaître que c'était un homme de principes. Peu de gens osaient le défier. Il avait du cran.

Bref, Arapeta devait avoir 24 ans quand il a épousé tatie Florence. Sam est né deux ans plus tard et on est cousins de son côté à elle. On a le même âge, ce qui veut dire qu'il est de 48. Turei avait un an de moins.»

Il se mit à rire.

«Tu sais, ils racontaient une histoire sur la naissance de Sam. Quand il est sorti du ventre de Florence, ses mains formaient des petits poings et son premier boulot a été de cogner Arapeta en plein dans l'œil. Apparemment, son vieux lui a rendu le coup en lui disant: «Tu veux te battre, hein ?» On n'avait jamais vu ça, à l'hôpital: un papa tout fier, qui sautillait et boxait avec le nouveau-né dans ses bras. À partir de ce moment-là, père et fils ont été inséparables. Sam a eu des gants de boxe pour ses deux ans et il adorait se battre avec Arapeta. Le seul problème, c'est qu'il gagnait jamais. Normalement, un père fait semblant de perdre de temps en temps, mais pas lui. Jamais. Quand on s'est tous retrouvés au lycée, rien n'avait changé. Sam était un jeune loup. En seconde, il était chef de classe. Élu lycéen le plus populaire et vice-capitaine de l'équipe de rugby. Mais pour son père, c'était jamais assez. «Quoi ? Chef de ta classe ? Moi, j'étais chef de toutes les secondes. Vice-capitaine ? J'étais capitaine de l'équipe, moi !» Il fallait toujours qu'il mette la barre plus haut, il rendait Sam fou.»

George marqua une pause. Se pencha. But une gorgée de bière.

«En fin de compte, je crois que c'est pour ça que Sam s'est engagé. Il a compris que s'il ne s'éloignait pas de son père pour tracer sa propre voie, Arapeta allait le dompter comme un de ses chevaux. Il pouvait tenir un étalon au bout d'une corde et un fouet dans l'autre main. De temps en temps, il frappait le cheval sur la tête. Pour lui montrer qui commandait. Avec une bête, je dis pas, mais on ne devrait pas faire ça à un homme.

«Pendant son adolescence, son père n'arrêtait pas de lui donner des coups de fouet. Il maintenait la pression et l'appliquait au moment où Sam s'y attendait le moins. Juste pour lui rappeler qui était le chef.

«On devait être en terminale quand Sam a commencé à parler de s'engager dans l'armée. Puis on est tous partis tondre les moutons avec la famille Mahana. En mai de l'année suivante, on a appris qu'une compagnie d'infanterie du premier bataillon en Malaisie était dépêchée au Vietnam. Sam en avait marre des moutons, alors il est parti s'engager à Gisborne. J'ai décidé de l'imiter, Turei aussi. Nos mères — surtout Lilly, celle de Turei — étaient furieuses, mais il était trop tard. On a fait notre entraînement au camp de Burnham, puis en Malaisie. De là, on a rejoint la compagnie Victor à Nui Dat.»

Sa voix s'éteignit. Il me regarda, en quête d'un nouveau signal. Je décidai de mettre Harper sur la table.

«Pouvez-vous me parler du type avec mon oncle ?»

Il approcha la photo de la lumière. L'homme lui était manifestement familier. Il me transperça du regard.

«Qu'est-ce que tu veux savoir ?

– Son nom. N'importe quoi d'autre.

– Tu te fiches de moi, petit ? me demanda-t-il doucement, mais sans ciller. Tu sais qui il est : Woody Woodpecker, le pilote d'hélico américain de Nui Dat.»

Il n'avait manifestement pas l'intention de préciser sa pensée, mais j'insistai.

«Je ne me fiche pas de vous. Je veux juste comprendre leur histoire. Comment ils sont devenus…»

George plissa les yeux. La question pesa entre nous et je crus que j'avais tout foutu en l'air.

«Eh bien, ça a dû arriver juste après l'opération Bucéphale, pendant notre deuxième permission à Vung Tau…»

Soudain, les pales d'un engin de guerre se sont mises à fouetter l'air, clap clap clap. Tard, un soir, deux jeunes hommes regardaient un hélicoptère rejoindre la ville, au nord, dans le sombre horizon du Vietnam.

Chapitre neuf

— 1 —

« Allez, les cowboys ! Allez ! »

Les hélicoptères caracolaient dans le ciel. Soldats et civils saluaient et acclamaient le convoi depuis la rue. Le vacarme était assourdissant. Sam prit à nouveau conscience de la chaleur nocturne, qui ne trahissait jamais sa promesse initiale : *j'accompagnerai chacun de tes souffles et tu ne m'échapperas jamais. Jamais.*

Il se tourna vers George et Turei avec un grand sourire. Ils avaient commencé la soirée à Steam and Clean, un salon de massage populaire, où les filles s'étaient montrées délurées et sexy. Sam avait joui et évacué toute sa tension accumulée avec un rire qui avait ricoché dans la maison de passe, un rire contagieux.

De là, ils étaient allés au Love For You Here, où George avait soigneusement évité le steak et où il avait payé une nouvelle tournée de sexe à ses deux amis. Ce qui était génial au Vietnam, c'était la commodité des rapports. Il suffisait de filer un peu de fric pour tirer un coup. Ils cherchaient désormais un autre bar, dont Turei avait entendu dire qu'il avait l'ambiance la plus chaude et la bière la plus fraîche de Vung Tau. Après une demi-heure à tourner en rond, ils ne l'avaient toujours pas trouvé.

« T'es sûr du nom ? lui demanda Sam.

– Il s'appelle The Cock Door, j'en suis certain, confirma Turei. Y a une enseigne avec une femme à poil. Il devrait pas être loin.»

Quand ils le découvrirent enfin, Sam poussa un soupir exaspéré.

«T'es une vraie buse, dit-il. Tu t'es planté sur toute la ligne : l'enseigne et la langue.»

Le bar s'appelait Le Coq D'or, en français, et c'est une version dorée de l'oiseau qui figurait sur la pancarte.

«Allons-y, dit George. On a déjà raté de précieuses minutes de picole.»

L'intérieur ressemblait à une cagette géante. Les murs étaient en bois de diverses sortes, selon ce que le proprio avait pu grappiller. Il les avait recouverts de canettes de bière découpées ; les milliers de logos pour Carling et Falstaff conféraient une certaine atmosphère.

«Salut les Kiwis !» Dans leur euphorie éthylique, les clients enchaînaient les conneries, excités et heureux d'être vivants et de faire la fête. Les Vietnamiens s'empressaient de servir à boire. Les rires perçants des barmaids et des putes déchiraient l'air.

«C'est bourré d'Aussies», constata Sam en montrant une grande tablée d'Australiens. Dont le salopard roux qui n'arrêtait pas de provoquer Turei.

«Tant mieux, répondit ce dernier. J'ai envie de me défouler. J'ai baisé, picolé… Il me reste plus qu'à exploser un gros con de rouquin pour être pleinement heureux.»

Il commanda des bières en payant 50 piastres supplémentaires pour que le serveur les fasse tourner dans la glace. Puis, après avoir essuyé la rouille sur le goulot de la canette, Turei proposa un toast à la cantonade.

«Au cul, les Australiens !»

En réalité, les provocations avaient commencé bien avant leur arrivée. Bousculades, coups de coude, compétitions de descente de bière, canettes vides écrasées en gestes machos… Un Aussie et un Kiwi s'étaient mesurés à la danse des «trous de balle enflammés»: debout cul nu sur une table avec deux mètres de papier toilette leur sortant des fesses. Les paris avaient été ouverts pour désigner qui danserait en premier, puis on avait tiré à pile ou face et, au grand dam des Aussies, le Kiwi avait gagné le droit de commencer en mettant le feu au rouleau de son adversaire. Mais on ne peut jamais faire confiance aux Australiens — l'un d'eux avait triché, profitant de l'agitation pour allumer le papier du Kiwi.

Les Néo-Zélandais furieux voulaient se venger et dans cette ambiance explosive, lorsque le rouquin se mit à harceler Turei, tous les soldats étaient sur les dents.

Le partage des clients en trois groupes — Aussies, Kiwis, le reste du monde — s'effectua dans un silence mortel.

«Non, non ! protesta le patron du bar. Pas bagarre !»

Turei lui tapota la tête et lui adressa un sourire bienveillant.

«Entendu, chef, dit-il. Si on faisait un autre pari à la place ?

– Quoi pari ? Plus de feu dans trou du cul.»

Turei se tourna vers le rouquin.

«Tu veux te mesurer à moi, mon pote ? Celui qui pisse le plus loin gagne.

– Pas dans bar, pas dans bar !» hurla le patron.

Mais il était trop tard. L'Aussie avait sauté sur la table et descendait toutes les bières qu'il trouvait. Il rota et baissa son froc. Les paris s'accumulaient autour de lui. Les filles ricanèrent en apercevant sa touffe orange et sa queue rose boursouflée.

«Il gagne pour sûr, rirent-elles. Et après tu gagnes, tu viens dépenser l'argent avec nous, on va donner bon temps, ah ?»

Le rouquin rota encore, leur fit un clin d'œil et acquiesça. Il se tourna vers la porte ouverte.

«Dégagez !» ordonna-t-il.

Tout le monde lui obéit.

«Je compte jusqu'à cinq : un ! Deux ! Trois ! Quatre...

– Cinq !» rugit la salle.

Il ne se passa rien d'un moment. Puis un filet coula et s'épaissit graduellement ; le jet forma une arche, s'éleva en fontaine de plus en plus haut, éclaboussa le sol. Tout le monde acclama la gerbe jaune qui montait sans cesse, allait de plus en plus loin — et finit par atteindre le seuil.

«Tu paies ! Tu paies pour pisse par terre !» hurla le propriétaire.

L'Australien secoua les dernières gouttes et sauta de la table.

«À ton tour, hori», dit-il à Turei.

Il n'aurait pas dû utiliser ce terme péjoratif que détestait Turei. Mais celui-ci dissimula sa colère et monta tranquillement sur la table. Il était un amuseur né, expert dans l'art de manipuler les foules. Il s'agenouilla, comme pour faire des calculs savants : si x égale urine, si y égale volume et si on ajoute z pour représenter la distance...

«Allez, Kiwi, cria le rouquin, tu nous fais perdre notre temps.

– Patience !» lui répondit Turei en souriant. Il mouilla un doigt qu'il leva pour déterminer d'où soufflait le vent. Il hocha la tête tristement vers son audience et fit un clin d'œil à Sam.

«C'était tellement minable, je dois augmenter l'enjeu. Vous voyez cette porte ? Et la route dehors ? Et l'autre côté de la route ? Quitte ou double que je peux pisser jusque-là ?»

Le bar s'enflamma. Les Kiwis échangèrent des regards nerveux. Turei n'y arriverait jamais.

« Pari tenu ! cria l'Australien.

– Parfait, se réjouit Turei. Dans ce cas, sors avec tes camarades pour t'assurer que j'atteins le trottoir. »

Il demanda ensuite des bières qu'il descendit goulûment. Puis il baissa son pantalon de treillis en faisant une parodie de strip-tease.

Satané petit tane, songea Sam lorsqu'il vit la paire de fesses aussi foncée que boutonneuse que son ami exhibait aux yeux de tous.

Les barmaids glapirent de rire.

« C'est pas ce qu'on voit qui compte, dit-il, c'est ce qu'on en fait. »

Il se tourna vers la porte et au-delà, vers son rival et ses amis. Puis il exhiba son canon et les Kiwis de l'assemblée gémirent parce que, comparé à celui du rouquin, le sien était court, boudiné et non circoncis. Mais Turei n'avait pas dit son dernier mot.

Il se concentra de toutes ses forces et siphonna plusieurs bières supplémentaires en analysant les données mathématiques de la position de l'arc et de la vélocité nécessaire pour pisser aussi loin.

« Tu crois vraiment que tu vas y arriver, bro ? » lui demanda Sam.

Turei acquiesça et conclut qu'il était prêt. « Bougez pas d'un poil », cria-t-il aux Australiens.

Sam exigea le silence d'un geste. « C'est parti ! »

Turei massa son membre pour le faire grossir, puis il pinça le prépuce et commença à vider sa vessie. L'audience retint son souffle en voyant la peau gonfler comme un ballon autour du gland.

Puis, avec un énorme râlement, il visa la porte, banda à fond les muscles de ses cuisses, se dressa sur la pointe des pieds, braqua ses couilles et sa queue à angle droit, lâcha le prépuce, fléchit les jambes et…

Feu !

Avec un pet monstrueux, qui asphyxia la moitié du bar, Turei projeta une énorme bombe jaune à travers la salle. La vision du jet qui montait jusqu'au plafond et passait au-dessus de la tête des clients était aussi stupéfiante que magnifique. La gerbe atteignit son zénith, puis entama sa redescente. Tout le monde — sauf le rouquin et ses potes — déguerpit et se mit à l'abri.

Tout cela semblait impossible !

Et pourtant… Plouf ! L'urine toucha sa cible.

Éclats de rire et stupeur dans le bar. Turei roula des yeux, comme si l'exploit était parfaitement banal. George commença à collecter l'argent des paris.

« Comment il fait ? demanda le patron.

– On a appris ça chez les mormons, en sciences appliquées », répondit Sam.

Une canette de bière traversa le bar, puis le rouquin se jeta sur Turei avec un rugissement : « Espèce de bâtard noir… »

S'il y avait un autre mot que Turei ne supportait pas, c'était bâtard.

« Ta maman t'a jamais appris la politesse ? »

Il sortit les poings, déchaîné. La bagarre se déclencha. Boîtes de bière, canettes de Ba Muoi et autres articles assortis volèrent dans tous les sens.

« Pas dedans ! Pas dedans ! » cria le patron.

Mais la vie est ainsi faite, non ? Kiwis contre Aussies. La pure exaltation du contact physique. Même les barmaids profitèrent de l'occasion, elles donnaient des coups de boule et des coups de pied dans tous les entrejambes qu'elles croisaient. Au beau milieu du chaos, Sam et George rigolaient comme des baleines et buvaient à la santé de Turei.

« T'es vraiment le pire des dégueulasses », lui lança Sam.

La rixe déborda dans la ruelle, entraînant de plus en plus de types en quête de castagne. Ils plongeaient dans le feu de l'action en se fichant complètement du côté qu'ils défendaient. Quand elle débarqua, la police militaire sud-vietnamienne fut accueillie par des sifflements et ne fit que jeter de l'huile sur le feu. Ses membres, surnommés les Souris blanches en raison de leurs casques, chemises et gants blancs, ne restèrent pas propres longtemps.

«Tu t'amuses ? demanda George à Turei.

– Ouais, répondit-il en riant. On se croirait à la maison un samedi soir.»

De nouveaux sifflets retentirent, cette fois-ci c'était la police militaire américaine qui débarquait de partout en jeep.

«C'est l'heure de se barrer ! cria Sam.

– Merde, dit Turei en souriant au rouquin. Je vais devoir abréger.» Et sur ce, il décocha un uppercut qui mit l'Australien au tapis.

Sam attrapa ses deux amis et ils filèrent dans la rue avec le reste des clients, mais il trébucha soudain et tomba de tout son long. Quand il se releva, Turei et George avaient disparu sans se rendre compte qu'il ne suivait pas. Il avait du sang sur une main et une inspection prudente de son front, ouille, révéla qu'il avait dû se faire égratigner pendant la bagarre. Il se frayait un chemin dans la foule lorsqu'il aperçut la plage au bout d'une ruelle. Il se dirigea vers la mer pour nettoyer le sang. Il ôta ses bottes et ses chaussettes, et se mit à rire en pensant au numéro de pisse de Turei.

Il remarqua par hasard trois soldats qui titubaient un peu plus loin. Deux d'entre eux semblaient aider le troisième à se lever. Sam s'apprêtait à partir, mais son front continuait de saigner et il aspergea la plaie d'eau de mer piquante. Lorsqu'il se tourna à nouveau vers les trois types, il comprit ce qui se passait réellement.

Il n'y avait qu'un soldat, les deux autres étaient des civils, sans doute pro-vietcong, car ils le tabassaient.

Sam se leva d'un bond et courut à sa rescousse. Un des agresseurs se tourna vers lui. La lame d'un couteau étincela. Sam le fit valser au loin d'un coup de pied et le type tomba dans le sable. Le second se jeta immédiatement sur lui, visant la gorge. Sam bloqua l'assaut, fit un pas de côté, lui flanqua son coude dans le visage et un nouveau coup de pied. Les deux Vietnamiens s'enfuirent.

Sam s'agenouilla à côté du soldat, qui crachait, toussait et se frottait la mâchoire. «Ça va ?»

Le type leva la tête. Ivre mort comme il l'était, il avait représenté une proie facile pour ses agresseurs. Son regard vitreux flottait dans le vague.

C'était Cliff Harper.

— 2 —

Il repoussa Sam, le bouscula et le fit tomber. «Fous-moi la paix, compris ? Fous-moi la paix !»

Un instant plus tard, désorienté, il se leva et tituba vers le large, pataugeant, chutant, se relevant et continuant d'avancer. Sam le suivit, l'arrêta et le plaqua dans la mer. Avec de l'eau jusqu'à la taille, ils se mirent immédiatement à se battre.

«Je t'ai déjà dit de me foutre la paix…»

Les efforts de Cliff étaient de vrais coups d'épée dans l'eau ; il n'avait aucune coordination. Il gémissait et pleurait en même temps. Il tenta un puissant crochet du gauche, rata sa cible, perdit l'équilibre et retomba.

Sam attendit qu'il refasse surface, mais il se débattait pitoyablement avant de couler à nouveau. Sam le rejoignit au crawl, prit sa respiration et plongea. Il sentit un poids mort, tira et sortit Cliff. Ils se retrouvèrent à patauger dans l'eau peu profonde.

«Tu sais pas nager ! J'arrive pas à y croire. Tout le monde sait nager, enfin.»

«Pas dans l'Illinois. T'as déjà essayé de casser la glace des Grands Lacs pour te baigner ? Impossible !»

Il se traîna jusqu'à la plage et s'affala.

«Oh putain…»

Il s'assit et berça sa tête entre ses coudes en haletant, épuisé. Sam le rejoignit. Cliff ne s'inquiétait plus du tout de l'agression. Ses pensées étaient ailleurs. Dans un endroit beaucoup plus sombre.

«Qu'est-ce qui t'arrive ?» lui demanda Sam.

Cliff s'était à nouveau levé et essayait de trouver quelque chose, n'importe quoi, à jeter à la mer. Une pierre. Une autre. Puis encore une.

«Qu'est-ce qui m'arrive ? Cette putain de guerre, voilà ce qui m'arrive. J'avais déjà perdu de bons copains et maintenant Fox est mort, bordel ! Mais pourquoi n'a-t-il pas sauté ? J'arrête pas de transporter des hommes au front, ils comptent sur moi pour les ramener vivants. Je le vois dans leurs yeux. Ils me font confiance, ils me prennent pour une espèce de dieu. Quand ils se retrouvent dans une situation merdique, ils se disent "ce bon vieux Cliff va réussir. Il nous ramènera en un seul morceau". Mais je peux pas toujours assurer, pas toujours.»

Il se tourna vers Sam. «T'as déjà tenu un homme qui meurt dans tes bras ? Avec ses yeux révulsés, blancs, et la chaleur qui quitte son corps ? T'as déjà connu ça ? À chaque mission, je transporte des troufions au front et je sais que certains ne reviendront pas. Quand ils s'empilent dans l'hélico pour rentrer, tu sais ce que je vois ? Je vois les places vides. Tiens, pendant les évacuations de Bucéphale, par exemple, il y avait ce gamin tout mignon, vingt ans à tout casser, qui arrêtait pas de me seriner : "S'il te plaît, me laisse pas. Si tu restes avec moi, je sais que je vais m'en tirer. S'il te plaît." Alors je l'ai accompagné à l'hôpital de la base.»

Cliff baissa les yeux. «Arrivés à l'hosto, le gamin m'a supplié de rester. Il me tenait la main et m'implorait comme si j'étais son sauveur. Mais je l'ai pas écouté. "T'en fais pas, petit, ça va aller", que je lui ai dit. J'étais crevé, lessivé. J'avais plus rien à donner. Il était stable quand je l'ai laissé. Mais il a profité de ce que je parte pour mourir. Et je m'en veux de pas avoir été là pour lui. Cette guerre me bouffe complètement. Je peux pas continuer. Je peux pas.»

Il frissonna. Avant de vomir tripes et boyaux.

«Je ferais mieux de te ramener, lui dit Sam. T'as besoin de changer de vêtements et de dormir. Tu restes où ?

– Au Flags.»

Il réussit à le mettre debout, puis l'épaula pour l'accompagner au club de l'armée. Cliff vomit deux autres fois et quand ils arrivèrent, le sergent à l'accueil ne posa pas de questions. Il prit ses distances des deux hommes trempés et ensanglantés, lança la clé de la chambre et dit à Sam :

«Si tu comptais rentrer dans tes quartiers avant le couvre-feu, c'est raté ! Trop tard.

– T'es obligé de rester avec moi, dans ce cas», dit Cliff.

Une fois à l'intérieur, Sam l'adossa au mur. Comme il n'avait pas encore dessoulé, il ne cessait de glisser. Sam le relevait sans cesse et dut passer un genou entre ses cuisses pour le maintenir debout. Il tenta de lui ôter sa chemise, mais Cliff joua les effarouchés et se reboutonna.

«Arrête ça, putain !» lança Sam en lui tapant sur les mains.

«Ne va pas t'imaginer des choses, répondit Cliff en lui projetant son haleine fétide à la figure et en agitant un doigt menaçant. Je suis hétéro et j'embrasse jamais au premier rendez-vous.»

Il poussa un ricanement aviné, bâilla et s'effondra, la tête sur l'épaule de Sam. Dans les vapes. D'un seul coup.

«Super...» maugréa Sam.

Il fallut un certain temps pour enlever sa chemise. Il réussit enfin à la déboutonner et à tirer les pans du pantalon, un à la fois. Le tissu mouillé collait à son tee-shirt miteux et à sa peau, de telle sorte que le déshabiller revenait à arracher un pansement. Le poids mort de son corps ne rendait pas la tâche plus facile. Sam le stabilisa en calant sa tête contre son torse et se débattit pour dégager les manches.

Quand il s'attaqua au tee-shirt, Cliff gigotait tant et plus, la seule solution fut de le déchirer. La pression de sa poitrine fit le reste et le tissu craqua sur le bout de ses seins. Sam passa une main dans son dos et finit de le déchiqueter. L'Américain s'indigna, puis capitula. Exposé, le haut de son corps était un rêve d'artiste, comme un modèle vivant dans une classe de dessin se libérant de ses vêtements en lambeaux. Il avait de larges épaules, une poitrine lisse et dure, des pectoraux bien définis et des abdos qui ondulaient dans la lumière. Les poils de son torse formaient des boucles drues contre la peau de Sam. Ses plaques d'identité tintaient dans le creux de sa clavicule. Une odeur d'eau de mer émanait de ses aisselles.

Le corps fermement tendu contre celui de Cliff, Sam glissa les doigts sous son nombril et commença à défaire sa ceinture. Cliff vrilla du bassin en murmurant: «Oh baby, oh ouais baby...» Son pénis palpitait contre les cuisses de Sam, il se frotta à son pelvis.

«Oh putain», lâcha Sam entre ses dents.

Le pantalon tomba par terre. Cliff se retrouva en boxer militaire réglementaire.

«Allez, le roi de l'hélico ! Laisse-moi faire», dit Sam en se penchant pour que le pilote s'affaisse et qu'il puisse le prendre sur ses épaules. Il ouvrit la porte d'un coup de pied. Les plaques d'identité s'agitaient dans sa figure. Il le porta dans les douches, l'assit dans une cabine et ouvrit les robinets.

«Papa, papa, l'eau est trop froide», gémit Cliff avec une voix de petit garçon.

Sam régla la température. Cliff soupira, se roula en boule, leva la tête pour accueillir le flot et se mit à ronfler. Sam le laissa et alla chercher ses vêtements souillés de dégueulis. Il les jeta dans la cabine voisine, puis se déshabilla et passa aussi sous l'eau.

Cinq minutes plus tard, il ferma le robinet. Cliff râla et refusa de sortir de la douche.

«Tu me facilites pas la tâche, mon vieux !» lui dit-il en tentant de le sécher avec une serviette.

Cliff écarquilla ses yeux vitreux et essaya de voir clair. Il regarda Sam attentivement, renonça et se nicha dans ses bras.

«Ça chatouille», ricana-t-il quand Sam l'essuya sous les aisselles.

Bon, le moment de vérité est venu, se dit Sam.

Il tira d'un coup sec sur le boxer de Cliff. Celui-ci rentra le ventre, serra les fesses et fit voler les boutons de la braguette à travers les douches. Son phallus libéré se dressa solidement, triangulaire, épais à la base, dans un bosquet de poils pubiens dorés. Cliff Harper était vraiment bien outillé.

Sam s'empressa de le sécher et lui noua pudiquement la serviette autour de la taille.

«Allez hop !»

Il le prit dans ses bras, le ramena dans la chambre, le mit au lit et le couvrit.

«Bonne nuit, maman ; bonne nuit, papa ; bonne nuit, John Boy», murmura Cliff.

Il se tortilla et se frotta aux draps en faisant des mouvements suggestifs que Sam ignora de son mieux.

Il éteignit la lumière, alla laver leurs vêtements sous la douche et les étendit. Quand il revint, le clair de lune envahissait la chambre. Tourné sur le ventre, Cliff avait repoussé tous les linges. Son bras droit était tendu, sa tête reposait sur le gauche. La serviette s'était entortillée autour de sa jambe repliée. Il remua et s'en débarrassa. Il haletait bruyamment. Sam s'enveloppa dans une couverture et essaya de se mettre à l'aise sur une chaise au pied du lit.

Tu parles d'une nuit… songea-t-il.

— 3 —

Mais elle était loin d'être finie. Sam ne fut pas sitôt endormi que Cliff commença à tourner et se retourner, en proie à un horrible cauchemar. Il rêvait qu'il volait dans un convoi, au milieu d'un ciel rouge saturé de flammes et de pluies d'étincelles. Soudain, sur sa gauche, l'hélico de Fox était touché. Cliff hurlait. Il suivait l'appareil de son ami qui explosait au sol. Il parvenait alors à se poser, mais la terre agonisait sous une épaisse couche de napalm. Fox sortait indemne de l'accident. Mais quelque chose ne tournait pas rond. Il n'était pas seul. Un bataillon entier marchait à ses côtés et les soldats se bousculaient pour monter. En réalité, tous les hommes étaient Fox et tous répétaient « ne me laisse pas » en plantant des doigts comme des serres dans son bras. L'hélico fut bientôt plein, mais les Fox continuaient à arriver et à vouloir embarquer. « J'ai plus de place, je peux prendre personne », disait Cliff, moment auquel ils se métamorphosaient tous en une bouillonnante masse d'asticots — Cliff se réveilla en hurlant.

Sam, encore groggy, l'entendit et le vit debout sur le lit, d'où il chassait quelque chose en faisant de grands gestes désordonnés. Le convoi tout entier se remplissait de cadavres en putréfaction infestés d'asticots qui criaient tous: «Je t'en prie, ne me laisse pas !» Puis le cauchemar prit une direction nouvelle, les macchabées se muaient en Vietcong braquant leur baïonnette sur Cliff, ils le poignardaient et…

«Harper !»

Il vit Sam, poussa un hurlement inhumain et ordonna:

«Barre-toi !»

Il était en plein délire hystérique. Lorsque Sam s'approcha de lui, il l'attaqua et le prit à la gorge, comme s'il voulait lui arracher la trachée.

«Je suis pas l'ennemi», cria Sam.

Cliff sortit du lit en gémissant et alla jusqu'à l'armoire. Il s'empara d'un objet et le braqua sur la tête de Sam, qui se figea en reconnaissant un Colt 45.

«Qui es-tu, alors ?» siffla Cliff en armant le pistolet. Le cœur de Sam s'arrêta de battre. Clic. La chambre était vide.

Il pressa de nouveau la détente. Clic.

«Bang ! Pourquoi t'es pas mort ?» s'étonna Cliff.

Son bras faiblit. Il recouvra la raison, repoussa le cauchemar en éloignant son hélico de la zone de combat. Il cligna des yeux, vit Sam, puis remarqua l'arme qu'il tenait à la main.

«J'aurais pu te tuer…»

Le Colt tomba en faisant un bruit sourd et Sam rattrapa de justesse Harper qui s'effondra mollement dans ses bras.

«Bon Dieu, Fox, Fox, où es-tu, man ? Et combien de temps ma chance à moi va-t-elle tenir ? Combien de temps je vais pouvoir rester là-haut ? Combien de temps avant qu'ils me descendent ?»

Il se mit à frissonner furieusement, se nicha dans les bras de Sam et murmura, horrifié, à son oreille: «J'en peux plus…

Je peux plus aller et revenir tous les jours… Amener des gars au front et ramener leurs cadavres… Jour après jour…»

Sam resserra son étreinte. Il se mit à caresser Cliff en songeant au palomino doré et au ciel de traîne.

«Harper, faut que tu enfermes tous ces trucs, ces peurs et ces cauchemars, quelque part en toi. Dans un endroit où tu peux tout évacuer. Tu vas fermer ce bazar dedans et tu t'éloigneras sans te retourner.

– Sans me retourner ? Mais ils me poursuivent…»

Sam attendit qu'il se calme un peu avant d'essayer de se libérer tendrement de ses bras.

«Tu devrais dormir, maintenant.»

Cliff se cramponna.

«S'il te plaît, me laisse pas. Si tu es avec moi, je sais que je vais m'en tirer.»

Sam hésita, puis il acquiesça et s'allongea. Cliff lui tourna le dos.

Combien de temps restèrent-ils ainsi ? Sam l'ignorait, mais il était sur le point de s'endormir quand la voix de Cliff lui parvint.

«C'était toi, sur la plage ?

– Oui.»

Silence. Puis :

«C'est toi qui m'as sauvé quand je suis tombé ?

– C'était rien.»

Il passa un bras derrière lui, prit celui de Sam, l'enfouit sous son aisselle et le serra contre son cœur.

«Me lâche pas, dit-il. S'il te plaît.»

Mais la nuit n'était toujours pas finie. À l'aube, Sam prit conscience d'une immobilité soudaine. Son bras gauche était engourdi, la tête de Cliff nichée dans le creux de son cou. Il s'était retourné pendant qu'il dormait. Il lui faisait maintenant face et Sam sentit qu'il était réveillé.

Il ouvrit les yeux. Dès qu'il vit les iris vert foncé à travers la double rangée de cils blonds, il sut qu'il était perdu, perdu, à tout jamais perdu. La bouche sèche, le cœur battant la chamade, il tenta tout de même de s'échapper.

« J'ai horreur qu'on me regarde dormir », dit-il en repoussant brutalement Cliff pour se lever. Il s'aperçut quand il voulut bouger que son compagnon bandait, son pénis dur comme la pierre contre son ventre. Il entendit un grognement — celui de Cliff ou était-ce le sien ? — et le désir l'envahit subitement, son propre membre s'allongeant, palpitant.

Non, c'est impossible, se dit-il.

Il le regarda et vit dans ses yeux l'expression de ce qu'il ressentait lui-même : l'incompréhension et la hantise qu'une telle chose puisse arriver avec un homme.

« Non, dit Cliff. Ne bouge pas… »

C'était un appel à l'aide. Je suis hétéro, lui avait-il dit, *j'embrasse jamais au premier rendez-vous*. Cliff était à deux doigts de jouir. Sam vit qu'il luttait pour se retenir, espérant que son désir fou allait disparaître. Mais Sam sentait son cœur affolé contre sa poitrine et son pénis tout aussi agité. Il haletait, perdant tout contrôle, franchissant le point de non-retour. Et sa ferveur entraînait Sam. « Non… »

Tout se passa très vite. Son être entier luttait et lui disait que c'était mal. Peut-être la mort de Hempel l'avait-elle rendu vulnérable. Peut-être était-ce dû à cette vie sous les ordres. Puis Sam regarda à nouveau l'Américain dans les yeux et comprit que non : tout venait de lui, de sa présence bien réelle. Un cocktail d'affinité, de passion et de désir physique — il se sentit céder.

Les bras de Cliff se resserrèrent et, mû par sa pulsion charnelle, il tourna Sam sur le dos. Il gémissait, son pénis cherchait un fourreau, ses yeux étaient embués d'une terrible expression de peur et de désir, mais Sam vit aussi en eux la joie de le sentir capituler. Quand ils s'embrassèrent, une décharge électrique le traversa de part en part et, en son for intérieur, Sam entendit quelqu'un approuver sans hésiter, quelqu'un qui avait passé toute sa vie enfermé derrière une porte verrouillée.

Le contact des lèvres de Cliff était ferme et sec. Elles s'approprièrent entièrement la bouche de Sam. La pression montait et il ressentit la pleine charge érotique du baiser.

Ils entendirent soudain des rires. Ce n'étaient que des soldats dans le couloir, mais cela suffit pour que Sam se dégage. « Non », dit-il à nouveau en se levant d'un bond. Son cœur cognait. Il voulait rester. Il voulait partir. Il ne savait pas ce qu'il voulait. Il s'habilla. Rapidement. Précipitamment. Il se tourna vers le pilote blond, qui était assis dans son lit, une expression aussi horrifiée qu'effrayée au visage.

Arrivé à la porte, Sam força un sourire.

« T'étais bourré. Tous les bars étaient fermés. On avait tous les deux envie de baiser. Je me suis trouvé là. Tu t'es trouvé là. Faut pas aller chercher plus loin, d'accord ?

– D'accord », répondit Cliff Harper, un frémissement aux lèvres.

— 4 —

Mais il fallait aller chercher plus loin. Quand Sam regagna son club, il essuya les taquineries de George et Turei — « Alors, où t'étais la nuit dernière ? » « Elle était chaude ? » — sans pouvoir dissiper ses regrets. Regrets de ce qui s'était passé, ou de ce qui ne s'était pas passé, entre Harper et lui. Toute la journée, le contact de ses lèvres, son odeur et la sensation de son corps restèrent avec lui. Il avait besoin d'un peu de solitude et, s'excusant auprès de ses amis, il descendit à la plage des Roches Noires. Adolescent, quand il voulait être seul, il allait à la rivière de Waipaoa. Là, au trou d'eau le plus profond, il prenait une grosse pierre, plongeait et coulait jusqu'au fond. Ancré parmi les tourbillons de vase et les branches mortes, mordillé par les anguilles, il s'asseyait et levait les yeux vers la surface. Quel bonheur de se trouver seul dans ce monde vert et radieux. De regarder les bulles s'échapper de ses lèvres — jusqu'à ce que, inéluctablement, le besoin de respirer l'oblige à se propulser vers la lumière. Sa première bouffée d'air représentait à la fois une victoire et une défaite.

Sam nagea aussi loin qu'il le put, revint et s'allongea sur le dos, tourné face au ciel. Il songea à Harper et fouilla son passé pour y déceler une quelconque prédisposition à aimer les hommes. Rien. Mais, d'une manière ou d'une autre, Cliff l'avait conquis.

Alors pourquoi n'as-tu pas cédé, Sam ?

Voilà pourquoi : le mana, la puissance et la valeur d'un homme au sein de la culture maorie, reposait sur la force de combat et la tradition guerrière. Et la verge en était le symbole. C'est elle, au même titre que la massue, qui personnifiait l'essence de la masculinité. Ensemble, elles rendaient l'homme sacré et la femme profane. C'était ainsi depuis le début des temps, quand Ranginui, à la fois Père et Ciel, avait été séparé de Papatuanuku, à la fois Mère et Terre. Depuis lors, le rôle des hommes et des femmes était prédéterminé. D'ailleurs, tous les dieux avaient été masculins jusqu'à ce que Tane décide de modeler une femme avec la poussière rouge et de s'accoupler avec elle. L'union entre les deux sexes avait ainsi été sanctifiée par les dieux. Nulle autre union n'aurait su être tolérée ; elle aurait transgressé l'ordre du monde maori, transgressé la nature tapu ou sacrée, de l'homme. Les conséquences étaient trop effarantes à envisager. Vous deviez renoncer au mana, au tapu, à l'ihi ou force vitale, au wehi ou hantise… sur lesquels reposait le maintien de vos liens de pouvoir avec le monde. Vous attiriez le noa, la désacralisation, sur vous, et vous vous exposiez ainsi aux punitions, au déshonneur, au bannissement voire à la mort. Le même opprobre touchait votre partenaire.

Le soir, essayant de noyer son chagrin dans l'alcool, Sam se retrouva dans un autre bar de Vung Tau avec George et Turei. Il commanda une tournée et aperçut Cliff Harper du coin de l'œil. Son cœur s'ensoleilla. Il lui sourit et Harper lui rendit son sourire, illuminant la pièce entière. Mais Sam se sentit soudain foudroyé et détourna les yeux. *Je peux tolérer d'être puni,* songea-t-il, *mais pas que tu le sois aussi.*

Quand il posa à nouveau les yeux sur lui, Harper le regardait toujours en agitant les doigts.

Salut, Sam.

Le message était lourd de solitude et de manque, comme si Cliff était la seule personne au monde. Ses questions urgentes traversaient la salle bondée, l'exhortaient à communiquer. Sam leva les mains pour les esquiver.

Sam, je sais que tu peux m'entendre. Parle-moi, s'il te plaît.

Harper, debout, remuait frénétiquement les doigts. Autour de lui, les gens l'observaient avec curiosité. Les signes s'échappaient trop vite et perdaient leur sens.

Parle-moi parle-moi s'il te plaît parle-moi…

Sam se tourna vers ses amis. «On se barre», leur dit-il.

Le lendemain matin, pendant que George et Turei cuvaient, Sam décida soudain d'aller dans un temple bouddhiste dont il avait entendu parler, aux environs de Vung Tau. Il emprunta un vélo au club et obtint une autorisation de sortie. Il fut escorté quelque temps par une meute de garçons hilares. Ils papillonnaient en trombe dans la poussière rouge autour de lui et hurlaient : « Hé, le Kiwi ! Tu sais voler ? » Il les distança en quittant la ville et se trouva dans un autre pays. Un pays qui respirait. À chaque inspiration, les arbres, les herbes et les tiges de riz semblaient s'incliner et tirer une révérence au vent. Et à chaque expiration, la douce brise apportait le tintinnabulement de milliers de cloches.

Tant de sang versé pour un si petit bout de terre, songea Sam.

Avec le soleil au zénith dans le ciel bleu brûlant, Sam se mit à suer. Mais il s'en fichait. L'oxygène qui respirait à travers sa peau l'harmonisait au souffle de la planète ; il sourit en se sentant uni aux créations de Dieu. Le soleil chatoyait. Les rizières se perdaient dans la brume. Des digues surélevées les quadrillaient comme des échiquiers. Des tombes familiales apparaissaient de temps à autre. Dans certaines plantations, des femmes coupaient le riz à la faucille, jetant les tiges dans des batteuses à pédales, qui tassaient la paille en forme de chapeaux chinois. Dans d'autres, les paysannes courbées déracinaient de jeunes pousses, dont elles faisaient de petits fagots qu'elles rangeaient délicatement dans des sacs. Certaines marchaient le long des digues en portant de lourdes palanches. Dans les rizières voisines, des hommes guidaient des herses attelées à des buffles d'eau patauds. Pour Sam, ce cadre paisible, presque soporifique, évoquait sa propre tribu de Waituhi, ses tantes et oncles, ses kaumatua et kuia. Eux aussi vivaient un peu comme cela. Il aurait suffi de remplacer le riz par du maïs et des kumara, et ce seraient eux qui auraient pu s'échiner aux champs.

Une heure plus tard, Sam se retrouva en nage et fit une pause. Devant lui, des ouvriers puisaient de l'eau dans un canal d'irrigation. Ils utilisaient un cône d'osier scellé de laque et attaché à une double corde. Postés de chaque côté, ils plongeaient le récipient dans l'eau, reculaient puis tendaient les cordes, faisant osciller le panier plein à ras bord dans les airs et arrosant la rizière. Non loin de là, un vieil homme était assis au bord de la route. Il avait une jarre et buvait l'eau à même la louche. Quand il vit Sam, il lui fit signe.

De l'eau ? La boisson de vie ?

Sam accepta en hochant la tête.

«Oui. Wai ora. Oui.»

L'homme le couva d'un regard approbateur. Quand il eut fini de boire, il lui demanda par gestes.

Tu vas loin ?

Sam joignit les mains pour signifier qu'il allait prier.

L'ancien fronça les sourcils et pointa du doigt vers le ciel. Sam fut surpris de s'apercevoir que des nuages s'étaient amassés. Une rafale s'engouffra dans les plants de riz verts.

Fais vite ! l'exhorta le vieil homme en lui montrant la direction du temple, juste derrière la colline. Il le poussa sur son vélo.

Sam le remercia d'un sourire. En haut de la côte, la pluie s'abattit sur la campagne comme des toiles d'araignée célestes. Le vent ridait l'eau dans les canaux d'irrigation. Les ouvriers arpentaient les rizières d'un pas vif, en quête d'abri.

Le temple bouddhiste se dessina devant lui. Sam descendit la pente en roue libre. Bouillonnant d'exaltation, il se mit à rire. Puis l'averse le cerna, le bombarda ; les gouttes tachaient la poussière rouge et la transformaient en boue. Il mit prestement pied à terre et courut vers le temple. Dès qu'il se trouva sur le seuil, il fut saisi de peur : *non, je n'ai pas le droit de pénétrer dans ce lieu.*

Il était entouré de statues à l'étrangeté hostile. Il recula et fit demi-tour. Mieux valait se mouiller que d'entrer. Il ne voulait pas défier la sacralité du temple. Il ne voulait pas être démasqué, affronter nu l'œil de Dieu. Il fit un pas en arrière, puis un autre. Bouddha choisit ce moment pour donner son souffle à la pluie. Chaque goutte tombant des cieux contenait une clochette faisant résonner les harmonies de la vie sur la campagne entière.

Sam était stupéfait, il avait l'impression que le pavillon l'appelait. Il savait qu'il s'agissait seulement des chants austères des moines, mais il les percevait comme une prière, un karanga qui s'adressait à lui : Haramai, Sam.

Il décida donc de revenir sur ses pas et de braver ses craintes. Il vit une porte bleue, la couleur du paradis, devant une cour de dalles vertes, la couleur de l'humanité. Il sentit l'imminence d'une forme de paix mêlée de mystère. Lorsqu'il franchit le seuil — le paepae —, le temple s'offrit à lui comme une maison commune et l'accueillit.

La grande cour intérieure était à ciel ouvert. Un portique vert pâle bordait le pavillon. Des pots de fleurs reposaient au pied des piliers en bois richement sculptés qui marquaient le périmètre. Deux dragons, jaune et rouge, dressés sur le dos de deux tigres, se faisaient face en grimaçant, la queue recourbée. Sam se souvint que selon un mythe, le peuple vietnamien descend d'un dragon roi qui a engendré cent fils avec la reine des fées, dont l'un a été le premier souverain du Vietnam. Dans cette culture, les dragons protègent et portent chance.

L'œil de Sam fut ensuite attiré par une pagode qui abritait un immense autel dominé par un Bouddha doré.

Viens à moi, Sam.

Il traversa la cour, empruntant la ligne centrale de marbre blanc, le sentier des Immortels. En pénétrant dans les profondeurs du temple, il remarqua des détails : frises de faïence ornées ; sculptures en bois, métal et céramique ;

nombreux tambours, gongs, urnes et autres reliques bouddhistes. En face de lui, sur un côté du pavillon, il aperçut une procession de bonzes en robe safran. Têtes tondues baissées, ils se dirigeaient vers l'entrée d'un second jardin. L'un d'eux leva les yeux, vit Sam et s'arrêta.

Sam s'approcha de la pagode. Le toit était soutenu par d'épaisses colonnes de bois dur gravé d'inscriptions anciennes. Le Bouddha doré était assis sur un trône de lotus renversé. Ses mains aux doigts stylisés reposaient sur ses genoux. Ses yeux étaient ouverts et son visage avait une expression de paix totale, une sérénité extraordinaire. Une majesté et une permanence qui transcendaient tout.

Des offrandes de nourriture et de fleurs étaient éparpillées sur l'autel. Des spirales d'encens, qui faisaient plus de deux mètres de long, étaient suspendues au plafond doré. En dessous, deux larges bols en cuivre pleins de sable étaient hérissés de bâtons d'encens. Sam resta un moment les yeux levés sur le Bouddha. Il sentit la présence d'un bonze à côté de lui. Ce dernier alluma une bougie, prit une poignée de bâtonnets et les tint au-dessus de sa tête. Les yeux clos, il récita un long mantra, puis s'agenouilla en continuant à psalmodier. La fumée flottait tout autour de lui.

Sam se mit à genoux pour prier.

J'ai besoin de ton aide.

Il ferma les yeux et fut déstabilisé par un vertige qui le catapulta à travers Te Po, la nuit. Il dégringola tant et plus. Était-ce sa punition ? Il sentit le baiser de Harper et son cœur prit peur et s'affola. Il vit le visage de Cliff au-dessus du sien et s'entendit gémir, piégé entre désir et dégoût. Ils s'abîmaient ensemble dans le noir, créant des vagues qui perturbaient l'univers tout entier.

Le temps s'étirait et se dilatait ; Sam sut qu'ils avaient traversé des milliers d'années. *Repars, putain, va-t'en !* cria-t-il à Harper.

Mais celui-ci le regarda et refusa d'un signe de tête. Leur chute se poursuivit, ils étaient comme deux astronautes au câble d'alimentation sectionné, l'oxygène s'échappant lentement de la corde.

Mon Dieu, mais respire donc, Harper ! Respire à fond !

Un trou noir s'ouvrait sous eux accueillant une cascade d'étoiles ; c'était l'entrée de Te Kore, le néant. Une fois le seuil franchi, il n'y aurait pas de retour possible. Harper pensait que Sam avait accepté leur sort, mais ce dernier, porté par un second souffle, donna un coup de pied au pilote et l'envoya pirouetter au loin. *Non !* hurla-t-il.

Se retrouvant isolé, Sam sombra dans le trou noir. Il devait se sacrifier, subir le châtiment pour eux deux. C'était lui et lui seul qui avait péché. Ses poumons brûlaient et il devait lutter pour garder la bouche fermée, car il n'y avait pas d'air, il était voué à une mort certaine. Il sentit son cœur cogner dans son cerveau et ces mots se formèrent soudain sur ses lèvres : *Pitié, pas les ténèbres éternelles !*

Sam sursauta et ouvrit les yeux. Son cœur galopait et semblait prêt à déchirer sa poitrine. Il s'agrippa à l'autel, tenta de calmer sa peur. Il n'avait pas la moindre idée du temps qu'il avait passé à genoux. Un millier d'années, peut-être. Il leva à nouveau les yeux vers le Bouddha et s'inclina respectueusement. Le monde entier s'estompait et s'éloignait de lui. D'autres années s'écoulèrent, la pluie tintait comme une douce bénédiction. Des gouttelettes auréolaient la tête du Bouddha et réfractaient la lumière. Un rayon de soleil, une lueur dorée, s'ouvrit au-dessus de lui et l'aura de Bouddha ruissela. C'était une forme d'absolution.

Sam perçut soudain un mouvement dans le décor paisible et, du coin de l'œil, il vit de quoi il s'agissait. Délogé par le torrent de pluie sur le toit pentu, humide et luisant, glissant le long des figurines rouge vif et or : un cobra. Mat, sombre, il faisait près de deux mètres de long et avait une tête en forme de diamant. Spécimen féroce. Mortel. Une morsure pouvait vous tuer en quelques minutes, vous faire baver et hurler dans une atroce agonie.

Envoûté, Sam le regarda glisser jusqu'au sol. Le serpent s'arrêta et remarqua le carré de soleil où Sam était assis. Il se mit à ramper vers la lumière, crissant sur les cailloux comme une chute de feuilles mortes. Au dernier moment, il huma Sam et se dressa, coiffe déployée, prêt à frapper, la réglisse fatale de sa langue noire frétillant hors de sa gueule. Le cobra le dominait, envahissait son espace et, quand il siffla, sa coiffe s'ouvrit à nouveau.

Sans se rendre compte de ce qu'il faisait, Sam se mit lui aussi à agiter la langue, à la tirer et à la rentrer, à la manière maorie connue sous le nom de pukana. Le cobra se dressa encore plus haut, Sam fit de même. Ils se regardèrent dans les yeux un instant.

Puis Sam s'arrêta. Se décontracta. Le reptile imita ses mouvements, baissa la tête, plongea la langue dans une petite flaque d'eau au milieu des pierres et, sans plus s'occuper de Sam, se lova au soleil et se reposa en attendant que la pluie cesse.

Tu es comme moi, cobra, songea Sam. *Détesté et humilié. Les hommes n'ont qu'une envie : te piétiner la tête et t'écraser. S'ils connaissaient la vérité sur moi, je subirais le même traitement. Nos chemins se sont croisés. Apprécions notre brève amitié sous le soleil.*

Il ferma les yeux. Somnola, peut-être. Une minute. Dix. La lumière était si douce sur son visage. Une ombre le tira de sa torpeur. Le bonze en robe safran était accroupi à côté de lui. Le cobra s'en était allé, mais l'homme regardait Sam avec perplexité. Il inclina la tête et se mit à agiter furieusement la langue.

C'était si comique que Sam ne put retenir un rire, qui devint rapidement incontrôlable. Le bonze l'imita et l'hilarité s'empara d'eux. Puis, dans un geste vif, le moine joignit les mains et s'inclina. Il montra ensuite à Sam que tout avait changé. Les gouttes continuaient à tomber comme un rideau de perles dans le périmètre du temple, mais l'orage était passé. Quand Sam se leva, il eut l'impression que la campagne tout entière retenait son souffle. Le monde avait marqué une pause et brillait d'une nouvelle sérénité. Avec un soupir et une profonde expiration, il semblait se renouveler. Le bleu du ciel, somptueux, se déroulait sans obstacle jusqu'au fin fond de l'univers. Les rayons généreux du soleil transformaient la nature en un lieu étincelant de beauté. Des cygnes sauvages volaient en glissando, leurs ailes formant des arabesques dans la lumière. Les endroits où la pluie persistait à tomber chatoyaient et ployaient comme un rideau. D'autres oiseaux — des étourneaux et des hirondelles — regagnaient leurs nids, virevoltaient et tournaient autour d'arbres lointains. Ils égayaient le monde avec leurs chants magnifiques et certains gazouillaient avec délectation au-dessus de Sam en allant se percher sous les corniches du pavillon.

Sam enfourcha sa bicyclette et gravit la côte. Quand il se retourna, le temple était doré par le soleil. Les rizières environnantes s'étaient muées en émeraudes, et les digues en filigranes d'argent. Le tout sous la voûte d'un arc-en-ciel.

Sam riait et pleurait en même temps. Il avait atteint une phase de perfection. Une forme de compréhension. Une révélation. Il se sentit plus ouvert à la vie qu'il ne l'avait jamais été. Il ferma les yeux et respira profondément. Il avait l'impression de s'être fondu dans le décor, d'être devenu transparent ; il regardait les molécules qui composaient homme, feuille, serpent, oiseau, ciel, rivière, montagne et soleil passer à travers lui comme des lueurs étincelantes.

Tout allait s'arranger. Quand il reverrait Harper, il s'expliquerait, peut-être serait-il compris et, s'il y avait un dieu des deuxièmes chances…

Le vent respirait à travers Sam, entrait, sortait, entrait, sortait.

L'univers chantait.

Chapitre dix

— 1 —

S'il y avait un dieu des deuxièmes chances…

Dès son retour à Nui Dat, la compagnie Victor fut convoquée à un briefing. Sam n'eut pas le temps de voir Harper, de remuer les doigts pour lui dire dans la langue secrète qu'ils avaient adoptée : Salut Cliff. Oui, parlons. Tu as raison, parlons.

« Les Américains ont demandé des renforts, expliqua le commandant Worsnop. Nous avons pris la base ennemie, mais il reste un bataillon conséquent, que nous avons découvert hier. D'où l'opération Roundup. Les Américains ont déjà commencé à pousser l'adversaire ici… » Il pointa sur la carte une vallée semi-circulaire fermée par une barrière. « Notre mission est de fermer la barrière et de piéger l'ennemi une fois qu'il sera entré. »

À 14 heures, les hélicos se mirent à transporter les soldats de la compagnie Victor dans la zone. Une heure plus tard, ils étaient sur le terrain et se dispersaient selon les formations planifiées. Mais les services de renseignement avaient sous-estimé les effectifs ennemis et la barrière était exposée.

« Je n'aime pas ça », déplora le lieutenant Haapu.

La section entra dans un ravin profond, qui ne fournissait aucune couverture et permettait uniquement d'avancer ou de reculer. Le lit du ruisseau procurait le seul abri, mais la végétation y était clairsemée.

Ils se trouvaient en terrain vietcong. L'adversaire les attendait déjà comme un scorpion pris au piège, dard replié et prêt à frapper.

Sam ordonna à sa section de se déployer en formation ouverte. En cas d'attaque, il se fiait à son instinct.

Soudain, quelque chose surgit et pétille sur leur droite.

«À terre !»

Sam roule sur sa gauche — le versant de la colline est en proie aux tirs ennemis. Une première roquette frappe une boule de feu orange. Une seconde explose dans le ruisseau, projetant une fontaine d'eau boueuse. Puis c'est au tour de l'artillerie lourde.

«Repli ! Repli ! hurle Haapu. Tout le monde dégage, putain…»

Une pluie de balles s'abat, comme un essaim d'abeilles furieuses. Le lieutenant s'effondre, touché à la poitrine.

Sam attend l'accalmie du rechargement ennemi pour se lever et rejoindre Haapu en répétant son ordre :

«Repliez-vous, bande de cons ! Turei, élimine le lance-roquettes.»

Le lieutenant s'assied et examine ses blessures.

«Merde, saloperie de merde !»

Sam lui prend le bras et l'aide à se relever. Turei est chanceux : au premier coup, il dégomme l'opérateur du lance-roquettes.

«Infirmier !» hurle Sam.

Vickers arrive et s'occupe immédiatement de Haapu, qui a le poumon droit perforé et respire avec difficulté. Il ouvre une bande Velpeau et administre les premiers soins.

Sam se tourne vers George. «Rejoins Turei. Couvrez-moi pendant que j'évacue le lieutenant.»

George acquiesce et rampe à toute allure dans l'herbe à éléphant.

«Nous devons bouger, mon lieutenant», dit Sam.

Haapu approuve. Il analyse la situation. Les hommes ont beau se replier avec fluidité, l'ennemi les élimine l'un après l'autre.

«Il faut de la fumée, dit-il. Un écran pour nous protéger.»

Sam exécute l'ordre, mais le vent capricieux disperse la fumée. L'opérateur radio, Flanagan, hurle : il a reçu deux balles dans le dos et deux dans la jambe droite.

«Récupère la radio !» crie Sam à Red Fleming.

Un autre rugissement survient sur le côté. Manderson est touché.

«C'est pas trop tôt, lui dit Johanssen, je vais enfin pouvoir jouer avec la mitrailleuse.» Il le seconde sans délai.

Sam rampe lui aussi vers Flanagan, qui bave et crache du sang, mais s'obstine à respirer. Les yeux exorbités, il fixe le ciel bleu avec effroi. Sam s'empare de la radio, active l'émetteur et communique les coordonnées de la section : «Nous sommes piégés. Avec des morts et des blessés. Dépêchez hélicoptères, force d'intervention et évacuation.»

Le feu ennemi reprend. Une grenade file au-dessus de la tête de Sam. Il se jette sur Flanagan et l'entraîne au loin en roulant. Boum ! Le choc le frappe violemment. *Je ne peux pas être touché,* songe-t-il. *Je dois évacuer les hommes.*

Il dégoupille l'une de ses propres grenades, compte quelques secondes et la jette vers la colline. Il est soulagé de voir que ses hommes sont presque sortis de la zone de combat, ils reculent en faisant feu et en portant leurs camarades blessés. Red Fleming décharge son arme en visant les arbres pour des explosions aériennes. Johanssen a réussi à trouver un bon abri et s'acharne sur l'ennemi. Les crépitements de mitrailleuse emplissent le ravin. À chaque salve, la bande de munitions claque comme un serpent en furie. Johanssen enclenche une nouvelle bande. Les cartouches vides se déversent comme des cosses de pois. Sam lève la tête : ses hommes sont hors de danger. Sauf George et Turei, toujours à découvert.

Il tapote Haapu sur l'épaule « Mon lieutenant, je dois vous laisser un moment », puis il demande à Johanssen « Tu peux me couvrir pendant que je vais rescaper ces deux couillons de Horis ? »

Il se faufile dans le lit asséché du ruisseau. Les balles qui sifflent au-dessus de sa tête soulèvent de petits nuages de poussière. Cinq minutes plus tard, il se dresse à côté de ses deux amis, occupés à échanger des obscénités.

« Je t'ai déjà dit que ta sœur était un bon coup ? demande George à Turei avant de presser la détente. Pan.

– Elle est pas aussi bonne que ta mère, salopard, répond Turei en visant et tirant.

– Mais oui, maman m'en a parlé. Paraît que t'en as une minuscule. »

Feu ennemi. Ils baissent la tête.

« Ah bon ? Et d'après ma sœur, ta gueule est la seule chose que t'as de grande. »

Turei s'aperçoit de la présence de Sam, au moment où ils entendent le vacarme des hélicoptères, en provenance du nord.

« Oh, salut, chef, lui dit-il joyeusement. La cavalerie lourde arrive enfin ! »

Sam sourit en se rappelant les westerns de série B que sa mère l'amenait voir au Majestic de Gisborne. Turei et George venaient aussi avec eux parfois. Toujours une caravane encerclée par des Peaux-Rouges à cheval, qui descendaient les pauvres pionniers sans défense. On ne pouvait jamais avoir confiance en ces perfides Indiens. Les colons en étaient à leurs dernières balles et s'apprêtaient à monter au paradis. L'héroïne, Rhonda Fleming ou Joanne Dru, affichait un air courageux et déterminé. Mais… surprise surprise, la bande-son jouait quelques notes de *Oh Susannah* et youpi ! La cavalerie débarquait, les chevaux marchaient d'un pas relevé sur la bataille. Et on avait alors droit à Guy Madison, Ronald Reagan, John Wayne, Randolph Scott, Joel McCrea ou Errol Flynn : « Sabre au clair ! Chargez ! »

Sam revient à la réalité ; les renforts atterrissent et les couvrent.

« Allez, les beaux gosses, on y va ! ordonne-t-il.

– D'accord, chef », dit Turei en se levant.

Il fait quelques pas et soudain, l'air s'affole, comme si quelque chose approchait. Un bruissement d'ailes rappelle un nom réclamé lors d'une soirée oubliée.

La chouette pousse son cri de chasse discordant.

« Non ! » rugit Sam.

Turei se retourne et se met à courir vers George. Mais l'oiseau dépasse George, le frôle de si près… c'est alors que Sam comprend : « Turei ! »

Quelque part sur la colline, un mitrailleur ennemi repère la silhouette dressée d'un soldat. Il regarde dans son viseur. La balle traçante fuse — belle, hypnotique, comme une paire d'ailes en direction de sa cible.

Turei tombe.

« Salopard ! hurle George à la chouette, les yeux fous, la morve au nez. C'est moi que tu devais prendre ! C'est moi que tu veux ! Moi ! »

Il trébuche pour rejoindre Sam, déjà accroupi près de leur camarade blessé. Le sang coule, il coule partout. Il gicle dès que Turei fait le moindre mouvement.

« Punaise », souffle-t-il.

Ses yeux se révulsent, il frissonne, crache du sang. Puis il succombe. Son ami dans les bras, l'horreur accumulée fait craquer Sam. Même s'il n'y a eu aucune transgression physique, il est persuadé que la malédiction a commencé.

Tout est ma faute, songe-t-il. *C'est moi qui suis en cause. Tous mes proches seront punis.*

— 2 —

La compagnie était sous le choc lorsqu'elle rentra à Nui Dat. Après avoir écouté le rapport de Sam, ses supérieurs téléphonèrent au quartier général en Nouvelle-Zélande pour signaler le décès. La mère de Turei aurait dû être avertie par la filière officielle, mais Sam voulut s'en charger : «Il était sous ma commande. Il serait préférable que tante Lilly l'apprenne de ma bouche.»

Quand ils réussirent à la joindre, Sam, abattu, sanglotait déjà et Lilly sut immédiatement ce qu'il avait à lui annoncer.

«Je tiens ton père pour responsable», parvint-elle à lui dire avant de hurler de chagrin. Sam entendit les autres membres de la famille crier et se lamenter. «Je veux que Turei me revienne tout de suite, c'est compris ? Je ne veux pas que mon fils reste une seconde de plus parmi ceux qui l'ont tué.»

En principe, le lieutenant Haapu aurait dû raccompagner sa dépouille mortelle en Nouvelle-Zélande, mais ses blessures ne lui permettaient pas de voyager. Sam plaida en leurs noms, à George et à lui, auprès de Fellowes.

«Mon capitaine, dit-il avec fermeté. C'est à nous de le faire. Nous nous sommes engagés ensemble. Turei était le meilleur ami de George. Quant à moi, je n'ai pas su le protéger. Je dois faire face à notre iwi… et à mon père.

– D'accord, sergent, répondit Fellowes. Je comprends. Je ferai de mon mieux.»

Exténué et affligé, Sam revenait vers sa tente quand Cliff Harper l'arrêta.

«Salut, Sam…»

Il était si beau avec ses cheveux blonds luisant au clair dc lune. Il était la seule personne que Sam avait envie de voir à ce moment précis. Mais quand il songea à la mort de Turei… il sut ce qu'il lui restait à faire.

«Je sais pourquoi tu es ici, Harper, mais je ne veux pas t'écouter. Fais demi-tour et laisse-moi.»

L'expression du pilote américain était résolue, inflexible.

«Tu ne vas pas t'en tirer à si bon compte. Je suis un cabochard de l'Illinois et je fais face à tout ce qui m'arrive. Je ne me défile jamais.

– Dans ce cas, c'est moi qui vais me défiler», répondit Sam en essayant de passer à côté de lui, mais Cliff le retint. Sam n'avait qu'une envie : prendre une pierre, couler au fond de la rivière et y rester à tout jamais.

«Non. Ne fuis pas, dit Harper. Je veux qu'on s'explique. Je croyais que je pourrais oublier ce qui s'est passé l'autre soir, mais je n'y arrive pas. Alors je vais risquer le tout pour le tout. Il m'est arrivé quelque chose…

– Sors-toi cette histoire de la tête, hélico boy, lui renvoya brutalement Sam. C'est pas ce que tu crois. Il ne s'est rien passé. D'accord ? Et maintenant, laisse-moi passer.»

Il le bouscula sans ménagement, fit trois pas, le cœur battant à tout rompre, puis la voix de Cliff l'arrêta net : «Écoute, tout ce que je veux savoir, c'est s'il t'est arrivé la même chose qu'à moi. Si c'est pas le cas, très bien, suis ton chemin et je suivrai le mien. Mais si c'est le cas…»

Sam se retourna. Harper se découpait sous la lune, les poings serrés, les bras tendus en signe d'impuissance.

«Tu crois peut-être que j'ai envie d'admettre des sentiments qui me dégoûtent ? demanda Cliff qui avait des difficultés à trouver les mots. Mais quand un truc aussi fort te frappe en pleine gueule, qu'est-ce qu'il reste à faire ? Je suis… vraiment mal barré. Je brûle à l'intérieur. Tu sais ce que j'ai fait hier soir ? Je suis allé à Vung Tau avec Seymour et on s'est tapé trois femmes chacun. Mais il m'est arrivé quelque chose ici, poursuivit-il en se frappant le cœur. J'arrête pas de penser à toi.»

Sam poussa un cri furieux et se jeta sur Harper. Ils s'empoignèrent.

«Écoute-moi, espèce de connard, dit Sam. T'es un beau gosse hétéro qui aime niquer les filles. Ne change rien, bordel. L'histoire est close. C'était qu'un baiser, bordel, un simple baiser…»

Il frappa Harper en pleine figure. Le pilote tomba par terre, mais s'empressa de signer :

C'est tout ce que c'était ? Un simple baiser à la con ?

Harper le forçait à voir les choses en face. À affronter ses sentiments. Sam cligna des yeux et son regard fuyant révéla tout ce que Harper voulait savoir.

«J'avais raison, j'en étais sûr.

– Même si t'avais raison, je peux fermer la porte…

– Je sais qu'il y a quelque chose entre nous», poursuivit Harper d'une voix plus légère, incrédule et soulagée. Il se passa les doigts dans les cheveux. «Quand je t'ai vu pour la première fois, j'ai tout de suite su. Sacré nom d'une pipe, Sam…

– Laisse-moi tranquille, l'avertit ce dernier d'une voix que l'effroi faisait monter dans les aigus. Je t'ai dit que je pouvais fermer la porte et je veux la garder fermée. Tu vois pas que c'est une boîte de Pandore ? Qui sait ce qu'il y a dedans ?»

Les deux hommes se regardaient en haletant. Puis, lentement, Harper s'exprima à nouveau par signes :

T'as peur, c'est ça ?

«Oui, pas toi ?»

Harper opina de la tête. Il se tourna vers la lumière et sa voix trancha l'obscurité.

«Faut que tu me parles, Sam…

– Que je te parle ?» Il était inquiet. Il devait mettre un terme à la conversation avant qu'elle dégénère. «Mais de quoi ? Il n'y a rien à dire ! Écoute, je peux être ton ami, ton frère, ton père, si tu veux. Restons-en là, d'accord ? Potes ? Amis proches ?»

Sam crut un instant qu'il avait gagné, que Harper allait approuver. Il aurait dû se douter que sa réponse ne serait pas ce qu'il attendait. Ses mots bousculèrent complètement le monde de Sam et il le sentit s'effondrer autour de lui.

«Sam, la boîte est déjà ouverte. Et tu sais ce qu'il y a dedans ? Une grenade. Une grenade qui m'a pété en pleine gueule.»

Sur ce, Harper tourna les talons et disparut dans le noir.

— 3 —

«Haramai ki o tatou mate e, haramai, haramai, haramai.»

La prière fusa comme une lance du marae de Poho o Rawiri. Sam, George et les autres porteurs de cercueil de l'armée attendaient à l'entrée. Devant lui, Sam sentait le iwi fulminer d'assister au retour d'un de leurs fils dans la mort plutôt que dans la gloire. Les vieilles femmes du village commençaient à clamer leur détresse.

«Quel est ce signe dans nos mains ? Ce sont les feuilles de deuil du kawakawa. Vous demandez à nouveau quel est le signe dans nos mains ? Je vous le dis : des feuilles de kawakawa ! Hélas, nous les baissons et les laissons tomber ! La mort se pose…»

À côté de Sam, George souffrait le martyre. Il sanglotait sans cesse depuis le Vietnam. Pendant le vol de nuit pour rejoindre Singapour, puis de là jusqu'en Nouvelle-Zélande, toute la journée à bord d'un Hercules de l'armée, il n'avait pas quitté le cercueil de Turei. Sam n'avait jamais entendu de pleurs plus désolés que ceux de son ami au milieu du matériel militaire. Et ils ne tarissaient pas pendant le karanga.

«Turei ! Turei, pourquoi t'es-tu mis sur le chemin de la chouette, se lamenta-t-il. Elle venait pour moi. Pourquoi as-tu fait ça, espèce de couillon ?»

Sam vit son père mener les hommes à un haka powhiri. «Toia mai, te waka ! Ki te urunga, te waka…»

Les anciens combattants arborant leurs médailles du bataillon maori frappaient des pieds et cognaient leur poitrine de leurs poings.

«Ramenez notre fils ! Ramenez-le parmi nous…»

Sam fit signe aux porteurs de hisser le cercueil, qu'ils prirent sur leurs épaules. Dieu, qu'il était lourd… Le poids de Turei était écrasant.

Pas à pas, lentement, ils franchirent le seuil du marae. Le général Collinson et d'autres gradés suivaient, tête baissée.

«Laisse ton esprit revenir, mon fils, laisse-le revenir là où tu es né…»

Les vieilles femmes achevèrent d'accueillir Turei. Quand leurs appels se dissipèrent, Sam fit signe aux hommes de poser le cercueil sur le marae. Devant la maison commune, il vit que Lilly était réconfortée par sa fille Emma et d'autres parentes et amies. Sa propre mère Florence se trouvait parmi elles et aussi sa petite sœur Patty, qui lui sourit et lui fit un signe de la main.

Arapeta se leva pour faire son discours. Il arpenta délibérément le marae, à grands pas. Son regard passa du général à son fils sans la moindre expression.

Il brandit sa canne en direction du cercueil.

«Il n'était pas censé revenir comme ça, tonna-t-il. Pourquoi est-il revenu avant son heure ? Pourquoi n'est-il pas revenu debout pour que nous puissions l'accueillir avec joie et fierté ? Pourquoi est-il revenu scellé dans cette boîte, sans que nous puissions le voir, sans que nous puissions pleurer sur son corps comme le veut notre coutume ? Pourquoi ?»

Furieux, accusateur, Arapeta fouettait l'air du marae de sa canne. À chaque coup, le chagrin de l'assemblée s'intensifiait. Lilly appelait son fils en hurlant, les autres femmes avaient du mal à la maîtriser. Elle les repoussa d'un geste brusque puis fendit la foule en pleurant.

Le général Collinson s'adressa nerveusement à son adjudant maori :

«J'espère qu'Arapeta ne va pas accuser l'armée.

– Non, répondit l'adjudant. C'est le protocole du tangihanga qui exige ces paroles. C'est notre manière d'apaiser les pensées conflictuelles de l'assemblée en deuil.»

Mais Sam avait une autre interprétation du discours de son père. Il savait qu'il s'adressait indirectement à lui et disait : *mon fils, pourquoi n'as-tu pas été capable de sauver ton camarade ?*

«Il n'y a pas un seul vieux ici, poursuivit Arapeta, qui ne serait pas heureux de sacrifier sa vie pour voir à nouveau marcher notre jeune fils. Nous avons vécu, nous nous sommes battus...

– Ah, ka tika, murmurèrent les anciens, c'est la vérité, tes paroles sont vraies.

– Mais nous ne pouvons pas le ramener, car l'insecte mangeur d'hommes l'a déjà pris. Pourtant...»

Oh, Arapeta était doué pour le korero. Il savait moduler la voix et il détourna les pensées de l'assemblée sur des idéaux d'héroïsme et de sacrifice personnel.

«En étant fauché par la mort, Turei a honoré son iwi. Il n'y a pas plus grand honneur, pour un brave consacré à Tumatauenga, le dieu de la Guerre, que de périr sur le champ de bataille. Pour nous tous, qui sommes ici aujourd'hui, nous n'avons pas eu cet honneur, nous n'avons pas eu ce privilège. Nous sommes ainsi diminués, rabaissés devant notre jeune fils qui a fait ce que nous n'avons pas fait — sacrifié sa vie au service de son peuple et de sa patrie.»

Les gens soupiraient en entendant ces mots. Le silence se fit, puis il fut brisé par des cris.

«Non, Lilly, non !»

Les yeux pleins de larmes, elle traversa le marae à grandes enjambées, une hache à la main. Personne ne put l'arrêter, elle arriva devant le cercueil et le frappa en hurlant : «Turei ! Mon fils !»

L'assemblée entière se mit à gémir et à sangloter. Le coup résonnait à travers le marae. Le général était blême. Sam sentit une douleur intense dans son cœur et se tourna vers George.

«Allez, dit-il. C'est à nous de terminer.»

Il s'approcha de Lilly, qui chancela et s'effondra dans ses bras.

«Je ne peux pas laisser partir Turei sans le voir, sans voir son visage chéri…

– Donne-moi la hache, tatie», lui répondit Sam en acquiesçant.

Il l'abattit sur le couvercle. À chaque coup, les gémissements montaient d'un cran — un vacarme déchaîné, démoniaque, capable de scinder les cieux. Mais lorsque Turei apparut, les hurlements perçants de lamentation cédèrent la place à une douceur plaintive. Lilly se pencha, caressa le visage de son fils, puis s'adressa à George et Sam.

«Merci, les garçons. Vous étiez trois et il ne reste plus que vous deux…»

Elle leur fit signe de porter le cercueil sur le porche et de le déposer parmi les femmes.

« Sauvages… » marmonna Collinson.

Furieux, Arapeta pointa sa canne vers lui.

« Ka ora, ka ora, ka mate, ka mate ! C'est la vie, c'est la vie, c'est la mort, c'est la mort ! Vous devez comprendre, mon général, que notre peuple n'a jamais eu peur de regarder la mort en face. Notre garçon a appartenu à l'armée. Mais vous n'avez plus aucun droit sur lui… dit-il en montrant le cercueil. Il est à nous, maintenant. »

Plus tard dans l'après-midi, Sam, George et d'autres jeunes portèrent Turei jusqu'au cimetière du village. Les échos des salves d'honneur retentissaient dans les collines. Le clairon joua *Last Post*, la sonnerie aux morts.

Florence, Patty et Monty épaulèrent Sam devant la tombe. George était entouré de Lilly, d'Emma et son bébé. George était déjà devenu un fils de substitution.

La mère de Sam serra son bras.

« Je suis si heureuse de te voir, dit-elle. Tu vas bien ? Tu vas rester quelques jours avec nous ?

– Non, maman. Juste cette nuit. George et moi repartons au Vietnam demain.

– T'as un cadeau pour moi ? demanda Patty.

– Oui, répondit-il en souriant. Un pour toi et un pour Monty. »

Sam avait le cœur gros. La cérémonie était presque terminée. Les nuages s'abaissaient. Le vent promettait la pluie.

Le corps de Turei fut descendu, Lilly s'avança et jeta la première poignée de terre.

« Adieu, mon fils ! Va au seuil des Pléiades. Va à Antarès, adieu… »

Le soir, Sam s'assit sur la véranda de la ferme avec son père, dans un silence hostile et punitif. Lorsque Arapeta finit par s'exprimer, sa voix semblait provenir de Te Kore, du Néant.

«J'ai promis à Lilly que Turei reviendrait vivant. Il est revenu dans un cercueil. Tu étais responsable de lui et de ma promesse. Tu aurais dû veiller sur lui. Tu as échoué. Le sperme de son père, qui existait en lui, est mort avec lui, la lignée interrompue. Le whakapapa qui liait son père à lui est terminé. À cause de cela, j'ai perdu du mana. Tu m'as déçu. La seule façon de te racheter, c'est de venger sa mort. Quand tu seras au Vietnam, tu dois exercer le utu contre ceux qui l'ont tué.»

— 4 —

De retour au Vietnam, Sam alla aussitôt trouver Fellowes pour se renseigner sur la prochaine mission.

«Rien de prévu dans l'immédiat, répondit le capitaine. Pourquoi une telle précipitation, sergent ?

– Je dois aller sur le terrain. Pour Turei…

– Je comprends, mais votre pote est mort et rien ne le ramènera.» Il vit que Sam ne l'écoutait pas. «Bon, d'accord, je proposerai vos services quand les Aussies ou les Yanks auront besoin d'un homme supplémentaire.

– Je prendrai n'importe quoi, chef», dit Sam en le saluant.

Il voulait sortir, se battre, n'importe où — il espérait que la culpabilité du décès de Turei ne le poursuivrait pas, car elle envahissait tout. Pire, elle flottait entre Sam et George comme une chose vivante. Au lieu de les rapprocher, elle les éloignait.

A-t-il deviné que je suis responsable ? se demandait Sam.

De son côté, George se reprochait de ne pas être mort à la place de Turei et il avait trop honte pour croiser le regard de Sam.

Au cours des semaines suivantes, Sam fut appelé à compléter une patrouille australienne qui sécurisait le périmètre du champ de mines Horseshoe. Il se joignit ensuite à une unité locale de l'armée sud-vietnamienne. Puis il accomplit une mission de perquisition dans un village présumé hostile. Exténué par le chagrin et poussé par son besoin de trouver une forme de libération, Sam était déjà gonflé à bloc et prêt à en découdre. Le soleil lui calcinait la peau, la chaleur lui rôtissait les viscères. Il avait perdu toute perspective, toute notion de ce qui définissait l'ennemi. Dans le village, lorsqu'il perçut un mouvement du coin de l'œil, il braqua immédiatement son arme — la seule chose qui l'empêcha de presser la détente fut les pleurs du bébé dans les bras de la jeune fille qu'il avait dans son champ de mire. Elle se jeta par terre pour protéger l'enfant. Sam se souvint des paroles de Jim, le vétéran australien qu'il avait rencontré à son arrivée : « En un éclair, la section entière se déchaîne, fout le feu au village et tire sur tout ce qui bouge. »

L'incident lui servit de sonnette d'alarme. *Mais qu'est-ce qui m'arrive ?*

La seule personne qui lui proposa un semblant d'explication fut Cliff Harper quand ils se croisèrent par hasard à la base. Le pilote rentrait juste d'une mission, il était épuisé et encore en tenue.

« Le moment était mal choisi la dernière fois que nous nous sommes parlé, lui dit-il. Je n'étais pas au courant pour ton pote, mais je sais ce que c'est…

– Tu ne sais rien du tout.

– Je te rappelle que j'ai perdu Fox. »

Harper respira profondément et voulut à nouveau s'expliquer.

« Je suis en train de péter les plombs, Sam. »

Ce dernier le gratifia d'un regard furieux.

« Mais j'ai bien réfléchi, poursuivit Harper. Peut-être que t'es pas comme les autres. T'es Sam. Les gens créent des catégories, mais peut-être qu'elles ne sont pas pour nous, qu'elles ne s'appliquent pas à nous. »

Ses paroles jetèrent Sam dans l'émoi.

« Je suis un soldat, tu es un pilote, lui répondit-il. Je suis un Maori, t'es un Yank. On est issus de cultures différentes, d'endroits différents. Ça doit rester comme ça. »

Le visage de Harper se calma, mais il lui lança : « D'accord, espèce de connard. J'avoue que je t'attends les bras grands ouverts, mais toi, tu en es incapable. J'aurais pu être parfait pour toi, mais t'as pas les tripes de le reconnaître. Tu mérites la médaille de la poule mouillée et du trouillard. »

Sur ce, ils se séparèrent. Sam voulait lui demander de rester, mais il n'en fit rien, il regagna sa tente et passa un long moment sur son lit de camp, le regard perdu dans le vide.

Pendant ce temps, un drame se déroulait dans les cieux.

Alors qu'il participait à l'escorte d'un convoi de bombardement américain sur Hanoi, Gonzalez, un pilote de F-4, avait été attaqué et il avait dû s'éjecter de son avion en feu, en territoire ennemi. Son parachute s'était ouvert à moins de 600 mètres du sol et avant qu'il ait eu le temps de prier, il était tombé dans la canopée de la jungle, traversant les branches comme une poupée de chiffon. Il avait touché terre en sentant tous les os de son corps tressauter et craquer. Mais il était conscient, quoiqu'abasourdi. Il avait eu le réflexe d'activer le beeper qui signalait à ses camarades qu'il était vivant et donnait sa position. Il attendait.

Quand Sam reçut l'appel, il bondit et se rendit en courant à la base aérienne de Nui Dat. Avant même de se présenter à l'officier de service, il comprit que la situation était problématique : il n'y avait que deux hélicoptères sur le terrain et l'un des deux, celui de Harper, était en révision. Il entendit une querelle dans la salle du personnel. Quand il entra, Seymour disait à Harper :

« Chef, laissons une autre escadrille s'occuper du sauvetage.

– Mais nous sommes les plus proches. C'est pour cette raison qu'on a sollicité notre aide, répliqua Cliff.

– On est crevés, chef, grommela Tom Pike.

– Allez, les gars, supplia le pilote en se tournant vers Preston. Tu viens juste de faire le plein, Preston.

– Écoute, répondit ce dernier, on ne doit rien à personne et toi non plus. T'as fait ton boulot. Laisse tomber. Seymour a raison, quelqu'un d'autre peut aller le secourir. Où est ton instinct de survie ? »

Le visage de Harper changea d'expression. Il prit une chaise et la lança à travers la salle. Avant que Preston ait le temps de bouger, Harper l'attrapa par le col de son blouson d'aviateur.

« Donne-moi tes clés, bordel de merde ! Et toi, dit-il en adressant un regard furieux à Seymour, prépare-toi. On a du boulot. »

Il partit à grandes enjambées, franchit la porte et s'arrêta net en voyant Sam. Il plissa les yeux.

« Ne me dis pas que tu es le bouche-trou ?

– Je suis venu bosser. T'as pas besoin d'en savoir plus.

– Ouais, ben je veux pas t'avoir dans les pattes. Compris, Kiwi ? »

Sam entendit des jurons et des cris. Il se retourna et vit que Pike menait deux autres hommes qui traînaient les savates derrière Harper.

« Pourquoi tu te sens obligé de montrer que t'as la plus grosse paire ? lui demanda Pike. Faut toujours que tu joues les héros, espèce d'enculé ! »

Dans l'hélico, Harper alluma les instruments. Un gémissement aigu s'échappa. Il ouvrit la poignée des gaz. Deux minutes plus tard, il accéléra le régime pour chauffer le moteur. Il procéda aux vérifications radio routinières.

«Tour de contrôle, c'est Woody Woodpecker. Décollage imminent.»

Les moteurs hurlèrent. L'appareil s'éleva. Deux avions Skyraider se joignirent à la mission en altitude.

«Aïe, dit Seymour dans son casque-micro, la situation vient juste de se compliquer d'un cran, chef. Un F-4 nous attend en surveillant la progression de l'ennemi au sol, mais il n'a que des missiles air-air à bord. Ils savent qu'on a un homme à récupérer. Charlie a dû trouver sa position en interceptant son SOS.»

Harper acquiesça et répondit:

«Dis au F-4 de confirmer à Gonzalez que les secours sont en route. Et contacte les Skyraider pour demander un soutien armé. C'est quoi, leur indicatif d'appel ?

– MacDuff, dit Seymour en riant. Et ils se chargent de supprimer toute source de feu près du site de sauvetage.

– Arrivée prévue dans 30 minutes», conclut Harper.

Vingt minutes plus tard, les deux Skyraider parviennent sur place. Moose Bailey, à bord du F-4 qui les attend, pousse un soupir de soulagement. Il est resté près du lieu de l'accident pour assurer la localisation de Gonzalez. Il doit maintenant se tirer en vitesse pour faire le plein avant la panne.

«MacDuff a établi le contact avec Gonzalez, rapporte Seymour dix minutes plus tard. Il les guide vers lui. Il entend leurs hélices à l'ouest de sa position, mais il n'arrive pas à les voir. Chef, ils ont lancé la procédure d'authentification.» Il éclate de rire. «MacDuff vient de recevoir la réponse à la question de Gonzalez. Il devait nommer la fille de ses rêves et dire s'il a réussi à la séduire. Réponse: "Wanda Rodriguez et non, j'ai pas réussi à la séduire, alors j'ai sauté sa grande sœur". C'est notre homme, pas de doute.»

Sam se penche sur la jungle. La canopée est impénétrable. Totalement impossible d'y voir un soldat au sol. Une aiguille dans une botte de foin verte.

«Chef, interrompt à nouveau Seymour. MacDuff signale des mouvements hostiles dans la zone, à dix minutes de l'emplacement estimé de Gonzalez.

– Confirme notre arrivée dans cinq minutes, répond Harper. Est-on assez proches pour établir un contact direct avec Gonzalez ?»

Seymour trouve une fréquence, la sécurise.

«Affirmatif, dit-il. Putain, Gonzalez a une visibilité réduite, seulement droit au-dessus de lui. Incapable de voir les Skyraider, mais il les entend. Ils lui font préciser sa position sur sa boussole. Ça y est ! Ils l'ont.»

Seymour calcule rapidement les coordonnées. Le blessé est à trois minutes de vol. Puis Harper reçoit la nouvelle :

«Woody Woodpecker, l'ennemi se rapproche de Gonzalez. MacDuff va essayer de les leurrer vers l'épave du F-4. Espérons que ça marche. Ah non, ils se sont séparés en deux. Un petit contingent adverse se dirige toujours vers Gonzalez.»

L'étau se resserre.

«Bien reçu. Demande à MacDuff de me faire gagner un peu de temps. Et dis à l'ami Gonzalez de patienter et de se préparer à tirer une fusée éclairante à mon signal.»

Une minute plus tard, Harper lui donne l'ordre.

«Où est-il, bordel ? gueule-t-il. Vous le voyez ?»

L'appareil rase la jungle de près. Sam regarde d'un côté de l'appareil, Pike de l'autre.

«Là ! Je le vois !»

Une fumée colorée s'élève tout droit à travers la canopée. Il reste une minute trente.

Les Skyraider escortent l'hélico avec une coordination parfaite pour son approche finale. Trente secondes plus tard, ils survolent une vallée encaissée avec une espèce de passerelle délabrée sur la rivière. Harper montre la fumée qui s'échappe derrière le versant à pic.

«Il ne nous voit pas, explique Seymour, mais on est pile au-dessus de lui.»

L'hélico est en vol stationnaire.

«Descendez le treuil, répond Harper.

– Chef, Gonzalez est blessé. Il dit qu'il a besoin d'aide.»

À ce moment précis, ils essuient une attaque. Un *pfut* s'échappe de la jungle et une roquette frôle le pare-brise.

«Putain ! peste Harper. Ils ont un lance-roquettes…»

Il stabilise l'appareil, envoie un message radio demandant à MacDuff de détruire l'arme ennemie, puis, d'un hochement de tête, il ordonne à Pike de se préparer :

«Je suis le bouche-trou, dit Sam à Pike. C'est à moi d'y aller.»

Avant que Harper puisse s'y opposer, Sam a sécurisé le harnais et il est sorti de l'appareil. Quand Harper se retourne et voit Sam lui faire signe, il est trop tard pour l'arrêter. Le treuil hydraulique se met à vrombir et Sam se balance comme Tarzan sur sa liane. La jungle l'attend, trente mètres en contrebas.

Il lui reste une dizaine de mètres lorsqu'il entend des coups de feu et les impacts métalliques sur l'appareil. Une balle déchire la jambe gauche de son pantalon. Il se retrouve bientôt plongé dans le feuillage, essayant de guider le câble à travers les branches.

Gonzalez est assis, terrorisé : «J'ai une jambe cassée…

– T'inquiète, mon pote, lui répond Sam. Pas le temps de parler.» Il lui passe le harnais autour du torse et hurle dans sa radio : «Gonzalez prêt pour hélitreuillage.»

Il sent la force du câble qui s'enroule et les soulève. Gonzalez tournoie dans la végétation, heurte des branches, tente de se protéger la tête. Un choc soudain secoue l'appareil et le blessé vrille et se repose à terre.

«Hélico touché, hurle Seymour. Dysfonctionnement du treuil hydraulique.»

En l'entendant paniquer, Harper ressent une montée d'adrénaline. *Dieu, ne me fais pas subir le même sort que Fox.* Il vérifie les jauges, entame automatiquement les procédures de contrôle. Sur sa droite, les Skyraider mitraillent abondamment la zone de départ de la roquette. Les obus incendiaires dévalent la pente; la forêt s'enflamme et fume. Seymour gueule: «Ils l'ont eu, ils ont eu le salopard ! Mais chef, MacDuff signale une avancée ennemie rapide dans notre direction. Temps pour évacuer estimé à 5 minutes seulement.»

Un moment de silence. Puis MacDuff envoie ce message:

«À vous de décider, Woody Woodpecker.»

Le cœur de Harper s'emballe, mais son corps reste de marbre.

«Je ne peux pas les laisser.»

Au sol, Sam entend les cris de l'ennemi qui approche et les crépitements des armes à feu. Ils sont décidément très mal barrés. Il s'empare de la radio, car il est conscient qu'il doit donner à Cliff la permission de partir.

«Hé, Harper ! Tu sais ce que "haere ra" veut dire ? Ça veut dire "au revoir". Alors, va-t'en.»

Seymour, qui écoute, se tourne vers Harper.

«Non», tranche ce dernier.

Il saisit les commandes et descend lentement dans la canopée.

«Ça va pas ? hurle Seymour. T'es taré ou quoi ?»

Le pilote fait osciller l'hélico et fauche la cime des

arbres avec les pales. Sam, surpris, s'écarte en catastrophe sous l'avalanche de branches et de feuilles.

«Il faut que je le voie», dit Harper.

Il reprend de l'altitude et regarde.

Sam avance dans l'espace dégagé et éclairé. L'hélico est stationnaire, les pales semblent trancher le soleil. Il comprend que Harper peut le voir. La situation est désespérée. Résigné, il hausse les épaules et lui fait de grands gestes pour lui signifier de s'en aller.

Harper le regarde, mais ses yeux sont cachés derrière ses lunettes sombres. Son visage reste impassible. Les soldats ennemis ne sont plus loin.

Je t'ai dit de te barrer, bordel, dit Sam par signes avant de hurler : «Tu comprends pas les ordres, espèce de gringo demeuré ? Pars, enfin, pars !»

Le moteur rugit. Harper est toujours là.

Regarde à gauche, Sam. Va à gauche. Je vais tromper l'ennemi, lui faire croire que l'hélico se plante. Si j'y arrive, il se lancera à ma poursuite.

Il lève la main et montre quatre doigts.

Quatre minutes. Au lieu de rendez-vous.

Sam se souvient de la passerelle délabrée.

L'hélicoptère pique du nez et repart. Sam s'accroupit à côté du blessé. « Bon, Gonzalez, l'ennemi a foutu en l'air notre plan A. On passe au plan B.

– C'est quoi, le plan B ?

– On doit escalader ce versant. Tu peux marcher ?

– Je vais essayer.

– Prends appui sur moi.»

Pendant ce temps, l'hélico a viré. Il gravite sur lui-même et fait une série rapide à 360 degrés. Cliff Harper voit les mines stupéfaites des Vietcongs qui lèvent la tête. Le blindage sous l'appareil est criblé de balles.

Sam aide Gonzalez à se mettre sur pied. Ils ont de la chance. La ruse de Harper a fonctionné. Il entend l'ennemi fuir sur la droite, à la poursuite d'un hélico qu'ils croient sur le point de s'abîmer.

«On y va», dit Sam.

Il soutient Gonzalez à travers la jungle et grimpe. Il a les poumons en feu, mais ils atteignent enfin le vieux sentier qui devait être utilisé quand la passerelle était encore en service. Il court en traînant le blessé, aussi vite qu'il le peut.

Quant à Cliff, il a donné le plus de temps possible à Sam et doit maintenant aller le récupérer. Il reprend le vent, perd de l'altitude, et vient se placer au niveau du sommet des arbres. Les mitrailleurs de bord, de chaque côté de l'appareil, bombardent tant et plus, boum boum boum. Une balle traçante entre par une porte et sort par l'autre.

Sam entend les cris des ennemis qui reprennent leur poursuite. Soudain, il débouche de la jungle et se retrouve à deux doigts de tomber de la falaise à pic dans la rivière. Il s'arrête net et se balance quelques instants, le sol s'effritant sous ses pieds. La passerelle se trouve juste devant lui.

«Satané petit tane...»

Elle ne tient qu'à un fil — littéralement, une longueur d'une espèce de fil de fer sur lequel est suspendu ce qui reste du pont, une série de planches brisées. Sam est si près et pourtant si loin de réussir.

Gonzalez se met à bredouiller. «On va jamais s'en tirer. On va crever dans ce pays de merde.

– Ta gueule», lui répond Sam. Il regarde sa montre. Ils ont 65 secondes pour se positionner sur la passerelle. Bon, il va falloir le faire à la dure. «Serre ton harnais et colle-moi de près.»

Sam saute sur le fil, puis se hisse pour y accrocher ses jambes. Le poids mort de Gonzalez l'accable, mais il parvient à le tirer. À mi-chemin, couvert de sueur et exténué, il s'arrête. Et patiente.

Dix secondes. Où est Harper ?

Dépêche-toi, Harper, je ne vais pas pouvoir tenir beaucoup plus longtemps.

Il entend l'hélico. Il n'a jamais entendu plus belle musique que le flop flop flop régulier des pales. Il se met à rire.

«Qu'est-ce que je t'avais dit, Gonzalez ?»

L'appareil apparaît en rugissant, le vacarme emplit le ravin.

«On dirait que deux petits veinards attendent qu'on les prenne en stop», lâche Pike d'une voix traînante.

L'hélico descend dans l'étroit couloir de jungle en projetant des échos de détonations, puis il s'élève comme un ange, parallèle au pont.

Harper enlève ses lunettes de soleil et se fend d'un énorme sourire.

Qu'est-ce que vous attendez, les gars ?

La cime des arbres sur la droite de Sam est soudain criblée de balles traçantes. Une explosion le fait frémir jusqu'à la moelle. C'est maintenant ou jamais. Il saute — Gonzalez hurle — et saisit le triangle. Il pendille un instant. Les balles fusent et ricochent sur la carlingue blindée de l'hélico. Paniqué, il tend le bras vers l'entrée. Il se rate, mais des mains rudes s'empressent de les empoigner par les épaules et de les hisser à l'intérieur. L'appareil s'incline.

«Les hommes sont à bord. Woody Woodpecker en route.»

Ils s'éloignent du ravin et de la zone le plus rapidement possible. Dès qu'ils repassent dans le Sud-Vietnam, Seymour pousse un énorme braillement de joie. Harper contacte les Skyraider :

«Merci de votre aide, MacDuff.

– À votre service, Woody Woodpecker, avec plaisir. Terminé.»

De retour à la base, Sam regarde l'équipage se donner des tapes dans le dos et se féliciter de l'opération de sauvetage. Seymour est d'autant plus joyeux que quand il prend sa gourde pour boire un coup, il la trouve vidée, percée par une balle.

«J'ai été touché !» dit-il en riant et en embrassant la gourde.

Sam part chercher Harper, qui nettoie l'appareil à grande eau. Le crépuscule peint l'horizon en une brume gris anthracite.

«Merci, lui dit Sam.

– Je n'ai fait que mon devoir», répond-il.

Ses lunettes étincellent au soleil.

— 5 —

Deux jours plus tard, Sam apprit que Harper avait été évacué à l'hôpital pour des blessures reçues lors de l'opération de sauvetage. Il avait aussi deux côtes cassées.

Quand Sam lui rendit visite, Harper se détourna et regarda par la fenêtre.

«Fallait pas te sentir obligé de venir», lui dit-il.

Sam essaya de lui faire la conversation :

«Je commence à comprendre pourquoi les pilotes d'opération de rescousse sont les plus décorés de la guerre. Faut des tripes pour planer au-dessus de la jungle. Pour tenir le coup en essuyant le feu ennemi. T'aurais pu me laisser là-bas…

– Et m'exposer à la furie de ta tribu, sans parler du gouvernement de Nouvelle-Zélande ? Tu crois que j'ai pas entendu parler de la vengeance des Kiwis et des Maoris ? Non, j'avais intérêt de te ramener vivant. Ça fait partie du service.»

Cliff s'interrompit et força un sourire. Puis :

Qu'est-ce qui nous est arrivé, Sam ? On était si proches.

Sam le regarda droit dans les yeux et sut qu'il lui devait une explication.

« Je ne suis pas fréquentable, Harper, dit-il. Je crois que je suis responsable de la mort de mon pote Turei. Je ne veux pas t'avoir, toi aussi, sur la conscience. Je suis ici pour une seule raison : faire la guerre, m'en sortir en un morceau, et rentrer chez moi. »

Harper soupira et s'enfonça dans son oreiller.

« C'est tout ce que t'as à dire ? Tu ne vas pas t'en tirer à si bon compte. Je sais que quand je parle, il m'arrive de trop me révéler. Mais je suis comme ça et je ne suis pas près de changer. »

Sam le dévisagea, puis se leva brusquement.

« Lâche-moi, bon sang ! Fous-moi la paix.

– Réponds à une seule question : tu penses à moi ?

– Non.

– Et tu veux toujours te débarrasser de moi ?

– Oui.

– Tu mens comme tu respires, saloperie de Mahana. Va au diable ! »

Sam parla d'une voix assurée.

« Je t'ai déjà dit que je refuse de t'avoir sur la conscience. Salut, Harper. »

Il avait déjà parcouru la moitié de la salle, quand il entendit crier :

« Attends ! »

Harper se démenait pour sortir du lit en envoyant valser ses pansements.

« Tu peux pas me laisser comme ça, connard. »

Il prit ses béquilles et rejoignit Sam en boitant. Quand il arriva près de lui, il en jeta une sur lui.

« Tu veux savoir pourquoi je ne t'ai pas laissé dans la

jungle avec Gonzalez ? Je n'abandonne personne, jamais, mais tu n'es pas comme les autres. Je ne voulais pas te perdre. Tu parles de ta conscience. Eh bien, fous ça sur ta conscience à la con.»

Sam eut l'impression que son monde s'effondrait.

«T'es dans mon cœur, j'arrive pas à t'en sortir…

– T'es bouché ou quoi, Harper ? Je t'ai déjà dit non…

– Et moi, je n'ai pas voix au chapitre dans ta décision ? Je m'en fous, moi. Je suis prêt à tout risquer, moi. Tu ne comprends pas ? On est destinés à être ensemble. On doit aller au bout de notre affaire, c'est une question de principe.»

Sam fit un pas en arrière. Et lui répondit par signes:

On ne peut pas. Ça ne marchera jamais.

«Bon Dieu, Sam, c'est ta dernière chance. Regarde-toi en face. Pour une fois dans ta vie, ouvre-toi à quelqu'un. Ouvre-toi à moi.»

C'est à ce moment que deux infirmières, alertées par la dispute, se précipitèrent sur Harper.

«Ce patient doit garder le lit, reprocha sévèrement l'une d'elles à Sam. Je ne sais pas ce qu'il veut, mais je vous conseille d'accepter ! Dites oui et disparaissez !»

Des paroles prononcées en toute innocence, mais Harper et Sam se dévisagèrent, bouche bée, sous le choc. Sam commença à rire, Harper l'imita. Ils se retrouvèrent dans les bras l'un de l'autre, pliés en deux, pleurant de rire.

«Oh putain ! Bon, d'accord, concéda Sam. Oui.»

Sam finit sa mission au Vietnam trois semaines après que Harper était sorti de l'hôpital. Ils eurent un jour de permission ensemble à Vung Tau. Quelqu'un les prit en photo sur la plage.

«Je veux te donner ça», lui dit Sam. Il ôta Tunui a te Ika de son cou et le glissa autour de la tête de Harper. «Il te va mieux qu'à moi !»

Il plongea les yeux dans ceux de Harper.

«Il te protégera. Et je veux que tu me le ramènes. En Nouvelle-Zélande.

– Tu veux que je vienne en Nouvelle-Zélande ? demanda Harper, les yeux brillants.

– Oui.»

À la base aérienne de Vung Tau, alors que Sam s'apprêtait à embarquer pour Singapour, un bruit de tous les diables se fit entendre. C'était l'hélicoptère de Harper, qui survolait la piste. Il diminua les rotors. Le visage sévère, il fit des signes avec les mains.

Il pointa vers Sam. *Toi.*

Il pointa vers lui. *Moi.*

Il leva un pouce approbateur.

T'aime.

Il salua et s'en alla en tonnant vers le soleil.

Chapitre onze

— 1 —

L'hélicoptère s'envola et retourna dans le passé. Trente ans plus tard, cette histoire se résumait à cela : un vétéran du Vietnam et moi parlant de Sam dans un pub de Porirua par un soir de pluie glaciale.

George leva les yeux. Le tic-tac de l'horloge annonçait la fermeture prochaine de la taverne. Le rythme sourd du groupe résonnait dans la nuit.

«Sam et moi, on est revenus du Vietnam fin 1970. On a terminé notre mission dans l'armée à Singapour avant de rentrer à Waituhi où on a été accueillis en grande pompe sur le marae. Remarque, ça nous changeait de l'hostilité qu'on ressentait partout ailleurs et qui nous avait brutalement ramenés à la réalité. Le gouvernement ne nous accordait aucune reconnaissance. On était humiliés par les mouvements de contestation. Certains d'entre nous commençaient à mourir des effets de la guerre chimique. Le père de Sam a voulu qu'il reste à Waituhi, mais moi j'ai décidé de descendre à Wellington. J'ai dégoté un job d'instructeur militaire à Trentham. J'ai été marié deux fois. La première, c'était une erreur. La seconde, c'était avec une fille sympa de l'île du Sud et on a eu quatre gamins. Je la traitais pas super bien et elle s'est barrée. Il y a une dizaine d'années, j'ai acheté ce pub. Et voilà, c'est ma vie en un mot. J'ai des quintes de toux. Cancer, oui… J'ai pas échappé à l'agent orange, moi non plus. Y a des hauts et des bas. En ce moment, je me sens bien. Je vois encore les camarades aux réunions d'anciens combattants. Mais on est moins nombreux chaque année. Le temps passe. Bientôt, plus personne se souviendra de nous.»

La voix de George s'éteignit, puis il reprit après un silence :

«Je ferais mieux de retourner au bar et de donner un coup de main aux gars pour la fermeture. Mais je te remercie d'être venu. Ça m'a fait plaisir de parler de mon ami.» Il m'adressa un regard d'admiration brute. «On t'a déjà dit à quel point tu ressembles à Sam ? Putain, j'ai l'impression de causer avec un fantôme. À peu près la même taille, peut-être un poil plus mince. T'as ses yeux et, à première vue, t'es aussi obstiné que lui. C'était un super pote. Digne de confiance, fiable à cent pour cent. Il avait quelque chose d'intrépide. Le genre de type sur lequel on peut compter quand on est dans le pétrin.»

Il me raccompagna.

«Dans mon esprit, Sam restera jeune à tout jamais. Pendant ce temps, nous, on vieillit et on prend du bide, au point qu'on sait plus ce qu'il y a en dessous — s'il y a encore quelque chose.»

Il me sourit tristement et me serra la main. Il avait les yeux humides ; il songeait aux vieux jours et à tous ceux qu'il avait perdus.

«C'était vraiment chouette d'avoir des nouvelles de Patty. Si elle vient dans le coin, dis-lui de passer, d'accord ?»

J'arrivai chez moi juste après minuit. Incapable de trouver le sommeil, je sortis le journal de mon oncle et je ne le finis pas avant l'aube. Il contenait aussi des fragments brûlés de lettres que Sam et Cliff s'étaient échangées pendant que le premier était à Singapour et le second toujours au Vietnam :

... s'est passé, hier. Ce qui m'a fait prendre conscience du caractère sacré de la vie. Il faut vraiment s'accrocher à ce qu'on...

... Je pense souvent à toi et... (Merde, tu crois qu'il y a un censeur qui relit cette lettre ? De toute façon, s'il y en a un, qu'il s'amuse bien, parce que...

En dépit des passages manquants, leur correspondance confirmait que leur attrait (leur amour ?) l'un pour l'autre s'était accru. Ils étaient bien décidés à se revoir après la guerre.

Mon oncle Sam était sans doute rentré en Nouvelle-Zélande en janvier 1971. La mission de Harper au Vietnam s'était terminée deux mois plus tard, en mars. La dernière note du journal datait du 7 mars :

Cliff a transité par Singapour et s'est débrouillé pour trouver une place dans l'avion militaire qui assure une liaison hebdomadaire avec l'Australie. Il m'a appelé de Sydney hier soir pour annoncer son arrivée à Auckland demain matin. Voilà bientôt deux ans qu'on ne s'est pas vus. Jusqu'à maintenant, on a bravé les dieux. Il arrive à Gisborne par le car de l'après-midi.

Mais les derniers mots du journal intime de mon oncle Sam n'avaient pas été écrits de sa main et ils étaient griffonnés dans une encre différente.

Puisse Dieu avoir pitié.

Quatrième partie

Tatie Pat

Chapitre douze

— 1 —

Tuia i runga, tuia i raro.

Le monde est reconstruit.

Tuia i roto, tuai i waho.

Le haut et le bas liés par la lumière.

Tuia i te here tangata ka rongo te Ao.

Structure externe et structure interne à présent. Solidement fixés, les nœuds soudés par les rayons de soleil.

Renaissance de la promesse de vie, de l'élan de l'histoire.

Je bus un café en regardant l'aube se lever. Je décidai sur un coup de tête de téléphoner à tatie Pat.

« Tu as de la chance qu'on ne fasse pas tous la grasse matinée, me dit-elle. Qu'est-ce qu'il t'arrive ?

– J'ai vu George et j'ai fini le journal.

– Parfait. Je n'ai jamais aimé cette loi du silence, ce secret autour de Sam. J'étais trop lâche pour briser l'omerta quand papa était vivant. Monty et moi nous sommes tus. Mais le fait que tu sois au courant de sa vie m'ôte un sacré poids de la conscience.

– Pourquoi ne pas m'avoir prévenu que je lui ressemblais ?

– Qui te l'a dit ?

– George. Et ça se voit sur la photo.

– Oui, admit-elle après un moment de réflexion, je peux comprendre pourquoi il te l'a dit. George est un grand sentimental et il a dû vouloir retrouver Sam en toi. Mais ton oncle était beaucoup plus beau.

– Ouah, merci beaucoup, tatie.

– Tu es sans doute curieux de savoir comment s'est passée la venue de Cliff Harper en Nouvelle-Zélande. Tu comprends que je n'ai pas vraiment envie de parler de lui. Mais je suis bien obligée. Tu roules toujours sur l'or ? Prends l'avion et viens me voir en fin de semaine. Tu resteras chez moi à Gisborne. Ne t'en fais pas, je ne dirai rien à tes parents. On aura le temps de parler. Tu peux ? Tu n'es pas… occupé ?

– Si ta question est de savoir si Jason et moi nous sommes remis ensemble, la réponse est non.

– Et tu n'as pas encore de nouveau copain ? Bon sang, tu es donc célibataire. Fais gaffe. Ton matos va rouiller.

– Tu veux que je vienne, oui ou non ?

– Bien sûr que oui, mon neveu. À très bientôt.»

— 2 —

Je travaillai toute la semaine à boucler un dossier pour Roimata. Deux jours avant mon départ pour Gisborne, elle brandit un fax avec un air satisfait.

«C'est bon ! Voici nos invitations officielles pour aller au Canada le mois prochain, tous frais payés ! C'est qui, la plus maligne ?

– T'es carrément fantastiquissime !» m'exclamai-je en souriant.

L'idée de quitter le pays et de m'éloigner de tout ce que j'avais à gérer ici me paraissait merveilleuse.

Roimata respira à fond, puis lâcha d'un ton léger, qui suscita aussitôt ma méfiance : «On sort fêter ça. J'ai un cousin qui est en ville et je lui ai donné rencard au Jordan's bar.

– Si c'est un de tes plans pour me caser, je te rappelle que j'ai déjà rencontré Queue de cheval.

– Mais non, c'est pas lui. Et puis je suis sortie en boîte avec tatie Pat, alors à ton tour d'assurer.

– Écoute, je peux trouver mes mecs tout seul, j'ai pas besoin d'une maquerelle.»

Elle me prit le bras et m'attira vers elle.

«Tane n'est pas du tout comme ça», dit-elle en riant.

En réalité, le fameux cousin était quelqu'un que j'admirais depuis longtemps sans avoir eu l'occasion de le rencontrer. Il s'appelait Tane Mahuta, mais un magazine national avait titré son article sur lui *Le Bon Sauvage* et le surnom lui était resté.

«Kia ora, Michael. Roimata m'a beaucoup parlé de toi», dit le Bon Sauvage en me serrant la main. Il se tourna vers elle : «Écoute, cousine, je n'ai pas beaucoup de temps, mais…»

Je suivis leur conversation. Dans les années 80, Tane avait été un prostitué très populaire. Il s'était politisé lors de la grande épidémie de sida, quand tous les financements de santé allaient aux organisations pakeha — pour la simple raison que nous n'en avions aucune à nous. Les Maoris, qui gardaient leur tête et leur bec de kiwis dans le sable, prétendaient qu'il n'y avait pas de problème, puisque l'homosexualité n'existait pas chez eux, à l'exception des travestis — comme notre célèbre Carmen Rupe —, qui ne comptaient pas, n'étant pas considérés comme des hommes. À l'époque, nous n'avions aucun leader gay. Mais Tane savait que des Maoris mouraient du sida à Auckland, la plus grande ville polynésienne du monde. Chaque jour, des Océaniens devenus des statistiques se terraient dans un trou pour crever comme des animaux, plutôt que de rentrer chez eux et de déshonorer leurs familles, qui auraient de toute façon opté pour les cacher. Tane trouva sa vocation : il cessa de faire le trottoir sur Karangahape Road et révéla publiquement son homosexualité. Il fut conspué en conséquence, mais il se passa alors quelque chose d'extraordinaire. Inspirés par sa prise de position pionnière, d'autres lui emboîtèrent le pas et ils fondèrent Te Waka Awhina Tane, la première organisation à soutenir les jeunes gays maoris et polynésiens.

«Ce qui est drôle, dit Tane, c'est que la communauté maorie était indignée que je fasse le trottoir, mais quand je me suis réinventé en leader gay, c'était encore pire. Tu sais comment ils sont, chez nous.»

Il avait les yeux brillants et un sourire aussi lumineux que le soleil. Vêtu d'un paréo émeraude avec un pendentif en fanon de baleine sur sa peau cuivrée, il semblait être né avec l'aurore.

«Tu viens juste de faire ton coming out, je crois, dit-il.

– Oui, c'était loin d'être facile.

– Tu penses peut-être que c'est la fin de ta vie, mais pas du tout : c'est le commencement. C'est une démarche qui demande beaucoup de courage. Trop de gens associent l'homosexualité à la faiblesse. Ce n'est pas une faiblesse, c'est une force.

– Je sais, je sais, lui dis-je. Et toi, qu'est-ce qui t'amène à Wellington ?»

Roimata répondit à sa place et il lui adressa un regard amusé.

«Tane est venu établir une antenne de Te Waka Awhina Tane. Nous sommes forts, mais pas assez. Nous devons être plus visibles. Le problème, c'est que nos vies sont contrôlées par la culture blanche hétéro…»

Tane se tourna vers moi… son éclat de rire interrompit Roimata.

«Elle te fait ça à toi aussi ? me demanda-t-il.

– Sans arrêt, répondis-je en soupirant, ce qui me valut une tape contrariée de mon amie.

– N'oubliez jamais que vous avez besoin de moi, les mecs.»

Tane l'étreignit, regarda l'heure, puis, après un signe de Roimata, il acquiesça et se tourna vers moi :

« La prochaine fois que je serai sur Wellington, on pourra envisager ton implication dans notre association. Par ailleurs, Roimata voulait que je te demande ce que… »

Elle s'empressa de lui donner un petit coup de pied sur le tibia, ce qui ne m'échappa pas.

«Oui, bon, on en reparlera la prochaine fois. Apparemment, j'ai besoin d'un briefing complet.»

Il embrassa Roimata et me serra la main.

«Il faut vraiment que je parte. Ma te Atua koa e manaaki.»

— 3 —

Vendredi venu, il fut temps d'aller voir ma tante à Gisborne. Une autre semaine s'était écoulée sans un signe de Jason. Chaque soir, je rentrais chez moi en espérant qu'il avait appelé. Je l'imaginais parfois m'attendre, s'excuser et me demander de le pardonner. Je me voyais l'embrasser en lui répondant que tout était de ma faute… tandis que nous nous arrachions nos vêtements, car Dieu sait que nous n'avions pas fait l'amour depuis une éternité. Mais il n'y avait jamais de message ni de Jason. Ne supportant plus de vivre dans une telle incertitude, je l'appelai au travail…

« Ah, c'est toi, répondit-il d'une voix froide et dédaigneuse.

– Peux-tu m'accorder un moment ? J'aimerais vraiment te voir.

– Oui, il est temps que nous parlions. L'Angel Bar dans une heure ?»

Assis près de la fenêtre, je surveillais la rue. Dès que j'aperçus Jason, je compris qu'il n'était plus le même. Vous savez ce que c'est… vous vivez avec quelqu'un, vous l'aimez, il n'a plus de secrets pour vous, puis un jour c'est un homme différent que vous voyez dans la rue. Un qui lui ressemble, bien sûr, qui parle comme lui, mais ce n'est plus lui du tout. Il a disparu et une autre personne s'est coulée à sa place en catimini.

« Tu prends une bière ? » lui proposai-je.

Il acquiesça et s'installa en face de moi sans un sourire.

« Combien de temps peux-tu m'accorder ? me demanda-t-il d'un ton sarcastique.

– Je peux retarder mon départ.

– Oh, je ne voudrais pas que tu fasses ça pour moi, se moqua-t-il. De toute façon, plus la conversation sera brève, mieux ce sera. »

J'essayai de le regarder dans les yeux. Dans le temps, j'y voyais son cœur, mais ils s'étaient mués en miroir et déviaient toute intrusion.

On lui servit sa bière et il but quelques gorgées.

« J'ai pris une décision, me dit-il. Je préfère jeter l'éponge : je te quitte pour de bon. »

Je ressentis un vide profond, le sentiment de perdre un compagnon merveilleux. Un souvenir me traversa soudain l'esprit — je nous revis le dimanche au lit nous disputer le journal en prenant le petit déjeuner — et les larmes me montèrent aux yeux. Mais je dissimulai mon chagrin.

« Cette histoire de me demander de t'attendre ne voulait donc rien dire. C'est fini ? »

Jason me répondit avec des mots perçants comme des flèches.

« Je sais que j'ai dit ça, mais seulement parce que je pensais que c'était ce que tu voulais entendre. Tu m'as forcé à le dire. Mais tout est beaucoup plus clair pour moi à présent.

Grâce à mes séances avec Margo, j'ai compris que tu n'as pas su me nourrir.»

Je pris l'accusation en pleine tête et tressaillis. Je pensais à quel point ne plus faire l'amour avec lui allait me manquer. J'avais présumé, dans le passé, que le partenaire dominant détenait le pouvoir. Jason avait toujours été le membre passif, mais il était évident qu'il était désormais en position de pouvoir. Peut-être, après tout, que la vulnérabilité est une forme de puissance.

Mais d'où sortait-il ces balivernes ? Bien sûr que je l'avais «nourri». Peut-être qu'un amour contrarié a tendance à tricher. Je passai à l'offensive:

«Qui te nourrit, dans ce cas ? Margo ? Graham ?

— Qui t'a dit, pour Graham ?» me demanda-t-il en rougissant.

Je compris immédiatement qu'ils étaient amants. Comme par hasard, la personne que Margo lui avait fournie comme soutien lors des réunions était devenue une épaule pour pleurer, puis son nouveau coup. La colère me fit tourner la tête et Jason reconnut les signes avant-coureurs. Il posa son verre et recula de quelques pas.

«J'ai toujours fait ce que tu voulais, me dit-il. Je n'ai jamais fait ce que moi, je voulais. Eh bien, je ne vais pas m'en priver maintenant — Graham va m'aider à explorer qui je suis. Je n'ai jamais vraiment aimé nos rapports sexuels, Michael. Tu vas devoir payer pour ce que tu m'as fait.»

On aurait dit une menace. C'était une menace !

«Payer ? Payer pour quoi ? Pour t'avoir aimé ! Si tu veux jouer les durs, Jason, t'es pas à la hauteur.»

Il tint bon.

«Je t'ai dit un jour que ce que je traverse n'a rien à voir avec toi. C'était faux. Je dois m'occuper de ton cas, Michael. Je dois te forcer à regarder en face ce que tu m'as fait subir. Et tu dois payer.»

Lorsque j'arrivai à l'aéroport, j'étais encore furieux. En colère contre Jason, en colère contre Margo et en colère contre Graham. Il me semblait que toute cette affaire avait été mijotée dans mon dos. Il n'y a rien de pire que l'impression d'avoir été pris pour un con. Ils savaient tous que Jason allait me quitter, ils l'avaient encouragé — « Vas-y, Jason, tu en es capable » — et je ne doutais pas une minute qu'il allait être accueilli à bras ouverts et félicité par son groupe de fans à la prochaine séance de thérapie.

Quant à moi, je me retrouvais dans les vestiaires, seul. Qui avais-je dans mon équipe ?

En sortant mon billet au guichet d'enregistrement, je tombai sur la carte de visite que m'avait donnée Carlos. Jason se prenait pour un gros dur ? On pouvait être deux à jouer ce petit jeu, et j'avais hâte d'avoir de nouveaux rapports. Je me mis à imaginer Jason et Graham ensemble — je bouillonnais de rage lorsque j'appelai Carlos. Je n'y allai pas par quatre chemins :

« On se voit ?

– Laisse-moi vérifier, me taquina-t-il. Voyons voir, ça alors ! Je viens d'avoir une annulation et j'ai un créneau samedi soir.

– Désolé, je vais passer le week-end à Gisborne. Quand je reviens ?

– Je peux mardi, répondit-il d'une voix déçue.

– Pas lundi ?

– Bon d'accord, dit-il en riant. Je vais devoir me réorganiser alors t'auras intérêt à assurer ! »

J'étais dans l'avion depuis un quart d'heure et je n'arrivais toujours pas à me calmer. Quel abruti d'avoir espéré que Jason revienne ! Je m'étais voilé la face. Enfin, bref, c'était terminé. Et maintenant ? Je me carrai dans mon siège et tentai de lire un magazine. Impossible de me concentrer. Mes yeux se posèrent sur un jeune lycéen, quelques rangs devant moi. Il était accompagné d'autres garçons et je m'aperçus qu'ils portaient l'uniforme de mon ancien établissement : Gisborne Boys' High. Je me souvins que je devais avoir à peu près leur âge quand j'étais allé pour la première fois à Wellington, lors d'une visite scolaire similaire. La Nouvelle-Zélande vue du ciel m'avait fasciné. Le pays regorgeait de vallées dentelées, de ziggourats élevées sur l'échine du poisson que Maui avait tiré de la mer. Ses frères, affamés, avaient attaqué le poisson, arrachant sa chair et se goinfrant.

Lors de cette première excursion, notre avion avait traversé un arc-en-ciel, symbole de Kahukura, la divinité protectrice de notre tribu. De l'autre côté se trouvait Wellington, un lieu enveloppé de bourrasques avec une étrange luminosité due au grésil et à la lueur hivernale. À l'époque, la ville semblait appartenir à un pays différent. Je considérais Waituhi comme une terre reléguée au passé.

Depuis, j'avais transité entre les deux endroits un nombre incalculable de fois. J'allais à Wellington pour faire du sport. J'y avais fait mes études universitaires, échappant aux contraintes de la tribu pour succomber à l'attrait des plaisirs urbains. J'avais grandi à Waituhi, mais c'est à Wellington que j'étais devenu un homme. J'y avais travaillé dur, joué dur, bringué dur et baisé à couilles rabattues. Plus j'y étais resté, plus j'avais savouré la liberté de Wellington, qui offrait des possibilités infinies.

Comme ma vie.

En regardant par le hublot une dizaine d'années plus tard, j'étais une nouvelle fois conscient de revenir, de traverser l'arc-en-ciel jusqu'à Waituhi. En plus d'une transition de la ville à la campagne, c'en était aussi une du présent dans le passé et dans le pays où j'étais Maori. Cette terre maorie était celle de mon enfance. J'y avais été heureux. J'y avais eu ma place. Ma vallée s'appelait Waituhi. Elle était bordée par des fortifications. La maison commune, Rongopai, trônait au centre, entourée par les villageois de Te Whenau A Kai. De l'autre côté se dressait Maunga Haumia, la montagne sacrée. Une rivière nommée Waipaoa coulait dans le creux de la combe.

J'avais eu la chance, alors, d'avoir un peuple et une vallée auxquels j'appartenais.

Mais cette époque, celle où j'étais un fils obéissant, était révolue. Mon présent était tout à fait différent.

— 4 —

L'avion atterrit sur l'aile glaciale d'un vent du sud. Les passagers regagnèrent le terminal au pas de course. Tatie Pat portait un bonnet, un manteau épais au col relevé et, de façon plutôt incongrue, d'énormes lunettes de soleil qui lui couvraient la moitié du visage.

«Tu attends l'été ?» lui demandai-je.

Elle poussa les lunettes au bout de son nez, me regarda par-dessus et dit : «Je voulais passer incognito, au cas où quelqu'un nous voie ensemble.»

Elle rit, me prit le bras et se hâta vers la voiture. «J'ai laissé le repas sur le feu et j'ai peur de le retrouver brûlé.»

Je mis mon sac dans le coffre et, par habitude, me dirigeai vers la place du chauffeur.

«J'aime quand tu t'affirmes», soupira-t-elle en me tendant les clés.

Nous traversâmes la banlieue de Gisborne. Le centre était devenu une course d'obstacles depuis que la ville avait cru bon d'ajouter des palmiers et autres «perfectionnements visuels» pour les célébrations du nouveau millénaire. Mais les rues étaient désertes, à l'exception d'un occasionnel routard suédois paumé en quête futile de divertissement ou de restauration. Après le premier feu rouge, nous passâmes devant le mémorial hideux du bicentenaire, franchîmes le pont Kaiti et longeâmes le port jusqu'à la maison de Pat dans Crawford Road. Je ne pus m'empêcher de regretter d'avoir renoncé à une virée de nuit à Wellington pour venir là.

Ma tante se précipita dans la cuisine pour vérifier la cuisson de son repas. Je me dirigeai par automatisme vers la chambre où je dormais chaque fois que je lui rendais visite. Je jetai mon sac sur le lit et la rejoignis.

«Tu nous ouvres une bouteille de vin ? me demanda-t-elle. On pourrait boire celui de ton père si ça te chante.

– Pourquoi pas ? Je crois que l'époque de son cabernet gratuit est finie pour moi.

– Pour moi aussi. Il m'en veut à mort d'avoir parlé de Sam après toutes ces années. Quand je lui ai dit que je t'avais donné son journal intime, il est sorti de ses gonds. Il refusait que tu sois au courant. Et il n'avait jamais su que j'avais gardé son journal. Il croyait que toutes ses affaires avaient brûlé dans le feu.

– Quel feu ?»

Elle s'interrompit et frissonna.

«Nous en reparlerons plus tard. En attendant, va donc dans la salle à manger. Le repas sera bientôt prêt. Je t'ai fait un bon plat d'os de porc et de puha.»

En réalité, elle avait mijoté une bisque de moules, suivie de steaks d'espadon grillés avec olivada et rouille. En dessert, j'ai eu droit à des pommes pochées au gorgonzola. Car en plus d'être fan des films hollywoodiens des années 40, Pat adorait cuisiner. Elle traitait toujours ses talents culinaires à la légère, comme si une Maorie n'était pas censée faire une bonne cordon-bleu.

«J'ai jamais mangé de meilleurs os de porc, lui dis-je.

– Ce n'est rien du tout. Ça ne m'a pris que quelques minutes.»

Le dîner terminé, nous allâmes retrouver le confort du salon. Ma tante avait fait du feu dans la cheminée. Je crois que je ne m'étais jamais senti aussi à l'aise avec elle. Enfin un avantage à mon coming out. Il nous avait rapprochés.

«Où en es-tu avec Jason ? me demanda-t-elle.

– J'ai bu un pot avec lui avant de prendre l'avion. C'est fini. Si seulement je ne l'aimais pas… mais je l'aime. Si tu avais vécu ça, tu saurais exactement ce que je ressens.»

Je regrettai immédiatement mes paroles. Et elle le vit.

« Ce n'est rien, ne t'en fais pas, dit-elle en souriant. Après tout, tu m'as toujours connue comme une vieille fille et je n'ai guère l'habitude de parler de moi. Mais j'ai eu des petits copains, rien de bien sérieux, et…» Elle choisit ses mots avec soin. «Oui, j'ai aimé un homme, mais il était déjà pris. Rien de bien original. Alors, je crois que je comprends ce que tu ressens. Et je n'ai pas toujours été comme…»

Elle se leva et alla chercher un album de photos dans le buffet. Elle le feuilleta.

«Tiens ! C'est moi avec maman et papa quand j'avais douze ans. Elle a été prise juste avant que Sam rejoigne le Vietnam, au marae Poho o Rawiri. J'étais malade de le voir partir.

– Tu avais douze ans ? Je te croyais beaucoup plus jeune.

– Sans doute à cause du journal de Sam. J'étais sa petite sœur et il m'a toujours considérée comme une gamine. Quand il était à la guerre, je lui écrivais une fois par semaine, tu le savais ? Mais même quand il est revenu à Waituhi, il ne m'a jamais vue telle que j'étais vraiment…»

Elle s'attarda sur une page.

«Ah, voilà celle que je cherchais, dit-elle. J'avais quinze ans.»

J'avais oublié à quel point elle avait été mignonne… Si l'on se fiait à ces photos, en trois ans, la maigrichonne agrippée à la main de sa mère s'était métamorphosée en une jeune fille pleine de vivacité, aux longs cheveux bouclés et au large sourire charmeur.

«C'était mon petit ami Charlie, dit-elle en montrant le garçon qui l'accompagnait. Regarde un peu ce qu'on portait à l'époque ! Si tu le voyais aujourd'hui, tu ne croirais jamais que Charlie ait pu un jour rentrer dans ce pantalon. Quant à moi, je voulais à tout prix avoir le look californien.»

Les deux jeunes cabotinaient devant l'objectif. Charlie jouait les idoles du cinéma à la Fabian ou James Darren. Pat, de son côté, prenait une pose d'ingénue hollywoodienne : un bras derrière la tête, la main opposée sur la hanche et la bouche plissée en un baiser. Elle avait une belle poitrine et une taille de guêpe, enveloppées dans un chemisier blanc et un jean taille haute.

Que t'est-il arrivé, tatie Pat ? me demandai-je. Elle existait toujours physiquement, mais on avait presque l'impression qu'une autre personne occupait son corps. Quelqu'un ou quelque chose avait dévié la destinée qui attendait l'adolescente épanouie avec un garçon nommé Charlie par une belle journée ensoleillée. Sur la photo, on voyait une jeune femme avide de contact physique, avec le monde à ses pieds. La femme à côté de moi détestait qu'on la touche et vivait une existence hermétique à la vie dans une petite maison, entourée de vieux films et de fine cuisine. Qui était responsable ? Qu'est-ce qui avait…

Une bourrasque s'engouffra soudain dans la cheminée et ma tante recula pour fuir la bouffée de chaleur. Elle me regarda d'un air terrorisé et s'apprêtait à prendre la poudre d'escampette pour éviter l'histoire qu'elle était consciente de devoir me raconter, mais les flammes, alimentées par l'apport d'oxygène, jaillirent comme des langues et l'encouragèrent.

Dis-lui, Patty. Parle-lui avant de changer d'avis. Maintenant.

Elle soupira. Elle dessina tendrement son image du doigt, la caressa comme si la fille de la photo était vivante.

« J'avais cet âge, quinze ans, quand Cliff Harper est venu en Nouvelle-Zélande. Tout ce que je savais, c'est que c'était son ami américain. Nous sommes allés le chercher ensemble à la gare routière de Gisborne. J'aimais mon frère et comme il était heureux de revoir son copain, je partageais son bonheur. En fait, j'étais tout simplement contente d'être avec lui. Nous étions si proches. On nous prenait parfois pour des amoureux, parce qu'on faisait toujours les imbéciles ensemble. J'adorais quand il m'enlaçait et m'attirait à lui.

« Bref, le car avait du retard, comme d'habitude. Quand il a fini par arriver, vers les 15 heures, tous les passagers sont descendus… mais pas de Cliff. J'ai dit à Sam : "Il a peut-être pris le suivant." Pour être honnête, je m'en fichais complètement ! Mais il semblait si déçu que je l'ai enlacé pour le consoler. Le visage collé à sa poitrine, j'ai entendu et senti son cœur. C'est incroyable, non, de s'en souvenir encore après tant de temps ? Il faisait *da da da da da da*, comme un petit oiseau battant des ailes à l'intérieur. Le rythme changea soudain, plutôt un *dadada dadada*, puis un rire a éclaté derrière moi et Sam m'a repoussée. Quand je me suis retournée, il y avait un homme en tenue de l'armée de l'air américaine sur la marche. "C'est moi que vous attendez ?"

« L'instant suivant, Cliff a sauté du car. Sam et lui se donnaient de grandes tapes dans le dos en riant. Ils ne cessaient de tournoyer et j'ai vu les mains de Cliff toucher la peau du cou de Sam. Je me sentais exclue, jalouse et contrariée… et Cliff a dû s'en apercevoir, car il s'est dégagé de Sam et m'a dit : "Tu dois être la petite Patty…" »

Elle rit nerveusement.

«Le fait qu'il m'appelle *la petite Patty* a fini de m'enrager. Mais il a enchaîné en me serrant dans ses bras et j'étais complètement choquée d'être si proche de quelqu'un que je ne connaissais pas. Je me suis tournée vers Sam pour qu'il m'aide, mais il était en train de s'occuper du sac de Cliff et il ne s'est aperçu de rien. Quand j'ai enfin pu reprendre mon souffle, j'étais furieuse et effrayée. On s'est dirigés vers la voiture et Cliff a glissé un bras autour de ma taille. Ensuite, il a présumé que j'allais m'asseoir à l'arrière. J'ai regardé Sam, parce qu'il savait que je passais toujours à l'avant avec lui, mais quand Cliff s'est installé dans le siège du passager, Sam s'est contenté de dire : "Ça ne te dérange pas d'être à l'arrière, hein, Patty ?"»

Comme elle semblait revivre sa colère et s'emballer, je tentai de la calmer.

«Harper ressemblait-il à sa photo, tatie ?»

Elle me dévisagea. Elle voulait étouffer sa réponse. Mais quand elle la lâcha enfin, ce fut une libération. Un aveu.

«Je sais que la beauté n'est pas un mot que l'on applique habituellement aux hommes, mais quand j'ai vu Cliff Harper, je me suis dit qu'il était le plus bel homme que j'avais jamais vu.»

Chapitre treize

— 1 —

Dadada dadada.

Le cœur de Sam battait à tout rompre. Après tout ce temps, Cliff était enfin arrivé. Et les sentiments étaient intacts.

Harper lui adressa un clin d'œil bouleversant.

C'est toi et moi contre le monde entier, hein ?

Il remarqua le regard furieux de Patty.

Oh oh ! dit-il par signes, *ta petite sœur n'est pas très contente.*

Cherchant à la mettre à l'aise, Harper glissa un bras sur ses épaules tandis qu'ils s'approchaient de la voiture.

«Tu voyages léger, s'étonna Sam. Tu n'as que ce sac ?

– J'ai consigné mes affaires à l'aéroport d'Auckland. J'ai pensé que je n'aurais pas besoin de beaucoup m'habiller.»

Il sourit en laissant Sam arriver à ses propres conclusions.

«D'ac, dit ce dernier en démarrant la voiture. T'es bien installée, à l'arrière, Patty ? Alors, c'est parti ! Je suis navré, cher monsieur, mais la visite guidée de Gisborne et des environs a été reportée…

– Remboursez !»

Sam rit et expliqua :

«Mon père a besoin de moi à la ferme au plus vite. Il a organisé une battue de mustangs sauvages dans les hauteurs. Nos voisins participent et tous les hommes doivent être sur le pont pour leur faire traverser la rivière.»

Ils arrivèrent aux environs de Gisborne. Les montagnes se dressèrent soudain devant eux. Sam accéléra et ils atteignirent le carrefour de Matawhero.

«J'espère que tu ne m'en voudras pas, dit Sam. Je vais te déposer à la maison où Patty et ma mère s'occuperont de toi.

– Hors de question, rétorqua Cliff d'un ton sans appel. J'ai fait tout ce trajet pour être avec toi. Et tu viens de dire que tous les hommes doivent être sur le pont.

– Tu montes à cheval ?

– Je suis un plouc de l'Illinois, je suis né le cul sur une selle.

– Mais tu ne sais pas nager et on devra passer la rivière à gué.

– Dans ce cas, donne-moi un canasson champion de brasse. Ou de crawl. Peu importe tant qu'il flotte.»

Une demi-heure plus tard, ils étaient à la ferme, où Florence les attendait sur la véranda.

«Dépêche-toi, mon fils. Ton père sera bientôt à la rivière.»

Sam acquiesça.

«Voici Cliff. Il va venir avec moi.» Elle eut seulement le temps de lui serrer la main. «Bon, allons-y, petit plouc de l'Illinois, poursuivit Sam. Tu feras des discours plus tard.»

Patty rejoignit sa mère sur la véranda et elles les regardèrent se diriger vers l'écurie. Florence trouva sa fille bien silencieuse.

«Que se passe-t-il, Patty ?

– Rien.»

— 2 —

Ils partirent au galop, épousant les contours du terrain. Ils commencèrent par chevaucher de front pour que Sam puisse vérifier les compétences équestres de Cliff.

« Ça fait combien de temps que t'es pas monté à cheval ?

– Lâche-moi un peu ! répondit Cliff. Je suis encore en mode pilote d'hélico.

– Ça devrait être plus facile, fit Sam en souriant. T'as juste un coup de pied à donner pour partir et tu tires sur les rênes pour t'arrêter. » Il consulta sa montre. « Bon, on n'a pas de temps à perdre. »

Il pressa Tsar, son étalon. Arrivé au pied des collines, il suivit un petit affluent sur la gauche. Cliff, qui montait Honcho, avait pris un peu de retard, mais il lui fit signe de ne pas l'attendre.

« Vas-y, je te rattraperai… »

Sam éperonna Tsar et entendit bientôt le courant rapide de la rivière. La forêt s'ouvrit et il se retrouva à la confluence. Deux cowboys locaux, Jake et Jimbo, attendaient sur la pointe sableuse entre les deux cours.

« Tu arrives pile à temps. Ils descendent », lui dit Jake en pointant du doigt le haut de la vallée. Sam leva la tête : au niveau du coude de la rivière, une piste serpentait dans un ravin escarpé. Il la suivit des yeux jusqu'au sommet, où le soleil l'éblouit. Des nuages de poussière tourbillonnaient dans le ciel et il perçut des voix, des sifflements et des cris.

« Je veux mon hélico ! » dit Cliff en les rejoignant.

Sam fit les présentations.

« Bonne idée d'avoir amené un pote, fit observer Jake. On n'aurait jamais pu bloquer le troupeau à trois, sans savoir sur quelle rive il va débouler. Je propose qu'on se sépare : deux de ce côté et deux de l'autre. Le principal, c'est de réussir à forcer les bêtes à suivre l'affluent et à rejoindre la plaine. Qui va se mouiller ?

– On décide à pile ou face, dit Sam. Face, Jimbo et toi traversez. Pile, c'est nous.»

La pièce virevolta dans les airs.

«Pile, annonça Jake. Bonne baignade, les mecs.»

Cliff pâlit à l'idée de franchir un courant aussi fort. Mais avant qu'il puisse protester, Sam avait asséné un coup de fouet sur le flanc de Honcho, qui beugla de surprise et se jeta à l'eau. Son cavalier poussa un hurlement surnaturel.

«Tiens bon, Cliff !» hurla Sam.

Il éperonna Tsar et le suivit, mais il fut étonné par la puissance du courant. Son cheval luttait et ne rattrapa Honcho qu'à mi-rivière.

«Ça va ?

– Rappelle-moi de te tuer quand on atteindra l'autre rive», crachota Cliff.

Il s'était calmé et commençait à s'amuser. Sa chemise trempée lui collait à la peau. Ses cheveux plaqués en arrière avaient foncé et les boucles lui serraient le crâne. Il sourit et leva le pouce. Honcho reprit pied, Tsar aussi, puis ils s'extirpèrent de l'eau en claquant des sabots sur les galets.

Ils se postèrent juste à temps. Un éclaireur, Bully, descendait sur la piste et les avertit : «Ils arrivent.» Il les éclaboussa en les rejoignant et poursuivit d'un ton admiratif : «Ton sacré père... Ils ont une harde d'environ quatre-vingts têtes...

– Quatre-vingts !

– Il n'a pas voulu en laisser un seul. Il m'a dit de vous prévenir du nombre et de vous aider à les orienter quand ils arrivent. Les voilà !»

Le tonnerre de sabots leur parvint depuis le haut de la vallée avec les hennissements aigus des mustangs sauvages et les claquements de fouets des cowboys qui les chassaient. Le vacarme résonna jusqu'en bas, où les cinq cavaliers eurent l'impression d'une avalanche. Honcho se cabra soudain et Cliff dut se battre avec les rênes pour l'empêcher de s'emballer.

Sam vit le premier mustang. Un animal superbe, noir comme le péché, qui menait les autres sur leur rive. La harde allait trop vite. À ce rythme, elle allait renverser les trois hommes. Sam fit signe à Bully de le suivre.

«On doit les faire virer de route avant qu'ils atteignent la confluence.» Il se tourna vers Cliff: «Reste ici.»

Sam et Bully se dirigèrent vers la cavalcade en claquant leur fouet dans les airs.

Avec un hennissement perçant, le meneur se cabra, ses sabots étincelèrent. Sam l'évita juste à temps – mais Tsar ayant lui aussi du sang sauvage, il voulut se mesurer à son rival. Les deux chevaux se mirent à se battre en hurlant de rage.

«Recule ! cria Sam. Recule, sale noir !»

Les autres bêtes tournaient autour de la bagarre dans une confusion totale. Sam parvint à donner un coup de fouet sur les épaules du mustang et celui-ci se détourna et sauta dans la rivière. La harde le suivit et Bully poussa un hurlement victorieux: «On a réussi !»

Mais le meneur aperçut Jake et Jimbo sur la rive opposée et Bully désenchanta en le voyant éviter le barrage et descendre la rivière à la nage.

«Mais qu'est-ce que tu as fichu ? pesta Arapeta en rejoignant Sam. Tu as bâclé ton travail, fils. Merde, il va nous falloir des heures pour faire revenir le troupeau ici.

– J'ai fait de mon mieux, papa.

– Eh bien, ça ne suffisait pas.»

L'éclat de rire de Bully interrompit leur dispute.

«Dis donc, Sam, c'est qui ton pote ?»

Cliff avait mené Honcho au milieu de l'eau ; ce dernier fendait les flots pour tenter de détourner la fuite du cheval sauvage. Le sang de Sam ne fit qu'un tour.

«Quel putain de taré ce Yankee... lâcha-t-il en partant vers lui au galop. Arrête, Cliff ! Laisse-les descendre.»

Mais Cliff hurlait, sifflait et agitait les bras en direction du meneur, qui agressa Honcho — morsures, coups de sabot... jusqu'à ce que, véritable chance, celui-ci parvienne à poser les pieds sur le dos du mustang noir. Propulsé en l'air, Cliff chancela et tomba à l'eau.

Sam précipita Tsar dans la rivière.

«Accroche-toi, Cliff ! J'arrive !»

Jake et Jimbo se ruaient aussi à la rescousse. En les voyant, le mustang noir changea de direction, rejoignit la rive et sortit sur la pointe de sable. En un instant chargé de suspense, l'animal s'arrêta. Il renifla. S'ébroua. Puis il s'engagea le long de l'affluent, suivi par le reste du troupeau.

«Ben ça alors, c'est la meilleure ! » s'exclama Arapeta en riant.

Il s'approcha de Cliff et lui tendit la main. Cliff le regarda droit dans les yeux.

«Kia ora, Pakeha. C'est donc toi l'ami de Sam. Bienvenue...»

Solide poigne. Et une expression perplexe sur le visage d'Arapeta.

Ce garçon n'a peur de rien, songea-t-il. *Je ne l'intimide pas de tout.*

Les yeux de Cliff étincelaient au soleil et, aveuglé, le père de Sam leva un bras, comme pour se protéger. Il se tourna vers les autres cavaliers et pointa du menton vers la harde.

«Allons les rassembler, les gars !»

Il fallut encore deux heures pour contenir le troupeau. Patty et Monty descendirent voir les cowboys au travail. Le regard de la jeune fille oscillait entre Sam et Cliff Harper. Elle débordait d'amour pour son frère qui séparait les chevaux plus vieux des poulains. Il suivait les directives de son père avec aisance et fluidité. Il lui suffisait d'une légère pression sur le flanc de Tsar pour qu'il se faufile entre deux mustangs et les sépare. Un petit coup sec sur les rênes et deux autres animaux étaient isolés. C'était un spectacle de toute beauté. Les cowboys adossés à la clôture ne cachaient pas leur admiration.

«Bon boulot, Sam. Gaffe au pie ! Gaffe au noir ! Passe entre eux ! Bien vu, Sam…»

Le soleil se couchait et la température avait baissé quand ils terminèrent.

«On a mouillé le poil, dit Sam. C'est l'heure d'aller se rafraîchir et se nettoyer, hein, les gars ?» Il se tourna vers Cliff, dont les cheveux et la peau étaient couverts de poussière brune. «Qu'est-ce que t'en dis, Yankee, t'as envie de te remettre à l'eau ?

– J'ai intérêt, sinon je risque d'oublier qu'un petit blanc se cache sous cette couche de terre.»

Les hommes rirent et Sam fut ravi de voir que son ami s'était déjà fait accepter, mais il remarqua aussi que Patty le fixait en plissant les yeux.

Qu'est-ce qu'elle a ? se demanda-t-il. Mais son père interrompit ses pensées.

«Allez vous baigner, dit-il. Je me contenterai d'une douche.»

Il monta les marches, passa devant Florence sur la véranda et entra dans la maison. Patty s'empressa de saisir sa chance :

«On peut aussi aller à la rivière, Monty et moi ? demanda-t-elle à sa mère.

– Bien sûr, répondit Sam à sa place. Il y aura forcément des filles qui nageront un peu en amont.

– Ouais, lança Monty. Patty avec les filles et moi avec les hommes.»

Cliff souleva le garçon en riant.

«Alors comme ça, t'es un homme ?

– On mange à 7 heures», dit Florence.

Les cowboys s'entassaient dans les pick-up. Cliff, qui portait Monty sur ses épaules, suivit Sam à la voiture.

«Tu pourras me prêter un maillot de bain et une serviette ?

– T'as besoin ni de l'un ni de l'autre.

– Je fais comme les autochtones, c'est ça ?

– Exactement», répondit Sam.

— 3 —

Dix minutes plus tard, Sam s'arrêta près du lieu de baignade de la rivière Waipaoa.

«C'est populaire, ce coin, dit Cliff en voyant tous les véhicules garés sur le bas-côté.

– Ils ont dû savoir que tu venais», ironisa Sam.

Ils empruntèrent un sentier et quand il bifurqua sous les saules, ils entendirent les rires des femmes qui se baignaient en amont et congédièrent Patty gentiment, mais fermement.

Elle les quitta de façon théâtrale et détala dans le chemin tacheté de lumière. Monty fila dans la direction opposée, Sam à ses trousses. Cliff les suivit. Les deux frères se déshabillaient en courant de sorte qu'ils arrivèrent au promontoire nus comme des vers, et sautèrent dans la rivière ensemble…

Cliff les rejoignit juste au moment où ils lâchaient les cordes accrochées aux branches des saules.

«Larguez les bombes !» hurla Monty.

En dessous d'eux, Jake, Jimbo, Bully et les autres s'écartèrent à la nage. La surface explosa. Sam resurgit en crachant des jets d'eau. Des étincelles jaillissaient autour de lui. Il fit signe à Cliff de les rejoindre. *Allez, viens te mouiller !*

Cliff haussa les épaules, ôta ses vêtements, prit la corde et devint un trait traversant le ciel.

«Hourra !» Il se balançait comme un pendule, comme s'il avait peur de lâcher, tout le monde se mit à rire.

«Merde, s'exclama Sam, en se souvenant. Il ne sait pas nager !»

Cliff coula à pic. Sam fit un crawl rapide vers le centre du bassin et plongea. Il aperçut une traînée de bulles et sentit une agitation dans l'eau. Il vit un univers aquatique d'arbres engloutis, puis un rayon de soleil illumina un corps d'un blanc spectral dans le vert lumineux de la rivière.

Cliff était assis au fond.

Salut. Comme on se retrouve.

Ses cheveux flottaient autour de son visage. Le soleil jouait avec son corps, le tachetant d'une sensualité extraordinaire. Sam lui répondit :

Qu'est-ce que tu fous, abruti de Yank ?

Il haussa les épaules.

Je t'attendais. Je crois qu'on appelle ça se noyer.

Il rota soudain en formant une énorme bulle vitreuse. Sam s'empressa de le saisir et les propulsa tous deux à la surface. Quand il sortit de l'eau, Cliff inspira une bouffée d'air qui vida l'univers tout entier.

Sam le poussa jusqu'à la berge et se retrouva à moitié couché sur lui. Les autres gars se tordaient de rire.

«À partir de maintenant, tu restes ici et tu pataugés où tu as pied», lui dit-il en agitant le doigt devant son visage comme s'il grondait un vilain petit garçon.

Il glissa dans l'eau. Puis Cliff laissa échapper un cri. Il avait senti son pénis remuer. Personne ne s'en était aperçu, mais il adressa un regard direct et désarmé à Sam. « Oh putain ! »

Sam sourit et éloigna Cliff de la rive pour qu'il ait de l'eau jusqu'à la taille.

« Essaie de ne pas effrayer les poissons », lui dit-il.

Puis il escalada à nouveau le promontoire, courut à la corde et se balança. Alors que le soleil enflammait la rivière, il lâcha prise et fondit soudain comme une chandelle qui perça la surface du chaudron doré.

L'air se rafraîchit quand le soleil disparut pour de bon. Un petit groupe d'hommes, mené par Bully, se faufila dans les buissons pour aller reluquer les femmes. Les autres se séchaient sur la berge en bombardant Cliff de questions sur le pilotage d'hélicoptères. Il leur répondait ce qu'ils avaient envie d'entendre, des histoires de bravoure qui validaient son expérience. Personne ne voulait entendre parler des ténèbres et de la terreur au cœur de chaque soldat au Vietnam.

« Mais je vais vous dire une chose, expliqua-t-il. Vous avez de la chance d'avoir une telle camaraderie entre Maoris et Blancs.

– Ouais, on sait que les Blancs nous valent presque, plaisanta Sam.

– Non, je suis sérieux. Chez nous, les Noirs américains n'ont pas reçu un traitement égal. Ils ont souvent combattu une guerre différente. On pourrait croire que la ségrégation raciale n'avait pas lieu d'être quand on se battait tous du même côté, mais j'ai entendu dire qu'ils servaient de chair à canon, qu'ils étaient jetés en pâture à l'ennemi avant nos attaques. Et ils ne sont pas dupes. »

Cliff fut interrompu par le retour du raid de la bande à Bully – ils ricanaient, visiblement aux anges. Ils avaient raflé des vêtements de femmes. L'explosion de colère qu'ils anticipaient ne se fit pas attendre longtemps. Une voix outrée s'éleva :

« Bully, on sait que c'est toi qui as chipé nos affaires. Dépêche-toi de les rendre !

– Qui, moi ? hurla-t-il d'un ton innocent, tout en exhibant un soutien-gorge à ses copains en leur disant : ça doit être celui d'Anita.

– Non, Anita a de plus gros nichons, cria Jimbo pour être sûr d'être entendu. Il me semble que c'est celui de Kara. »

Kara s'indigna haut et fort, car le sous-vêtement en question avait… eh bien disons des proportions généreuses.

« Je t'ai entendu, Jimbo ! Tu crois qu'on ne sait pas que tu regardes par la fenêtre d'Anita la nuit ! Comment oses-tu ? »

Jimbo rougit, les hommes le chambrèrent et, comme la conversation avait pris une tournure sexuelle, il toussota et dit à Sam :

« C'est quoi, déjà, le surnom de ton copain ?

– Demande-le-lui, il parle anglais.

– Hé, Yankee, pourquoi on t'appelle Woody ?

– On a tous des sobriquets, répondit-il, le cou soudain cramoisi. Est-ce qu'aux antipodes, vous connaissez Woody Woodpecker, le personnage de dessin animé ?

– Oui.

– Je porte son nom. »

Jimbo regarda Sam et sourit. « Je pense que ça a aussi quelque chose à voir avec *ça*, murmura-t-il en montrant le pénis de Cliff. C'est un petit oiseau qui a oublié d'être petit, hein, Woody ? »

Jusqu'alors, Sam n'avait jamais saisi la connotation sexuelle du surnom, mais *pecker* était l'équivalent de zizi et *wood* de bois. Il ne put s'empêcher de pousser son cri : «ah ah ah ah AH ! ah ah ah ah AH ! C'est le chant de Woody Woodpecker !»

Cliff se leva et amusa la galerie en prenant des poses ridicules : il gonflait les biceps, rentrait le ventre. Il était en pleine démonstration quand Anita et Kara, accompagnées de Patty et quelques autres femmes, débarquèrent pour récupérer leurs habits. Elles tombèrent sur un Américain aux yeux verts comme la rivière, aux cheveux enflammés par le soleil, au corps mouillé translucide, diamantin et... complètement à poil. Elles virent tout — et il y avait beaucoup à voir.

Elles hurlèrent de rire, mais Patty semblait choquée. Puis une pluie de bouses de vache et de boue s'abattit sur les hommes. Kara, les bras écartés, cria à Bully : « Ce n'était pas mon soutien-gorge, tu le sais très bien !»

Sam se tourna vers ses potes. «Foutons le camp.» Il replongea sous l'eau pour éviter le bombardement. Les autres le suivirent.

«Et moi ? lui demanda Cliff.

– Débrouille-toi ! lui lança-t-il en le voyant courir se mettre à l'abri derrière un buisson.

– Ça ne marchera jamais, lui cria Anita. C'est un arbre qu'il te faut !

– Pas qu'un, pouffa Kara. Il va te falloir tout un bosquet !»

Les rires fusèrent tout autour du bassin. Le soleil fit un dernier clin d'œil et s'excusa.

— 4 —

Sam appréhendait le repas. Il voulait que tout soit parfait. Il voulait que sa famille aime Cliff ; il voulait que Cliff aime sa famille. Il le prévint :

«Écoute, mon père impose un certain protocole pour le dîner. Il va dire le bénédicité…

– Ça, j'ai l'habitude, lui répondit Harper, qui avait enfilé une chemise de bûcheron à carreaux rouges et un jean retroussé. Et je vois clair dans son jeu : c'est le chef de famille incontesté.

– Maman s'est rongé les sangs toute la journée, elle a peur que tu n'aimes pas le repas…

– C'est eux qui sont inquiets ? répondit Cliff, le sourire aux yeux. Merde alors, je suis mort de trouille.»

Au commencement, tout le monde s'efforça de bien se tenir. Les hommes s'assirent, Arapeta dit le bénédicité, puis il hocha presque imperceptiblement la tête vers Florence et Patty, comme si elles appartenaient au personnel de cuisine. Elles apportèrent immédiatement la viande, les pommes de terre et les légumes, puis servirent les hommes avant de s'asseoir. La famille attendit qu'Arapeta donne le signal — quand il prit ses couverts — pour commencer à manger.

«Et si l'on offrait du vin à notre invité ? demanda-t-il.

– J'y vais, dit Sam.

– Non, laisse ta mère s'en occuper.» Elle se leva aussitôt. Arapeta s'adressa à Cliff : «Comment sont tes côtelettes d'agneau ? Pas trop cuites ? Et les kumara ?»

Sam intercepta le regard affolé de Florence. Les questions d'Arapeta résonnaient souvent comme un arrêt de mort.

«Je n'ai jamais rien mangé d'aussi bon», répondit Cliff.

Il se tourna vers Florence en montrant la table. Elle débordait de produits de la ferme : plats de petits pois et de haricots, ravioles, côtelettes de porc en plus de celles d'agneau et pain frais tout juste sorti du four.

«Vous êtes une excellente cuisinière, madame. Félicitations pour ce merveilleux repas.»

Florence rougit, puis elle alla chercher une bouteille dans l'arrière-cuisine.

«Je viens juste de commencer à faire du vin. J'espère que ce chardonnay te plaira, annonça Arapeta en levant son verre. Je te souhaite la bienvenue et t'offre l'hospitalité sans réserve sous mon toit. Rien n'est trop bon pour l'homme qui a sauvé la vie de mon fils et… ajouta-t-il avec un éclat de malice dans l'œil, qui a eu le courage d'empêcher mes chevaux de descendre la rivière !»

Cliff le remercia d'un geste.

«C'est un vrai régal de manger une cuisine familiale authentique. Ça vaut bien le mess de Nui Dat, hein, Sam ?»

Sam sourit. Il lui savait gré d'avoir détourné l'attention de sa mère et abordé une discussion d'homme à homme. Florence aussi apprécia et lui adressa un regard plein de tendresse. Le dîner se poursuivit et, après une seconde bouteille de vin, Arapeta se détendit. Il se targuait toujours d'être un hôte généreux et se montrait sous son meilleur jour en présence d'un invité. Mieux encore, Cliff savait lui poser le genre de questions qui flattait sa vanité et lui permettait d'enchaîner ses récits d'exploits de la Seconde Guerre mondiale.

«La guerre du désert ? Mais oui, je m'y trouvais quand Kippenberger a décidé d'utiliser le bataillon maori à Munassib. C'était en août 1942. Il nous a fait mener une offensive préventive pour déjouer un assaut allemand anticipé. "Prenez vos baïonnettes et ramenez-moi des prisonniers, pas de scalps." Il a aussi ordonné à la compagnie C de Reta Keiha et de Ngati Porou de faire un écran de fumée devant le bataillon entier. Nous avons progressé malgré une résistance musclée. Ben Porter était avec la compagnie A, Pita Awatere avec la D. Après l'ordre de retrait, quand les victimes ont été comptées, on a estimé que 500 soldats ennemis avaient été tués. Plus tard, Rommel nous a accusés d'avoir massacré les prisonniers et les blessés, car très peu ont été retrouvés.» Arapeta fendit l'air de sa main gauche pour appuyer son propos. «Tous les combats étaient au corps-à-corps. Personne ne demandait de quartier. Personne ne faisait quartier.

– Vous étiez à Monte Cassino ?

– Oui. Mais c'était deux ans plus tard, en janvier 1944. Les Allemands y avaient une garnison, le 14e Panzerkorps de leur dixième armée, et ils avaient paralysé le 2e corps américain. Votre 36e division texane a perdu plus de mille cinq cents hommes lors de l'assaut, mais vous avez réussi à établir une position sur la montagne. C'est là que le bataillon maori a été appelé à l'aide. Notre mission consistait à franchir les eaux du Rapido, à suivre la voie de chemin de fer et à prendre la gare. L'objectif était de l'utiliser comme une base pour un nouvel assaut sur Cassino. Les Allemands nous sont tombés dessus à bras raccourcis. Puis le 15 février, le monastère a été bombardé. Trois jours plus tard, nous lancions l'attaque.»

Sam croisa le regard de Cliff et tapota un message avec ses doigts:

Quel charmeur tu fais, petit plouc de l'Illinois !

Sans détourner son attention d'Arapeta, Cliff lui répondit.

J'adore les histoires de ton père. Et j'adore être ici, chez toi, avec toi...

Il cessa subitement. Et pâlit. Sam attendit et Cliff écrivit discrètement.

Quelqu'un nous écoute.

Sam fut immédiatement aux aguets. Qu'est-ce qu'il racontait ? Son regard fit le tour de la table. *Patty ?* Cliff rectifia.

Non, ta mère...

Elle était revenue de la cuisine où elle préparait le pudding. Debout derrière son mari, elle attendait qu'il finisse son histoire avant de mettre les assiettes à dessert. Elle avait surpris le dialogue silencieux et fronçait les sourcils. Son regard glissa de l'un à l'autre. Elle retint son souffle. Ses pupilles se dilatèrent.

«J'étais avec le colonel Awatere, poursuivait Arapeta. Les soldats tombaient, victimes des balles et des mines. La compagnie B a perdu 128 hommes lors du premier assaut sur la gare…»

Que fait-on ? demanda Cliff.

Florence tremblait et faillit casser les assiettes. Elle essayait de se ressaisir.

Je crois qu'elle a deviné, pour nous, lui répondit Sam.

Il paniqua et s'empressa de se lever et de s'approcher de sa mère.

« Mais lors de l'assaut suivant sur la gare, enchaîna Arapeta, nous avons réussi. Nous avons chassé les Allemands dans les ruines et les débris de Cassino et les avons descendus jusqu'au dernier.

– Utu, murmura Cliff, mais il voulait voir ce que Sam avait l'intention de faire.

– Je peux t'aider, maman ?» demanda celui-ci.

Florence le regarda droit dans les yeux. Elle frémit puis sourit — un sourire triste et profond.

«Non merci, ça va aller, mon garçon. Retourne t'asseoir.»

Sam connaissait bien ce sourire. C'est celui qu'elle arborait à chaque fois qu'elle s'apitoyait sur son sort. Comme si elle savait que son fils et cet Américain étaient amoureux. Mais si elle devinait le sentiment, elle ne l'avait jamais éprouvé. Pendant ce temps, Arapeta s'étonnait:

«Tu connais le utu ? demanda-t-il à Cliff, tout en s'apercevant qu'il était l'heure de passer au dessert. Mais j'ai parlé toute la soirée ! Terminons le repas et ensuite… la chambre de notre invité est-elle prête, Florence ?

– Oui, répondit-elle en faisant un petit signe de tête à Cliff pour l'avertir de se méfier de son mari.

– Parfait, poursuivit Arapeta. Nous aurons une journée chargée demain. Sam doit finir son travail avant d'aller chercher la voiture de location à Gisborne…

– Une voiture de location ?» demanda Cliff.

Son cœur cognait dans sa poitrine en regardant Florence qui se rasseyait, les yeux baissés.

«J'ai oublié de t'en parler, dit Sam. Tu viens avec nous à un mariage à Tolaga Bay. C'est à environ trois heures de route. T'as un smoking dans tes affaires ? La famille passera la nuit sur place, mais papa veut que je rentre pour m'occuper des chevaux. D'où le besoin de louer une voiture. Ça te dérangerait de revenir avec moi ?

– Pas du tout, bien sûr.»

Cliff se tourna vers Florence. Elle gardait un silence de mort. Le jeu des conversations doubles n'était pas fini.

Il était l'heure d'aller se coucher.

«J'ai passé une excellente journée, Sam. Merci.»

Les deux hommes se tenaient près l'un de l'autre, sur la véranda. Le ciel débordait d'étoiles. Arapeta s'était retiré ; Florence et Patty faisaient la vaisselle.

«Je suis heureux que tu sois ici, dit Sam. Dommage qu'on n'ait pas eu un moment seuls. Peut-être demain…»

Ils restèrent longuement côte à côte. Une étoile fila.

«Je t'ai rapporté ton pendentif en jade, dit Cliff.

– Tu devrais le porter jusqu'à ton départ. Nous avons largement le temps.»

Il aurait voulu rester sur la véranda avec Cliff pour l'éternité. Comment allait-il réussir à passer la nuit dans sa chambre en sachant qu'il était au bout du couloir ? Il avait besoin de lui.

«Qu'est-ce qu'on va faire, pour ta mère ? demanda Cliff.

– Je ne sais pas…»

Un mythe maori lui traversa étrangement l'esprit.

Au commencement, tous les dieux étaient des hommes. Désirant des descendants, Tane alla demander conseil à sa mère, Papatuanuku. Elle lui dit de fabriquer une femme avec la terre rouge qu'il trouverait sur sa montagne. Tane l'écouta et façonna Hine ahu one. Lorsqu'il voulut la pénétrer, il ne sut quel orifice emprunter. Il essaya sa bouche, son nez, ses aisselles, ses oreilles, ses yeux et même son anus : c'est pour cela que tous les humains ont des sécrétions à ces emplacements. Il finit enfin par trouver son ouverture féminine et la sanctifia avec la pleine et forte poussée de son pénis. Selon certaines variations, Tane n'était pas le seul à faire cela, il était accompagné de tous ses frères.

En se souvenant de cela, Sam frissonna. Le masculin était élevé et sanctifié. Le féminin était bas et commun. Mais bien moins bas et commun que les hommes qui aimaient les hommes…

Il se tourna vers Cliff. Il s'apprêtait à lui caresser le visage et à l'attirer à lui quand il entendit un bruit. Il vit l'ombre de Patty sur le seuil. Elle était venue montrer sa chambre à leur invité.

«Tu ferais mieux de la suivre, dit Sam. À demain.»

Il resta seul et ressentit un pincement au cœur. Il regarda la Croix du Sud tourner sur son axe dans le ciel nocturne et son immensité l'enveloppa.

D'où vient l'amour ? Comment en suis-je arrivé là ?

Un bras se glissa autour de sa taille. Il crut un instant que Cliff était revenu. C'était Patty, qui essayait de se nicher dans le creux de ses épaules et de l'enlacer.

«Tu as froid ?» lui demanda-t-il.

Elle fit non de la tête, avant d'expliquer : «Je t'aime, Sam.

– Je sais. Et Cliff, est-ce qu'il te plaît ?

– Je crois. Je n'en suis pas sûre. Je comprends que c'est ton meilleur ami.

– C'est exact.

– Mais j'ai peur… dit-elle en se serrant contre lui.

– De Cliff ? lui demanda Sam, surpris.

– Non. Enfin, oui. Pour être honnête, je n'en sais rien.»

La voix de Patty semblait provenir d'un trou noir sidéral. Elle frissonna, incertaine. Puis elle s'échappa de l'étreinte de son frère et repartit en courant dans la maison.

Chapitre quatorze

— 1 —

Sam se leva à l'aube. Il ouvrit la fenêtre et rit, surpris de se trouver face à un ciel de traîne. Les nuages rougis s'étendaient au fin fond du tout jamais. Les coudes posés sur le rebord, il resta un instant à les regarder s'agiter et grouiller tels des poissons autour du soleil levant, comme s'ils anticipaient une perturbation. Ils sautillaient, formaient des bancs et inondaient les cieux d'éclats argentés.

Sam s'empressa de s'habiller. Il avait beaucoup à faire avant de partir à la noce. Il passa voir Cliff qui dormait encore, sortit de la maison silencieuse sur la pointe des pieds, enfila ses bottes et rejoignit l'écurie. Les cowboys s'étaient partagé les chevaux sauvages et en avaient laissé vingt pour son père. Ils étaient affolés. Convaincu que le mustang noir était responsable de leur état, Sam décida de l'isoler dans un enclos et de parquer le reste dans un paddock où paissaient déjà des chevaux domestiques. Il sella Tsar et fut surpris de réussir à diriger le meneur et quelques juments dans le corral sans véritable difficulté. Avant de sortir les mâles, il décida de vérifier la clôture et fit le tour du grand pré. En revenant, il reconnut la silhouette de sa mère devant l'écurie.

« Bonjour, maman !

– Tu veux que j'ouvre ?

– D’accord.»

Elle décrocha le loquet et le troupeau déboula sous l’œil du mustang noir. Il manifesta sa colère en s’ébrouant et en ruant.

«Cliff est réveillé ? demanda Sam en mettant pied à terre.

– Oui. Il voulait venir t’aider, mais ton père lui a dit que tu serais bientôt de retour. Ils discutent sur la véranda.»

Sam donna une tape sur l’arrière-train de Tsar, qui s’enfuit en hennissant.

«Allons-y, alors !

– Attends un peu, dit Florence en le retenant. Je dois te parler.»

Sam fut immédiatement sur ses gardes. Si elle l’interrogeait sur Cliff, que devrait-il lui dire ? Elle se mordait la lèvre inférieure. Mais elle finit par aborder un autre sujet.

«Je veux te parler de ton père et moi. Pour que tu comprennes que tu dois être prudent, dit-elle en s’adossant à la clôture. Que sais-tu de notre mariage ?

– Une ou deux choses.

– Sais-tu qu’il était fiancé à ma sœur aînée ? Madeleine était très belle fille et ils devaient se marier à son retour de la guerre. Mais elle a rencontré un autre homme, ton oncle Pera, et ils se sont enfuis et unis avant que quiconque puisse les en empêcher. Pour sauver l’honneur de ton père et son mana, son prestige, j’ai été offerte à sa place. Toutes les négociations se sont faites dans mon dos. Je n’ai jamais eu mon mot à dire. Nous ne nous sommes même pas fréquentés. Ils lui ont envoyé une photo de moi quand il était encore en Europe, il a répondu “oui” et je l’ai vu pour la première fois à l’église le jour de notre noce.

– Pourquoi tu me racontes ça, maman ? lui demanda Sam en remarquant qu’elle avait les yeux grands ouverts et le regard perdu, comme une somnambule.

– Pour que tu me pardonnes de ne pas te défendre contre lui.»

Il s'approcha pour l'embrasser, mais elle l'esquiva.

«Dès que je l'ai vu, j'ai su qu'il n'y aurait jamais d'amour entre nous. J'ai levé mon voile en m'attendant à trouver un homme reconnaissant de mon sacrifice, mais pour lui, j'étais un simple utu, un prix à payer. Un dû pour remplacer ce qu'on lui avait promis. Je n'étais bonne qu'à une chose: lui donner un fils. Pendant toute ma grossesse, je redoutais que tu sois une fille, car ma vie n'aurait eu aucune valeur. J'ai pleuré de soulagement quand tu es né. Après cela, je n'étais plus rien à ses yeux. Je ne faisais jamais ce à quoi il était accoutumé. Il déplorait mon manque d'imagination. J'étais contente qu'il reporte son affection sur toi.

– Je ne comprends pas…

– Ton père vit pour toi et à travers toi. Il attend donc beaucoup de toi, au-delà du raisonnable. C'est pour cela qu'il te mène la vie dure. Il ne t'a jamais pardonné la moindre faiblesse ni le moindre défaut dans le passé alors ne va pas imaginer qu'il va commencer aujourd'hui ou qu'il le fera dans l'avenir. S'il découvre ton secret, sa rage sera sans limites.»

Pétrifié, Sam regarda Florence. Derrière elle, une énorme toile d'araignée frissonnait sous la pluie.

«Tu connais mon secret ?

– Une mère n'ignore jamais les secrets ni les désirs de son enfant. Mais si ton père les découvre, il sera impitoyable. Il te considérera comme le récipiendaire indigne de ses espoirs et de ses ambitions. Tu es son fils aîné. Tu es censé le remplacer au sein de la tribu et de la famille. Si tu lui refuses cette succession, il ne te fera pas de quartier.»

Elle se mit à pleurer.

«Si je te dis cela, c'est pour te prévenir de ne pas compter sur mon aide. Je suis faible face à ton père. Je ne supporte pas de souffrir. J'ai horreur d'être insultée et rabaissée à longueur de journée. Tout ce que je peux faire, c'est t'avertir. Méfie-toi de lui. Ne lui permets pas de voir en toi. Sinon il s'insinuera comme un voleur dans ton système sanguin, dans ton âme et dans ton cœur. Et si tu le laisses faire, tu peux être sûr qu'il découvrira ton secret.»

Il y eut un bruit dans les arbres. Florence sursauta et fouilla les ombrages du regard. Sam reconnut cette anxiété. Il la voyait sur son visage chaque fois que son père s'approchait.

«Nous ferions mieux de rentrer. Pardonne-moi ma lâcheté, Sam. J'apprécie ton ami Cliff, mais s'il arrive quelque chose, je ne pourrai pas intervenir contre Arapeta. Tu ne pourras compter sur personne.»

— 2 —

«Allez, allez, remuez-vous ! Florence, pourquoi tout le monde traîne autant ?»

En milieu de matinée, tous se précipitaient. Arapeta était aux commandes et sa femme bouclait deux valises avec les tenues de cérémonie de toute la famille et le linge pour dormir dans la maison commune. Sam et Cliff étaient prêts et attendaient à l'écart, près de la voiture.

«Il est toujours comme ça, ton père ?» demanda Cliff en l'entendant à nouveau hurler.

«N'oublie pas mes médailles, Florence ! Ce n'est pas qu'un mariage. Le bataillon maori y sera au grand complet et le général Collinson viendra de Wellington. Je ne tolérerai pas qu'il me fasse de l'ombre.»

La famille dévala enfin l'escalier.

«On va être un peu serrés, ça ne te dérange pas ? demanda Sam à Cliff.

– Pas du tout.»

Ils s'entassèrent dans la voiture. Arapeta était au volant, Monty à l'avant sur les genoux de Florence et Patty à l'arrière, entre Sam et Cliff. La jeune fille avait apparemment surmonté ses contrariétés. L'œil pétillant, elle débordait d'énergie. Sam ne l'avait jamais vue si mignonne, surtout avec ses cheveux soigneusement bouclés.

« À tous les coups, Patty a un petit copain, dit-il. Comment s'appelle-t-il ? Frankie ? Harry ? Blackie ?

– Tu sais très bien qu'il s'appelle Charlie.» Elle se tourna vers Cliff, des étoiles plein les yeux. «Ce n'est pas mon petit copain. Bon, avant oui, c'était mon petit copain, ou tout du moins, c'est ce qu'il croyait, mais…

– Bonté divine, Patty, qu'est-ce qui te prend ce matin ? Tu es un vrai moulin à paroles ! dit Florence en riant, avant de se tourner vers Cliff d'un air confus. Elle n'est pas comme ça d'habitude. Elle est toujours très réservée.»

Patty rougit, se réfugia dans les bras de Sam et Cliff tenta de la rassurer: «T'en fais pas, mon cœur, c'est rien.»

L'expression «mon cœur» la fit rougir de plus belle. Sam soupira — il était parfois impossible de savoir que faire ou dire avec Patty. Elle resta un moment silencieuse en fixant Cliff.

«Ah ! J'étais sûre qu'il me rappelait quelqu'un… je me souviens, maintenant ! s'exclama-t-elle d'une voix perçante avant de se pencher pour tapoter l'épaule de Florence. Tu te souviens de ce vieux film qu'on est allées voir ensemble, maman ? L'histoire du jeune soldat qui revient de la guerre ? Tu ne trouves pas que Cliff ressemble à Guy Madison ?»

Sam aperçut le visage de sa mère dans le rétroviseur. Elle riait.

«Je ne vois pas du tout de quoi tu parles !

– Mais si, dans la scène où il rentre chez lui en bus et…» Les yeux brillants, Patty se tourna vers Cliff. «Tu connais des stars de cinéma ?» Et elle enchaîna question sur question. Sam se détendit. Quand ils arrivèrent à Gisborne pour récupérer la voiture de location, sa petite sœur semblait finalement avoir adopté Cliff.

«N'oublie pas ! Début du mariage à 15 heures tapantes, lança Arapeta à son fils comme s'il s'agissait d'une manœuvre militaire.

– Tu es le témoin, renchérit Florence, tu ne peux pas te permettre d'arriver en retard. Pas de détour touristique.

– Sam, je peux aller avec vous en voiture ? demanda Patty.

– Hors de question, lui renvoya sa mère. Tu vas leur casser les pieds.

– Tu sais quoi, mon cœur, dit Cliff à la jeune fille, réserve-moi une danse pour ce soir, d'accord ?»

Patty n'eut pas le temps de réfléchir à sa réponse, Arapeta repartait déjà.

«Espèce de beau parleur yankee, lança Sam à Cliff. Appeler ma sœur "mon cœur" alors que ce n'est qu'une enfant.

– Une enfant ? Ouvre les yeux ! Patty est de la dynamite ! Tu ne le vois pas et elle non plus, heureusement.»

Après avoir signé les papiers pour la voiture, Sam emmena Cliff au magasin de vêtements pour hommes, où il devait récupérer la tenue qu'il avait louée. Pendant que Sam payait, Cliff se promena au milieu des costumes.

«C'est qui, ce blond canon ? demanda le vendeur, qui n'avait pas quitté Cliff des yeux.

– Un copain d'Amérique, répondit Sam en essayant de garder son sérieux. Il lui faudrait aussi un smoking. Vous en avez un ?

– Notre rayon a été tout simplement dévalisé ce week-end, mais laissez-moi voir ce que je peux faire.» Il s'affaira autour de Cliff avec son mètre ruban et quand il eut fini, il salivait perceptiblement. «Ne bougez pas. Je crois que j'ai exactement ce qu'il vous faut.»

Il ouvrit une boîte étiquetée «Noces Robertson-Carlisle» d'où il sortit une veste de smoking blanche. Il fit signe à Cliff de le rejoindre.

« Vous voulez bien vous donner la peine d'entrer dans la cabine d'essayage, monsieur ?»

Cliff adressa un regard gêné à Sam.

«Tu m'accompagnes ?

– Tu viens de faire la guerre, répondit Sam en riant. Ne me dis pas que tu as peur d'un marchand de costumes. Allez, sois courageux — donne-lui-en pour son argent !»

Quelques minutes plus tard, après nombre de *ouh* et de *aah* en provenance de la cabine, Cliff sortit. L'effet combiné de sa blondeur et du tissu blanc était bouleversant. Il était ravi.

«Il me manque plus qu'un œillet rose et je serai fin prêt pour aller au bal du lycée. À condition d'avoir quelqu'un à mon bras.»

Le vendeur se tourna vers Sam :

«Si jamais vous avez un rhume et que vous ne pouvez pas l'accompagner, je m'en chargerai.»

Une demi-heure plus tard, sur la route côtière menant à Tolaga Bay, ils se moquaient gentiment du vendeur.

«Qu'est-ce qu'il t'a fait dans la cabine ?

– Il prenait des mesures, ce genre de trucs...

– Ce genre de trucs ? insista Sam en haussant un sourcil.

– Ben... répondit Cliff d'une voix traînante. Il voulait mesurer mes cuisses. C'était pour une veste, mais bon, je l'ai laissé faire.

– Tu crois qu'il a deviné, pour nous ? demanda Sam.

– Il n'en a pas eu besoin, je lui ai dit.»

Sam fut estomaqué par la franchise de Cliff. Voilà un homme qui donnait le ton. Qui osait révéler qui il était à des inconnus. Et quand il glissa un bras autour de ses épaules, Sam ne put que constater à quel point le geste était naturel. Tout était naturel. Peu importait où ils allaient, tant qu'ils y allaient ensemble.

«Une autre personne est au courant, dit Sam. Ma mère. Mais je ne crois pas qu'elle nous juge. Elle a beaucoup souffert avec mon père. Je suis sûre qu'elle a seulement envie que je sois heureux.

– Je suis content qu'elle sache.»

Un pick-up déglingué apparut devant eux, avec une famille maorie dans la benne. Il roulait très doucement.

«Au Vietnam, on aurait eu la priorité», dit Cliff.

Le paysage change brusquement et Sam se retrouve dans la province de Phuoc Tuy. Le soleil est un œil malveillant sur le rouge d'un décor anéanti par les bombardements et les défoliants. Les hélicoptères de combat bourdonnent telles des mouches à viande affamées. Les Vietnamiens parcourent le village comme de minuscules insectes pour se cacher. Une vieille femme aux entrailles qui palpitent dans la poussière sourit à Sam :

Tu es un garçon. Tu as faim, comme tous les garçons. Tous les garçons doivent manger.

Puis un soldat armé d'un lance-flammes la calcine. Elle s'effondre dans un nid de corps brûlés, serrés les uns contre les autres pour se protéger. Une chouette surgit alors du ciel turbulent et Turei…

Sans se rendre compte de ce qu'il faisait, Sam braqua brutalement pour écarter les souvenirs. La voiture traversa la route et fonça dans les dunes. Il descendit et, penché en avant, se balança sur les pieds en donnant des coups de poing en l'air : il s'en prenait au monde entier.

«Oh ! Bon Dieu, oh ! Dieu de Dieu…»

Il se tourna vers son ami, les yeux grands ouverts, ses pleurs libérant un torrent de chagrin et de culpabilité. Cliff ouvrit les bras et l'accueillit. Il le serra étroitement, sentit les larmes dans son cou, et éprouva un amour irrésistible pour cet homme et sa vulnérabilité.

« Oh ! putain, dit Sam, ça ne m'était pas arrivé d'un moment. Excuse-moi.

– Tu n'as pas à t'excuser. On ne se débarrasse pas si facilement du Vietnam. Les souvenirs tendent des embuscades à toute heure du jour et de la nuit. Il m'arrive encore de me réveiller en hurlant. »

Sam descendit vers la plage.

« Tu crois qu'on a eu raison ou tort d'y aller ? demanda-t-il à Cliff qui le suivait. Quand je suis parti, je pensais que Dieu était de notre côté.

– Dieu et le drapeau américain.

– Mais qu'est-ce qu'on a accompli, au final ? On a bousillé ce peuple avec un acharnement tel qu'il lui faudra des années pour s'en remettre. On a couvert ce pays de napalm, putain. On est allé faire notre petite guerre à la con et on s'est barrés. Mais eux, ils restent et ils doivent vivre dans la merde qu'on leur a laissée. On a eu tort ou raison ? »

Cliff parut désorienté. Il adressa un regard effrayé à Sam.

« Écoute, quand j'ai été mobilisé, je suis allé me battre dans ce qu'on appelait la guerre du Vietnam. Mais tu sais comment les Vietnamiens l'appellent ? Ils l'appellent la guerre d'Amérique. Donc je suppose que tout dépend du côté où tu te places. » Il s'approcha de l'eau, comme si le déferlement des vagues allait l'aider à mettre de l'ordre dans ses idées. « Tu sais ce qu'on dit : “à la guerre comme à la guerre” et sur le terrain, on n'a pas eu le loisir de penser à ces questions de tort ou de raison. Je suis cent pour cent américain. Je crois en mon pays et je suis prêt à mourir pour le défendre. Mais en mon for intérieur, j'estime que nous avons eu tort de nous engager au Vietnam. Ce qui est loin de me donner bonne conscience. Mais prétendre que ces questions morales ne doivent pas être débattues, c'est cautionner ce qui s'est passé.»

Sam soupira et se laissa aller contre Cliff.

«Merci de confirmer que nous avions tort. Et merci de me dire la vérité.

– La vérité ? La vérité, c'est que j'ai peur, moi aussi. Je sors d'une guerre et je dois me réinventer en temps de paix. Après le Vietnam, je pensais que j'allais rentrer chez moi, rencontrer une fille sympa, me caser et l'épouser. Je me croyais comme les autres : je baisais des femmes et elles en redemandaient. Puis, il m'est arrivé… toi. Tu m'es arrivé. C'est peut-être un effet de la guerre. Elle nous change. Mais quand je me suis retrouvé dans ce bar de Vung Tau, au milieu de toutes ces entraîneuses et de tous ces troufions, je me sentais épuisé, désabusé. J'ai parlé par signes en pensant à mon frère…»

Qu'est-ce que je peux m'emmerder, Johnny… se souvint Sam.

«Et quand tu m'as répondu par signes, j'ai eu l'impression de ne plus être seul au monde — d'être enfin entendu.»

La mer se déroulait à leurs pieds, les vagues léchaient le sable chaud.

«J'ai trouvé l'amour au Vietnam, Sam. Je ne m'y attendais pas, mais finalement, c'est la seule chose positive qui est ressortie de cette guerre pour moi. J'ai confiance en notre amour. J'ai parfois une trouille bleue de ce qui nous est arrivé. De ce qui continue de nous arriver. Je sais que tu ressens la même chose. L'avenir nous terrifie tous les deux. Je n'ai jamais voulu une vie compliquée, jamais. Je crois que je suis hétéro à la base, mais bon, bref. Depuis cette première nuit à Vung Tau, on a évité de parler du côté physique des choses. Mais il va bien falloir qu'on y passe…

– Et si ça nous pète à la gueule ?

– C'est un risque à prendre, dit Cliff. Sinon, on ne saura jamais.

– Et si ça ne marche pas ?

– Tu reprends ta vie et je repars vers la mienne.

– Et si ça marche ?» demanda Sam en se tournant vers lui.

Un sourire plissa les yeux de Cliff. Il était sexy en diable.

«Comment ça, si ça marche ?»

— 3 —

Ils arrivèrent à Tolaga Bay à l'heure, mais sans avoir de temps à perdre ; la ville était pleine à craquer.

«Satané petit tane…» souffla Sam en se frayant un chemin dans la circulation avant de foncer vers le marae, où les voitures étaient serrées comme des sardines.

«C'est un sacré mariage, on dirait, fit observer Cliff.

– Oui, c'est un événement important ; mon père réussit toujours son numéro. Tout le monde va sortir le grand jeu, il s'en est assuré. Il y a de nombreux invités de marque.»

Sam prit son costume et mena Cliff dans la maison commune où les convives se changeaient naturellement, comme s'ils se trouvaient dans les vestiaires de bains publics. Les kuia, les vieilles femmes, enfilaient leur robe par-dessus leur combinaison. Les hommes étaient en caleçons longs.

«Hé Milly ! Tu devrais mettre ton mari au régime ! Jumping Jack est tellement grassouillet qu'il n'arrive pas à remonter son pantalon.

– T'en fais pas pour lui, Whina. Il cherche juste une excuse pour s'exhiber.

– S'exhiber ? Exhiber quoi ? J'ai rien vu, Milly. Et vous, les filles, vous l'avez vu exhiber quelque chose ?»

Elles prirent un air faussement innocent.

«Nous ? Non, on devait regarder ailleurs !»

Quand Cliff entra, le silence se fit immédiatement. Tandis que Sam faisait les présentations, il vit les femmes se dissimuler chastement derrière des linges. Quant à leur conversation, changea-t-elle ? Radicalement.

« Tu n'aurais pas un peigne à me prêter, par hasard, ma chère Whina ?

– Non, Milly chérie, mais je devrais avoir une brosse. Tiens, la voilà.

– Merci, Whina.»

Sam sourit à Cliff en haussant les épaules.

«Elles sont gênées parce que tu es pakeha.

– Je devrais donc faire comme les autochtones ?» demanda Cliff en baissant son pantalon.

Il y eut un petit cri — suivi d'un grognement déçu quand on s'aperçut qu'il portait un caleçon. Une voix de vieille femme s'éleva dans la salle : « J'ai rien vu, mais je préfère rien voir sur lui que tout voir sur Jumping Jack.»

Les rires fusèrent et tout un chacun retrouva joyeusement une mauvaise conduite.

De l'autre côté de la pièce, Patty leur fit de grands signes — elle avait rejoint Kara et Anita — et Florence tapota la montre à son poignet.

«Dépêchez-vous ! Arapeta est déjà allé chercher la future mariée. Vous devez récupérer George à l'hôtel et l'accompagner à l'église.

– George ? demanda Cliff. Ton pote du Vietnam ?

– Oui.»

Cinq minutes plus tard, Sam et Cliff débarquaient en courant dans l'hôtel où George attendait avec ses deux autres garçons d'honneur : Red Fleming et Zel Flanagan.

«Salut, Woody, lança Zel. Je savais pas que t'étais dans le coin.»

Cliff alla saluer à la ronde, tandis que Sam tentait de rassurer George. Il était blême et moite de nervosité.

« Punaise, Sam, j'espérais que tu viendrais pas et qu'on pourrait annuler le mariage. T'aurais pas pu te débrouiller pour avoir un petit accident ?»

Les deux amis s'étreignirent étroitement puis, quand il serra la main de Cliff, George ne voulut plus la lâcher.

«C'est pire que le Vietnam, mon pote, gémit-il. C'est devenu un vrai carnaval. Devine combien il y a d'invités : huit cents, aux dernières nouvelles. Au Vietnam, j'avais seulement peur d'un bataillon de Vietcongs. Ici, c'est toute la côte est de l'île et Arapeta. Tu te souviens de nos adieux à Poho o Rawiri ? demanda-t-il à Sam. Turei et moi, on n'avait qu'une envie : nous barrer et vous laisser, ton père et toi.

– Cet homme a besoin d'une autre bière, dit Zel.

– Non, contra Sam. On ne veut pas avoir à le porter à l'église.

– Et toi, Woody ? demanda George. Tu pourrais peut-être me secourir. Ton hélico est prêt ? Tu vas pas me refuser une évacuation sanitaire ?

– Écoute, George, reprit Sam en l'entraînant loin des autres. Tu peux encore te sortir de cette situation. Si t'es vraiment sérieux, on fait passer un message à Emma. On annule tout…

– Non, je dois aller jusqu'au bout. Ton père me le pardonnerait jamais. Mais plus que tout, je le dois à Turei.

– Tu lui dois quoi ? D'épouser sa sœur ?

– C'était mon pote, Sam. La chouette devait venir pour moi. Emma est une femme bien. Son gamin pourrait être le mien. C'est ce qu'elle dit.

– Mais est-ce que tu l'aimes ?»

George haussa les épaules.

«On ne fait pas toujours tout par amour.»

Sam donna un ordre de marche militaire et tous les gars rirent – tous sauf George. Ils le poussèrent jusqu'à la voiture et partirent pour l'église. Sur la route, une ombre suivit le même chemin. C'était celle de l'hélicoptère du général Collinson qui arrivait de Wellington.

«Oh non, se plaignit George. Quand je pense que c'était censé être une cérémonie intime.»

L'appareil traversa bruyamment Tolaga Bay, transformant la ville en zone de guerre. Des enfants sortirent de chez eux et firent semblant de le fusiller avec des pistolets à eau.

«Nous y voilà», annonça enfin Sam en voyant Collinson et son entourage serrer la main du pasteur. Des vétérans, avec à leur nombre Jock Johanssen et Mandy Manderson, formaient une haie d'honneur pour le général.

Une énorme foule s'était rassemblée. Arapeta s'en était assuré. La liste d'invités était un véritable *who's who* de la côte Est. En dépit du caractère officiel de l'occasion, il restait quelques plaisantins effrontés. L'un d'eux cria : «Il est encore temps d'éviter la corde et de partir en courant, George !»

Celui-ci fit un geste d'impuissance en regardant la foule.

«Quel cirque ! C'est ton père tout craché, dit-il à Sam. Il aurait pu attendre tes noces à toi. Pourquoi faut-il que ça tombe sur moi ?

– Tu sais comment il est. Il t'a promis que ce serait le mariage de l'année et il a tenu parole.»

La haie d'honneur salua George, qui passa devant Mandy.

«Je préférerais être à l'armée, mon pote. Ça fait plaisir de vous voir, Jock et toi.»

Le pasteur, qui avait l'air stressé, l'accueillit sur le parvis.

«Je propose que nous entrions tout de suite. La future mariée ne saurait tarder.»

Sam remarqua sa mère et ses oncles et tantes installés sur les bancs du côté de la famille d'Emma. Il invita Cliff à la rejoindre et retrouva les garçons devant l'autel. George semblait être victime d'une crise cardiaque.

«Putain, chef, dis-moi ce que je dois faire…»

Pas Sam, *chef*.

Trop tard. Emma était arrivée. Elle était radieuse. Quand elle descendit de voiture et qu'Arapeta lui donna le bras, puisque c'est lui qui la conduisait à l'autel au nom de sa famille, même ceux qui avaient l'habitude de l'appeler la grosse Emma restèrent sans voix devant sa beauté. Les vieilles femmes l'invitèrent dans l'église en chantant :

«Haramai, e hina, haramai, haramai, haramai…»

La mère d'Emma, Lilly — qui avait vu son fils partir à la guerre et ouvert son cercueil à coups de hache à son retour —, répondit pour sa fille. Elle leva le visage vers le soleil et chanta :

«Karanga mai ra koutou ki a matou…»

Appelez-nous, vous qui attendez, appelez ma fille et que ce soit l'appel de l'amour, oh que ce soit l'appel de l'homme à la femme.

Sam jeta un coup d'œil vers Cliff. Son visage était une étoile diaphane ; il vivait l'émotion du moment. Patty était venue à sa rescousse et lui tenait les mains. Dans toute l'église, les invités soupiraient en pensant à Turei.

George poussa un grognement. Sam l'interrogea du regard et il se ressaisit.

«C'est bon, chef, c'est bon. Je vais faire ce qu'il faut.»

Sam lui pressa les épaules pour le rassurer. Oui, quelque chose se rétablissait en ce jour. Ils tentaient de combler le vide laissé par un soldat joyeux. De ce mariage naîtrait un fils — pas celui de Turei, mais il aurait son esprit puisqu'il proviendrait de son remplaçant et meilleur ami : George.

«Elle arrive», dit Sam.

Ce fut un flou blanc et un parfum de fleurs lorsqu'elle entra au bras d'Arapeta, dont les médailles étincelaient au soleil. L'organiste jouait et les vieilles femmes appelaient toujours: «Avance, viens donc, bien-aimée, va vers ton mari.»

Ils rejoignirent George. Arapeta était irrésistible, resplendissant dans sa tenue d'apparat, et tout le monde savait qu'il avait été un père pour Emma depuis qu'elle avait perdu le sien. En l'observant, Sam mesura à nouveau la formidable nature de son charisme, la force de son autorité. Les invités n'étaient pas seulement venus pour George et Emma, ils avaient répondu présents à l'appel de leur dirigeant, Arapeta. Il approchait du divin à tous les égards, il était invincible et Sam se souvint des paroles de sa mère: «s'il arrive quelque chose, je ne pourrai pas intervenir contre ton père. Tu ne pourras compter sur personne.»

Arapeta adressa un salut militaire à George et lui murmura quelque chose à l'oreille, sans doute un conseil viril. Un chuchotis amusé parcourut l'assemblée. Puis il se tourna vers les invités sans gratifier le général ni les gradés du moindre regard, faisant comme s'ils n'étaient pas là.

«Ce vieux renard», marmonna Collinson.

Arapeta chercha les visages de ses compagnons du bataillon maori, parmi lesquels se trouvaient Claude, Kepa et Hemi. Il les salua très dignement avant de s'asseoir à côté de la mère d'Emma. Florence frissonnait en se remémorant le jour de son propre mariage. Quelque chose de bon, quelque chose de fort était mort en elle ce jour-là et plus tard, cette nuit-là, quand Arapeta avait abusivement fourré son pénis dans chacun de ses orifices, comme si elle était une figurine d'argile.

George tressaillait si violemment que Sam crut qu'il allait craquer. Il sourit à Emma. Elle glissa sa main dans celle de son futur époux, qui la garda ouverte un moment, puis la referma en hésitant, incertain. Il se calma enfin et entrelaça ses doigts avec ceux de sa future femme.

— 4 —

«Haramai ki te kai.»

L'appel du repas s'éleva de la salle de réception. Sam pouvait se détendre maintenant qu'il avait réussi à guider George au bout de la cérémonie. De son côté, après avoir dit "oui", George semblait plus serein. Sam tenta de se persuader que le problème de son ami se résumait à un trac de dernière minute. Il pria en silence pour que les nouveaux mariés soient heureux, puis il partit à la recherche de Cliff.

«Ne te fais pas de souci pour ton pote, lui dit Arapeta d'un ton amusé. Il a été pris d'assaut dès son arrivée !»

En effet, la présence de Cliff faisait sensation auprès des adolescentes — sans parler de quelques femmes plus âgées, célibataires ou moins célibataires. Il était américain, beau à se damner et par-dessus le marché, ancien pilote d'hélico et héros de guerre. Ajoutez à cela les potins d'Anita et de Kara sur ses attributs virils aperçus au bord de la rivière… et de tous côtés, des filles s'arrangeaient pour lui rentrer dedans sans le faire exprès.

«On dirait que t'as besoin d'être secouru, lui dit Sam. Quel est donc ce pouvoir que tu exerces sur les femmes ?»

Il montra un autre groupe de jeunes émerveillées agglutinées autour de Patty pour la bombarder de questions à son sujet.

« C'est un mystère, répondit Cliff. Mais c'est tellement puissant certains jours que les filles s'assomment contre des lampadaires.»

Sam l'entraîna en riant derrière la cuisine où Jake, Jimbo et Bully buvaient des bières avec les gars du coin en attendant que le hangi soit cuit.

«Tu devrais faire gaffe, dit Bully à Cliff avec un clin d'œil, les Maories sont très affectueuses. Si elles te veulent, elles t'auront et avant que tu comprennes ce qui t'arrive, elles seront en cloque et tu pourras oublier ton billet retour pour l'Amérique.

– Punaise, les mecs, je vais passer un message radio pour me faire hélitreuiller.

– Tu crois que c'est aussi simple ? intervint Jimbo. Si un seul bébé blond naît dans neuf mois, on enverra un détachement aux États-Unis pour t'exfiltrer et te ramener ici.

– Euh… mort ou vif ?» demanda Cliff.

Ils éclatèrent tous de rire et lui donnèrent des tapes dans le dos. Ils l'avaient adopté, car il était comme eux, un type bien.

«Coucou, Cliff ! Viens t'asseoir avec nous !»

Dès qu'il revint dans la salle de réception, les filles l'interpelèrent.

«Va falloir te débrouiller seul, l'Amerloque, lui dit Sam. Je joue le maître de cérémonie, en plus d'être témoin. Je suis à la table d'honneur avec la famille.

– Je peux pas venir avec toi ?

– Non, mais je vais te trouver une place près de la plus jolie fille, dit-il en le plaçant à côté de sa grand-tante Annie, octogénaire au parfait bronzage naturel.

– F'est fa, siffla-t-elle, car elle n'avait plus de dents. Tu t'affoies à côté de moi et fe prendrais foin de toi.»

Sam se dirigea vers sa table. Ses parents, Lilly et le général Collinson étaient déjà installés. Il s'approcha du micro.

«Mesdames et messieurs, je vous prie de vous lever pour accueillir les jeunes mariés.»

George et Emma entrèrent, avec le fils d'Emma. En voyant le garçonnet, un petit farceur s'écria : «Ben ça alors, c'était du rapide !»

Le pasteur entonna le bénédicité : «Whakapaingia enei kai…

– Amen !» lança quelqu'un avant qu'il puisse reprendre son souffle.

Le repas put commencer, et c'était une affaire sérieuse. Les portes des cuisines s'ouvrirent d'un coup et les serveurs apportèrent les plateaux de langoustes, paua ou ormeaux, moules, huîtres — toutes les richesses de la mer. Sur ordre d'Arapeta, les garçons du village plongeaient depuis deux jours pour ajouter leur abondant butin au repas de noces. Le général Collinson en resta bouche bée.

Sam ne put se retenir, il reprit le micro.

« Je vous demande à tous d'envoyer vos huîtres par ici ! George aura besoin d'un petit coup de pouce, cette nuit. Je crois savoir qu'Emma a des projets ambitieux pour son corps viril.»

George le dévisageait avec un sourire figé. Emma jouait la jeune fille chaste.

Mais voilà que des plats de kina étaient servis. Les oursins baignaient dans la crème et les invités se mirent à huer.

« Heureusement que je ne vais pas dormir dans la maison commune ce soir, lança Sam. Je vous aurai prévenus. Vous avez intérêt à garder les portes et les fenêtres grandes ouvertes…»

Tout le monde pouffa. Le kina est un délice, mais il a le fâcheux effet secondaire de provoquer des ballonnements qui produisent la puanteur la plus nauséabonde sur Terre.

«En fait, enchaîna Sam, si certains d'entre vous veulent séduire Emma, envoyez aussi vos kina à George ! S'il en mange assez, Emma n'hésitera pas à l'expulser d'un coup de pied et vous pourrez vous faufiler dans son lit, tout comme Kahungunu, notre ancêtre révéré, quand il a voulu coucher avec la belle wahine Rongomai, cheffe de clan.

– Oui, mais elle était belle, cria quelqu'un, et Kahungunu en avait une ééééénorme !»

Nouveaux rires. Sam prit sa place et se pencha vers George.

«Comment ça va ?

– Je crois que je vais avoir besoin d'huîtres.» Les doigts d'Emma commençaient à se balader sous la table. «Des tonnes d'huîtres.»

Le banquet dura longtemps, débordant de mets, boissons, conversations et rires. Sam cherchait parfois Patty des yeux et fut contrarié en la voyant boire de la bière avec Kara et Anita. Elle était trop jeune. Il chercha aussi Cliff et n'eut aucun mal à le repérer dans la mer de charmants visages bruns.

Kia ora, l'Amerloque. Tout se passe bien avec tatie Annie ?

C'est une super nana. Je m'amuse comme un fou. Sam ?

Oui ?

T'es le plus beau mec ici, tu le sais ?

Arapeta attendit que la fête se calme un peu, toussa et se leva. Les invités cessèrent immédiatement de manger et de parler. Sam s'étonna une nouvelle fois de la puissance de son mana. Contrairement à Joshua lors de la bataille de Jéricho, son père n'avait pas besoin de cornes de bélier pour faire tomber les murs. Il lui suffisait de toussoter.

«Mesdames et messieurs, illustres invités… dit-il en adressant un signe de tête au colonel. Lorsqu'un homme prend une femme pour épouse, il reproduit une tradition qui remonte à la toute première femme, Hine ahu one, sculptée dans la terre rouge. C'est à travers la femme que l'homme devient immortel. Il lui fait un fils…» Un fils. Pas une fille. «… et il conquiert ainsi la redoutable déesse de la Mort en personne. C'est ce qu'a accompli George ce soir.»

La salle manifesta son approbation.

«Ka tika, crièrent quelques types. Oui, c'est exact.

– J'ai fait une promesse à la mère de Turei, poursuivit-il. Celle que son fils, le mien et George reviendraient tous du Vietnam. Je me suis engagé au nom de mon fils.» Il se tourna vers elle. « Lilly, si je le pouvais, j'échangerais mon fils pour le tien : mon fils aurait rejoint la Mort et le tien serait vivant et parmi nous aujourd'hui.»

Sam savait qu'il ne devait pas prendre les paroles de son père au pied de la lettre, elles étaient de pure forme. Mais Dieu qu'elles étaient violentes, Dieu qu'il souffrait de les entendre.

Certains invités pleuraient. D'autres se recueillaient. Mais leur émotion n'avait rien à voir avec Sam. Ils se souvenaient de Turei, tout simplement. Le dur à cuire, le plaisantin, l'adorable garçon qui avait vécu parmi eux. Seul Cliff remarqua l'impact que le discours avait sur Sam et il lui dit dans leur langue des signes :

Sam, peux-tu m'entendre ?

« Mais nous ne pouvons pas changer le passé, poursuivit Arapeta. Nous devons vivre, et ce soir nous revivons par le biais du mariage d'Emma, la sœur de Turei, avec George, le meilleur ami de Turei.»

Ses mots furent accueillis par un tonnerre d'applaudissements. Arapeta fit remplir son verre. Les invités se levèrent et portèrent un toast.

Sam, je suis là pour toi. Sam !

«George, annonça Arapeta, je bois à ta santé et je te félicite. C'est toi qui as ramené Turei parmi nous.»

Il vida son verre d'un trait, le reposa et salua George avec le plus grand respect. Alors que tous les yeux étaient tournés vers le marié, Sam croisa enfin ceux de Cliff. Il était effondré de tristesse.

Ne regarde que moi, Sam. Le reste du monde n'a pas d'importance. Tu peux compter sur moi.

Sam força un sourire et répondit lentement.

Vas-tu me secourir et m'emmener loin d'ici ?

Sans hésiter. Tête baissée et résultat assuré.

Dans la salle, les vétérans s'étaient levés et saluaient au garde-à-vous. Ils bloquaient la vue de Cliff, qui s'écarta pour tenter de repérer Sam et qui le retrouva, en train de le chercher lui aussi.

«Ka mate, ka mate ! hurlait Arapeta. C'est la mort, c'est la mort !»

Sam, regarde-moi, Sam.

Les anciens combattants participaient au haka. Ils postillonnaient, les yeux exorbités. Adoptaient une position martiale, se frappaient les hanches.

À travers cette mer de visages, deux étoiles s'élevaient.

Je n'ai jamais abandonné personne, Sam. Jamais.

— 5 —

Le festin se termina en début de soirée et les invités descendirent au crépuscule à la salle des fêtes. Tandis que l'orchestre se donnait à fond, sur le marae, la famille des mariés et les anciens étaient retardés par les adieux officiels au général Collinson.

«À une prochaine fois», lui dit Arapeta.

L'aversion était palpable entre les deux hommes. Les blessures du passé, qui remontaient à l'époque où les Pakeha commandaient et où les Maoris obéissaient, ne s'étaient jamais cicatrisées, jamais refermées.

L'hélicoptère décolla dans un vacarme infernal et tourna au-dessus du marae. Puis les feux clignotants rouges survolèrent Tolaga Bay et se dirigèrent vers le nord, vers Wellington. Il y eut un moment de silence, comme s'ils attendaient tous la permission d'Arapeta avant de bouger.

«Et maintenant qu'il est parti, dit-il, on va enfin pouvoir se lâcher ! Tout le monde au bal !»

Il se tourna vers Sam et remarqua son expression tourmentée. Il se souvint de son discours.

«Tu dois comprendre que j'étais obligé de dire ce que j'ai dit, fils.

– Je sais, papa.

– Je devais apaiser les cœurs et rétablir l'équilibre. Je le devais à Lilly. À George. À tous ceux qui aimaient Turei. Pour que chacun puisse tourner la page et reprendre sa vie.

– Je sais.»

Mais en allant à la salle des fêtes, Sam sentit qu'il s'effondrait. Il se rappela le palomino doré et son père qui avait épaulé sa carabine et tiré. Il s'était précipité auprès du cheval, qui vivait encore. Il avait vu son reflet dans son iris, puis il avait regardé s'éteindre la lueur dorée.

Les proches des mariés arrivèrent et envahirent l'espace qu'on leur avait réservé devant l'orchestre:

«Karangatia ra ! Karangatia ra ! Powhiritia ra !
Nga iwi o te motu, kei runga te marae,
Haere mai…»

La musique était joyeuse et Sam n'avait qu'une envie: voir Cliff. Il avait retrouvé un pays en paix, mais il se sentait piégé dans une zone de guerre. Impossible de le repérer dans la salle bondée et enfumée. Les femmes roulaient des hanches, les hommes frappaient des pieds, heureux de vivre. Leurs yeux étaient écarquillés et brillants, leurs émotions transparentes, car toute l'assemblée débordait d'aroha — d'amour — pour les jeunes mariés.

«Vous nous avez appelés et nous sommes venus,
tout le peuple d'Aotearoa sur ce marae,
où nous célébrons ensemble…»

Quelqu'un rentra dans Sam. C'était Patty, avec sa petite bande de filles. Elle ricana et se pâma devant lui:

«Hellllllo, Sam…»

Son haleine sentait la bière.

«Ça suffit, Patty ! Je veux que tu arrêtes de boire, compris ?»

Elle s'esclaffa de plus belle et se moqua de lui en se mettant au garde-à-vous. Anita poussa un cri aigu en montrant Cliff, qui était avec Bully et Jimbo, à l'autre bout de la salle. Sam songea brièvement au bar de madame Godzilla. Il attira son attention et lui dit par signes :

On ne se serait pas déjà vus quelque part ?

Cliff lui sourit.

Tu me dragues ou quoi ? Si oui, je te préviens, j'embrasse jamais au premier rendez-vous.

La chanson accompagnée de gestes se termina sous les applaudissements. Tous les regards étaient désormais rivés sur Arapeta, qui demanda à George : «M'autorises-tu à inviter ton épouse pour ouvrir le bal ?»

Il s'inclina devant Emma, lui prit la main et la mena au milieu de la piste. L'orchestre entama *Fascination*, Arapeta enlaça la mariée avec dignité et la fit valser. Profitant des applaudissements qui ne tardèrent pas, Sam s'échappa du groupe de filles et alla rejoindre Cliff. Ils regardèrent ensemble Arapeta et ses médailles clinquantes, aux commandes sur la piste de danse comme il l'avait été au champ de bataille.

«Tout va bien avec ton père ?

– Oui. Il ne pensait pas vraiment ce qu'il a dit dans son discours.

– Qu'il l'ait ou non pensé, répondit Cliff après un temps de réflexion, ça ne m'a pas plu – et il ne me plaît pas non plus. Il manipule les gens par la peur. Toi, ta mère, toute la famille. Il a beau être ton père, je me battrai avec lui s'il le faut. C'est un tyran.

– Ne parlons pas de lui, trancha Sam. Pensons à nous…»

La valse se termina. Arapeta ramena Emma dans les bras de George et les musiciens, soulagés de revenir au rock'n'roll, se lancèrent dans un morceau endiablé. Les femmes quittaient leurs souliers à talons hauts et dansaient. Sam rongeait son frein, le regard tourmenté.

«Peux-tu être prêt dans cinq minutes, à peu près ?

– Prêt ? Tu veux partir ? s'étonna Cliff en le dévisageant.

– Oui. C'est l'heure...»

Patty hurla soudain pour se faire entendre dans le vacarme.

«Coucou, Cliff ! Tu m'as promis une danse !»

Il fit un geste désabusé et dit à Sam : «Ne bouge pas ! Je reviens !»

Il suivit Patty sur la piste. Sam l'avait mis dans un tel état d'euphorie qu'il ne put s'empêcher de pivoter et d'exécuter un pas qui fit hurler tout le monde. «Ce Pakeha sait se tortiller !» On s'écarta pour mieux le regarder.

Et il ne déçut personne. En dépit de l'ivresse de Patty, il réussit à la faire passer pour la meilleure cavalière de la salle. Il contrôlait ses mouvements, la faisait tourner et fit d'elle une star. Ils terminèrent sous les sifflets et les acclamations ; Patty était sur un petit nuage.

«Ouah ! dit Sam en riant quand Cliff revint. Où as-tu appris à danser comme ça ?

– Chez les mormons de l'université Brigham Young, lui répliqua Cliff en bâillant exagérément. Les cinq minutes sont écoulées... allons-y !»

Trop tard. Patty était allée trouver le chef du groupe de musique et lui avait murmuré quelque chose à l'oreille. «Bon, tout le monde, dit-il dans le micro, léger changement de programme. Au lieu d'une autre chanson assommante pour George et Emma...»

Les gens rirent et firent semblant d'être insultés.

«Nous allons jouer un morceau spécial pour accompagner notre invité américain. Je vous demande de l'applaudir bien fort... Monsieur Cliff Harper !

– Oh non, grogna-t-il. Qu'est-ce que je vais faire ?

– Tu dois bien connaître une chanson. Un titre de *Yankee Doodle Dandy, La Glorieuse Parade ?* Ou *Le livre des cantiques de la République ?* Réfléchis !»

La salle scandait «Cliff ! Cliff ! On veut Cliff !»

Un éclat passa dans ses yeux. «Je viens de me souvenir d'un morceau que j'avais préparé au collège. Tu m'accordes quelques minutes supplémentaires, Sam ?

– On verra. Je vais peut-être partir sans toi…»

Cliff, irrésistible de timidité, comprenait qu'il ne pouvait pas refuser. Il s'approcha du groupe dans la bonne humeur et parla avec le chanteur. Ce dernier acquiesça et donna des instructions au batteur et au guitariste. Cliff prit la parole.

«Vous savez, je préférerais être aux commandes de mon hélico plutôt que de me retrouver ici devant vous. Je maîtrise tout à fait le pilotage. Le reste, c'est moins sûr. Mais comme je suis forcé de faire un numéro — au fait, merci, Patty…» Elle rougit et ricana. «Je vous propose d'interpréter une chanson traditionnelle de folk américain qu'on aime bien par chez moi. J'ai la chance que les musiciens la connaissent… C'est parti !»

Il fait signe au guitariste qui ouvre avec un accord d'enfer. D'un geste brusque, il se passe les doigts dans les cheveux, projetant des étincelles dorées, puis il exécute un mouvement de hanches qui fait entrer la foule en liesse et commence :

Since my baby left me…

Vlan. Pivote. Garde la pose.

I found a new place to dwell…

Sursaute. Se dandine. Pivote. Sourit.

Down the end of Lonely Street
At Heartbreak Hotel.

Les jeunes filles se mettent à hurler, les anciens restent comme deux ronds de flanc — Cliff se lance dans un numéro à faire pâlir Elvis de jalousie.

I'm so lonely baby…

S'accroupit, trépide, trémule, tressaille, tangue.

Se jette ensuite aux pieds de tatie Annie, l'entraîne sur la piste. Elle fait mine de s'évanouir dans les bras.

I'm so lonely…

Sidéré, Sam le regarde déboutonner sa veste blanche, la faire tournoyer au-dessus de sa tête et la lâcher pour qu'elle atterrisse vers Patty et ses amies — une Anita comblée la reçoit. Le temps d'adresser un clin d'œil à Sam, et Cliff ôte son nœud papillon, taquine les filles, puis le lance à Patty, mais Kara l'intercepte. Il se met à lentement déboutonner sa chemise.

Oh merde… se dit Sam en se couvrant les yeux. *Il ne va quand même pas faire un strip-tease ?*

Il regarde à travers ses doigts. Soulagement. Cliff a semble-t-il décidé de ne pas descendre plus bas que le nombril. Il joint les genoux, écarte les pieds au maximum, et sautille en direction de Sam.

Although it's always crowded…

Cliff a une voix mortelle, égrillarde, obscène. Il joue avec Sam, l'allume ouvertement.

You still can find some room…

Il se tourne vers Florence et Arapeta, qui rient de ses pitreries. Mais soudain, le visage d'Arapeta se fige. Il a remarqué le pendentif autour de son cou. Il n'en croit pas ses yeux, l'Américain porte…

For broken-hearted lovers
to cry there in their gloom…

Arapeta interroge sa femme pour savoir si elle a vu le hei tiki. Horrifiée, elle s'affole, recule et sans réfléchir, se tourne vers Sam, comme pour l'avertir. *Oh Sam, espèce d'imbécile. Imbécile...* Il suffit de ce simple regard pour qu'Arapeta découvre le secret de son fils.

They're so lonely, baby, so lonely...

Sam hurle en chœur avec les autres tandis que Cliff court et se laisse glisser jusqu'à Patty, en faisant semblant de pleurer. Sam aperçoit alors le visage de sa mère, livide et effarouché. Elle lui montre du doigt Arapeta, qui fend la foule comme s'il poursuivait quelque chose. Ou quelqu'un.

So lonely, they could die...

Les musiciens se lancent dans une impro. De tous côtés, les rires et les cris fusent. Ce petit blanc est un sacré bon chanteur !

Arapeta arrive devant la scène, près de Patty. Il a les yeux exorbités et les veines de son cou tendues. Sam le regarde sans comprendre — il ne sait pas qu'il a vu le hei tiki sur le torse de Cliff.

Arapeta se tourne vers Sam. Désarmé devant le spectacle, débordant d'amour, dévorant Cliff des yeux, son visage n'a aucun secret pour son père, qui lit aussi dans son âme. Pendant ce temps, un Cliff déchaîné entraîne une Patty hystérique sur la piste.

So if your baby leaves you...

Il la prend dans ses bras, se penche sur elle, la repose. Il ne voit pas Arapeta s'avancer vers lui.

And you've got a tale to tell...

C'est au tour d'Anita. Il l'attrape, déhanchement, la repose, yeah baby. Seul un mur de spectateurs enthousiastes le sépare d'Arapeta.

Just take a walk down Lonely Street
to Heartbreak Hotel...

Cliff communique avec Sam par signes:

Barrons-nous ! Rendez-vous dehors.

Sam sourit, répond *Pas trop tôt, l'Amerloque* et se dirige vers la porte. Au même moment, Arapeta perce le mur qui le sépare de Cliff et tend le bras, mais il ne parvient pas à l'attraper.

Cliff sort le grand jeu et casse la baraque.

And you'll be so lonely baby…

Sam fait signe à George et à Florence qu'ils sont sur le point de s'en aller.

So lonely…

Un dernier pivot, un déhanchement et un grognement de désir. Les filles hurlent « Ne pars pas, Cliff, ne t'en va pas ! » Mais il leur accorde une grimace, un petit saut, un ultime coup de reins et il les laisse sur leur faim.

You'll be so lonely you could die !

Ils s'enfuient à toutes jambes vers la voiture. Les filles hurlent, bloquent la porte et Patty se précipite en titubant derrière eux. Cliff, hilare, glisse dans le noir et Sam le récupère en train de rouler dans un fossé. Cliff l'étreint et refuse de le relâcher, l'entraînant dans un baiser fougueux qui leur coupe le souffle. Puis ils se relèvent, repartent en courant et sautent dans la voiture. Ils s'enfuient dans un crissement de pneus.

Arapeta parvient à franchir la porte au moment où ils disparaissent. Il bouillonne, aussi furieux qu'anxieux. Les filles font de grands signes d'au revoir. Il entend quelqu'un vomir dans les buissons ; c'est Patty, que la bière a fini par achever. Les yeux rouges, elle grommelle et passe devant son père pour rentrer dans la salle de danse. Il la saisit et refuse de la lâcher.

Dans le lointain, il voit les feux de la voiture de Sam, qui freine avant le virage.

« Va chercher ta mère », ordonne-t-il à Patty.

Il s'est mordu la lèvre et saigne légèrement.

« Nous rentrons à la ferme. Ce soir. »

— 6 —

Sam traversa Tolaga Bay à toute vitesse. Ils se retrouvèrent bientôt sur la route côtière — un ruban de clair de lune serpentant au creux de vallées obscures. Ils riaient toujours à gorge déployée lorsque des ailes frôlèrent le pare-chocs. Sam aperçut les paupières tombantes, les plumes de velours…

« Sam ! Attention ! » cria Cliff.

Sam braqua à gauche, comme s'il essayait d'éviter quelque chose. Il pila et se précipita hors de la voiture, les yeux tournés vers le ciel, vers les arbres. Il se tint sur la pointe des pieds et se pencha en avant, les poings serrés.

Il aurait dû vivre la nuit la plus heureuse de sa vie, mais c'était sans compter sur le visiteur perché dans l'arbre. Il lui adressa un regard furieux, déploya les ailes et lança un appel — mais le nom était indiscernable.

« Pour lequel es-tu venu ? hurla Sam. Répète son nom. Répète-le… »

Cliff rejoignit Sam au bord de la route. « Qu'est-ce qui t'arrive ? »

L'oiseau poussa un cri, prit son envol et disparut dans la nuit.

Sam se tenait la tête, il essayait de comprendre. Il était abasourdi, terrifié.

Ça recommençait. La chouette que George avait vue au Vietnam l'avait suivi jusque chez lui. Pourquoi ? Il aurait dû se douter qu'il ne pouvait pas cracher à la figure des dieux sans conséquence. Il devait être puni, comme tous ceux qui l'entouraient.

Il se tourna vers Cliff pour s'expliquer. Mais que pouvait-il dire ? En voyant sa chemise déboutonnée et le Tunui a te Ika autour de son cou, il comprit pourquoi sa mère lui avait fait signe. Arapeta avait sans doute vu le pendentif et…

«Ça va, Sam ?»

Il tenta de se maîtriser. Il se tourna en direction du marae et de la salle des fêtes. Son père n'allait pas tarder à les rattraper. *Je ne peux plus rien faire,* songea-t-il. *Rien… Advienne que pourra !* Sam sourit. En un geste de bravoure, il chercha la bouche de Cliff. Après le baiser, il regarda derrière son épaule, regarda le grand rien et le grand tout.

«Nous n'avons pas beaucoup de temps», dit-il.

Une heure et demie plus tard, ils étaient à Gisborne. Plus que trente minutes et ils seraient à la ferme.

Sam a l'impression de faire une course contre le temps. Les nuages annoncent l'orage, déchirent la lune, la déchiquettent. Mais plus il va vite, plus le temps ralentit. L'aiguille des minutes tourne, mais chaque minute dure une heure. Plus ils s'approchent de la maison, plus elle semble lointaine. Quand ils finissent par arriver, son cœur tonne de désir et d'effroi.

Cliff le regarde en gémissant et Sam comprend que le destin s'est refermé derrière lui. Il n'y a plus de retour possible. Il doit suivre sa voie et espérer contre tout espoir qu'il pourra échapper à son sort. S'il n'y a plus rien à faire…

«Viens», dit-il à Cliff.

Il le prend par la main et l'éloigne de la maison d'habitation. Ses sens sont amplifiés ; il se trouve à la fois à l'intérieur et à l'extérieur de son corps. En lui, il n'est que désir charnel en fusion. En dehors, il se voit courir éperdument avec Cliff vers l'écurie. Des bourrasques tourbillonnent dans les arbres, provoquant des chutes de branches et de feuilles autour d'eux. Inquiets, les chevaux sauvages hennissent et piétinent, cherchent un moyen de s'enfuir de leur enclos.

La porte de l'écurie claque au vent. Sam va la fermer pour gagner un peu de temps, mais Cliff ne peut plus attendre. Il le suit en lui arrachant ses vêtements. Sa chemise tient à peine sur son dos quand il atteint l'échelle du fenil, sur laquelle il monte, mais Cliff le prend par la taille et défait sa ceinture.

« Ne bouge pas », siffle-t-il.

Sam grogne, se cambre et tend les bras, s'agrippant au haut de l'échelle. Derrière lui, un barreau en dessous, Cliff tombe sous le charme des jeux de lumière sur les épaules musclées de Sam, qui se retourne comme pour s'enfuir, ses deux mamelons noirs se hérissant au milieu des poils de son torse. Des lueurs en cascade lui coulent sur l'aine.

Épinglé, Sam sent les lèvres de Cliff dans son cou et une de ses mains qui se glisse sous son caleçon. Sam gémit, son pantalon lui tombe sur les genoux.

« Non », dit-il en serrant les fesses. Il essaie de repousser Cliff, mais il est trop tard. Celui-ci se déshabille sur l'échelle, sa chemise est à terre, Sam retient son souffle en sentant le torse de Cliff collé à son dos. Il tente une dernière fois de se dégager, levant la jambe droite pour monter d'un barreau, mais Cliff ne le lâche pas.

« Bon Dieu, Sam, que tu as la peau douce. »

Sam n'en peut plus, il a dépassé le point de non-retour.

De sa main libre, Cliff défait sa ceinture et Sam sent sur sa peau le tissu rêche du pantalon et du caleçon qui s'effondrent sur les bottes de Cliff. Sa queue, forte et lisse, se heurte désespérément contre l'intérieur des cuisses de Sam, cherchant un moyen d'entrer. Ses mains serrent celles de Sam sur le barreau supérieur, leurs doigts s'entrelacent. Furieusement collé au dos de Sam, Cliff geint de désir.

« Écarte les jambes, Sam, le supplie-t-il. Je t'en prie… »

Sam lui obéit, se cambre et siffle doucement entre ses dents. Cliff le domine comme une figure divine. Il prend place, son membre luit, tout à fait lubrifié ; il le laisse glisser entre les fesses de Sam, se stabilise et se hisse en lui.

«Oh ! Bon Dieu…» La douleur, il n'avait pas pensé à la douleur.

Sam sent la sueur perler sur son front. Il tente de se dégager, mais Cliff n'est plus capable de s'arrêter. Il le serre contre lui et maintient la pression, s'introduit, glisse et rentre jusqu'à la garde.

«Non, dit Sam, attends…»

Les dents plantées dans l'épaule de Sam, Cliff rugit de lubricité. Il se met à bouger, force, pousse d'un côté puis de l'autre, de haut en bas, de droite à gauche, de haut en bas. Chaque coup de reins est une torture, mais Cliff ne se rend pas compte de la douleur de Sam. Il hurle, le souffle court et rapide, bandant les muscles et mordant à son tour ; il est à l'agonie. Il ferme les yeux et le vertige l'emporte.

Il dégringole à travers Te Po, la Nuit, et dévale Te Kore, le Néant. Sentant qu'il va perdre connaissance, il inspire profondément.

Par pitié, pas l'obscurité éternelle.

Un millier d'années défile avant qu'un minuscule point de lumière apparaisse de l'autre côté du néant. Quelque chose l'envahit, une chose qui répond aux mouvements cadencés de Cliff. Il ouvre les yeux et remarque que le temps s'est étiré, étendu. *Dépêche-toi,* lui dit le vieil homme, *la pluie va bientôt tomber.* Un temple s'élève devant lui et des voix l'appellent : *Haramai, Sam.* Son cœur bat à tout rompre, prêt à éclater.

«Oh ! Sam…»

Les poussées de Cliff sont de plus en plus résolues. Profondes.

Sam voit quelque chose glisser des piliers du temple, humide et luisant. *Tu es comme moi, cobra, apprécions notre brève amitié sous le soleil.* Un bonze en robe safran s'agenouille devant Sam qui sent soudain un soleil exploser en lui et asperger Te Kore de lumière.

Cliff atteint l'orgasme, son corps frémit et déborde. Le choc force Sam à expirer, à se relâcher — et il traverse une forme d'entendement. Une révélation. Il s'ouvre, se rend vulnérable. Et en gémissant, il se met lui aussi à pulser une rivière.

«Sam, oui…»

Ils se retrouvent tous deux à rire et à pleurer en même temps. Plus rien n'a d'importance, ni le passé ni l'avenir. Il ne reste plus que le moment présent.

C'est l'étreinte secrète qui clôt leur journée.

Enfin. Ils l'ont enfin trouvée.

Chapitre quinze

— 1 —

Ma tante Pat poussa un grognement profond, s'agrippa aux accoudoirs du fauteuil et se pencha en avant, le regard perdu dans le passé.

« Sam ! cria-t-elle. Papa arrive… »

Puis elle ferma les yeux, exténuée, à demi inconsciente.

« Tatie », murmurai-je.

J'étais un peu inquiet, mais je savais que je n'aurais sans doute jamais une autre occasion d'entendre l'histoire de mon oncle. Même si parler lui coûtait. Chaque nouvelle révélation la diminuait, la vidait de son énergie.

Je repensai à Sam. Je l'imaginais, comme si je flottais au-dessus de lui, dans les bras de Cliff après l'amour. Je me représentais son abandon, sa vulnérabilité ; je voyais ses yeux écarquillés, ses traits tirés, son expression énigmatique. Je lui attribuai une larme, une seule, que je fis couler de son œil gauche pour scintiller au clair de lune. Je le forçai à me regarder droit dans les yeux et à partager son chagrin silencieux avec moi.

Dans la Grèce antique, un homme continuait à être considéré comme tel s'il était le partenaire actif. Il restait lui-même, conservait sa masculinité. Il pouvait se doucher, s'habiller et poursuivre sa vie. Mais pour le partenaire passif, c'était une autre affaire. Il n'y avait pas de retour en arrière. Avoir accueilli un homme changeait tout. La pénétration n'envahissait pas seulement le centre physique, elle s'introduisait dans une espèce de sanctuaire de l'identité. L'identité masculine dans cet espace avait été construite par la société. Son être était comme estampillé de codes qui le guidaient en l'informant de ce qu'un homme était censé faire et ne pas faire.

Le récipiendaire de l'amour — je le savais d'expérience, ma première expérience — était crucifié ; il devait sacrifier tous ses fantasmes et espoirs de pouvoir vivre comme les autres. Il y avait là de quoi réduire votre sanctuaire en miettes, le pulvériser comme une coquille d'œuf. Que rien ni personne ne pourrait jamais recoller.

Ma tante s'agita, je me tournai vers elle et remarquai une affiche de film sur son mur, une vieille production de la RKO intitulée *Jusqu'à la fin des temps*, avec Guy Madison. Quand j'étais petit et que Pat me gardait à contrecœur, son idée du divertissement était de m'emmener aux séances de l'après-midi du Majestic. Tandis que les autres garçons jouaient au rugby avec leurs amis, j'étais au balcon d'une salle obscure où je regardais des films comme celui de l'affiche, en grignotant du pop-corn ou en léchant une glace au chocolat. Plus grand, un jour où je lui reprochai de m'avoir transmis ses goûts de cinéphile, elle m'avoua qu'elle ne connaissait aucun autre moyen de m'occuper sans organiser d'activités ni avoir à me parler. Encore plus grand, quand je vécus ma première expérience sexuelle sur le balcon avec Jimmy Whelan, je m'étais demandé si elle connaissait tous les plaisirs du cinéma.

« J'ai horreur qu'on me regarde dormir », s'indigna-t-elle d'un ton hostile. Je savais qu'elle était toujours très attentive à son apparence et je m'aperçus que je n'avais pas la moindre idée de qui elle était véritablement. Je ne l'avais sans doute jamais connue, tout comme elle n'avait jamais connu le vrai Michael avant.

«J'ignorais que George avait épousé la sœur de Turei, lui dis-je.

– Ça n'a pas marché. Ces mariages basés sur des obligations sentimentales ne marchent jamais. Et comme je te l'ai dit, George a toujours été un grand sentimental. Ne le laisse pas te berner.»

Elle garda le silence un moment avant de reprendre.

«Sam et Cliff n'ont pas eu beaucoup de temps ensemble. Une heure à tout casser. Sam a levé la tête et il a vu les phares par la fenêtre de la grange. Puis il a entendu le hennissement des chevaux sauvages, comme une mise en garde. Il a su que nous étions arrivés.»

— 2 —

L'éclat aveuglant des phares balayait la grange sans réveiller Cliff. Sam voulait mémoriser son odeur, son goût et son contact. Il le respira, colla son front contre le sien : il se lamentait et pleurait tout ce qui les avait unis. «Cliff !» cria-t-il enfin.

Il s'éveilla en sursaut, regarda Sam et faillit tomber de l'échelle. Se rappelant où il était, il lui décocha un sourire affriolant et se blottit contre lui ; il le désirait à nouveau.

«Qu'est-ce que tu crois ? lui dit-il effrontément. Après tout, je suis un petit gars du Midwest en pleine forme…»

Bouleversé, Sam frissonna et annonça :

«Mon père est là. Nous devons nous habiller.»

Arapeta sortit de voiture et aboya ses ordres.

«Florence, rentre à la maison avec Patty et Monty !»

Florence monta les marches sans un regard en arrière. Elle aurait pu tenir ses enfants par la main, mais elle n'en avait pas la force. Ni pour eux ni pour Sam. Ils allaient devoir se débrouiller seuls. Elle ne voulait qu'une chose : s'éloigner le plus possible d'Arapeta et de ce qui allait suivre. Elle entra dans la maison en fredonnant nerveusement, les yeux dans le vide, et se réfugia dans sa chambre à coucher en prenant soin de fermer la porte.

Patty tenait Monty par la main. Pleine de regrets cuisants, elle supplia son père :

« Papa, ne fais pas mal à Sam s'il te plaît.

– Rentre immédiatement ! »

Avant de lui obéir, elle se mit à hurler tant et plus, comme pour alerter Sam.

« Qu'est-ce que c'est ? » demanda Cliff en entendant un lointain mugissement dans le vent et, peu après, les mouvements paniqués des chevaux sauvages dans leur enclos.

Sam alluma les lumières extérieures. Le mustang noir, qui cherchait à s'évader, était près de la barrière. Il se cabra, frappa des sabots contre le métal et s'effondra soudain en hennissant de douleur, la jambe droite coincée entre deux barreaux.

« Attends-moi », dit Sam à Cliff.

Il se précipita vers les écuries. En le voyant approcher, le cheval se débattit, les yeux écarquillés de peur, le menton écumant.

« Doucement, mon pote, doucement. »

Dans la grange, Cliff vit quelqu'un s'approcher.

Arapeta.

Les doigts de tatie Pat étaient blancs tant ils étaient crispés sur les accoudoirs. Elle affrontait ses souvenirs, essayait de briser son lien au présent et de se transporter dans le passé.

« Papa m'avait ordonné de rester dans la maison, mais c'était impossible. J'ai attendu que maman et Monty soient rentrés, et je suis ressortie en courant. Je n'avais que mon frère et Cliff à l'esprit ; je redoutais ce que papa allait leur faire. J'adorais Sam. Quand il était au Vietnam, je lui écrivais tous les jours. Je ne cessais d'appeler son nom en espérant qu'il m'entende et qu'il s'enfuie. Je suis arrivée à la grange. J'ai vu papa. J'ai vu Cliff. Mais Sam n'y était pas. Je me suis tapie dans le noir, mon père parlait à Cliff Harper…»

Patty voit Arapeta se rapprocher de Cliff, feinter sur la gauche, feinter sur la droite – il étudie les faiblesses dans la défense de son adversaire. Se souvenant de la témérité du jeune Américain, il fait un signe de tête résigné, puis ricane sans la moindre trace d'humour.

«Monsieur Harper, quand l'Allemagne s'est enfin rendue, j'étais avec l'état-major du colonel Awatere. J'ai participé à l'assaut sur le poste de commande secret d'Hitler. J'ai participé à la mise à mort.»

Les deux hommes se dévisagent. Le père d'un côté. L'amant de l'autre.

«Le colonel Awatere était présent, avec plusieurs généraux alliés. Savez-vous ce qu'il a fait ? Il a déboutonné sa braguette et il a uriné sur le tapis. Les autres tentaient de l'en empêcher et certains se sont offusqués. "Vous ne pouvez pas faire cela !" Awatere leur a répondu. "Ah non ? Regardez-moi ! Lorsqu'un Maori fait la guerre, il ne pense qu'à l'issue finale : manger la tête de son ennemi. Quand c'est impossible, ce geste correspond à une expression équivalente de doux bonheur et de mépris pour le vaincu".»

Son discours a beau être enveloppé, Cliff le prend de plein fouet, en plein plexus solaire. Mais il tient bon, ne faiblit pas.

«Vous n'avez pas peur ? lui demande Arapeta. Vous devriez. Vous étiez mon invité et vous avez trahi mon hospitalité. Avant que le matin se lève, j'aurai mangé votre tête.»

Tatie Pat porta son bras à sa bouche. Elle oscillait entre passé et présent, les souvenirs la terrifiaient et l'éprouvaient au plus haut point. Ses yeux écarquillés clignaient rapidement, elle cherchait à me restituer cette nuit comme elle voulait se la rappeler.

« Ils ont commencé à se battre, Michael. Cliff avait l'avantage de la jeunesse, mais il n'avait pas compté sur la force de mon père. Quand il se dressa sur la pointe des pieds pour asséner un premier coup sec, suivi d'un deuxième du gauche, puis un du droit… Cliff comprit qu'il avait affaire à un excellent boxeur. Il leva le coude gauche pour parer et avant que papa puisse déjouer sa garde, il s'éloigna. Ils se tournaient autour, se cherchaient… »

Cliff s'éloigne d'Arapeta en se protégeant le visage, léger sur ses pieds et bien équilibré. Les bras en parade, il ne cesse de sautiller, sans quitter son adversaire des yeux. Il voit les narines d'Arapeta frémir et se prépare à une nouvelle série de punchs. Il les bloque tous, puis se prend au jeu, riposte rapidement — un, deux, trois — et finit par toucher Arapeta au menton. Déséquilibré, ce dernier tombe à la renverse.

« Vos menaces ne me font pas peur, lui dit Cliff. Je me fiche que vous soyez le père de Sam, vous n'êtes qu'un homme à mes yeux. »

Il s'aperçoit qu'il a gagné la première manche et Arapeta, surpris, goûte le sang sur ses lèvres. Il se relève et repart à l'attaque, coups, feintes, uppercut, essayant de fragiliser la défense de Cliff.

« Non seulement vous n'êtes qu'un homme, le nargue ce dernier, mais vous êtes un vieil homme. Votre orgueil vous aveugle et vous empêche de voir qui je suis vraiment. Vous me croyez faible parce que je suis amoureux de votre fils. Mais vous n'avez pas le dessus. J'ai été entraîné par des plus costauds que vous. Vous pensez qu'on devient pilote d'hélicoptère comme ça ? J'ai mérité mon grade, Arapeta, j'ai suivi un programme d'entraînement extrême, à un point dont vous n'avez pas idée, y compris en boxe. Vous n'êtes pas à la hauteur, Arapeta. Vous êtes chef depuis si longtemps, vous vous croyez invincible. Eh bien détrompez-vous, espèce de fils de pute. Vous êtes un tyran, une brute. Ah, vous voulez me manger la tête ? Vous êtes fini, espèce de vieillard.»

Cliff passe à l'offensive. Il établit un rythme en menant du gauche. Un et deux et coup de poing. Un et deux et parade. Il voit une ouverture, prend Arapeta au dépourvu et lui envoie un direct du gauche qui l'atteint sur la joue droite et finit sur le nez.

Arapeta recule en titubant. Le choc se lit dans ses yeux. Toute sa vie, il a été le roi, il a été le chef, et il a obtenu ces titres en vertu de ses prouesses physiques.

Cliff hésite. Mais il n'y a pas d'autre solution. Arapeta, le patriarche, doit être détrôné par la force. Il doit être exposé pour ce qu'il est. C'est le seul moyen d'affranchir Sam. De neutraliser toutes les manipulations psychologiques de son père.

Il s'approche à nouveau d'Arapeta, prêt à le mettre K.O. cette fois-ci et à foutre en l'air tout ce qu'il représente.

Au même moment, Sam parvient à libérer la jambe du mustang noir qui se redresse et s'échappe immédiatement, suivi de la harde. Ils se dirigent vers Cliff et Arapeta. Le père de Sam n'a pas le temps de s'enfuir, il doit s'écarter pour éviter l'animal qui se cabre devant lui, le menace d'un coup de sabot, le bouscule et le renverse.

«Je ne pouvais penser à rien d'autre qu'à mon père gisant par terre, poursuivit ma tante. J'ai accouru en hurlant. J'ai ressenti pour Cliff ce que je ressens encore pour lui aujourd'hui : une haine terrible. Il était entré dans nos vies pour les détruire. Je le détestais pour ce qu'il avait fait à Sam…»

Pris de panique, Sam voit sa sœur sortir de l'ombre et se précipiter vers son père. Elle se penche sur lui, se relève d'un bond et se met à marteler Cliff Harper avec ses poings. Sam les rejoint et Arapeta dit un seul mot :

«Fils…

– Sam, tu n'as plus rien à faire ici, l'interrompt Cliff. C'est à moi que tu appartiens, maintenant.»

Arapeta a la lèvre en sang, le visage contusionné et enflé. Patty hurle : «Ne l'écoute pas, Sam. Tu ne peux pas nous quitter, on t'aime…» Elle se lève et se remet à frapper Cliff.

«Je suis ton père, Sam», dit Arapeta.

Cliff regarde Sam batailler, essayer de choisir entre son père et lui. Des milliers d'années semblent s'écouler avant qu'il soupire enfin et caresse la tête d'Arapeta.

«Non, Sam…»

Mais toute sa vie, Sam a obéi. Toute sa vie, il a désiré une seule chose : l'amour de son père. Un père qui est ce qu'il est, mais dont l'autorité ne peut être contestée. Appartenant à un peuple qui est ce qu'il est, mais qui est sien : après tout, il est Maori.

Cliff comprend que Sam et lui sont dans Te Po, qu'ils dégringolent dans l'obscurité. Il entend Sam crier : «Tu dois partir ! Va au diable et laisse-moi !» Le seuil de Te Kore, le Néant, se dessine. C'est un trou noir inondé d'étoiles. Sam lance un appel aux dieux susceptibles de l'écouter : *c'est à moi de payer le prix. S'il vous faut un sacrifice, je suis votre homme*. Reprenant des forces, il donne un coup de pied à Cliff et l'éloigne de Te Kore. Il franchit seul l'entrée.

Cliff est conscient d'avoir perdu.

«Je veux que tu partes, lui dit Sam.

– N'écoute pas ton père. Il t'a déglingué le cerveau. Il te manipule.»

Sam doit donner à Cliff la permission de partir :

«Hé, Harper ! Tu sais ce que "haere ra" signifie ?»

Cliff se souvient du sauvetage, de Sam sur le terrain avec Gonzalez tandis que les Vietcongs s'approchaient. Il avait tranché la cime des arbres avec les pales de son hélico pour apercevoir Sam.

«Prends la voiture de location. Pars…

– Tu ne peux pas me demander ça, répond Cliff en une ultime tentative. Tu sais que je n'abandonne personne. Jamais. Je vais te tirer d'ici, Sam. Viens avec moi, je t'en supplie. Maintenant.

– Je te rejoins dès que je peux.»

Sam se veut convaincant, il doit faire partir Cliff.

«Tu me rejoindras ? demande Cliff, dont le visage livide exprime le doute et la peur.

– Je peux pas laisser papa dans cet état», répond Sam.

Il adopte un ton raisonnable, cherche à faire appel au sens du devoir du campagnard de l'Illinois. Au rôle d'un fils envers son père. Pourquoi Cliff doit-il toujours être aussi têtu ?

«D'accord, Sam. Je quitte Auckland vendredi, dans deux jours. Je dois être à l'aéroport à 20 h 30. Mon avion décolle à 22 heures. Je t'attendrai et t'as intérêt à y être, tu m'entends ? Tu m'entends ?»

Il s'exprime avec la folie de la passion, avec la furie de la frustration. Ses yeux brillent de rage et d'impuissance et il donne soudain de grands coups dans le vide, puis retourne ses poings contre lui, se frappe en tournant comme un animal en cage, se cogne à tout ce qui croise son chemin dans le noir.

«Putain…»

Il revient à la lumière pour adresser un geste de désir à Sam.

Sam doit être fort. Il lui parle par signes.

Ne pleure pas, Cliff. Nous avons toute notre vie devant nous. Laisse-moi régler la situation ici et je te rejoindrai.

Les doigts de Cliff tourbillonnent. Il n'est pas convaincu.

Je te crois pas, espèce de salaud.

Tu dois me croire. Tu dois croire ce que je vais te dire. Sam met tout son cœur dans ses mots. *Je t'aime, Cliff.*

Cliff le regarde, les brins dorés de ses cheveux brillent au soleil.

Tu m'aimes ?

Sam répond avec véhémence :

Je t'aime depuis la première fois que je t'ai vu. J'aime tout en toi. Tes yeux, ton rire, ton charme, ta manière de te soucier de moi, ta manière d'être, tout. Nous sommes allés trop loin ensemble, rien ne peut nous arrêter.

Cliff soupire et hoche la tête. Il essuie ses larmes avec le revers de manche, cherche un mouchoir dans sa poche, n'en trouve pas, et se mouche dans un pan de sa chemise.

Je veux que tu me promettes que tu me rejoindras.

Ses mouvements de doigts sont obstinés, insistants.

D'accord, putain, d'accord. Je te le promets. Mais tu devrais savoir que tu es dans mon cœur et que personne ne pourra t'en chasser. Tu y seras toujours.

Cliff refuse de bouger. Exaspéré, Sam ramasse des pierres sur le chemin et commence à les lui lancer.

« Va-t'en, putain de sale cabochard yankee ! »

Cliff s'éloigne, stupéfié. Il se résigne, mais ne s'apaise pas. Il hurle, glisse les mains autour de son cou, arrache la cordelette de Tunui a te Ika et jette la figurine de jade vers Sam. Elle pirouette, culbute, s'enflamme et se transforme en oiseau de feu.

Sam attrape le pounamu et le regarde d'un air morne.

« Rapporte-le-moi, lui ordonne Cliff. Tu m'entends, espèce de salaud, je veux que tu me le rapportes.»

Il montre Sam du doigt. *Toi.*

Bruit d'un hélicoptère de combat.

Il se montre du doigt. *Moi.*

Les rotors tranchent le soleil.

Cliff dresse les deux pouces, l'un contre l'autre. *T'aime.*

Il salue et disparaît.

— 3 —

Tante Pat soupira et ferma les yeux.

«Cliff avait raison, bien sûr : Sam aurait dû partir avec lui. Mais après la bagarre avec papa, il avait sans doute décidé de ne pas le rejoindre.

– Pourquoi ? lui demandai-je.

– On en revient à la question que je t'ai posée quand je suis venue te voir. Qu'est-ce qui compte le plus, Michael, le fait d'être Maori ou d'être gay ?

Et il me semble t'avoir répondu que personne ne devrait avoir à choisir…

– Mais tu as choisi, toi, dit-elle. Tu t'es enfui. Tu es parti à Wellington. Sam est resté, lui. Et en restant, il a choisi d'honorer son père et sa culture. Je crois que c'est le fouet qui l'a fait changer d'avis…»

Ses mots me glacèrent le sang.

«Le fouet ?

– Je t'ai déjà dit que ton grand-père était pire, bien pire que ton père, répliqua-t-elle, agacée que je n'aie pas encore saisi. Il ne connaissait pas de compromis. Pour lui, tout était absolu. Noir ou blanc. Vrai ou faux. Bien ou mal. Et le mal devait être puni, ce n'était que justice…»

Le châtiment commença le jour après que Cliff avait quitté la ferme. Toute la journée, Arapeta fit comme si rien ne s'était passé à la grange – comme si Cliff Harper n'avait jamais existé. Sam et lui se levèrent et déjeunèrent comme tous les matins. Jake, Jimbo et Bully vinrent aider à marquer les chevaux sauvages. À chaque crépitement du fer rouge, Sam avait l'impression que c'était sa peau que son père brûlait. Mais quand la nuit tomba, la colère d'Arapeta s'abattit avec elle.

Florence débarrassait la table quand il se décida. Il lui fit signe de s'asseoir et regarda Sam :

«Dans l'ancien temps, fils, il n'y avait pas de place pour les gens comme toi. Ils auraient été éviscérés, leur tête plantée au bout d'une pique pour nourrir les oiseaux. Les hommes comme toi insultent le sperme qui nous est donné pour une seule et unique raison. Le même sperme qui s'est éteint à l'intérieur de mes camarades tombés au champ d'honneur. Le sperme destiné à la procréation, aux enfants. Ne sais-tu pas que le sperme est sacré ?»

Sam baissa la tête. Les punitions de son père commençaient toujours ainsi, par un sermon devant toute la famille.

Arapeta frappa la table si violemment que des verres tombèrent par terre ; les assiettes et couverts s'entrechoquèrent. Florence poussa un petit cri. Son mari se leva et pointa frénétiquement du doigt vers Sam.

«Tu es un affront à ton iwi. Tu es un affront à tout ce pour quoi mes camarades et moi — le bataillon maori — nous sommes battus.»

Il brandissait ses accusations, les assénait sur la tête de Sam.

«Tes ancêtres pleurent dans leur tombe. Les entends-tu, mon fils ? Tu es censé être un guerrier. Au lieu de cela, tu es une femme. Tu renies tes droits, ton mana et ton statut sacré d'homme. Tu renies aussi tous les privilèges que tu aurais dû hériter de moi. J'ai honte de toi. Tu me dégoûtes.»

Ses postillons volaient. Oui, c'était toujours ainsi que ça commençait. D'abord les injures, puis…

Il fit le tour de la table et tira la chaise de Sam qui tomba. Il le releva, le redressa… et l'embrassa.

«Je t'aime, fils, mais je dois te punir.»

Sam s'y attendait. Il était soulagé que le moment soit venu, il voulait juste en finir. Il était plus facile pour tout le monde d'en terminer rapidement et de revenir à la normale.

Il sortit de la pièce, pensant qu'Arapeta allait dire au reste de la famille d'attendre à l'intérieur. Mais ce fut différent, cette fois-là.

«Florence, tu vas m'accompagner avec les enfants.

– Non, le supplia-t-elle.

– Ils n'ont pas besoin de venir, dit Sam, cette affaire est entre toi et moi, seulement nous deux.»

Arapeta s'obstina. Et Sam se sentit entrer en rébellion.

La famille entière descendit à la grange. Les chiens aboyaient et, dans le paddock, les mustangs soufflaient un doux hennissement, comme un vent. La lune était ballonnée, pleine.

Arapeta s'arrêta dans les enclos où les chevaux avaient été débourrés.

«Haramai e tama», dit-il. Sam s'avança vers lui. «Enlève ta chemise.»

Sam obéit. Sa peau était luisante sous le clair de lune. Son père le poussa et l'adossa à la barrière. Il voulait lui faire face. Le cœur de Sam s'emballa, car cela aussi était nouveau. Dans le passé, il l'avait toujours frappé dans le dos. Mais avant qu'il puisse protester, Arapeta avait lié ses poignets avec une corde pour l'écarteler contre la barrière.

«Qu'est-ce que tu vas faire, papa ? hurla Patty.

– Sam a été vilain», dit Florence.

Elle regarda son mari aller chercher son fouet dans le hangar.

«Maman, la supplia Sam, prends les petits avec toi et partez ! Maman ?» Mais il était trop tard, Arapeta était revenu. Désespéré, Sam leur cria : «Les enfants, tournez-vous. Couvrez-vous les yeux ! Papa, ça ne les concerne en rien, laisse-les partir.

– Ils restent !» répondit le patriarche d'une voix caverneuse. «As-tu demandé le pardon de Dieu ? lui murmura-t-il à l'oreille.

– Écoute, répondit Sam en se rebiffant. J'ai choisi de rester parce que tu es mon père. Je reste parce que je sais que j'ai des obligations envers toi et envers notre iwi. Fais ce que tu as à faire, mais laisse Dieu en dehors de tout ça.

– Ne veux-tu pas te repentir ?

– J'ai fait ce que j'ai fait, tu peux me punir pour mes actions. Mais si l'on parle de ce que je ressens… dit Sam, surpris de l'aisance avec laquelle lui venaient les mots. Comment pourrais-je demander à Dieu de me pardonner alors que je n'avais aucunement le sentiment de faire le mal ?

– C'est un péché, fils. N'as-tu donc aucun remords ? Aucune honte ?»

Sam s'étonna de constater que non, il n'avait aucun regret. Aucune honte.

«Je n'ai pas péché», dit-il.

C'était la première fois qu'il s'affirmait, qu'il assumait qui il était et ce qu'il était devenu — il se mit à rire. Et il riait encore quand Arapeta prépara le fouet en le disposant sur le sol comme un serpent, prêt à frapper.

«Tu refuses donc de te repentir ?» fulmina-t-il, les yeux exorbités de rage. Il avait le sentiment que Sam se moquait de Dieu, mais aussi de lui. «Je vais t'apprendre l'obéissance et te faire perdre l'envie de rire.»

Une fois qu'il était lancé, il était impossible de l'arrêter. Il devait finir ce qu'il avait commencé, jusqu'à ce qu'il décide que ça suffisait. En dépit des protestations de Sam, il cingla le fouet en diagonale sur le torse, le laissa s'enrouler autour de son cou, comme une embrassade amoureuse. Il revint à la charge et Sam cracha en sentant son contact froid sur son ventre.

Peu importe que j'aie tort ou raison, que je sois coupable ou innocent, songea-t-il, *je serai puni de toute façon.*

«Tu ne comprends donc pas que j'ai choisi de rester, papa ? Je l'ai fait par amour pour toi...

– Tu dis m'aimer alors que tu as souillé tout ce que je t'ai donné. Ta virilité, ta tribu, ton histoire ! Tu me dégoûtes, fils. Je regrette le jour où tu es né.»

Le fouet s'arqua et trancha la lune en deux. Le deuxième coup sillonna la nuit, fendit des météores. Le troisième atteignit l'horizon, déchiqueta l'obscurité et fit saigner le paradis. Au quatrième, des traînées dégoulinaient comme des comètes vermeilles. Au cinquième, le sang coulait sur la lune comme une rivière.

«Oh, satané petit tane...»

La cravache entailla la peau de Sam et la douleur le paralysa. Florence pleurait à chaudes larmes. Patty et Monty étaient horrifiés.

Dix coups — et à chacun d'entre eux, Sam se rebellait davantage jusqu'à ce qu'il bouillonne de rage contre son père et tout ce qu'il représentait. Arapeta reposa enfin le fouet. Sam crut que son épreuve était terminée. Patty alla chercher de l'eau à la pompe et Florence commença à détacher les cordes.

«Laisse-le, ordonna Arapeta. Il ne s'est toujours pas repenti.

– Sam, dit-elle entre deux sanglots, demande des excuses à ton père. Mens s'il le faut, mais finissons-en.

– Je ne peux pas maman, lui répondit-il en souriant. Papa refuse de m'accepter tel que je suis, je m'en rends compte à présent.»

Il leva les yeux et soutint le regard de son père.

«J'aurais dû partir avec Cliff.

– Tu me tournes le dos ? Moi, ton propre père ? Tu refuses de te repentir ? Très bien.»

Sam ne demandait pas de quartier. Arapeta ne lui fit pas de quartier. Dix coups supplémentaires. Dans le paddock, les chevaux tournaient en rond. Les chiens avaient cessé d'aboyer et gémissaient, tiraient sur leurs chaînes, essayaient de se réfugier tout au fond de leurs niches. Entre deux pertes de conscience, Sam se souvint d'une histoire qu'il avait entendue au catéchisme. Elle se déroulait pendant la guerre dans les cieux. La milice céleste était victorieuse et, lors des pourparlers de paix, Dieu dit à Satan "si tu te prosternes devant moi, je te pardonnerai et tu pourras rester au paradis. Si tu refuses, tu seras banni en enfer…"»

Arapeta interrompit ses pensées :

«Promets-tu de m'obéir, fils ? Vas-tu te repentir ?»

La réponse de Sam était toute prête.

«Je ne me prosternerai pas devant toi. Je préfère régner en enfer que devoir te servir au paradis.»

Il s'évanouit et ne sut pas combien de temps il resta inconscient, mais à travers le brouillard de douleur et de chagrin, il entendit sa mère hurler :

«Non, Arapeta, ça suffit. Arrête ! Arrête !

– Écarte-toi, Florence. Toi aussi, Patty…

– Non, répéta-t-elle. Tu devras d'abord me tuer…»

Leur dispute parvint aux oreilles de Sam, mais il devait l'imaginer, car sa mère ne se battait jamais avec…

Il sentit alors une espèce de pluie tiède qui lui éclaboussait le visage. Il soupira, ce devait être fini, comme c'était tiède, si tiède…

Mais Florence poussait des cris hystériques et Sam comprit qu'il se passait quelque chose de grave. Il se força à s'éveiller et leva le bras gauche pour se protéger de la pluie et voir ce qui se passait. Il se mit à trembler de désolation.

Ce n'est pas possible. Pourvu que ce ne soit qu'un mauvais rêve.

Son père était campé devant lui, le pantalon déboutonné. Sam poussa un cri d'horreur et roula pour échapper au jet de pisse.

«Espèce d'animal», dit Florence à Arapeta avec un regard haineux.

Sam s'essuya le visage, incrédule. Le monde avait basculé dans la démence.

«Qu'est-ce que tu m'as fait, papa ?»

Arapeta se reboutonna.

«Tu n'es plus mon fils et tu n'es plus un homme. C'est toi qui aurais dû revenir dans le cercueil de plomb à la place de Turei.»

Il soupira et, dans un élan de tendresse, embrassa Sam sur les deux joues.

«Pars maintenant, Sam. Puisse Dieu avoir pitié de toi...»

Ma tante Pat ouvrait la bouche sur un cri silencieux.

«Pendant trente années, j'ai vécu avec cette nuit sur ma conscience. Par son geste, papa avait exilé Sam, l'avait banni à tout jamais. Sam gémissait, rendu à moitié fou. Nous l'avons ramené dans la maison, nous l'avons baigné et nous avons soigné ses blessures. Mais le mal dépassait son état physique.

«"Maman, Patty, je dois partir, nous a-t-il dit. Papa m'a privé de pays. Je n'ai nulle part où aller. Je vais retrouver Cliff."

«C'est maman qui a tout organisé. La veille du jour où Cliff devait quitter Auckland, elle a téléphoné à George et lui a demandé si elle pouvait emprunter sa voiture. Elle a conduit Sam en ville pour la récupérer. Quand il est parti, je me suis jetée à son cou et je lui ai dit que je l'aimais.»

Ma tante pleurait à chaudes larmes.

«Je crois que c'est arrivé autour de 17 heures. Sam était à deux heures d'Auckland. Il était presque au niveau du carrefour des autoroutes Tauranga et One, au pied des Bombay Hills. C'était un vendredi soir, à l'heure de pointe, il y avait beaucoup de circulation. Les gens étaient impatients de rentrer chez eux, des poids lourds essayaient de rejoindre Auckland depuis le port de Tauranga. Il y a eu un accident entre un camion, une voiture… et Sam. Un atroce carambolage. Et bref, Sam… Sam a été tué.»

Ma tante pleurait tant que j'ignorai son aversion des contacts physiques et l'enlaçai. Mais elle me repoussa en hurlant.

«Laisse-moi tranquille ! Ce n'était pas ma faute, je ne voulais pas, je n'y étais pour rien…»

Elle était inconsolable.

— 4 —

Ce soir-là, alors que je dormais chez ma tante, je fis le cauchemar habituel dont je me réveille en criant. Mais il avait une variation : j'étais observateur plutôt qu'acteur. Je voyais un jeune homme trébucher sur une route qui ne finissait jamais. J'entendais un vrombissement. Quelque chose surgissait de l'obscurité derrière lui. Le jeune homme s'arrêtait et se retournait. Je reconnaissais ce qui le poursuivait. «Cours !»

Vous savez ce que c'est, dans ces rêves récurrents. L'adrénaline monte. La peur vous glace le sang. Vous gémissez et vous vous débattez. Vous attendiez-vous vraiment à ce que le cauchemar se termine ? Ah, quel idiot vous faites ! Il vous a encore pris au dépourvu.

Le jeune homme se mettait à courir, mais pouvait seulement se déplacer au ralenti. J'essayais de l'aider, l'encourageais à se hâter. *Plus vite. Encore. Plus vite.* Je m'entendais gémir d'impuissance, suer de tous mes pores.

Je voyais l'étalon. Les yeux en feu. Les sabots projetant des arcs d'étincelles. Puis le cheval ne le suivait plus, il l'encerclait en formant des anneaux enflammés comme un nœud coulant se resserrant autour de son cou. *Tagada, tagada, tagada.* Et soudain il se dressait devant le jeune homme, se cabrait et s'écrasait sur lui.

Mais ce n'était plus un étalon. C'était un camion fonçant dans la nuit.

Je me réveillai en criant son nom : « Non, oncle Sam, NON ! »

Le lendemain matin, ma tante me raccompagna à l'aéroport de Gisborne. Son visage était serein et je ne l'avais jamais vue aussi belle. En me racontant l'histoire de Sam, elle s'était libérée de trente années de culpabilité, de déni et de chagrin.

Je l'embrassai sur la joue, car il était l'heure d'embarquer. Elle me sourit et dit :

« Oui, c'est vrai. Tu lui ressembles. »

Je me décidai à ce moment-là.

« Tatie, je dois bientôt aller au Canada. Je crois que je vais faire une escale à Chicago…

– Tu veux essayer de trouver Cliff Harper ?

– Oui. »

Elle se jeta dans mes bras.

« Merci, Michael. Il ne reste plus que ça à faire, n'est-ce pas ? Trouve Cliff, trouve-le. Après toutes ces années, tu sais ce qui me hante encore ? C'est que Cliff n'a jamais su que Sam allait le rejoindre à l'aéroport. Nous devons nous faire pardonner pour ce qui est arrivé à Sam et rétablir la vérité.»

Je me dirigeai vers l'avion, lorsque j'entendis ma tante m'appeler :

«Il faut que Cliff sache. Trouve-le et explique-lui.»

Cinquième partie

À la recherche de Cliff Harper

Chapitre seize

— 1 —

Puisse Dieu avoir pitié.

Je revins à Wellington lundi matin. Dans l'avion, je ne cessai de repenser à ce que ma tante m'avait confié sur Sam, Cliff et Arapeta. En particulier, je n'arrivais pas à me sortir de l'esprit l'expression de mon grand-père : «Puisse Dieu avoir pitié.» Je l'avais entendue ou lue avant — mais où ? Puis, je me souvins. C'était l'ultime phrase du journal de mon oncle, celle qui n'était pas écrite de sa main. Arapeta en était-il l'auteur ? Si oui, s'agissait-il d'un regret de dernière minute ? D'un acte de rédemption à la mort de son fils ? Je l'imaginais fouiller dans ses affaires après avoir appris la nouvelle de l'accident. Trouver le journal. Prendre son stylo et, la main tremblotante d'émotion, griffonner ces quelques mots.

J'essayai de concilier mes souvenirs de lui avec un tel acte de contrition.

«Va embrasser ton grand-père», me disait papa quand nous lui rendions visite. Nous avions déménagé à l'époque, notre petite famille s'était installée à une dizaine de kilomètres de la ferme, à l'emplacement actuel des vins Mahana. Tatie Pat avait choisi de rester avec ses parents et de s'occuper d'eux.

Grand-père était un homme sombre avec des rides qui semblaient avoir été taillées au couteau. Il était sur ses vieux jours. Il avait transformé les terres familiales en vignobles et en avait confié l'exploitation à mon père. Il ne quittait plus son lit depuis un AVC qui lui avait aussi paralysé un côté du visage. Ses yeux étaient toujours humides et un filet de salive s'échappait en permanence de la commissure droite de ses lèvres. L'attaque avait peut-être dompté son mauvais caractère. Tout ce que je sais, c'est que je l'associais aux dimanches et que je l'embrassais sur la joue gauche ou sur le front pour éviter la petite flaque visqueuse. J'avais l'impression qu'il était fier de moi et il m'autorisait parfois à tenir ses médailles et sa badine.

J'avais huit ans quand il mourut. Je m'étais réjoui de pouvoir rater un jour d'école.

Son tangi était gigantesque, toutes les tribus du monde maori étaient représentées. Le général Collinson, son ancien ennemi désormais à la retraite, assista aux obsèques avec des huiles de l'armée. J'entendis d'éloquents discours retraçant son illustre carrière militaire et glorifiant ses vertus. Ses camarades du bataillon maori exprimèrent leur chagrin dans un haka saturé de rage, de roulement d'yeux et de veines tendues. Pendant ce temps, assises à côté du cercueil ouvert, grand-mère Florence et tatie Pat caressaient le visage et les cheveux du défunt. Les hommes hurlaient leur colère, les femmes se lamentaient ; je n'ai rien entendu de tel depuis.

Forcément, un être aussi révéré avait pu se racheter en éprouvant des remords pour ce qu'il avait fait à son fils. Forcément.

— 2 —

Roimata vint me cueillir à l'aéroport de Wellington.

«T'as un passeport ? me demanda-t-elle. En cours de validité ? On part au Canada dans une semaine et je veux être sûre que tu sois dans l'avion avec moi !»

On se rendit directement au bureau de Toi Maori pour une réunion de planification stratégique avec les administrateurs. On les surnommait les Jedi maoris et le président, Obi-Wan Kenobi. De son vrai nom Piripi Jones, il était fermier à Eketahuna et sa douce disposition dissimulait un militantisme de la première heure pour les droits maoris.

«Bon, dit-il, voyons comment notre proposition a été reçue. Roimata, tu veux bien commencer ?»

Elle se grandit et ronronna de plaisir.

«Je vais demander à mon collègue Michael, à qui j'ai confié la rédaction du projet, de vous en faire le compte-rendu.»

J'adressai un sourire tout en dents à la charmante Roimata et me lançai :

«Comme vous le savez, les arts maoris ont trop d'importance pour que leur financement transite par le Conseil des arts : nous avons donc demandé à être rattachés directement au gouvernement. En dépit du soutien que nous a accordé le ministre des Affaires maories, le Conseil a réussi à dissuader le Premier ministre. Nous devons contre-attaquer.

– Contre-attaquer ? s'étonna Obi-Wan Kenobi.

– Ils nous sortent les arguments habituels : ils prétendent que la structure actuelle peut répondre aux besoins pakeha et maoris. Inutile donc d'en créer une distincte…

– Le problème, c'est que les Pakeha récupèrent toutes les subventions, et nous, les miettes, ajouta Roimata.

– Ils disent que si les Maoris sortent du cadre, ça reviendra ni plus ni moins à un développement séparé…

– L'épouvantail habituel de l'apartheid», précisa Roimata.

Elle ne pouvait s'empêcher de commenter, de montrer qui était aux commandes.

«Ils n'aiment pas l'idée de diviser les financements selon des critères raciaux alors qu'il y a des artistes maoris dans tous les domaines : le ballet, l'opéra, le théâtre ou le cinéma.

– Et le pire, compléta Roimata, les yeux brillants de colère, c'est que le Conseil a récupéré les Maoris qui sont à sa botte pour s'opposer à nous et dire que les subventions doivent répondre à des critères de qualité, pas de race. Bien sûr, un artiste maori peut réussir dans le modèle pakeha, mais seulement à condition qu'il peigne, chante ou joue comme un Pakeha !»

Roimata fulminait. Les Jedi lurent notre compte-rendu à voix basse et débattirent entre eux. Puis Obi-Wan se tourna vers moi :

«Que préconises-tu, Michael ?»

Je décidai de ne pas mâcher mes mots.

«Je propose de prendre le taureau par les cornes. Pourquoi le Conseil des arts devrait-il être le seul interlocuteur du Premier ministre ? Ils espèrent retarder le processus pendant que nous formulons une réponse. Nous devons donc les court-circuiter et parler directement au gouvernement. Sinon, nous raterons le budget de cette année.

– Et toi, Roimata ? demanda le président. Est-ce que tu recommandes aussi que nous nous adressions au Premier ministre, sans intermédiaire ?

– Tout à fait, dit-elle en me lançant un regard admiratif. Michael m'a ôté les mots de la bouche.»

Obi-Wan se carra dans son siège. Lui non plus n'était pas adepte de la langue de bois.

«Quand revenez-vous du Canada ? Prenez rendez-vous avec le Premier ministre. Et arrêtons de tortiller du cul pour chier droit.»

Les autres Jedi approuvèrent.

«Les membres de la conférence du Canada n'ont qu'à bien se tenir, conclut Piripi, un éclat dans l'œil. Vous y aborderez les mêmes sujets, alors ils feraient mieux de se mettre à l'abri. Vous êtes de la dynamite, tous les deux !»

— 3 —

Je dus attendre le milieu de l'après-midi avant de me pencher sur le cas de Cliff Harper. Pour dire la vérité, j'avais besoin d'un moment de réflexion. L'idée de partir à sa recherche ne manquait pas de sentimentalité, mais elle cachait autre chose. Ma tante avait parlé de la nécessité de «rétablir la vérité». Ma propre motivation était sans doute plus complexe. Privé de la connaissance de l'existence même de mon oncle pendant de si longues années, agir pour lui était aussi une manière de me découvrir moi-même.

Vers les 16 heures, mon côté rationnel avait établi plusieurs contre-arguments convaincants. Cliff Harper avait désormais la cinquantaine bien tassée. Qui sait s'il était encore vivant ? S'il l'était, comment réagirait-il au coup de fil d'un inconnu sur des événements survenus trente ans auparavant ?

Je m'interrogeais sur le degré de confiance à accorder au journal de Sam et à la manière dont je l'interprétais. Quant à ma tante Pat, devais-je accepter d'un bloc sa version des faits ? Mon oncle avait été amoureux d'un dénommé Cliff Harper, mais sa passion avait-elle été réciproque ? Existait-il réellement ? Sam l'avait peut-être inventé de toutes pièces. Et si Harper l'avait oublié, après toutes ces années ?

L'oubli était ce que je redoutais le plus. Mais c'était un risque qu'il fallait prendre. Je devais me fier au journal de mon oncle. Je le voulais. J'imaginais Sam et Cliff si clairement dans le bar de madame Godzilla, je voyais un Sam espiègle remuer les doigts et Cliff recracher sa gorgée de bière, époustouflé :

Tu me comprends ?

T'es pas au courant ? La langue des signes, c'est comme le basket : une tradition maorie.

Puis c'est vers moi que Sam se tournait en faisant un clin d'œil.

Pas vrai, Michael ?

Je me sentis honteux. Je devais retrouver Cliff pour mon oncle. Si je ne faisais rien, son histoire se terminerait effectivement sur une route trente ans plus tôt. Qui sait ? Il y avait peut-être aussi une partie de Cliff Harper qui continuait à attendre en vain un homme dans un aéroport…

Je m'intimai de me ressaisir, comptai jusqu'à trois, pris le téléphone et appelai les renseignements, qui me connectèrent à l'ambassade des États-Unis.

Quelques secondes plus tard, je tombai sur les instructions d'un répondeur, écoutai les différentes options et choisis de n'appuyer sur aucune touche pour être mis en relation avec un opérateur (un être humain, en d'autres termes).

La gorge sèche, j'expliquai que je cherchais à retrouver un citoyen américain qui avait été pilote d'hélicoptère pendant la guerre du Vietnam. On me passa un M. Harding, du ministère de la Défense, qui se montra aimable et serviable.

« Le plus sûr serait de rassembler des renseignements sur lui, puis d'entrer en contact avec l'Association des anciens combattants du Vietnam à Washington. Je vais vous communiquer leurs coordonnées. »

Une demi-heure plus tard, je parlai à Frank De Castro à Washington qui me demanda des compléments d'information : numéro d'unité militaire, de bataillons, noms du commandement…

Je fouillai dans les papiers de mon oncle.

«Je n'ai rien de tout cela, lui dis-je. Je ne sais même pas s'il est encore vivant.

– Dans ce cas, puisque ce Cliff Harper venait de la région de l'Illinois, je vous conseille de contacter directement le bureau des vétérans de Chicago. Je vous enverrai leur numéro demain. Merci de votre appel.»

Je raccrochai, euphorique. J'avais entamé la procédure. La machine était lancée. Quelque chose d'inachevé trente ans plus tôt s'approchait d'une conclusion éventuelle. J'imaginai le visage de Cliff Harper et ma vision produisit une étincelle. Je me souvins de la référence de ma tante à sa scène préférée dans *Jusqu'à la fin des temps*. Le film, qui se passait juste après la Seconde Guerre mondiale, suivait le retour d'un GI démobilisé dans sa ville natale. C'était exactement le genre de cinéma qui touchait son cœur sentimental :

«Le voilà ! Le voilà !»

Un car s'arrête, un jeune homme en descend.

«C'est lui…»

Le même sourire en coin. La même allure d'idole du grand écran, la même insouciance désarmante.

Quand Cliff Harper arrive en car à Gisborne pour voir mon oncle Sam, il porte son uniforme de pilote américain.

«C'est moi que vous attendez ?» demande-t-il.

Aux yeux de la jeune fille qu'était ma tante Pat, il devait être le portrait craché de Guy Madison.

— 4 —

Il était 18 heures passées quand je rentrai chez moi, dans la nuit noire et pluvieuse. J'avais une heure pour me préparer à mon rendez-vous avec Carlos. Nous irions boire un pot à Jordan's, ensuite j'avais retenu une table pour deux au nouveau restaurant de Cuba Street, puis...

Je glissai la clé dans la serrure et, enthousiasmé par ce que la soirée me réservait, je gravis les marches deux par deux. Arrivé à l'étage... je m'aperçus que des objets avaient disparu.

Un tableau accroché au mur de la cage d'escalier. Une céramique que nous avions achetée, Jason et moi, dans une galerie d'art.

Mon humeur changea. Je frissonnai. J'entrai dans la cuisine et ouvris les placards. Un des services de table n'était plus là. Dans l'armoire de la chambre, le linge de lit et les serviettes de toilette s'étaient évaporés — de petits objets, certes, mais qui laissaient un énorme vide. Tout ce qui était à Jason ou associé à lui avait concrètement disparu. Il ne restait rien. Il avait profité de mon séjour à Gisborne pour tout récupérer, avec l'aide de Graham à coup sûr. Ils s'étaient introduits chez moi comme des voleurs — je me sentais bafoué. Ils n'avaient même pas eu la courtoisie de laisser une note.

Je m'assis sur le lit et m'efforçai de digérer tout cela. Le téléphone sonna et je me surpris à espérer que ce soit Carlos qui veuille annuler.

«Allô ?

– C'est toi, Michael ?»

C'était George.

«Patty m'a appelé. Alors, c'est bien vrai ? Tu vas essayer de retrouver Woody Woodpecker ?

– C'est vrai, confirmai-je en songeant que je n'avais aucune envie de lui parler.

– C'est bien, me dit-il. Anne-Marie va être contente.»

Anne-Marie ? J'étais perplexe, qui était-ce ? «Elle était dans l'accident qui a coûté la vie à Sam. Au fait, tu savais qu'il conduisait ma voiture ? Bref, j'ai rencontré Anne-Marie lors de l'enquête de la police. Je la vois encore de temps en temps, quand elle rend visite à sa fille, à Porirua. Elle n'a jamais oublié cette nuit et elle n'a jamais oublié Sam. Elle culpabilise toujours.

– Elle culpabilise ? Pourquoi ?»

Silence. Je crus que nous avions été coupés. Puis... George pleurait-il ?

«Ah, bon Dieu, grommela-t-il en se mouchant, on s'est tous sentis coupables. Chacun d'entre nous, pour des raisons différentes. Patty, pour ce qu'elle a fait. Anne-Marie, à cause de l'accident et moi pour...

– Pour quoi, George ?» lui demandai-je, le cœur serré.

Sa voix explosa comme une grenade.

«À cause du utu ! On était censés venger la mort de Turei. Mais ça ne s'est pas passé comme ça. Ni Sam ni moi n'avons pris de vie au Vietnam après son décès. C'est pour ça que la chouette nous a pourchassés quand on est rentrés en Nouvelle-Zélande. Mais pourquoi ne m'a-t-elle pas choisi, Michael ? Pourquoi c'est tombé sur Sam ? Je suis maudit ! Tout le monde meurt autour de moi...»

Je raccrochai. Me douchai. Mon esprit s'égarait. Tant de données se bousculaient à l'intérieur. Le mystère de la tragédie de Sam s'épaississait. Tenter de démêler ce qui se passait dans ma vie personnelle m'épuisait. Je me réfugiai une éternité sous l'eau. Je ne voulais penser à rien. Je voulais que le monde disparaisse un instant, qu'on me laisse tranquille. Il était presque 19 heures quand je sortis de la salle de bains et on sonnait à la porte. J'enfilai mon peignoir et descendis en courant.

«Pile à l'heure !» lançai-je en ouvrant.

Mais ce n'était pas Carlos. C'était mon ex qui attendait sous la pluie.

« Jason, tu as mal choisi ton moment. Si tu ne pars pas, je vais dire ou faire quelque chose que je regretterai.

– Je n'en ai pas pour longtemps, répondit-il, le visage aussi maussade que devait l'être le mien. J'ai récupéré le reste de mes affaires…

– Je m'en suis aperçu. Ça me fout vraiment les boules que tu m'aies pas averti.

– Je t'ai averti que tu allais payer, s'emporta Jason. Ce n'est que le commencement, Michael. Je vais te poursuivre en justice… »

Je m'adossai à l'encadrement de la porte et éclatai d'un rire incrédule.

« Tu m'accuses de quoi ?

– Légalement, j'ai droit à la moitié de ce que j'ai investi dans notre relation. La moitié de ce qui est dans l'appartement, pas seulement mes affaires. Et la moitié de ce que nous avions sur notre compte joint. »

Je le dévisageai. Des bourrasques de pluie balayaient Wellington comme les fils d'une toile d'araignée. Les histoires d'amour se terminaient-elles toutes ainsi ? Avec un si lourd tribut ? Je fis un geste vaincu.

« Il suffisait de me demander, lui dis-je. Tu peux tout prendre si tu veux…

– Ce que je veux, c'est te poursuivre en justice et c'est exactement ce qui va se passer. »

Je sentis que je perdais mon calme. Que je pétais un plomb.

« Donne-moi ton trousseau de clés, Jason. Immédiatement. La prochaine fois que tu veux quelque chose, prends rendez-vous. »

Carlos arriva à cet instant, le faisceau de ses phares nous balaya. Dès qu'il descendit de voiture et s'approcha de nous, Jason comprit.

«Sale connard, t'as même pas pu attendre une semaine !» me lança-t-il avec les clés.

Elles sonnaillèrent contre le mur et tombèrent par terre. Carlos adressa un regard perplexe à Jason en le croisant, puis il se baissa et ramassa le trousseau.

«C'est à toi ? me demanda-t-il d'un ton affable, décontracté.

– Oui, merci.

– Tu ouvres toujours la porte à moitié à poil ?»

J'étais en train de me ressaisir, je ne savais pas quoi dire. Il vint à ma rescousse.

«Je crois que c'est le moment où tu es censé m'inviter à entrer pour me montrer ta collection de CD.

– Et tu réponds quoi ?»

Je commençais à apprécier sa présence. Facile, insouciante. Sans jugement.

«Je réponds que j'accepte avec plaisir.

– Et je fais quoi, après ?» demandai-je.

Au diable tous mes tracas. Je voulais vivre le moment.

«Tu me fais entrer, on traverse le couloir, on arrive dans la chambre…

– Ah non, c'est la cuisine au bout du couloir. Mais je te ferai un café, on pourra discuter et…

– Ce qui signifie que la chambre est à l'étage ?

– Oui.»

Carlos se pencha vers moi en me dévorant de ses yeux de rêve. Dieu qu'il était mignon, on aurait dit un mustang aux narines dilatées, effronté et ténébreux.

«Laisse tomber le café. Passons directement au moment où on monte à l'étage», dit-il en glissant les bras sous mon peignoir, autour de ma taille. Me sentant tressaillir sous ses mains froides, il les enfonça entre mes cuisses. «C'est la télécommande, ça ?»

Il serra les doigts, puis regarda les marches.

«J'adore les escaliers.»

Vers 2 heures du matin, je me nichai sous les aisselles de Carlos. Ses poils étaient si soyeux sous les bras, et quand ils étaient humides, ils se recourbaient en frondes drues et sombres, comme une fougère. Il s'écarta de moi en murmurant, je pus m'extraire de notre étreinte et aller chercher un verre d'eau dans la cuisine. En revenant, je vis la lumière de mon téléphone clignoter et écoutai le message : «Allô ? disait une voix chevrotante de femme âgée, une voix qui m'était inconnue. Je suis bien chez Michael Mahana ? Anne-Marie Davidson à l'appareil. Si je comprends bien, vous êtes le neveu de Sam Mahana…»

Évidemment. C'était la dame qui avait eu un accident avec mon oncle.

«Auriez-vous l'amabilité de me rappeler à votre convenance ? George me dit que vous allez essayer de voir l'ami de Sam quand vous irez au Canada. J'ai quelque chose qui lui appartient. Merci.»

Quand je me réveillai à nouveau, plus tard dans la matinée, Carlos était parti. Il avait scotché un mot à la porte de la chambre : «Félicitations ! Vous avez bien joué, vous pouvez garder votre hôtel de Mayfair et tirer une carte Chance. La carte dit que tu me dois toujours un repas. J'ai une faim de loup, alors je passerai à ton bureau à midi et tu pourras m'inviter à déjeuner. Carlos.»

Sa note me fit sourire. Puis je me souvins du message d'Anne-Marie et la rappelai.

«Allô, madame Davidson ? C'est Michael Mahana. Oui, je peux venir cet après-midi. À 15 heures ? Oui, oui, j'ai une voiture…»

— 5 —

J'étais seul toute la matinée au bureau de Toi Maori. Roimata donnait une conférence intitulée «Souveraineté maorie dans les arts» à l'université Victoria. Ce qui m'arrangeait plutôt. Tout allait si vite que je ne savais plus quelle posture adopter.

Par exemple, je venais juste de m'asseoir lorsque Pat me téléphona.

«Tu as retrouvé Cliff Harper ?

– Tatie, il t'a fallu trente ans pour me parler de lui, mais tu voudrais que je le trouve en deux jours ? Lâche-moi un peu la grappe.»

Margo, la psy de Jason, m'appela ensuite. Elle était dans tous ses états :

«Vous vous rendez compte de ce que vous avez fait ? En fréquentant si rapidement un nouvel homme, vous avez détruit toute la confiance que Jason avait en lui.

– Margo, je ne comprends rien à ce que vous racontez.

– Vous l'avez fait reculer de dix ans...

– Et si on parlait plutôt de ce que vous, vous lui avez fait ? demandai-je pour la court-circuiter.

– Je suis navré, Michael. Je ne peux rien vous dévoiler sur mon patient. J'ai permis à Jason d'explorer qui il est et qui il veut devenir. Vous l'avez maintenant privé de cette permission et nous sommes revenus à la case départ. Juste au moment où Jason commençait à sortir la tête de l'eau...

– Ça suffit, l'interrompis-je. J'en ai assez de votre charabia ! Si vous voulez aider Jason à reprendre le contrôle de sa vie, allez-y. Vous l'avez manifestement déjà aidé à rompre avec moi. Mais que ça vous plaise ou non, et que ça plaise à Jason ou non, nous avions une excellente relation. Elle était basée sur l'amour, pas sur la dépendance. Je refuse d'être votre punching-ball. J'ai une vie, moi aussi.»

Je raccrochai. Puis je songeai à Anne-Marie Davidson. Qu'allait-elle apporter à l'histoire de mon oncle Sam ? Et quand aurais-je des nouvelles de Frank De Castro, du bureau des vétérans de Washington ?

Il m'appela à 11 h 30 pour me donner les coordonnées de leur antenne à Chicago et me souhaiter bonne chance.

Je composai le numéro et Ada Sylvester me répondit.

« Flûte alors, me dit-elle d'entrée avec un fort accent américain, tu ne nous laisses pas beaucoup de temps, mon lapin. Quand est-ce que tu vas quitter la Nouvelle-Zélande ? Dans cinq jours ? Bon, je vais jeter un coup d'œil dans la base de données.

– Merci, madame Sylvester. J'espère que je ne vous dérange pas trop.

– Appelle-moi Ada, veux-tu ? Et ne t'inquiète pas, ce sera simple comme bonjour si ce monsieur Harper est dans notre système informatique. »

La ligne crépitait au son de son chewing-gum, tandis qu'elle me décrivait toutes ses actions :

« Bon, j'ai ouvert la base de données. Je tape son nom. Harper. C'est bien épelé H-A-R-P-E-R ? » Claquement de bulle. Encore. Clic de dents. Clac. « Dacodac, je suis arrivée au H. Quel temps vous avez en Nouvelle-Zélande ? Il paraît que c'est chou comme tout, là-bas.

– Vous devriez venir nous voir, répondis-je. C'est l'été, en ce moment, et il fait très beau.

– Ah mon lapin… clac, clac, clic et cliquetis clac… tu m'envoies un billet et je rapplique de suite. Ah, nous y voilà : Harper, Harper B, Harper C. On se gèle ici, couvre-toi bien quand tu viendras. Nom de nom, ces vieilles bécanes n'en font point… Harper D… »

Je sentais la tension monter. Je me représentais Ada devant la liste. Tous ces hommes étaient allés au Vietnam. Ils avaient tous des histoires à raconter.

«Zut, je l'ai dépassé. Bon, je presse le bouton pour revenir aux prénoms en C. J'y suis ! Alors, Harper Carlos, Harper Cecil, Harper Charles. Désolé que ça prenne aussi longtemps, mon lapin, mais je peux pas aller plus vite. Dis, tu connais la chanson *Harper Valley PTA* ? C'est Bobbie Gentry qui la chantait, ah, c'était une grande dame, Bobbie. Tu aimes le country & western, mon lapin ? Dacodac, on s'approche, là : Harper Christian, Harper Clarence, Harper Conal, Hatfield, Havers, Hawley, Hay... »

Quelle déception...

«Attends, mon lapin, je vais revérifier... Non.» Sa voix était chaleureuse, pleine de compassion. «Il a peut-être déménagé. Trente ans, c'est long dans une vie de vétéran. Tu es sûr qu'il est encore vivant ?

– Non, je ne suis sûr de rien.»

Pause. Clic, clic, clac.

«Écoute mon lapin, laisse-moi m'occuper de ton petit mystère. Je vais essayer de récupérer ce que je peux sur ce Cliff Harper. J'ai toujours eu un faible pour les hommes avec un accent comme le tien. Je vais contacter le commandement et voir ce qu'il peut me dire. Lancer une alerte générale. S'il est vivant, et s'il est dans ce pays, nous allons le trouver. Rappelle-moi la semaine prochaine, d'ac ? Je te souhaite une bonne journée.»

— 6 —

Je pris appui sur mes coudes. Je n'avais plus qu'à attendre et à espérer... Quand je levai la tête, je remarquai que Roimata était revenue de l'université. Carlos était aussi dehors, au téléphone. Il me vit, me décocha un grand sourire et me fit signe qu'il n'en avait pas pour longtemps.

Roimata le regardait, les bras croisés. Elle devinait que nous avions couché ensemble et elle était furieuse.

«Comment peux-tu me faire ça ? me reprocha-t-elle. J'avais des projets pour toi et tu as tout foutu en l'air ! Je croyais que la rupture avec Jason t'aurait donné l'occasion de te décoloniser, de reprendre ta souveraineté d'homosexuel maori et qu'est-ce que j'apprends ? Tu en redemandes, tu t'es à nouveau fait coloniser !»

J'avais parfois du mal à la suivre, comme si elle entamait un discours directement à la page quatre sans s'encombrer des trois premières.

«Mais de quoi parles-tu, Roimata ?

– De tous tes amants blancs ! Et voilà le dernier exemplaire. Ce Carlos, on dirait qu'il sort d'une usine de gays blancs, le pur produit d'un magazine pour gays blancs. Tu ne vois donc pas ce qui se passe ? Tu as encore succombé à un assemblage de parties du corps, de gonflette de pectoraux et de pénis. Je comprends très bien pourquoi ce type a envie de soulever ta jupe. Il a peut-être une belle tablette de chocolat et une patate de fou, mais je me demande quand tu vas enfin opter pour le mana maori !»

Roimata n'était pas la reine de la discrétion. Carlos, qui avait fini son appel et attendait dehors, n'avait rien perdu du coup de gueule. Mais il se leva et entra, sans paraître offusqué.

« Moi qui croyais que tu m'aimais bien, dit-il à Roimata en faisant la moue. En tout cas, tu seras ravie d'apprendre qu'en fait, j'ai du sang maori.»

Elle eut la décence d'avoir l'air troublée. Mais devais-je croire Carlos ? Avec ses yeux verts, ses poils blonds de barbe naissante, sa peau blanche depuis son crâne rasé jusqu'aux orteils. Franchement…

«Et tu as beaucoup de sang maori ? lui demandai-je, sceptique.

– Ma grand-mère s'appelle Parehuai Te Ariki. J'appartiens à la tribu Kai Tahu et je viens d'Otakou.»

J'en restai sur le cul. Je me tournai vers Roimata qui avait la bouche grande ouverte. Puis elle leva la main gauche, Carlos la sienne et ils s'en tapèrent cinq.

«Tope là, frangin ! lui dit-elle en riant. Hé, Michael, ce garçon me plaît.» Mais elle ne put s'empêcher de le menacer du doigt : «Mais t'as pas intérêt à te glisser entre lui et moi, poursuivit-elle en me montrant. Et n'oublie pas que je descends de Porourangi et que votre iwi de Kai Tahu est issu du jeune frère de Porourangi, Tahu Potiki, ce qui veut dire que je suis d'une lignée supérieure. En plus de ça, c'est moi qui ai vu Michael en premier et je le connais depuis plus longtemps que toi.»

Je crus qu'elle faisait référence à notre grande amitié, mais Carlos comprit. Il la regarda attentivement, acquiesça et lui répondit «Entendu».

Je profitai de notre déjeuner pour interroger Carlos sur sa généalogie.

«Je pensais que tu étais déjà au courant, dit-il. Je travaille pour la commission des pêcheries maories. Je sillonne le pays pour vérifier que les quotas sont respectés. C'est pour ça que je passe ma vie au téléphone. Et quand je ne bosse pas, j'aime les sorties, la danse ou encore mieux, la pêche au harpon.

– Eh bien, il est évident que je ne sais pas grand-chose de toi.»

Et quel appétit il avait ! Il s'empiffrait joyeusement.

«Mais moi, je connais plein de trucs sur toi, me répondit-il. Ça fait longtemps que je t'ai repéré, mais t'étais toujours accompagné.»

Hum…

«Donc ce n'est pas une simple histoire de cul, lui dis-je. Alors, écoute, je ne veux pas de complications. Parce qu'en ce moment, j'ai mon lot de…»

Carlos posa ses couverts et m'adressa un sourire risqué, dangereux.

«Mets les mains bien à plat sur la table, là où je peux les voir, m'ordonna-t-il. Tout de suite.»

On aurait dit le méchant d'un film avec Jean-Claude Van Damme. Je lui obéis et sentis bientôt ses doigts ouvrant ma braguette. Je protestai et passai les bras sous la nappe pour l'arrêter.

«Hors de question, me dit-il. Garde-les sur la table.»

Sa main plongea, s'ouvrit et *pressa*. Le restaurant entier dut m'entendre gémir.

Satisfait, Carlos reprit son repas.

«De quoi parlait-on, déjà ? Tu me disais pas que t'avais besoin de moi ce soir ?»

Il coupa un énorme morceau de steak et le mit dans sa bouche. Mastiqua. Le goba d'un coup. Et m'adressa un long regard innocent.

«D'accord.» C'est tout ce que je réussis à couiner d'une voix étranglée.

De retour au bureau, à 14 h 30, je dus immédiatement partir pour mon rendez-vous avec Anne-Marie Davidson. J'embrassai Roimata sur la joue, elle tint mon visage entre ses mains et sourit.

«J'aime bien ton Carlos. Il plaira aussi à Tane Mahuta. Je sais plus si je t'ai dit qu'il sera de nouveau ici demain. T'es libre pour déjeuner ?

– Bien sûr.»

Je me réjouissais de revoir le Bon Sauvage.

J'allai chercher ma voiture au parking et sortis de la ville – comme il était agréable de longer la mer, sur la route qui traversait Kaiwharawhara, avec Hutt Valley dans le lointain. Je m'amusai à faire la course avec le train de banlieue. Le nez collé à la fenêtre, deux enfants me firent coucou. Ils me rappelèrent ma sœur Amiria et moi, les jours heureux avant que…

Le train disparut dans un tunnel. Puis réapparut. Les petits bras s'agitaient.

Une mère et un père…

J'ai parfois ces visions fugaces du passé. Avant que je comprenne ce qui m'arrive, je dois m'arrêter et sangloter parce que, on a beau se croire fort, ou même être fort, la séparation fait vraiment souffrir. C'est dégueulasse.

— 7 —

15 heures. Pile à l'heure.

Mme Davidson était veuve. Elle habitait dans une résidence de six petits pavillons, nichée dans une banlieue paisible et proprette d'Upper Hutt. Si l'on se fiait à ses belles roses d'un rouge profond, parfaitement taillées, elle devait avoir la main verte.

Bon, je devais me lancer.

Je sonnai. Ding-dong. Une jeune femme m'ouvrit. «Oui ?»

Une voix s'éleva derrière elle.

«C'est sans doute monsieur Mahana, chérie. Fais-le entrer.»

La porte donnait directement sur une grande salle de séjour avec une cuisine américaine. Mme Davidson préparait un plateau pour ma visite. Elle le prit en me souriant distraitement et me présenta à la jeune femme.

«Merci d'être venu, monsieur Mahana. Voici ma fille Fran, elle…» Mme Davidson se figea en me voyant plus distinctement. «Oh, mon Dieu», soupira-t-elle faiblement en laissant tomber le plateau. Elle vacilla, sa fille se précipita, réussit à la soutenir juste à temps et la guida dans un fauteuil. Tandis qu'elle installait sa mère et calait des coussins pour qu'elle soit plus à l'aise, elle me lança un regard furieux.

«Je ne sais pas qui vous êtes ni de quoi il s'agit, mais je vais vous demander de partir immédiatement.

– Non, non, ma puce, intervint sa mère. Ça fait si longtemps. Et ce jeune homme est le portrait craché de Sam. Sam était son oncle, chérie, et il est mort dans mes bras. Il me regardait, je le tenais, puis…»

Elle s'appelait Anne-Marie Du Fresne, à l'époque. Elle avait vingt-cinq ans, elle était infirmière à Tauranga et elle aimait passer ses week-ends à Auckland. Tauranga était tellement ennuyeux, il n'y avait rien à y faire le soir et les garçons n'étaient pas terribles. Elle avait acheté une Austin Mini qui lui permettait d'être à Auckland en quelques heures.

«Ce vendredi-là, j'étais censée assurer le poste de l'après-midi, mais j'avais changé avec Joanne, une collègue, et pris celui du matin, pour pouvoir aller au bal à Auckland. Une amie à moi, Barbara, m'avait arrangé un rendez-vous avec un inconnu. Il était grand, con et célibataire — exactement mon genre d'homme à l'époque. Je n'avais aucune envie de me caser. Je sortais d'un premier mariage et ça m'avait vaccinée.

«Bref, j'ai été retenue et je n'ai pas pu m'échapper avant 14 heures. J'avais apporté ma robe de bal au boulot… Je devais aller directement au cabaret à Auckland. Joanne m'avait coiffée, une vraie choucroute à la Audrey Hepburn dans *My Fair Lady*. Superbe sur l'actrice, mais un peu moins réussie sur moi ! Joanne avait vidé une bombe entière de laque sur ma tête, mais figurez-vous que je ne pouvais pas rentrer dans ma voiture : la Mini était trop basse de plafond. On a bien rigolé, mais il a fallu qu'elle me recoiffe et j'ai fini par partir vers 15 h 30, très en retard.

J'avais enfilé ma tenue de soirée, une longue robe fourreau blanche super sexy, j'ai dit à Joanne "le prince charmant m'attend", j'ai pris mes talons hauts à la main et j'ai couru pieds nus à travers l'hôpital. Certains patients ne m'ont pas ratée, les vieilles canailles…

«Hé, Cendrillon, emmène-moi au bal avec toi !

– Désolée, les gars ! répondit-elle en riant. J'ai déjà un galant pour la soirée et il tient sur ses jambes, contrairement à vous.

– C'est pas les jambes qui comptent, c'est ce qu'il trimballe entre elles…

– Surtout pour la valse….

– Et fais attention s'il veut te renverser pendant le fox-trot !»

Anne-Marie gardait sa bonne humeur. Elle savait qu'elle était magnifique dans sa robe pailletée. Elle prit une pose de starlette à l'entrée, et distribua des baisers à tout venant.

«Ne soyez pas jaloux», cria-t-elle en partant.

Puis elle sortit dans le froid, chercha les clés dans son sac, monta dans sa Mini et enclencha le démarreur, clic. Elle quitta joyeusement le parking de l'hôpital.

En rejoignant la route principale, elle s'aperçut qu'il faisait déjà sombre. Au nord, les nuages gris étouffaient le ciel. La pluie ne se fit pas attendre. Elle actionna les essuie-glaces, puis les phares quelques secondes plus tard.

«Je roulais bien, dit-elle, j'avais adapté ma conduite à la visibilité. Il y avait de la circulation, c'est toujours le cas entre Tauranga et Auckland. Déjà il y a tous ceux qui vont passer le week-end à Auckland. Les gros camions qui doivent rentrer à l'entrepôt avant la fermeture. Des idiots qui doublent dans les virages ou prennent d'autres risques. Un conducteur impatient me collait depuis pas mal de temps et quand il m'a dépassé, il a klaxonné comme pour me dire que je n'avais rien à faire sur la route avec ma Mini. Alors je lui ai fait un doigt d'honneur. Sinon, le radiateur marchait, les essuie-glaces aussi et je me sentais bien, j'étais tout excitée à l'idée de sortir avec un inconnu.

«Il devait être cinq heures moins le quart quand je suis arrivée à la jonction du Tauranga Highway et de la route principale qui relie Hamilton à Auckland. Je venais de vérifier mon rouge à lèvres dans le rétroviseur en fredonnant et pan ! Mon pneu a éclaté en plein milieu d'un virage. Ma voiture a dérapé dans tous les sens. J'ai réussi à reprendre le contrôle et je me suis garée sur le bas-côté. Sur le coup, je n'ai pas réalisé à quel point l'emplacement était dangereux. À la sortie d'un virage, dans le noir et sous la pluie. J'ai attendu que quelqu'un ralentisse, s'arrête et m'aide, mais il n'y avait aucun gentleman sur la route ce soir-là. Seulement des véhicules qui fonçaient et m'évitaient en klaxonnant comme des fous. Remarquez, je comprends, il pleuvait à torrents. Je me suis donc dit que je n'avais pas le choix : je devais me débrouiller seule. Je suis descendue de voiture en jurant et je me suis retrouvée trempée jusqu'aux os en deux secondes chrono ! Ma robe mouillée, ma coiffure collée au front comme de la barbe à papa dégoulinante, mes escarpins foutus. Mais j'ai sorti la roue de secours, le cric, et j'allais commencer quand une voiture a fini par s'arrêter. Elle a reculé rapidement. Un jeune homme en est descendu. Il était maori. C'était votre oncle Sam.»

Le véhicule devant Sam freina, fit un écart et évita de justesse une petite voiture en panne sur le bas-côté. «Et merde !» jura-t-il en freinant à son tour. Il braqua violemment et, dans le faisceau de ses phares, il aperçut une femme en robe de soirée blanche se débattre avec un cric.

Les paillettes scintillèrent, puis s'évaporèrent comme de minuscules étoiles tombées sur terre. Songeant à Cliff qui l'attendait à l'aéroport, il faillit continuer, mais finalement il freina, fit marche arrière et coupa le moteur. Il consulta rapidement sa montre. Il n'en était pas à cinq minutes près. Il descendit de voiture et courut sous la pluie.

« Je n'ai jamais pu résister à une femme en robe blanche.

– Dieu merci, répondit Anne-Marie. J'avais perdu espoir que quelqu'un s'arrête.

– Vous ressemblez à un chat mouillé, lui dit Sam. Allez donc vous mettre à l'abri. J'en ai pour deux secondes.

– Au point où j'en suis, ça n'a plus d'importance. Je vais aller chercher une lampe dans mon vide-poche. On ne voit pas très clair.

– Plus vite nous éloignerons la voiture du virage, mieux ce sera. »

Il actionna la manivelle du cric pour déboulonner la roue. Anne-Marie revint avec sa torche électrique et l'éclaira. Elle examina Sam, son visage rendu comme transparent par le ruissellement de la pluie. Il avait un profil marqué et de charmants yeux noirs.

« Vous êtes de sortie ? lui demanda-t-il.

– Je suis censée aller au bal, mais je doute que mon cavalier veuille m'escorter dans l'état où je suis, regardez-moi.

– Vous êtes adorable, lui dit Sam. Si votre petit ami ne vous aime pas mouillée, plaquez-le et trouvez quelqu'un d'autre. Comment vous appelez-vous ? »

Il détacha la roue au pneu crevé d'un coup sec.

« Anne-Marie.

– Enchanté, Anne-Marie »

Il ajusta la roue de secours et commença à serrer les boulons.

« Et vous ?

– Sam Mahana. Je vais retrouver mon ami à l'aéroport international. Mais j'ai un peu d'avance.»

Une autre voiture s'arrêta alors et recula. Un homme âgé en descendit avec un parapluie et un triangle réfléchissant.

«Bonté divine ! s'écria-t-il. Vous en avez pour longtemps ? Je vais remonter un peu la route pour essayer de ralentir la circulation.»

«Mais il était trop tard, poursuivit Mme Davidson. Un gros camion-remorque a surgi de la pluie. Il était tout illuminé. J'ai cru que le vieil homme allait se faire dévorer par le poids lourd. Heureusement, il a réussi à l'éviter en faisant un bond de côté. Je revois encore les lumières sur Sam. Il était agenouillé, la clé en croix dans les mains, occupé à serrer un boulon. Puis tout s'est passé comme au ralenti. Sam a crié “Anne-Marie !” Il s'est rué sur moi et m'a jetée sur le capot, en sécurité. Je me souviens d'avoir été étonnée par sa force. Puis j'ai entendu un crissement de freins et le vacarme du klaxon, comme une sirène de raid antiaérien. J'ai aperçu Sam dans les phares, on aurait dit qu'il chassait quelque chose devant lui. Puis le camion a percuté ma voiture de plein fouet. Sam a disparu.

«J'ai dû rouler sur moi-même plusieurs fois. Quand je me suis relevée, le spectacle était apocalyptique. Le camion s'était arrêté. La circulation aussi. Je me suis lancée à la recherche de Sam. Au début, comme je ne le trouvais pas, je me suis dit *Dieu merci, il a été éjecté*. Mais j'ai entendu un grognement, je me suis retournée… La voiture était tombée sur lui. Ce n'était pas la première fois que je voyais une victime d'accident de la route. J'ai su qu'il n'y avait aucun espoir…»

«Puisse Dieu avoir pitié.»

En voyant les phares foncer sur lui, Sam se souvint de la chouette que Cliff et lui avaient aperçue sur la route en rentrant du mariage. Elle avait crié un nom que Sam n'avait pas réussi à discerner. Il savait désormais que c'était le sien. Il était heureux que ce n'ait pas été celui de Cliff.

Surgissant du noir comme un sapin de Noël couché, le camion fou l'avait percuté. L'impact avait été cinglant, aveuglant, assourdissant.

Mais il n'avait rien senti, au début.

Une seconde plus tard, la voiture atterrit sur sa poitrine et une souffrance atroce lui déchira le corps. Il voulut hurler de douleur, mais il ne le pouvait pas. Quelque chose lui serra le cœur et il comprit qu'il s'agissait de la Mort. Il tourna légèrement la tête et vit les escarpins d'Anne-Marie.

« Sam ? Oh ! mon Dieu, Sam ! »

Puis il entendit des pas. Le vieil homme. La portière du camion. Tous les bruits étaient amplifiés, clairs comme du cristal. Il gémit.

« Mon Dieu, s'exclama Anne-Marie. Il est sous la voiture. »

Puis elle apparut, se pencha sur lui. Se glissa à ses côtés, le visage si près de lui qu'il aurait pu l'embrasser. Elle leva sa tête et la posa sur sa robe blanche. Il sentit quelque chose cliqueter dans son torse, comme un mécanisme cassé. Il hurla. Le sang jaillit et éclaboussa Anne-Marie.

« Non… »

Elle lui fit signe de ne pas s'inquiéter. Elle pleurait à chaudes larmes.

« Ce n'est pas à vous de pleurer, lui dit Sam. Après tout, c'est moi qui suis coincé sous votre voiture. À moins que vous vouliez changer de place ? Séchez vos larmes. Je ne supporte pas de voir une jolie fille pleurer. »

Il essaya de tendre la main, mais le geste se solda par une autre quinte sanglante.

«Dieu que ça fait mal, hurla-t-il. Très très mal.

– Le routier vient d'appeler les secours sur sa radio, murmura le vieux monsieur à l'oreille d'Anne-Marie.

– C'est inutile, répondit Sam en hochant la tête. J'étais au Vietnam et je sais reconnaître un homme foutu. Je suis foutu.»

Sentant la mort lui oppresser le cœur, il paniqua et se tourna vers Anne-Marie.

«J'ai besoin de vous. Je devais rejoindre un homme. Il m'attend à l'aéroport. Il s'appelle Cliff…»

Mais sa voix s'affaiblissait et Anne-Marie crut comprendre "Chris".

«Allez le voir. S'il vous plaît. Et donnez-lui ça, poursuivit-il en pressant un pendentif de jade dans sa main.

– Je ne vous quitterai pas, répondit-elle. Vous ne pouvez pas mourir. Je ne vous laisserai pas.»

Il pleuvait. Partout, les gens bougeaient, un jeu d'ombres dans la lumière.

Cliff, où es-tu ? Tu m'as dit que tu n'abandonnais jamais personne. Viens me chercher, Cliff, viens me chercher.

De la pluie, toujours et encore. Des inconnus, tout autour de lui. Et une étrange femme en robe blanche. Pourquoi pleurait-elle ?

Dans sa tête, Sam la suppliait : *Trouvez-le, trouvez Cliff. Faites-le pour moi. Dites-lui que…* Mais il savait qu'il n'avait plus de voix et que la femme ne pouvait pas l'entendre. En désespoir de cause, il se mit à agiter ses doigts et dit en langue des signes :

Trouvez Cliff. C'est très important. Dites-lui que j'allais le rejoindre et que je l'aimais, oh ! comme je…

Puis plus rien. Juste les ténèbres et la pluie.

— 8 —

J'étais assis dans le petit pavillon de Mme Davidson. Fran alla nous préparer un thé.

«Sam est mort dans mes bras, dit Anne-Marie. Aucun de mes deux maris n'est mort dans mes bras, alors je m'en souviens bien. Il était tellement beau. La police est venue. Elle a pris ma déposition. L'ambulance est venue. Les secouristes voulaient que j'aille à l'hôpital en observation. Je les ai convaincus que j'allais bien. J'ai sollicité l'aide du vieux monsieur pour me conduire à l'aéroport. Il était si gentil. Il m'a attendue pendant que j'arpentais le terminal. Mon Dieu, je ne devais pas être belle à voir dans ma robe de soirée ensanglantée. Je hurlais "Chris ! Chris !" et les gardes de sécurité ont fini par m'interpeller. Ils ne pouvaient pas tolérer une folle furieuse qui faisait peur à tout le monde. Ce n'est que plus tard, en rencontrant George, que j'ai compris qu'il s'agissait d'un Cliff, pas d'un Chris. Alors quand vous le retrouverez, n'oubliez pas de lui dire à quel point je suis navrée. Je me sens responsable de la mort de Sam. S'il ne s'était pas arrêté pour m'aider...»

Une heure plus tard, elle me raccompagna.

«Je peux vous demander de me téléphoner quand vous reviendrez d'Amérique ?»

Je le lui promis et commençai à m'éloigner quand je me souvins d'une chose.

«Vous m'avez dit que vous avez un objet qui appartient à Cliff Harper.

– Ah oui, bien sûr. Je vais le chercher.»

Elle ne s'absenta qu'une minute, mais les battements de mon cœur auraient pu crever le monde tant j'étais triste. Quand elle revint, je ne pus retenir mes sanglots.

« En fait, dit-elle en pleurant elle aussi, j'ai essayé de le rendre à votre grand-père, mais il m'a dit qu'il n'en voulait pas parce qu'il avait été profané. Je ne savais pas qu'en faire. George ne le voulait pas non plus. Et comme Sam m'avait demandé en mourant de le donner à Cliff Harper… Bref, le voilà. »

Elle tenait un écrin ouvert dans sa main, dans lequel se nichait le pendentif en jade. Cliff l'avait jeté à la figure de Sam en quittant la ferme. Il avait pirouetté, culbuté, s'était enflammé et transformé en oiseau de feu.

Rapporte-le-moi, Sam. Espèce de salaud, je veux que tu me le rapportes.

Je pleurai dans les bras de Mme Davidson, pleurai pour ce qui aurait dû arriver, mais n'était pas arrivé.

Tu m'entends, Sam ? Rapporte-le.

Tunui a te Ika.

Chapitre dix-sept

— 1 —

Minuit. Chez Carlos.

Je sortis du lit et le laissai à ses rêves. Il était si facile à vivre… c'était incroyable. Au restaurant, il avait dévoré les différents plats avec enthousiasme, jusqu'à la dernière miette, en m'expliquant :

« Je vais à la salle de sport tous les jours pour éviter de prendre du poids. D'ailleurs, c'est là que je t'ai vu pour la première fois. J'arrive pas à croire que tu ne t'en souviens pas !

– J'aimerais pouvoir te dire que oui…

– Qu'est-ce qui t'empêche de mentir ? m'avait-il demandé avec une moue contrariée. Remarque, je ne me rasais pas encore la tête à l'époque. »

Il avait fait descendre son repas avec une bonne bouteille de rouge, puis il avait consulté sa montre :

« Bon, j'ai une réunion demain matin et je dois me lever tôt, alors pas de club ce soir. Je sais que tu me mérites pas, avec ta mémoire pourrie… mais on va chez toi ou chez moi ?

– Allons chez toi. »

Je m'étais attendu au désordre habituel du célibataire : piles de vaisselle dans l'évier, lit défait, vêtements balancés un peu partout. Mais en réalité, son appartement était spartiate et minimaliste. Planchers cirés. De rares tableaux sur des murs unis. Quelques livres de philosophie et de religion intéressants. Le lit était à même le sol. Les fenêtres grandes ouvertes. J'étais intrigué. Carlos m'avait montré une petite pièce avec un autel et annoncé qu'il était bouddhiste.

J'avais ri, incrédule.

« Un Maori bouddhiste ? »

Temple pas loin. Fais vite avant la pluie.

« Et alors ? avait-il répondu en haussant les épaules. Ça arrive. Le problème, c'est que j'ai encore tellement de désirs charnels. Et pas seulement la nourriture… »

Il m'avait pris dans ses bras et déshabillé. Une fois tous ses appétits rassasiés, il avait tranquillement sombré dans le sommeil.

Je me faufilai au clair de lune. Je n'arrivais pas à croire qu'il ne m'ait posé aucune question sur Jason.

« Tu as un passé, avait-il dit, moi aussi, mais nous vivons dans le présent. Si tu me demandes si je suis jaloux de quelqu'un dans ta vie, la réponse est non. » Il avait ajouté une remarque étonnante. « S'il le faut, je peux te partager, Michael. J'en ai déjà parlé à Roimata. On trouvera un arrangement. »

Tunui a te Ika était dans la poche de ma veste. Mes doigts touchèrent le jade — quelle froideur au premier contact ! Mais la pierre se réchauffa rapidement et la figurine se nicha naturellement au creux de ma main.

Je la pris par la cordelette et la contemplai à la lueur de la lune. Un léger courant d'air la fit tourbillonner. Lentement au départ, puis de plus en plus vite, dispersant la lumière. Je l'imaginai jubiler comme un enfant.

« Ae. On dirait que tu me reconnais. Vois-tu mon oncle Sam en moi ? Tu es l'un des miens. Voilà trente ans que tu attends. Je suis désolé que ça ait pris aussi longtemps. Excuse-moi…»

Je suivis du doigt les volutes de Tunui a te Ika. Le visage, le corps, le pénis et ses marques blanches comme la queue de poussière d'une comète. Le jade semblait ressusciter à mon contact, il luisait de satisfaction. Je le sentis me sauter des mains et se rapprocher de mon cœur… mais je songeai à Cliff Harper.

«Non, lui dis-je. Tu es promis à un autre, je te confierai bientôt à lui.»

— 2 —

Le lendemain matin, Carlos me réveilla avec une tasse de thé.

«Je dois filer, à plus tard. Au fait, j'ai cru que tu partais quand tu t'es levé dans la nuit. Je suis content que tu sois resté.

– Tu commences peut-être à me plaire.

– Super ! dit-il avec un sourire radieux. Depuis le temps que je m'y emploie ! Je t'ai entendu parler à quelqu'un…»

Je lui résumai l'histoire de mon oncle Sam, de Cliff Harper et de Tunui a te Ika.

«Et je pars pour l'Amérique dans quelques jours.

– Le principal, c'est que tu reviennes…» répondit-il.

J'arrivai à Toi Maori le cœur plein d'espoir et attendis l'appel d'Ada Sylvester à Chicago. Après avoir appris les circonstances de la mort de Sam, je voulais l'entendre dire qu'elle avait trouvé Cliff Harper et l'annoncer moi-même à Tunui a te Ika. Mais les nouvelles n'étaient pas bonnes.

«Je suis navrée, mon lapin, on a déniché sept Cliff Harper grâce à notre alerte, mais aucun d'eux n'est le tien. Tu es certain de son nom ?

– Oui.» Je réfléchissais à cent à l'heure, en quête de nouveaux détails pertinents qui mettraient Ada sur la bonne piste. «Il a parlé d'un endroit qui s'appelle le Dos de la Lune…

– Rien d'autre ? Quelque chose de plus substantiel ? Ses papiers militaires ? Le nom de l'escadron ? Si tu trouves quelque chose d'utile, n'hésite pas à me contacter et je réessaierai. En attendant, on est dans une impasse, mon lapin.

– Merci, Ada, j'apprécie vraiment votre aide.

– Toujours à ton service et je te souhaite…

– Une bonne journée, merci Ada, vous aussi.»

J'avais l'impression de subir une énorme injustice. Énorme. Quand ma tante Pat m'appela, je n'eus pas le cœur de lui transmettre la nouvelle.

«Alors, tu as trouvé Cliff ?

– Pas encore. Il me faudrait plus de détails sur lui. Tu as une idée ?

– Je t'ai tout donné, me répondit-elle, au bord de la crise de nerfs. Tout ce que j'avais de Sam, son journal intime, tout. Tu pars dans trois jours ! Fais quelque chose…»

En milieu de matinée, toujours aussi déprimé, je décidai de rentrer chez moi.

«Je veux relire le journal de mon oncle Sam, expliquai-je à Roimata. J'ai peut-être loupé quelque chose d'important. Un indice sur Cliff.

– D'accord, mais n'oublie pas ton déjeuner avec Tane Mahuta.»

Je sortais du bureau lorsque Jason entra. Margo avait raison : il avait très mauvaise mine. Il avait vraiment régressé.

«Tu as l'air surpris, me dit-il. Je t'ai pourtant laissé un message à l'appartement pour t'avertir que je passerais.»

Sa voix montait dans les aigus. Nerveux comme un chat sur un toit brûlant.

«Je n'étais pas à la maison.

– Oh, je vois. Comment va ton nouveau gigolo ?»

J'aurais dû être bienveillant et conciliant, je sais, mais j'en avais ras le bol de tout. Et en particulier de Jason, de ce qu'il disait, de ce qu'il taisait, de ce qu'il voulait dire et de ce qu'il essayait vraiment de dire.

«Si je comprends bien, Jason, tu as le droit d'avoir un nouvel amant, mais pas moi.

– Tu n'aurais pas pu attendre que j'aille mieux ? me renvoya-t-il, furieux. Je me fiche complètement de Graham, il ne compte pas pour moi. Mais comment tu crois que je me sens en voyant que tu m'as remplacé dès que je suis parti ? Ça prouve que tu ne m'as jamais aimé. Jamais. Eh bien, tu as raté la dernière chance que je revienne avec toi.»

Aïe, Jason savait toujours tourner le couteau dans la plaie. Si seulement notre relation s'était terminée quand nous étions au sommet de notre amour. Quand nous avions l'impression d'être seuls au monde, quand rien d'autre ne comptait… Il aurait mieux valu se séparer alors que de subir cette longue dissolution de notre passion, qui nourrissait sa propre flamme délétère, nous consumait et nous ravageait tous les deux. Récriminations, accusations, phase terminale de l'ennui — mensonges, simulations et dissimulations. Faux-fuyants.

«Que veux-tu, Jason ? lui demandai-je en soupirant. Tu m'embrouilles avec tes messages contradictoires.»

Il n'écoutait pas.

«Tu ne vas pas t'en tirer aussi facilement, dit-il. Tu penses que tu peux faire ce qui te plaît en toute impunité, mais ça ne marche pas comme ça, dans la vraie vie. Tu vas partager ma souffrance, pour enfin comprendre ce que tu m'as fait subir. Tu as bousillé ma vie, tu le sais ? J'espère que tu traiteras ton nouveau micheton avec plus de respect.»

C'en était trop.

«Tu n'arrêtes pas de dire que j'ai bousillé ta vie, Jason, mais je ne suis pas responsable. Tu as bousillé ta vie tout seul. Tu m'as quitté, c'était ta décision, et tu dois en assumer les conséquences. Tu comptes vraiment pour moi, mais je ne comprends pas ce que tu veux. Et je soupçonne que ta "thérapie" ne va rien arranger. Mais je refuse le rôle de vilain dans ton psychodrame.»

Je lui tins le menton. Il se dégagea, mais je l'arrêtai et le regardai droit dans les yeux.

«Où es-tu, Jason ? Quelqu'un t'a enlevé et remplacé par un autre. L'homme que je vois te ressemble, parle comme toi, marche comme toi, mais… ce n'est pas toi.

– Tu te crois malin, lâcha-t-il en se dégageant. Je t'ai donné une dernière chance, tu n'as pas voulu la saisir. Je te traînerai en justice.»

Il partit dans une direction. Je partis dans la direction opposée.

De retour chez moi, je consultai à nouveau le journal intime de Sam. Et la photo de Cliff Harper : «Parle-moi, criai-je. Et dis-moi donc où te trouver…»

— 3 —

Je revins au travail avec un léger retard. Tane Mahuta était assis à mon bureau. Peau cuivrée, des yeux comme des soleils, une dent de requin en guise de boucle d'oreille. *Le Bon Sauvage.*

«Kia ora, Michael. Tu as besoin d'une bière, on dirait. Allons au bar.

– Cool.»

Roimata avait disparu.

«On déjeune en tête à tête, d'homme à homme, expliqua-t-il en souriant, et cette fois-ci, j'ai été briefé.»

Dans le bar bondé, les gens reconnaissaient Tane et s'arrêtaient à notre table pour le saluer et lui souhaiter une bonne continuation.

«C'est ce qui se passe quand on sort de l'anonymat. On met du temps à s'y habituer, mais il faut faire avec. On peut difficilement faire plus public que le travail dans le domaine du sida.»

Il m'adressa un regard interrogatif, comme s'il sous-entendait quelque chose. Pour changer de sujet, je lui parlai de Sam. Son histoire l'intrigua et l'enthousiasma.

«Tu dis que ton oncle était à la fois gay et dans l'armée ? Tu sais, il pourrait devenir un symbole puissant. Il prouverait qu'on peut être homosexuel et guerrier. Faire circuler ce message dans tous les marae du pays serait une sacrée avancée, parce que s'il y a une chose qui parle à notre peuple, c'est bien l'esprit guerrier. Ils n'aiment pas forcément ce que nous sommes, mais ils ont toujours admiré la bravoure et la force. On n'a jamais eu de tête de pont, jusqu'à maintenant, parce qu'on agissait à titre individuel et sans avoir de précédent. Mais revenons à notre affaire…»

Ouille, pensai-je. Nous y voici.

«Comme tu le sais, poursuivit Tane, il y a une tradition maorie de mariages arrangés, les unions taumau. Dans l'ancien temps, ils servaient aux alliances politiques — pour entamer ou entretenir des liens tribaux. Dans mon cas, et comme je suis fils unique, ma mère ne voulait pas que la lignée, notre prestigieux whakapapa, s'éteigne avec moi. Il y a six ans, alors que je l'accompagnais aux funérailles d'un oncle éloigné, elle a remarqué Leah, qui s'était occupé du vieil homme dans ses derniers jours. Maman s'est renseignée, elle a parlé à la famille de Leah et le mariage a été conclu.»

Je souris et hochai la tête pour montrer à Tane que je connaissais bien ce genre de situation.

«Je n'en ai rien su avant le Premier de l'an suivant, dit-il en pouffant. J'étais à la maison, en train de réparer le tracteur, quand ma mère est venue m'ordonner de descendre au marae. Elle refusait de me donner une raison. Je portais mes godillots et mon marcel noir, mais voilà que soudain, je l'entends karanga des gens. Je me tourne et je vois Leah et son clan qui attendaient à l'entrée. Sa tribu me l'amenait ! J'étais furieux au début, je n'arrivais même pas à parler à ma mère. Elle avait tout manigancé avec eux derrière mon dos et nous nous sommes retrouvés dans la maison commune à discuter de mon mariage ! Je leur ai dit que c'était impossible, mais tu sais comment ils sont, chez nous. Ça entre par une oreille et sort par l'autre. Un de mes oncles m'a demandé si j'avais quelqu'un dans ma vie et quand j'ai répondu non, il m'a dit "où est le problème, dans ce cas ?" Pour eux, l'homosexualité n'est qu'une aberration passagère. On finit par revenir à la raison. Bref, on tournait en rond jusqu'à ce que Leah se lève et demande à me parler. Elle m'a expliqué sa position et m'a surpris : elle n'avait rien d'une femme soumise. Elle était forte, convaincante et passionnée…

– On dirait Roimata…

– Je vois que tu comprends où je veux en venir, répondit-il, un éclat dans l'œil. Bref, dans la maison commune, Leah m'a expliqué qu'elle n'était pas là contre son gré. Au contraire. "J'aurais préféré venir seule, mais ma famille a tenu à en faire tout un cirque, comme d'hab. Je sais que tu es homosexuel…"

«Quand elle a prononcé ce mot, tout le monde s'est mis à tousser et a fait semblant de ne pas entendre. "Donc ce n'est pas comme si j'étais ignorante de tes désirs physiques, elle m'a dit. Mais mon ventre pleure de ne pas avoir d'enfants, comme ta mère sanglote de ne pas avoir de petits-enfants. Alors laisse-moi te demander quelque chose, Tane. Le fait d'être gay t'empêche-t-il d'être un père ? Je ne pense pas. J'espère que non. Tu es un homme bien et ta sexualité peut générer une force qui bénéficierait à notre relation et à celle que tu aurais avec nos futurs enfants. Nous avons tous les deux passé l'âge de refuser un tel arrangement. Je veux un fils. Je peux t'en donner un. Je ne suis pas sûre de pouvoir t'aimer, mais j'admire tes actions et ton courage. Ce sont des qualités importantes chez un mari et chez un père. Tu es ma dernière chance. Et je suis la tienne..."»

Tane hocha la tête, encore émerveillé. Je n'avais aucune difficulté à imaginer ce que Leah voyait en lui. Son corps était sculpté dans la terre et dans le ciel. Sa forme anguleuse était faite pour tenir des enfants. Sa force était faite pour protéger une famille.

«Leah m'a foutu sur le cul en me présentant les choses comme ça, reprit Tane. Et j'ai compris qu'elle avait raison. Après tout, je suis né maori et je serai maori quand mon peuple m'enterrera. J'ai une dette envers mon peuple. Deux enfants plus tard, pas un jour ne passe sans que je remercie Leah de m'avoir donné mes fils. Elle et eux sont plus importants que tout à mes yeux.»

Il commanda deux autres bières et descendit la sienne d'un trait, comme s'il avait besoin de reprendre des forces.

«Et donc, Michael, je suis ici en tant qu'intermédiaire. Ne me tire pas dessus, je ne suis que le messager. Tout comme ma mère a arrangé mon taumau avec Leah, je te demande d'envisager une entente similaire avec Roimata.»

J'aurais dû être surpris, mais je ne l'étais pas. Il enchaîna adroitement.

«Le mariage est une option pour les Polynésiens et Polynésiennes homos. Il nous permet d'établir une tribu, basée non seulement sur l'identité sexuelle, mais aussi sur la famille. Une tribu a besoin d'enfants, de parents et de grands-parents pour survivre. Même si nos enfants sont hétéros, ils auront une généalogie gay. Quand les miens seront grands, je veux qu'ils sentent qu'ils appartiennent à une nouvelle famille gay, une formidable tribu gay…

– Et comment ça marche avec les autres partenaires ? Les amants homos, les amantes lesbiennes ?

– Ce n'est pas toujours facile, concéda Tane. Mais nous venons d'un peuple tribal et je suis sûr que le clan peut s'adapter…»

Sa voix s'affaiblit, comme s'il savait que son idéal n'existerait que dans un avenir lointain, s'il se réalisait un jour. Il s'aperçut aussi qu'il parlait trop, qu'il était trop insistant. Il lâcha du lest et me donna le temps de réfléchir quelques secondes… quelques minutes.

«Tu sais, Michael, dit-il enfin, tu n'es pas obligé de me répondre maintenant.

– Ce n'est pas le problème.» Étrangement, je pensais à Carlos qui commençait à me plaire pour de bon. «C'est juste que je ne sais trop quelle direction prend ma vie, ces derniers temps. J'ai tellement de choses à régler. Le moment est mal choisi…

– Ce ne sera jamais le bon moment, tu sais.»

Je revins au bureau. Roimata avait dû pleurer, elle avait les yeux rouges. Je l'étreignis et elle me serra dans ses bras comme si sa vie en dépendait.

«J'ai trop la honte, me dit-elle.

– Toi ? La honte ? On aura tout vu… C'est un honneur pour moi, en fait. Qui sait ? Ça pourrait peut-être m'aider à me faire à nouveau accepter par ma famille.

– Et moi par la mienne, dit-elle. Alors tu vas y réfléchir ?

– Pourquoi pas ? dis-je en haussant les épaules. Ma vie est déjà tellement merdique. Une difficulté supplémentaire ne changera pas grand-chose.»

Sachant que je plaisantais, elle sécha ses larmes.

Le téléphone sonna. C'était ma tante Pat :

« Je me disais qu'on trouverait peut-être d'autres infos sur Cliff à la vieille ferme, mais je ne veux pas y aller seule. Je t'ai pris un billet pour Gisborne, il t'attend au guichet à l'aéroport. Tu es sur le dernier vol de Wellington ce soir et je t'ai réservé un retour demain en milieu de matinée.

– Parfait. »

Mais ce n'était pas tout.

« J'ai si peur, Michael, je ne t'ai pas tout dit. »

— 4 —

Il faisait nuit noire quand j'arrivai à Gisborne. Nous n'étions que quelques passagers et nous nous dispersâmes rapidement.

« Ça devient une manie », dis-je à Pat en la voyant m'attendre.

Elle m'offrit sa joue et choisit de conduire, cette fois-ci. Elle tourna à gauche à Gladstone Road et sortit de la ville.

« Nous n'avons pas beaucoup de temps, alors j'ai pensé qu'il valait mieux que nous allions passer la nuit à la vieille ferme. J'en ai parlé à ton père, sans lui dire que tu m'accompagnais. Il était curieux parce que nous n'y sommes pas allés depuis des années. Bref, je lui ai raconté que j'étais avec Kara — tu sais, la veuve de Bully — pour récupérer des affaires à eux. »

À son décès en 1983, mon grand-père avait légué la ferme à ses enfants : Pat et Monty. Papa n'avait pas voulu y retourner et Pat et mamie Florence étaient allées habiter à Gisborne. Bully en était devenu le gérant puis, au fil des ans, le simple gardien. Il s'était éteint six mois plus tôt. Le seul signe de vie était un troupeau de chevaux que nos voisins gardaient sur nos terres et qu'ils nous autorisaient à monter.

Nous arrivâmes devant des pancartes PROPRIÉTÉ PRIVÉE et DÉFENSE D'ENTRER rivées à la barrière. Pat me donna les clés pour ouvrir les cadenas et nous nous approchâmes de la vieille maison. La lune venait de se lever, elle illuminait les fenêtres et transformait les piliers de la véranda en dents blanches. J'avais oublié que la ferme était si grande et imposante. Elle avait été une des plus importantes de la vallée.

Armée d'une lampe électrique, Pat monta les marches et je la suivis avec le carton qu'elle avait préparé pour la nuit : couchage, lait, nourriture et affaires de toilette. Elle ouvrit, entra et trouva des bougies et des allumettes dans le cellier.

« J'espère que ça ira, Michael, je n'avais pas assez de temps pour rétablir l'électricité. On fera tout à la chandelle. »

Elle frotta une allumette qu'elle approcha de la mèche. Alors qu'elle me tendait une bougie après l'autre pour éclairer toutes les pièces, j'interprétai son regard fixe comme un simple signe de concentration. Je compris plus tard qu'elle ne voulait pas laisser un seul coin dans l'obscurité. Elle attendit que la maison brille de tous ses feux avant de quitter le cellier, mais ça ne suffit pas à empêcher les souvenirs terrifiants de son enfance de revenir au galop. Pour moi, la ferme n'était qu'une vieille demeure abandonnée au beau milieu de la campagne sombre. Pour Pat, c'était différent, elle était peuplée de fantômes qu'elle pensait avoir exorcisés depuis longtemps.

« Bien, dit-elle, voyons s'il y a quelque chose à trouver. Quand nous sommes partis d'ici, nous avons demandé à Bully de laisser deux pièces toujours fermées. La chambre de Sam et le bureau de papa, où il gardait ses livres de comptes, son registre de whakapapa et tous ses papiers militaires. Je vais m'occuper du bureau, et toi de la chambre. »

Elle me donna la clé.

«On aurait dû apporter une radio, dit-elle en frissonnant. J'aurais trouvé une station de rock et j'aurais mis le volume à fond.»

La chambre de mon oncle était complètement vide. Pas de lit, aucun meuble. Quatre murs, une fenêtre, un rideau, et un sol en lino. Il ne restait plus la moindre trace d'une présence, si ce n'était une armoire encastrée et impossible à enlever.

J'allai chercher une chaise dans le salon espérant trouver au-dessus de l'armoire une lettre ou autre objet passé inaperçu pendant le grand ménage. Non. J'ouvris la porte et frappai doucement sur le fond. Tiens, tiens, deux planches étaient mal fixées et sonnaient creux. Elles devaient abriter le genre d'endroit où un garçon cachait ses biens précieux : canif, bande dessinée préférée, un œuf d'oiseau bleu. Et, plus tard, où un ado empilait ses magazines pornos. Enfin, jeune homme, son acte de naissance, ses papiers militaires, les lettres de son amant, des photos…

Il n'y avait rien.

J'entendis des pleurs qui me glacèrent le sang, car je crus que j'avais dérangé l'esprit de mon oncle. Mais ils venaient d'ailleurs… du bureau d'Arapeta.

Pat était effondrée dans un vieux fauteuil, comme un papillon de nuit doré piégé dans l'auréole de la bougie.

«C'était une erreur», dit-elle.

Elle tenait à la main l'ancienne Bible qui servait aussi de livret de famille, répertoriant naissances et décès. La page de Sam avait été arrachée. Les noms de Pat et de mon père avaient été réinscrits sur la suivante. Puis ceux de ma sœur et moi.

Je lui pris la Bible des mains.

«Et si tu allais nous faire un petit thé ? Je finirai ici.»

Quand elle fut partie, je fouillai partout, espérant tomber sur une lettre que Sam aurait pu envoyer du Vietnam. Des coupures de journaux. Des photos. N'importe quoi.

Je fus encore bredouille.

«Ça valait le coup de le tenter», dit ma tante quand je la rejoignis.

Je décidai d'aller faire un tour dehors, songeai à la grange et m'en approchai. Je vis l'échelle menant au fenil. J'imaginai Sam et Cliff ensemble, Cliff dire en riant : *Qu'est-ce que tu crois ? Je suis un petit gars du Midwest en pleine forme...*

«Je n'arrive pas à trouver Cliff, oncle Sam. Tu n'as pas idée à quel point je suis désolé...»

— 5 —

Le lendemain matin, le réveil sonna à l'aube. Ma tante était allée dormir dans son lit d'enfance. Elle avait laissé un mot sur sa porte :

Bonjour, marmotte. Le petit déjeuner est sur la table. Quand tu auras mangé, selle un des chevaux et rejoins-moi dans le paddock à l'est.

J'avalai un café et des tartines, me changeai rapidement et descendis à l'écurie où je choisis un cheval gris. Après avoir traversé la plaine en diagonale, je pénétrai dans la vallée de la rivière. C'était le coin où mon oncle aimait prendre une grosse pierre et sauter. Je l'imaginai me regarder passer, assis au fond, souriant en pensant que je ne savais pas qu'il s'y trouvait.

Je franchis le cours d'eau, me souvins de l'histoire des mustangs sauvages que Cliff avait détournés, puis empruntai le sentier vers les collines qui marquaient la limite à l'est de la propriété. Il ne me fallut qu'une demi-heure, mais en arrivant au sommet, ma monture pantelait, épuisée. La terre, couverte de pins et de buissons, était ici inexploitable : la pire de la ferme.

Je levai les yeux. La silhouette de Pat se découpait sur le ciel. Elle me fit signe. Je m'aperçus en m'approchant qu'elle avait attaché une tronçonneuse à la selle de son cheval.

«Tu vois ce pin, là-bas ? J'aimerais que tu le coupes, s'il te plaît.»

Je lui obéis. L'arbre tomba, permettant à la lumière de se glisser sur la pente.

«Tu vois ce lopin ?»

Les larmes ruisselaient sur son visage. Elle montra un emplacement qui avait été à l'ombre de l'arbre que je venais de scier. Il y avait un petit cairn, quelques pierres empilées les unes sur les autres.

«C'est ton oncle Sam.»

Et elle reprit son histoire.

«Après l'enquête du médecin légiste, on nous a ramené son corps. La colère de papa aurait dû s'apaiser, mais cet homme ne pardonnait rien. Les gens d'ici ont demandé que la dépouille mortelle soit exposée dans le marae, il a refusé. Ils pensaient qu'il serait inhumé dans notre cimetière familial. Il a encore refusé. Maman et lui se sont disputés. Elle avait essayé de défendre Sam de son vivant. Elle a réessayé dans la mort. Elle a dit qu'elle allait ramener Sam chez elle et l'inhumer sur les terres de son clan. Avant qu'elle puisse le faire, papa a attaché le cercueil au chariot et l'a apporté ici. Il nous a ordonné de rester à la ferme et il est parti en traînant Sam à travers la prairie. Maman m'a dit : "Patty chérie, suis ton père et va voir où il enterre mon fils. Mais il ne faut surtout pas qu'il te voie."»

C'était comme si ma tante avait oublié que j'étais à ses côtés — elle s'adressa à Sam.

«Imagine un peu, Sam, comment notre propre père pouvait-il faire une chose pareille ? T'emmener ici comme si tu étais un criminel, t'inhumer en terre non consacrée et t'abandonner dans ce lieu sombre ? Mais il ne savait pas que je l'avais suivi. Il ne savait pas que je l'épiais derrière les arbres pendant qu'il creusait ta tombe…»

Elle agrippa mon épaule, ses doigts s'enfoncèrent comme des griffes. Des tremblements secouaient tout son corps, ses yeux étaient écarquillés, son regard fixe. J'essayai de la calmer.

«Tatie…»

Elle me regarda, intriguée, et je compris qu'elle s'était laissé emporter très loin dans ses souvenirs. Puis elle sursauta et me serra dans ses bras.

J'étais devenu Sam.

«Papa m'a même pas vue, reprit-elle d'une voix enfantine. Je suis maligne, hein ? J'ai suivi son chariot à pied jusqu'au bout ! Je restai de front avec lui, mais cachée dans les bois. Il s'en doutait peut-être, parce qu'il s'arrêtait des fois et regardait dans ma direction, mais tu aurais été fier de moi, Sam, je me suis fait toute petite. Je me suis fondue dans le paysage, comme toi au Vietnam quand tu étais en patrouille, d'après tes lettres. Papa a traversé la rivière, je me suis glissée dans l'eau. Tu sais quoi ? J'ai même nagé sous le chariot sans qu'il me voie. J'ai refait surface vers des rochers et, quand papa est remonté du ravin, je l'ai suivi. Ma robe était froide et lourde, j'avais les cheveux mouillés, j'étais épuisée… le soleil se couchait quand on est arrivés… il a sorti une pelle… il a creusé… et…» Elle se mit à hurler à pleins poumons, se leva et regarda le cairn. «Mais pourquoi as-tu fait ça, papa ? Comment as-tu pu abandonner mon frère ici ? J'ai tout vu… je t'ai vu enterrer Sam… tu l'as placé à côté du trou… puis… tu l'as poussé du pied… et il a dégringolé…»

Par pitié, pas l'obscurité éternelle.

«Pourquoi, papa, pourquoi ?»

Je ne sais pas combien de temps tante Pat et moi sommes restés là, sur le versant de la colline, à regarder la tombe de Sam. Il me fallut la calmer peu à peu. Puis, sans un mot, elle alla prendre quelques fleurs dans la sacoche de son cheval et les posa sur la sépulture. Je la rejoignis.

«J'ai tout vu, Michael. Quand Papa a lancé des pelletées de terre sur Sam, je suis rentrée comme l'éclair à la ferme. Maman m'attendait. Elle était folle de chagrin. "Tu sais où est Sam ? Tu l'as vu ? Tu seras capable d'y retourner ?" Je l'ai rassurée. Une demi-heure plus tard, papa est revenu. Il s'est lavé puis il a demandé à ma mère de lui apporter la Bible familiale. Il a déchiré la page avec l'extrait de naissance de Sam et déclaré : "J'interdis à quiconque de prononcer le nom de Sam dans cette maison". Puis il nous a ordonné de brûler toutes ses affaires.»

Elle fit une pause. Je crus qu'elle allait se remettre à pleurer, mais elle m'assura qu'elle allait bien.

Sa mémoire la ramena à cette nuit fatidique.

«Maman a essayé de l'empêcher. Elle l'a suivi dans la chambre de Sam, il jetait tout par la fenêtre — sa literie, ses vêtements, ses disques et ses livres —, elle s'est précipitée sur lui et l'a frappé avec les poings. "Salopard ! elle hurlait. Salopard !" Puis, quand il a trouvé la cachette où Sam gardait son journal, ses photos et ses lettres, maman s'est mise à lui griffer le visage. Pendant qu'ils se battaient, le journal est tombé, je l'ai bien vite ramassé et caché. Monty m'a vu faire, mais je lui ai demandé de ne pas le dire. Papa a fini par repousser maman. Il est allé chercher un jerrican d'essence. Il en a aspergé les affaires de Sam, une allumette et psssit, le ciel s'est embrasé et les cendres se sont envolées dans les airs comme des oiseaux de feu. Et j'ai entendu maman lui dire : "Tu nous as interdit de prononcer le nom de Sam dans cette maison. Eh bien voilà ce que j'ai décidé, moi. Je ne prononcerai plus jamais ton nom, à toi, dans cette maison. Plus jamais." "Fais ce que tu veux", il lui a répondu. Il ne se souciait plus d'elle depuis longtemps. Et peu après, il ne s'est plus soucié de moi non plus. Le seul qui comptait encore à ses yeux, c'était Monty.»

Elle s'essuya le front.

«Mon père a brisé le cœur de ma mère, dit-elle en se levant, mais pas sa volonté. Nous avons continué de fleurir la tombe. Il devait se demander comment nous connaissions l'emplacement, mais il n'en a rien dit. Quand il est mort, les gens ont cru que c'était moi qui avais décidé de déménager à Gisborne, mais l'idée venait de maman. Elle ne se sentait plus liée à la terre. Nous apportions toujours des fleurs sur la tombe de Sam, à tous les anniversaires de sa mort. Elle disait : "Patty ! Patty ! Va chercher la voiture, dépêche-toi ! Il est temps d'aller voir Sam…"»

Elle leva les yeux au ciel.

«Tu n'as jamais cessé de l'aimer, hein, maman ? Moi non plus et ne t'en fais pas, je continue à fleurir sa tombe tous les ans.»

Puis elle mit ses doigts sur ses lèvres et posa un baiser sur la terre qui recouvrait Sam.

«Je suis désolée, mon frère. Tout était de ma faute. Tout ce qui s'est passé, tout était de ma faute.»

Je la serrai dans mes bras.

«Tu n'as rien à te reprocher. Tu l'aimais. Si tu l'avais pu, je sais que tu aurais essayé de le sauver.»

Elle soupira, me prit la main, acquiesça et s'adressa à Sam :

«Tu auras au moins quelques rayons de soleil, cet hiver, mon frère.» Puis elle se tourna brusquement vers moi : «Quand je mourrai, je veux que tu m'enterres ici, à côté de lui. Les autres peuvent reposer dans notre cimetière s'ils le souhaitent. Mais je ne l'abandonnerai pas. Tu m'entends, Michael ? Tu m'entends ?

– D'accord, d'accord, tatie. Après tout, c'est peut-être le début d'une tradition familiale.» Elle me regarda sans comprendre. «Ben oui, tu penses quand même pas qu'ils vont vouloir de moi dans le caveau de famille ? Je serai plus à ma place avec vous deux !

– Écoute ce gamin, dit-elle à Sam en faisant une grimace. Il a vraiment des idées idiotes.»

Elle regarda sa montre.

«On ferait mieux de rentrer. T'as un avion à prendre.»

— 6 —

Tout se précipita à l'approche de mon départ au Canada. Une demi-heure avant d'aller à l'aéroport, j'étais au bureau avec Roimata lorsque le téléphone sonna.

«Salut, Michael.»

Clic, clic, crac.

«Ada !

– Vilain petit cachottier ! s'exclama-t-elle en déglutissant, crac, riant, clic. Pourquoi ne m'as-tu pas dit que ton monsieur Harper avait un nom composé ? Clifford James Addison-Harper ! Va guetter le fax parce que je suis en train de t'envoyer tout ce que j'ai sur lui.

– Il est vivant ? Vous l'avez trouvé ?

– Évidemment, mon lapin.

– Ada, je pourrais vous embrasser !

– Si tu continues, tu vas me faire rougir et c'est un exploit chez une femme de soixante-cinq ans !

– Vous avez soixante-cinq ans ?

– Et toutes mes dents.

– C'est parfait, je vous embrasse d'autant plus.»

Je lui envoyai un baiser retentissant dans le combiné. Il y eut un silence. Puis clic, cliquetis, clic, crac, crac, CRAC — soupir.

«J'imagine que c'est ce qui se rapprochera le plus du téléphone rose pour moi, me dit-elle avec son accent traînant. Prends soin de toi, mon lapin.»

Quelques secondes plus tard, la machine se mit à crachoter tous les renseignements dont j'avais besoin, le numéro de téléphone et l'adresse de Cliff Harper : Dos de la Lune, Muskegon Harbour, Illinois.

J'appelai immédiatement ma tante.

«Ça y est, tatie ! On l'a trouvé. On a trouvé Cliff Harper.»

Sixième partie

La Mise en garde de Brangäne

Chapitre dix-huit

— 1 —

«Oh, non», se désola Roimata.

C'était toujours le chaos dans l'aéroport international d'Auckland le vendredi soir. Le vacarme était assourdissant et les queues interminables. La file d'attente en classe économique de United était particulièrement longue, ce qui annonçait un vol complet pour Los Angeles. Nous devions ronger notre frein, piétiner patiemment, et une fois arrivés au comptoir, nous voir attribuer des sièges tout à l'arrière, à côté des toilettes.

«Au moins, nous serons les derniers à mourir si l'avion s'écrase, dis-je à Roimata.

– Et nous serons ensemble, répondit-elle en minaudant, au plus près l'un de l'autre.»

Je me demande souvent pourquoi l'enregistrement prend si longtemps et ce que les employés peuvent bien tapoter sur leurs claviers d'ordinateur. Je soupçonne chaque passager d'être remplacé par un code-barres à cinquante chiffres. L'agent termina enfin et nous adressa un grand sourire:

«Monsieur Mahana ? Je suis heureux de confirmer votre surclassement. Mademoiselle Williams et vous voyagerez en business.

– Euh… Je crois que vous faites erreur.

– Non, monsieur. Carlos Poulsen a tout arrangé. Je vous souhaite un vol agréable et une excellente conférence internationale des pêches côtières.»

Roimata en resta bouche bée.

«Ce gamin est stylé», reconnut-elle enfin alors que nous bénéficions d'un coupe-file pour rejoindre le salon d'affaires, où elle se déchaussa, se servit un verre et joua les starlettes. De mon côté, j'appelai Wellington.

«Tu es plein de surprises, Carlos.

– Je préfère te savoir à l'avant, chouchouté par des hôtesses de l'air, plutôt que dans le noir à l'arrière avec Roimata. Et dis-lui de garder ses ongles vernis en rouge dans ses poches.

– Carlos t'embrasse, transmis-je.

– Bien sûr, répondit-elle. En tout cas, fais-lui savoir que ses tentatives de corruption ne dureront que le temps d'un voyage. En amour comme à la guerre, tous les coups sont permis.

– J'ai tout entendu, dit Carlos en riant. Elle vient juste d'être déclassée pour le retour. Quant à toi, Michael, je te souhaite de passer un bon séjour, de briller devant tes pairs, de faire ce que tu as à faire… mais ne rate pas ton vol retour après ta conférence des pêches. Compris ?

– D'accord, c'est toi le shérif.»

Ragaillardi par ma conversation avec Carlos, j'allai trouver un téléphone payant où je glissai ma MasterCard et composai le numéro qu'Ada m'avait faxé.

Il y eut une petite pause, une tonalité, puis une autre. Je les comptai. Au bout de dix, alors que je m'apprêtais à renoncer, on décrocha :

«Allô ?» me répondit une voix essoufflée, mais enjouée.

J'eus un passage à vide. J'avais la bouche sèche.

«Je suis chez Cliff Harper ?

– C'est lui-même. Qui est à l'appareil ?»

Mon cœur s'affolait. Je n'y arrivais pas. Cliff avait semblé si inatteignable, le fait de pouvoir lui parler était soudain d'une simplicité ridicule.

«Je m'appelle Michael Mahana. Je téléphone de Nouvelle-Zélande…

– De Nouvelle-Zélande ? Ouah !»

Je repris mes esprits.

«Monsieur Harper, l'Association des anciens combattants du Vietnam m'a communiqué votre numéro et…

– Oh, attendez.» *Attendez ?* J'en eus le souffle coupé. «C'est à mon père que vous voulez parler. Cliff senior. Je vais voir s'il est là.»

J'entendis Cliff junior s'éloigner du téléphone et crier :

«Papa, t'es en bas ? Maman, il est où, papa ?»

Cliff Harper était donc marié. Il avait une femme et un fils — peut-être d'autres enfants ?

Je paniquai puis me houspillai. À quoi m'attendais-je après trente ans ? Mon penchant absurdement romantique avait construit un Cliff Harper célibataire qui avait passé chaque jour de son existence à espérer cet appel. Je ne m'étais pas préparé à un mari, un père de famille. J'avais vaguement envisagé une relation, mais avec un homme qui avait évidemment les traits de mon oncle Sam.

Une petite voix me conseillait de raccrocher. Mais il était trop tard.

«Désolé, il est sorti. Vous voulez laisser un message ? Un numéro pour vous joindre en Nouvelle-Zélande ?»

J'éprouvai un mélange de soulagement et de déception.

«Dites-lui simplement que je m'appelle Michael Mahana et que je suis le neveu de Sam Mahana. Je m'apprête à partir pour le Canada et je vais passer par les États-Unis. J'ai une escale à Chicago sur la route d'Ottawa. J'aimerais beaucoup rencontrer votre père à Chicago, si c'est possible. Dites-lui que je rappellerai depuis Los Angeles pour voir ce que nous pouvons arranger.

– Je lui transmettrai le message. Ouah ! La Nouvelle-Zélande…»

Deux heures plus tard, Roimata et moi nous installâmes dans nos sièges moelleux, avec champagne et hors-d'œuvre. La *Rhapsodie en bleu* de Gershwin, mélodie emblématique de la compagnie aérienne, accompagnait le décollage. Un vrombissement, l'impression de planer, et nous prîmes de l'altitude. Sous l'avion, Auckland ressemblait à un collier au fermoir cassé. Puis, montant à pic, nous avons franchi la côte en direction du nord-est et de la nuit océane et sombre.

— 2 —

J'ai toujours adoré les longs périples. Quitter un environnement connu permet de se libérer du temps, de s'extraire de la réalité du quotidien. On peut mettre notre vie familière en pause, la figer, confiants dans le fait qu'elle nous attend, qu'elle sera là quand on reviendra. Le voyage même devient une occasion d'explorer des vies parallèles, des existences potentielles.

En apparence, mon déplacement au Canada était tout à fait ordinaire. Si mon objectif principal était la conférence d'Ottawa, la rencontre avec Cliff Harper dans l'Illinois était largement aussi importante. L'injustice de ce qu'il avait vécu avec mon oncle pouvait être réparée.

Mais je savais qu'un chapitre se refermait — ma manière d'être jusqu'alors, l'image d'un fils obéissant menant une vie consciencieuse — et qu'un nouveau Michael se profilait. Ce voyage n'était pas seulement pour Sam, il représentait également un tournant pour moi. Dans l'Ottawa comme dans l'Illinois, nos deux histoires allaient se rejoindre et j'avais le sentiment que mon propre destin en serait changé à tout jamais. Que tous les questionnements de ma vie allaient trouver des réponses qui m'aideraient à prendre mes grandes décisions. À propos de Jason. De Carlos. De Roimata. De moi-même.

Dans l'immédiat, cependant, je n'avais plus qu'à me détendre, savourer mon dîner et trinquer à l'avenir avec un ou deux verres de bon vin. Suspendu entre la terre et le ciel, je pouvais choisir parmi une vingtaine de films sur mon écran personnel et retarder mes obligations.

Était-ce bien sûr ? Je n'étais pas le seul à avoir rendez-vous avec Cliff Harper sur ce vol. J'avais Tunui a te Ika avec moi et une promesse à honorer — celle exigée par un oncle que je n'avais jamais connu, à une infirmière en robe de bal ensanglantée, par une nuit pluvieuse, trente ans plus tôt.

Puis il y avait ma tante Pat, son besoin de clore cet épisode, de faire le deuil du frère qu'elle aimait tant.

La voix de Roimata interrompit mes pensées.

«Ça va ?

– Oui… Juste avant de partir d'Auckland, j'ai appelé Cliff Harper. Il est marié. C'est son fils qui a répondu. Je ne m'attendais pas à ce qu'il soit marié.

– Tu ne lui as pas parlé directement ?

– Non.

– Quel âge a-t-il, maintenant ? demanda-t-elle entre deux gorgées de vin.

– Sam avait vingt-deux ou vingt-trois ans quand ils étaient au Vietnam ensemble. S'il avait le même âge, il a une petite cinquantaine d'années.»

Je ris en songeant que, jusqu'alors, je l'avais toujours imaginé tel qu'il était sur la photo, dépeint dans le journal de Sam ou décrit par ma tante et par George. Quelle absurdité de penser qu'il n'avait pas changé ! Les années avaient-elles été clémentes pour lui ? Était-il d'une beauté aussi renversante que dans sa jeunesse ? Se souvenait-il de Sam ? Si ça se trouve, mon oncle avait été un partenaire parmi tant d'autres. Sam l'avait aimé passionnément, mais l'inverse était-il vrai ?

« Il aura construit une vie nouvelle, dit Roimata, et laissé toute cette histoire avec Sam derrière lui. Il est possible qu'il ne veuille pas te rencontrer.

– Je n'ai jamais envisagé qu'il refuse de me voir. J'ai du mal à l'admettre, mais je ne suis pas sûr…

– À propos, me coupa-t-elle en changeant de sujet. J'ai une question sur ta tante. Elle n'a jamais été mariée, si ? Crois-tu qu'elle puisse être…

– Qu'elle puisse être quoi ?

– Tu sais… »

Je savais exactement ce qu'elle sous-entendait.

« Impossible ! », répondis-je d'un ton si catégorique qu'il me surprit moi-même. Si Pat était lesbienne, je refusais de l'admettre. Je refusais même de l'envisager.

« Dommage. Elle serait une bonne kuia pour nous. » Elle se pencha et m'embrassa sur la joue. « J'irais bien plus loin, me dit-elle, mais je dois respecter l'embargo imposé par Carlos. Fais de beaux rêves, Michael. Tu te rends compte ? C'est notre première nuit ensemble ! »

Deux heures plus tard, alors que la plupart des passagers dormaient, je restais éveillé, mais détendu, en paix avec moi-même. Je décidai de regarder *Laura*, un film noir d'Otto Preminger des années quarante offert dans la sélection des grands classiques. Exactement le genre de cinéma qu'affectionnait ma tante Pat.

Laura est retrouvée assassinée chez elle. Le lieutenant Mark McPherson (Dana Andrews) interroge une étrange brochette de suspects. Ce sont leurs témoignages, sous la forme de flash-back, qui composent la description de la jeune femme. Elle est interprétée par Gene Tierney, une grande beauté hollywoodienne, et toutes ses scènes bénéficient d'une excellente cinématographie et d'une ardente musique romantique. La pièce maîtresse est un portrait de Laura dans son appartement, qui attire constamment McPherson.

À un tiers du film, un passage me fit l'effet d'une révélation. Je fus comme foudroyé, et je compris que je ne pourrais jamais échapper à l'histoire de Sam et de Cliff.

Par une nuit pluvieuse, McPherson entre dans l'appartement vide de Laura, cherchant des indices pour son enquête. Il contemple le portrait, la musique est tourmentée. Il fume une cigarette. Il ôte sa cravate. Il sort du salon pour se rendre dans un bureau où il allume une lampe. Il s'assied. Il enlève son manteau. Il ouvre un tiroir. Il se lève et arpente la pièce. Il entre dans la chambre à coucher de la défunte.

Le suspense augmente, sous-tendu d'érotisme. La visite de McPherson n'est pas ce qu'elle semblait être. Il sort un mouchoir blanc de la commode et le porte à son nez. Il ouvre un petit flacon de parfum et le renifle. Il regarde les robes dans l'armoire. En refermant la porte, McPherson aperçoit son reflet dans la glace, comme un voyeur.

C'est le moment que Waldo Lydecker, le mentor et ami âgé de Laura, choisit pour entrer. Il demande avec cynisme si le policier ne trouve pas qu'il agit de manière très étrange en s'introduisant chez Laura comme un prétendant avec un bouquet de roses et une boîte de chocolats. Il prévient McPherson qu'il risque de finir à l'asile, car il est tombé amoureux d'une femme qui n'existe pas.

Le cœur battant, pris de panique, j'éteignis l'écran. Je voulus regarder par le hublot, pour échapper aux pensées qui faisaient rage dans ma tête. Je soulevai le store, mais au lieu de voir le ciel nocturne, je me trouvai face au reflet d'un homme derrière moi… mon oncle Sam. Il souriait timidement, comme sur sa photo. Il se pencha vers moi et me toucha l'épaule : *C'est pas grave, neveu*, dit-il avec un soupir. *Il fallait s'y attendre…*

Puis il disparut, laissant la lune briller sur ma démence passagère et apaiser mon angoisse.

Oui, oncle Sam, pensai-je, il était peut-être inévitable qu'après avoir vu la photo de Cliff Harper, lu ton journal et parlé à Pat, George et Anne-Marie Davidson, je me glisse dans ta peau et… comme McPherson avec Laura, que je tombe amoureux de Cliff à mon tour.

Le noir tourbillonna devant mes yeux. Les nuages étaient argentés au clair de lune.

— 3 —

Nous arrivâmes à Los Angeles le lendemain matin. Entre le passage à la douane et ma correspondance pour Chicago, j'avais juste le temps de rappeler Cliff Harper.

« Ça va aller », me rassura Roimata en me serrant dans ses bras.

Mais la deuxième fois fut plus difficile que la première. J'avais la gorge toujours aussi sèche, les mains moites, et personne ne répondait. Trente années s'étaient écoulées et… une voix de femme.

« Allô ?

– Je suis bien chez M. Cliff Harper ?

– Tout à fait. Vous voulez mon mari ou Cliff junior ?

– M. Harper senior, s'il vous plaît.

– Ne quittez pas. »

Après un silence, quelqu'un prit le combiné.

« Cliff Harper à l'appareil. C'est à quel sujet ? »

Voici donc à quoi ressemblait la voix de Cliff Harper. Enveloppante. Douce. Je parlais à l'homme qui avait seulement existé sur une photo, dans les pages d'un journal intime et dans les souvenirs d'une poignée de personnes. Sa voix soufflait la vie pour ranimer la coquille de la mémoire, elle remplissait son cadre physique et lui donnait une substance.

« Monsieur Harper ? Vous ne me connaissez pas, mais je suis le neveu d'un Néo-Zélandais que vous avez rencontré au Vietnam, pendant la guerre. Il s'appelait Sam Mahana et je vous téléphone pour… »

J'entendis une brusque inhalation.

« Je suis désolé, petit, tu t'es trompé de numéro.

– C'est bien le 7685…

– Je te répète que tu n'as pas le bon numéro. N'insiste pas. »

Il raccrocha. Je restai planté, sonné. Mais je ne pouvais pas abandonner. Je le rappelai.

« Monsieur Harper, je suis à Los Angeles. Je m'appelle…

– Je t'ai demandé de me laisser tranquille, petit.

– Je vous en prie, ne raccrochez pas. Je veux seulement vous communiquer un message de mon oncle Sam. »

L'émotion éraillait ma voix.

« Monsieur, j'arrive à Chicago cet après-midi à 14 h 50 sur le vol 51 de United. Je dois passer la douane canadienne avant de prendre ma correspondance pour Ottawa sur le vol 762 d'Air Canada. J'ai quelques heures en transit. J'aimerais beaucoup vous donner le message. S'il vous plaît… »

Cliff Harper m'interrompit d'une voix douce mais ferme.

« Écoute, petit, je ne suis pas la personne que tu cherches. »

Clic, il raccrocha.

Je n'étais pas bavard lors du vol pour Chicago et Roimata compatissait. Elle avait eu raison de m'avertir que

Cliff Harper ne souhaiterait pas forcément me voir. Mais c'est drôle comme on continue à espérer contre tout espoir. Après avoir atterri à Chicago, je lui dis de passer la douane canadienne sans moi.

«Tu ne veux pas que j'attende avec toi ? me demanda-t-elle.

– Non.»

Si je devais être déçu, je préférais être seul. Je serrai Tunui a te Ika dans mes mains et priai : «Si tu as un quelconque pouvoir, fais venir Cliff pour que je puisse te glisser entre ses doigts.»

Tunui a te Ika était brûlant au creux de ma paume. Il ruait et se cabrait, impatient de poursuivre son voyage. Les minutes passèrent, il finit par se calmer. Il savait. Il savait que Harper ne viendrait plus.

Avoir fait tant de chemin, après tant d'années…

Je devais partir. Je devais faire mon deuil avec la figurine de jade et la pressai contre mon cœur.

Je franchis la douane et rejoignis Roimata.

Chapitre dix-neuf

— 1 —

La nuit était tombée quand nous arrivâmes à Ottawa. Nous venions du bout du monde, nous étions épuisés ; d'après nos calculs, nous voyagions depuis près de deux jours. Nous fûmes donc soulagés d'être accueillis à l'aéroport par un élégant monsieur entre deux âges. Il tenait à la main un carton avec nos noms (écorchés) et s'appelait Franklin Eaglen.

«C'est votre première visite au Canada ? nous demanda-t-il. Si oui, bienvenue. J'espère que vous vous y plairez.»

Quand deux homosexuels se rencontrent, il leur arrive souvent de se reconnaître. Dès que je vis Franklin, je sus qu'il était l'un de nous. Ça ne tenait pas à grand-chose : un éclat dans l'œil, la chaleur de sa voix. Il n'y avait là rien de sexuel. Non, c'était plutôt l'impression de pouvoir engager une relation amicale basée sur une forme d'entente différente.

«La voiture est juste devant», dit-il en nous menant au carrousel à bagages.

Je pris mon sac de voyage. Roimata laissa Franklin se débattre avec sa valise et la boîte à chapeau dont elle ne se séparait jamais. Il n'y avait aucun chapeau à l'intérieur, c'était du snobisme à l'état pur, mais il faut reconnaître que c'était pratique pour rapporter le linge sale à la maison.

Nous sortîmes et lorsqu'elle vit la voiture qui nous attendait, Roimata hurla si fort que Franklin faillit lâcher tout ce qu'il portait.

« Oh, mon Dieu… »

C'était une limousine d'un blanc étincelant qui faisait près d'un kilomètre de long. Le genre de véhicule qui dépose les stars de cinéma la nuit des Oscars.

« Vite, dit-elle. Trouvons quelqu'un pour nous prendre en photo. »

Elle confia son appareil à un passant, dénicha une casquette de chauffeur sur le siège avant et la posa sur la tête d'un Franklin quelque peu surpris. Puis elle s'allongea sur le capot, mima un baiser, et récupéra son appareil.

En comparaison avec la limousine, notre hôtel était minuscule.

« Et voilà, dit Roimata, il faut se faire une raison. Je suis redevenue la dirigeante d'une organisation dont personne n'a entendu parler, originaire d'un pays au fin fond du monde. »

Elle montra à Franklin où poser ses bagages et lui offrit un pourboire.

« Ce ne sera pas nécessaire, madame, lui dit-il avec une mine joviale et un sourire en coin.

– Qu'est-ce qui est si drôle ? demandai-je.

– Rien, rien », répondit-il.

Il ouvrit la porte de ma chambre, qui avait la taille d'un placard.

« J'espère que vous prendrez du bon temps à Survival 2000. La conférence n'a pas encore commencé, mais je m'amuse déjà comme un fou ! »

Le lendemain matin, je fus réveillé par le téléphone. Je crus que c'était Roimata qui voulait aller à la cérémonie d'ouverture.

«Alors ? me demanda Pat. Tu lui as parlé ? Tu as parlé à Cliff Harper ?

– Tatie, je viens juste d'arriver.»

J'essayai de gagner du temps, de décider rapidement ce que je devais lui dire et ce que je devais lui taire. Mais au fond de moi, je savais qu'il valait mieux qu'elle ne se fasse pas d'illusions. Je ne voulais pas qu'elle s'emballe à l'idée d'une réunion qui semblait très improbable.

«Cliff Harper n'est pas venu.

– Comment ça, il n'est pas venu ? me demanda-t-elle sur un ton de reproche.

– L'homme à qui j'ai parlé de Los Angeles pour arranger une rencontre à Chicago n'est pas venu. Il dit que je fais fausse route, qu'il n'est pas le Cliff Harper que je cherche.

– Pourtant c'est lui, dit-elle. Je sais que c'est lui.

– Non, tatie. Tu as envie que ce soit lui, c'est différent, soulignai-je en respirant profondément. S'il s'agit bel et bien de Cliff Harper, il est marié et il a un fils. Peut-être d'autres enfants aussi, je n'en sais rien. Mais je ne peux pas débarquer dans sa vie contre son gré. Tout ce que je peux faire, c'est essayer de lui reparler.»

Il y eut un silence. Je crus qu'elle avait raccroché, mais sa voix glissa soudain et me percuta l'oreille.

«Tu ne peux pas laisser tomber, Michael, tu m'entends ? Tu m'entends ?»

— 2 —

Je retrouvai Roimata dans le hall de l'hôtel ; elle avait un look carrément glamour. Quand elle descendit l'escalier en robe rouge, avec ses longues boucles d'oreille en jade, je ne pus retenir un sifflement admiratif.

«Je te cafarderai à Carlos», me dit-elle.

Nous prîmes un taxi pour traverser le pont Alexandra et nous rendre au musée des Civilisations. Les arbres bordant les profondeurs agitées de la rivière des Outaouais viraient au rouge et le mordant du vent nous donna un coup de fouet. Le bâtiment était spectaculaire. Il semblait coulé dans la terre, avec ses longues couches de pierre couleur miel qui épousaient les berges jusqu'à l'eau.

Rien ne vaut le premier jour d'une conférence. Le foyer était bondé. On s'inscrivait, se rencontrait, se saluait, criait, se précipitait d'un groupe à l'autre. Roimata, qui ne ratait jamais une occasion de faire une entrée fracassante, fut si émue en voyant ces représentants des Premières Nations du monde entier qu'elle se lança dans un karanga :

« Tena koutou nga iwi o te Ao, tena koutou, tena koutou, tena koutou… »

Sa voix s'éleva dans le hall et se détacha du brouhaha. Les gens se tournèrent vers nous et nous fîmes une entrée chantée… remarquée.

Nous n'étions que deux, mais comme notre peuple le dit toujours : derrière un seul d'entre nous se trouve un millier, et derrière deux, deux milliers. Quand nous nous tenons debout, nous ne sommes jamais seuls. Nous portons notre culture avec nous.

Un visage familier se détacha de la foule. Franklin me sourit et s'inclina devant Roimata.

« Je vois que la délégation maorie de Nouvelle-Zélande est arrivée. »

Il nous prit en main, nous présenta au comité organisateur et à son président en particulier, Bertram Pine Hawk.

Il arrive rarement que quelqu'un me déplaise au premier abord, mais ce fut le cas avec lui. Il était jeune et avait le genre de beauté arrogante et d'assurance bien huilée qui faisait de lui un futur candidat tout désigné au poste de gouverneur. Franklin monta encore dans mon estime quand je remarquai que les deux hommes semblaient aussi se détester cordialement.

«Si vous le voulez bien, me dit Franklin, je vais vous présenter à quelques délégués qui s'occuperont de vous.»

Lang, Sterling et Wandisa étaient à peu près de mon âge. Ayant grandi abreuvé de westerns, avec des clichés d'Indiens imposants, musclés et capables de manger six Blancs par jour, je fus surpris de trouver des hommes et une femme de petite stature et d'apparence effacée. Je n'étais certainement pas préparé à leurs vannes constantes et à leur humour pince-sans-rire.

«Je suis Okanagan, dit Lang.

– Et moi Dakota, poursuivit Sterling. Lang est un Indien des montagnes, je suis un Indien des plaines. En général, les Indiens des plaines évitent les montagnards.

– À votre place, nous dit Wandisa, l'œil brillant, j'éviterais les Indiens des plaines et des montagnes et je resterais avec nous, les Inuits.

– Je me croirais à la maison, dis-je en éclatant de rire.

– Comment se fait-il que vous soyez tous amis ? demanda poliment Roimata.

– Amis ? Nous ? s'écria Wandisa en prenant un air horrifié. Certainement pas, on s'est juste trouvés ensemble par hasard.»

Un tambour se fit entendre. Une femme en tenue de cérémonie nous invita à rejoindre la salle des Premiers Peuples. Un vieil homme lança un regard noir à Lang.

«C'est mon grand-père, dit ce dernier. C'est le chef de ma tribu. Il n'aime pas me voir pactiser avec un Indien des plaines et un Inuit.

– Le problème, murmura Sterling sur un ton de conspirateur, c'est qu'on s'est rencontrés à la fac, tous les trois, et le grand-père de Lang pense que Wandisa et moi avons poussé Lang à dévier du droit chemin.»

À sa manière de le dire, je me demandai ce que cachaient ses paroles.

« Regarde, Michael… » me souffla Roimata, éblouie par la descente dans la salle des Premiers Peuples.

On avait l'impression de remonter dans le passé. Devant nos yeux, des rangées spectaculaires de mâts totémiques, de sculptures, de pirogues et de maisons communes commémorant les cultures ancestrales de la côte ouest du Canada : peuples Tlingit, Nishga, Gitksan, Tsimshian, Haida, Haisla, Heiltsuk, Nuxalk, Oweekeno, Kwakwaka'wakw, Nuuchahnulth et Salish de la côte. Tandis que nous descendions sur l'escalier roulant, les totems et les grandes maisons s'élevèrent au-dessus de nos têtes. Je ne m'attendais pas au choc que me provoqua leur dimension colossale, leur échelle, leur impact psychique.

« Nous vivions dans un monde qui devait ressembler à celui-ci, dit Lang en prenant Roimata sous son aile. Un monde habité par Castor, Oiseau-tonnerre, Serpent-éclair et d'autres êtres surnaturels qui fournissaient tout ce dont nous avions besoin. La mer nous donnait baleines, phoques, otaries, flétans et cabillauds. Les rivières regorgeaient de poissons-chandelles riches en huile et les saumons revenaient frayer dans les ruisseaux de leur naissance. On pouvait ramasser des algues et des crustacés sur les rivages. On abattait quelques immenses cèdres et ifs dans les grandes forêts drues pour bâtir nos villages ; on cultivait des racines d'épinettes pour les tresser, ainsi que la gaulthérie, la ronce odorante, les airelles. Avec l'arrivée des Européens dans les années 1770… »

Je ralentis le pas pour rester avec Sterling et Wandisa.

« Si Lang parle comme un manuel scolaire, m'expliqua Sterling, c'est parce qu'il a suivi des études d'histoire de l'art. Depuis, il n'est plus capable de s'exprimer normalement. »

La salle se fit silencieuse. Le comité organisateur monta sur la scène. Roimata fut surprise de voir Franklin parmi les membres.

«J'ai un horrible pressentiment, murmura-t-elle, Franklin conduisait une énorme limousine hier soir et…

– Franklin ? lui répondit Wandisa. C'est l'un des parrains de la conférence. C'est un mécène millionnaire et probablement l'Indien le plus riche de la salle. Inutile de préciser que c'est un Inuit.»

Roimata en resta comme deux ronds de flan.

«Oh non… J'ai cru que c'était le chauffeur. On s'est fait prendre en photo. Je lui ai même fait porter une casquette. Oh, je vais mourir de honte.»

Mais avant qu'elle ait eu le temps de mourir, Bertram Pine Hawk lança la cérémonie d'ouverture. Deux femmes âgées frappèrent des tambours sur un rythme régulier et entonnèrent des prières de remerciement et d'espoir. Elles furent rejointes par le grand-père de Lang, Albert Pentecost, qui avait un statut équivalent à celui du kaumatua dans la coutume maorie.

Bertram s'approcha de la chaire. En regardant la scène, un détail me frappa. Bertram, Franklin, Albert Pentecost et les deux anciennes étaient des autochtones, mais ils étaient bien moins nombreux que les officiels européens de la fondation organisatrice.

«Au nom du Conseil canadien pour la promotion des arts des Premières Nations, commença Bertram Pine Hawk, je suis ravi de vous accueillir à Survival 2000. Le Conseil est financé par le gouvernement fédéral et certains de ses représentants partagent la scène avec moi aujourd'hui. Le Conseil tient à souligner qu'il soutient totalement les objectifs de cette conférence et il m'a demandé d'annoncer la création d'un fonds de deux millions de dollars pour promouvoir les arts de notre peuple.»

Sa déclaration fut accueillie par un murmure satisfait et il se chargea personnellement d'amorcer les applaudissements. Il fit un signe pour diriger les acclamations vers les membres sur scène.

«En ma capacité de représentant des Premières Nations, poursuivit-il, je tiens à vous dire que notre conférence n'aurait pas pu avoir lieu sans le soutien du Conseil. Sans son financement, nous n'aurions jamais bénéficié de la présence de nos éminents invités internationaux ni de leur éclairage sur l'aide aux arts autochtones dans leurs propres pays.»

Roimata m'enfonça son coude dans les côtes et dit :

«Hum, j'espère qu'il ne s'imagine pas qu'il nous a achetés…»

Les délégués se levaient un peu partout dans la salle pour saluer le travail du Conseil et de Bertram Pine Hawk. D'un grand geste théâtral, il écarta les bras et s'exclama :

«Je déclare la conférence ouverte !»

Je me tournai vers Roimata. Elle acquiesça et nous nous joignîmes à la foule enthousiaste. Nous étions debout par respect pour nos hôtes autochtones, pas par appréciation du discours. Ce n'était pas la première fois que nous nous trouvions dans ce genre de situation.

Une marionnette sur le devant de la scène.

Et dans les coulisses, ceux qui tirent les ficelles.

— 3 —

Pat m'appela encore le lendemain matin. Elle était très agitée et semblait avoir besoin d'être rassurée.

«Excuse-moi de te prendre la tête avec cette histoire, Michael.

– Inutile de t'excuser, tatie, je comprends.

– Je traîne la tragédie de Sam depuis si longtemps. C'est un si lourd fardeau. Je l'ai porté avec amour, mais j'ai peur d'être à bout de force. En même temps, je ne peux pas perdre espoir. Je dois persévérer jusqu'à ce que cette affaire soit résolue. Et si elle ne l'est jamais, je devrai l'accepter et me dire que nous avons fait de notre mieux. Tu vas faire de ton mieux, n'est-ce pas, Michael ?

– Bien sûr, tatie, tu le sais.»

Je reposai le combiné. Il était trop tôt pour essayer une nouvelle fois de joindre Cliff Harper. Je l'appellerai dans la soirée.

Je m'habillai, le moral en berne. En me regardant dans la glace, j'eus envie de fracasser mon image à coups de poing. Vers qui pouvais-je me tourner ? Je ne pouvais même pas prier, à quoi bon solliciter l'aide d'un dieu qui nous refusait l'accès à son royaume ? Ses prophètes avaient assimilé l'homosexualité à un péché. Dieu, ses prophètes et ses fidèles avaient empêché les hommes et femmes gay de figurer dans le grand récit du monde.

Mon grand-père avait été l'un de ces fidèles. Il avait tenté de rayer Sam de la famille, en bannissant son corps et en détruisant toutes traces de lui. Comme je le détestais pour cela. Si seulement il avait pu s'effondrer avec le cadavre brisé de son fils le jour où il l'avait traîné à l'autre bout de sa ferme. Je voulais entendre ce salaud pleurer, Sam, l'entendre sangloter si fort qu'après avoir vidé toutes les larmes de son corps, il pleure du sang. Je voulais l'entendre hurler de douleur en poussant le cadavre de Sam dans la fosse qu'il lui avait creusée. Je voulais que ses yeux pourrissent à force de ne pouvoir sécher ses larmes.

Plus que tout, je voulais maudire le Dieu en lequel Arapeta croyait.

Oui, mieux valait régner en Enfer que devoir servir au Paradis.

J'espérais qu'à sa mort, Arapeta était allé dans un endroit pire que celui dans lequel il avait expédié son fils. Je voulais que des corbeaux surgissent du ciel pour se venger, qu'ils lacèrent, griffent et déchiquettent mon grand-père, qu'ils éparpillent ses entrailles en une espèce de sacrifice pour punir sa rigueur et son inflexibilité. Je voulais qu'on lui refuse toute éventualité de rédemption.

Arapeta avait condamné Sam au Néant, Te Kore. Il l'avait déconnecté du cordon ombilical du whakapapa et l'avait envoyé cul par-dessus tête, comme un astronaute coupé de son câble de liaison, perdu dans un univers obscur et hostile, sombrant dans l'oubli.

C'était le sort réservé à tous les gays et lesbiennes.

Si nous avions de la chance, juste un peu de chance, quelqu'un se souviendrait de nous, nous empêcherait d'être condamnés à l'invisibilité, expurgés de la mémoire collective, rayés du récit.

Au dernier moment, tante Pat avait saisi le câble de vie et dit à son frère qu'elle ne l'avait pas oublié, de tenir bon. Qu'elle était là.

Si nous n'avions pas de chance, cependant, nous disparaîtrions.

À tout jamais.

Quand je retrouvai Roimata, elle était la rage incarnée.

« Cette conférence est une farce. Tout est truqué, on n'aurait pas dû venir, on s'est fait embobiner. »

Quand elle était en colère, mieux valait filer bas. Mais nous étions confrontés à un dilemme. L'article que nous devions présenter « Perspective de Nouvelle-Zélande : l'expérience maorie », était prévu dans l'après-midi. La veille, juste après la cérémonie d'ouverture, Bertram Pine Hawk en personne nous avait demandé de forcer sur les aspects positifs.

«Nous devons honorer l'esprit du nouveau millénaire, avait-il dit. Mettre l'accent sur les accomplissements de nos peuples et sur la réconciliation. Je suis sûr que vous comprenez.»

Pour être honnête, je ne voyais aucun problème à célébrer les prouesses autochtones. D'ailleurs, le spectacle qui avait suivi l'ouverture avait été un exemple fabuleux d'arts indigènes dans les domaines de la danse, du théâtre, de la littérature et de la musique. Lee Maracle, Tomson Highway, Jeannette Armstrong et Kateri Akiwenzie-Damm avaient prouvé que la littérature des Premières Nations était entre d'excellentes mains. La fantastique compagnie de danse Chinook Winds avait fait un tabac avec sa production : *Des Mayas aux Inuits*. Mais quand Roimata s'était mise à marmotter dans sa barbe, j'avais compris qu'elle n'était pas dupe :

«Vous devez accentuer les éléments positifs, éliminer tout ce qui est négatif…»

Elle avait regardé Bertram, qui riait innocemment un peu plus loin et murmuré : «Accroche-toi, Monsieur Entre-deux. T'as pas tout vu.»

«Les choses seront peut-être différentes aujourd'hui», dis-je à Roimata sans trop y croire.

On se mêla aux autres délégués dans le foyer du musée. Au risque de perturber l'harmonie orchestrée par le Conseil, il me parut inconcevable que tout ce monde soit privé de son droit souverain à la parole ou à la dissension — des peuples aussi fiers que les nations Inuit, Anichinabé, Chippewa, Tutchone, Okanagan, Algonquin, Saulteaux, Mohawk, Inuvialuit, Cree, Ojibwés, Métis, Cayuga, Temagami, Seneca, Kwakiutl, Malécites, Dogrib, Dakota ou Huron.

On se sépara pour assister aux deux séances plénières simultanées. En allant à la sienne, Roimata tomba sur Lang, Sterling et Wandisa, qui se trouvaient à nouveau ensemble — par hasard — et qui l'accompagnèrent.

Alors que je me hâtais vers la mienne, une voix m'interpella :

« Michael, pouvez-vous m'accorder un instant ? me demanda timidement Franklin d'un ton qui manquait d'assurance. Je sais que c'est un peu de dernière minute, mais accepteriez-vous de me tenir compagnie ce soir ?

– Où cela ?

– À l'opéra. C'est une soirée caritative. Tout le monde y sera et je suis dans la loge VIP. La personne qui devait m'accompagner m'a fait faux bond, malheureusement... On donne *Tristan et Isolde* de Wagner, mais vous avez peut-être quelque chose de prévu... »

Franklin me sembla si affligé, si abattu, que je me sentis obligé d'accepter.

« Je serai ravi de vous accompagner. »

J'avais rendez-vous avec Roimata à midi à la cafétéria pour faire le point sur la matinée.

« Bon, dit-elle, on espérait que la situation allait s'améliorer, mais c'était pas le cas pour ma séance. Le Conseil contrôle la conférence de près. Il cherche seulement à faire avaliser ses programmes, qui sont de bonne qualité, j'en conviens, mais je refuse d'être achetée. Et toi ?

– Je me serais cru chez nous : tout le monde joue à la grande famille heureuse. Personne ne veut faire de vagues.

– D'accord, décida Roimata. Bertram et son comité sont bien mignons, mais on va devoir faire notre truc maori habituel.

– C'est-à-dire...

– Je retourne à l'hôtel pour me changer en femme fatale. On va être obligés de détourner cette conférence, toi et moi, et de la mener à sa place légitime.

– C'est-à-dire ? redemandai-je, très inquiet.

– Au bord du précipice et au-delà. »

— 4 —

Deux heures plus tard, nous étions sur scène dans la salle des Premiers Peuples, qui était bondée.

Roimata était radieuse, mais sa beauté comportait un élément d'audace voire de danger. Vêtue tout en noir, elle avait planté trois plumes blanches dans ses cheveux. Sa mère était originaire du Taranaki et en les portant, Roimata affirmait son lien ancestral avec Parihaka, le village qui avait été un haut lieu de la résistance pendant les guerres foncières.

Je me sentis momentanément perdre pied en voyant Bertram Pine Hawk et des membres de son comité au premier rang. Je remarquai aussi le grand-père de Lang, Albert Pentecost, un homme digne, imposant et plein d'autorité. Puis plus loin, Lang lui-même, avec Sterling et Wandisa.

«T'es bien sûre qu'on fait ce qu'il faut ? demandai-je à Roimata.

– Ça m'étonnerait. Mais on n'est pas ici pour se faire aimer. On n'a pas fait tout ce chemin pour débiter des banalités d'usage ou parce qu'on veut se faire aimer. Nous devons être honnêtes. Écouter notre cœur et notre histoire.»

Sur ce, sans attendre que l'on nous présente, Roimata se lança dans un karanga puissant et passionné. Elle fit trois pas en avant, leva les mains et appela en direction du sud. Elle demanda aux dieux maoris de venir au Canada pour nous aider à formuler notre koreko, notre discours.

«Haramai nga Atua o Aotearoa ki tenei powhiri ki a koutou…»

Pris au dépourvu, les délégués s'empressèrent de s'asseoir. Ils entendirent la passion dans la voix enflammée de Roimata, la colère et l'amour. J'avais quant à moi oublié la puissance du karanga. Par son biais, les femmes maories pouvaient dire tout ce qu'elles voulaient et aller où elles le souhaitaient. Leur appel, le karanga, était leur chant. Leur voix. Il pouvait apaiser, il pouvait lancer un défi, il pouvait caresser, il pouvait tuer.

« E nga taonga, tu mai, tu mai, tu mai… »

Elle se tourna vers les grandes maisons du foyer et les immenses mâts totémiques qui soutenaient le ciel. Elle leur adressa nos salutations maories. Elle leur demanda pardon au cas où nous les offenserions. Puis elle me regarda et fit passer le kaupapa, la détermination, de son cœur au mien. Ihi, wehi et mana s'engouffrèrent en moi. Je parlai :

« Aujourd'hui, Roimata et moi allons commettre un crime. Le crime s'appelle aroha ki te iwi, ou amour du peuple. C'est un crime passionnel. Quand ils l'ont commis dans le passé, nos ancêtres ont été tués, massacrés, mutilés et pendus. Les vôtres aussi.

« Nous irons à contre-courant du bilan si positif prôné lors de cette conférence. Depuis le tout début, l'idée que le Conseil canadien des arts est responsable de toutes les avances et doit en être félicité nous déplaît. Nous refusons de féliciter l'oppresseur, même dans ses incarnations les plus bénignes. Nous ne pouvons féliciter un système qui décide de ce qui doit être ou non financé et du montant à accorder. Nous nous réjouissons de l'enveloppe de deux millions de dollars pour les arts indiens, mais elle éveille nos soupçons. Elle sent la corruption à plein nez et à votre place, nous nous méfierions. »

Au premier rang, Bertram Pine Hawk était cramoisi de colère. Sur scène, Roimata exécutait le pukana, ses doigts frémissaient en signe d'attaque. Le silence était absolu.

« Jugés pour ce crime, nous allons citer pour notre défense le fardeau de l'histoire. Nous avons des circonstances atténuantes : les nôtres ont été chassés en Tasmanie, bouclés dans des réserves au Canada et aux États-Unis, assimilés en Nouvelle-Zélande. Nous sommes passibles de poursuites, mais le vrai criminel, celui qui devrait être à notre place sur le banc des accusés, c'est l'homme blanc.»

J'avais craché le morceau. Je ne pouvais plus revenir en arrière. Les mots avaient pris forme et papillonnaient sur les ailes d'aigles au-dessus de la foule.

«C'est l'argument que Roimata et moi voulons vous présenter. Nous avons été dépossédés. Marginalisés. Nos cultures — les vôtres comme les nôtres — ont été détruites dans de nombreux lieux. Nous avons été poussés à la marge de la société blanche. Nous avons seulement ce que l'homme blanc nous accorde au sein de structures blanches aux objectifs blancs gérées par les Blancs. Nos geôliers ont beau être aimables, ils n'en sont pas moins des geôliers.»

Je fis signe à Roimata, qui prit le relais :

«Les politiques dominantes blanches n'honorent pas les droits des peuples indigènes. Nous devons abolir la domination de la majorité sur la minorité. C'est pour cela que Michael et moi avons commis ce crime aujourd'hui. Et ce n'est pas tout, car de notre position sur le banc des accusés, nous vous incitons à nous rejoindre. Comment pouvons-nous, en tant que peuple indigène, nous épanouir sous cette oppression ? Nous devons reprendre le droit de réhabiliter, reconstruire, réaffirmer et rétablir nos cultures. Nous devons couper le cordon ombilical avec les Blancs.»

Roimata me repassa la lance de son korero.

«Nos avocats nous ont demandé de plaider l'innocence, poursuivis-je, mais nous refusons. Nous sommes coupables du crime dont on nous accuse. Nous reconnaissons notre culpabilité au nom de tous ceux qui s'engagent à la cause autochtone. Nous sommes des cultures minoritaires aux yeux des Blancs, mais nous devons continuer à rêver des rêves majoritaires. On doit nous laisser entrer.»

Je redonnai le korero à Roimata, qui enchaîna avec fluidité.

«Le passé n'est pas derrière nous, dit-elle. Il est devant nous. Il est formé d'une longue ligne d'ancêtres à qui nous devons rendre des comptes et à qui nous sommes liés par un contrat implicite. Il n'y a aucun avenir pour les peuples indigènes sans souveraineté. C'est la leçon que nous avons apprise dans notre pays. Il faut maintenir nos objectifs souverains, ne pas sacrifier notre inspiration, puiser dans nos forces. Honorer notre esprit guerrier.»

Elle plaça une dernière fois le korero entre mes mains. Je me tournai vers le sud. Je me tournai vers le nord. Je me tournai vers l'ouest. Je me tournai vers l'est. Je me tournai vers Albert Pentecost, en espérant qu'il nous avait compris.

«Si vous devez baisser la tête, que ce soit seulement devant la plus haute des montagnes.»

Il y eut un grand silence. Enfin brisé par un grognement que je confondis tout d'abord avec de la colère. Mais les délégués étaient debout et leurs applaudissements déferlaient comme les vagues de l'océan. Roimata s'avança et me prit la main. Elle était exténuée. C'est vrai, ce que disent nos vieux: donner de sa vie la diminue d'autant.

«Notre boulot est fait, dit-elle. Barrons-nous.»

Et nous reculâmes en dansant un haka.

«Turuki turuki ! Paneke paneke ! Turuki turuki ! Paneke paneke !

Tenei te tangata puhuruhuru nana i tiki mai whiti te ra !

A haupane, kaupane ! Haupane, kaupane whiti te ra!»

Chapitre vingt

— 1 —

Roimata et moi n'avons pas été roulés dans le goudron et les plumes. Bertram Pine Hawk suggéra de faire une pause et le Conseil se retira pour débattre de ce qui venait de se passer.

Pendant ce temps, un vacarme surexcité parcourait la salle des Premiers Peuples.

« Même si on a juste été l'étincelle qui met le feu aux poudres, commenta Roimata, il y a un seul mot sur toutes les lèvres : souveraineté — tino rangatiratanga. Les délégués se succèdent auprès du Conseil pour modifier l'ordre du jour. Tout va si vite que dans la précipitation, on nous a oubliés ! Et c'est parfait. C'est leur kaupapa, pas le nôtre. »

Le Conseil revint une demi-heure plus tard.

« Mesdames et messieurs, annonça Bertram Pine Hawk, vous avez parlé, nous vous avons entendus et nous avons pris vos paroles en grande considération. Je vous félicite de nous permettre de respecter votre volonté. Nous sommes à votre service. »

Il répondit aux applaudissements épars avec un sourire plein d'humilité.

« Nous avons donc décidé que ce dont nous voulons débattre aujourd'hui et demain… » Il fit une pause théâtrale, puis poursuivit plus fort « … c'est de redéfinir ce que vous attendez de votre Conseil. De votre plan d'action pour le nouveau millénaire. C'est peut-être votre dernière chance de faire entendre votre vraie voix. Pouvoir au peuple ! »

Cette fois-ci, les applaudissements étaient tonitruants. Tandis que Bertram savourait sa victoire, je ne pus m'empêcher d'admirer le fin politique, le diplomate accompli. *Oh oui*, pensai-je, *tu iras loin, toi…*

Il me regarda et m'adressa un petit signe de tête. Je l'avais mis au pied du mur, mais il avait très bien su rebondir.

Quand la défaite est certaine, mieux vaut changer d'équipe.

— 2 —

Un autre sujet apparut au grand jour. Lang, Sterling et Wandisa nous confièrent qu'ils étaient homosexuels. Ils ne l'annoncèrent pas clairement. Ils préférèrent nous traîner dans un club où un jeune homme qui ne portait qu'un string et un sourire dansait sur le comptoir. Quand il s'agenouilla devant Roimata pour l'inviter à glisser quelques billets dans son cache-sexe, elle se tourna vers moi :

« Je te le laisse, Michael. C'est plus ton type que le mien. »

Sterling s'enthousiasma. « Qu'est-ce que je vous avais dit ? Ils ont deux esprits ! »

Roimata sourit tendrement et renvoya :

« Et vous trois, vous êtes plus que des amis, non ? Et ne me racontez pas que vous vous êtes encore trouvés ensemble par hasard !

– Il est vrai que nous sommes allés à la même université, dit Wandisa. Il est aussi vrai que le grand-père de Lang pense que Sterling et moi avons une mauvaise influence sur lui.

– Mais je ne sors pas avec Lang, dit Sterling. C'est un Indien des montagnes.

– Et je ne sors pas avec Sterling, poursuivit Lang, c'est un Indien des plaines.»

Nous les écoutions, médusés. Ces Indiens sont parfois exaspérants. Ils ne parlent jamais directement, toujours en boucles.

«Mais effectivement, nous sommes homos, confirma Wandisa, même si nous préférons la terminologie de notre peuple des Premières Nations. Nous nous considérons comme bispirituels.

– Il y en a d'autres présents à la conférence qui aimeraient faire leur coming out, dit Lang, mais…

– Mais qui a entendu parler d'un Indien gay ? On n'est même pas censés exister.

– Euh, excuse-moi Sterling, objecta Lang. Tu n'oublierais pas la tradition des berdaches ?»

Roimata reposa son verre, les yeux brillants de curiosité.

«J'en ai entendu parler…

– Au sein de *mon* peuple, expliqua Lang, on les considérait comme sacrés. Leur identité bispirituelle n'était ni reniée ni rejetée…

– Au contraire, enchaîna Sterling, ils étaient respectés dans la société tribale. C'étaient des chamans, qui servaient d'intermédiaires entre les hommes et les dieux. Ils étaient les seuls à pouvoir déplacer les morts du champ de bataille jusqu'au monde de l'au-delà. Ils voyageaient dans leurs rêves…

– Ils étaient au-dessus des lois du commun des mortels. Les jumeaux, en particulier…

– J'ai une sœur jumelle, dis-je.

– Il y a deux "toi" ? s'étonna Wandisa en écarquillant les yeux. Frère et sœur ?» Elle échangea un long regard avec Lang et Sterling avant de continuer. «Les jumeaux, surtout mixtes, étaient particulièrement bien vus par les dieux. Le frère surtout, s'il devenait berdache… était destiné à diriger la tribu berdache.»

Je rentrai à l'hôtel et me préparai à aller à l'opéra avec Franklin en méditant les paroles de Wandisa.

Super, je me retrouvais dans le rôle d'un Moïse gay maori !

Je consultai ma montre. J'avais le temps d'essayer de rappeler Cliff Harper. La troisième fois serait peut-être la bonne. Je respirai à fond et composai son numéro.

J'entendis sonner. Une fois. Deux. Trois. Une partie de moi voulait que quelqu'un décroche. L'autre le redoutait. Je ressentis une appréhension familière, la peur du pire.

«Allô ?»

J'étais tombé sur lui directement, cette fois-ci.

«Monsieur Harper, ne raccrochez pas, je vous en prie…

– C'est encore toi, petit. Je t'ai déjà demandé de ne plus m'appeler.

– Écoutez, je veux seulement vous donner un message, mais je ne peux pas le faire au téléphone. Monsieur, je serai en escale à l'aéroport de Chicago dans deux jours. Je vous en prie, est-ce que je peux vous voir ?

– Je ne peux rien faire pour toi, je suis navré. Je vais te le redire une bonne fois pour toutes : cesse de m'importuner.

– Très bien, monsieur Harper. Je comprends, mais laissez-moi vous poser une question : avez-vous connu un soldat néo-zélandais du nom de Sam Mahana ? Je dois le savoir, parce que si ce n'est pas vous, je continuerai à chercher le bon Cliff Harper. Je ne peux pas abandonner, je ne peux pas. Si vous êtes le bon et que vous refusez tout de même de me voir, d'accord. C'est votre droit et je respecterai votre décision. Mais ne me condamnez pas à l'obscurité éternelle !»

Je ne sais pas pourquoi j'utilisai cette formulation, mais je l'entendis gémir à l'autre bout du fil. Un grognement profond, qui semblait provenir de Te Kore, le Néant. Puis quelqu'un entra dans la pièce, le rejoignit et s'inquiéta pour lui. «Tout va bien, mon fils. Je descends.» Les secondes suivantes durèrent des milliers d'années.

«Oui, j'ai connu un soldat qui s'appelait Sam.»

Le soulagement me creva le cœur. L'histoire de mon oncle Sam s'arrêterait peut-être ici, mais je l'avais portée aussi loin que je pouvais. La décision appartenait maintenant à Cliff Harper.

«Merci, monsieur», dis-je.

Il ne m'entendit pas. Il pleurait. J'espérais qu'il change d'avis et m'assure qu'il viendrait à l'aéroport, mais en vain. Je me dis qu'il n'y avait rien de pire que des pleurs d'adulte. Il se ressaisit peu à peu, soupira, puis se moucha.

«Je dois y aller maintenant, petit.»

J'entendis le clic de déconnexion.

C'était tout ? L'histoire de mon oncle Sam allait-elle se terminer comme ça ? J'étais paralysé, je ne réussissais pas à y croire. Je ne sais pas combien de temps je suis resté planté ainsi… jusqu'à ce que j'accepte que oui, c'était tout. C'était la fin. The end. Nous pouvions tous quitter la salle et rentrer chez nous.

Je pris une longue douche chaude avant de me changer pour l'opéra. J'étais devant la glace en train de me battre avec le nœud papillon quand j'entendis frapper. Roimata entra avec Lang.

«Tu arrives pile à temps, peux-tu m'aider avec le nœud pap ? lui demandai-je d'un ton léger, mais je craquai immédiatement. Cliff Harper refuse de me voir.»

Elle essaya de compatir. Lang et elle m'épinglèrent contre le mur pour m'aider à faire le nœud.

«On savait que le risque existait, dit-elle. On peut pas toujours gagner.

– C'est vrai, soupirai-je, mais j'étais si près du but…

– Je vais peut-être vous laisser, dit Lang.

– Non, répondit Roimata d'un ton sans appel. Écoute, Michael, ce n'est peut-être pas le meilleur moment d'aborder la question, mais il le faut. Notre mission n'est pas terminée.

– Qu'est-ce que tu veux dire ?»

Me rendant soudain compte que j'étais en chemise blanche, nœud papillon et caleçon, j'allai chercher mon pantalon dans l'armoire. Je surpris le regard que s'échangeaient Lang et Roimata.

«Nous, les gens aux deux esprits, voulons sortir de l'ombre, dit-il. Nous aimerions présenter une résolution lors de la séance de clôture, demain, pour exiger que la conférence reconnaisse la contribution des gays et lesbiennes au sein de nos cultures.»

J'en eus le souffle coupé.

«Michael, me dit Roimata, l'heure est venue de nous affirmer. Nous devons combattre l'homophobie. Les préjugés. Il est temps de montrer qui nous sommes au plein jour.

– Mais nous avons besoin d'un chef de file, ajouta Lang en me regardant.

– Ce rôle te revient, Lang, répondis-je doucement.

– Je ne peux pas. Mon grand-père…»

Je m'assis. J'essayai de réfléchir aux implications en finissant de m'habiller. Je pris ma veste de smoking dans l'armoire. Une pensée me traversa l'esprit : *Oui, il est temps de se battre. Pour tous les Sam et tous les Cliff du monde.*

«Pourquoi pas ? dis-je. On a déjà mis le feu aux poudres une fois. Une autre étincelle ne fera pas une grande différence. Je commence à m'habituer à jouer avec les allumettes.»

— 3 —

Franklin m'attendait en bas pour aller voir *Tristan et Isolde*.

«Merci de me rendre ce service», dit-il en me guidant vers sa limousine.

Une foule de spectateurs patientait dans la rue. La voiture s'avança jusqu'au tapis rouge, les flashs crépitaient. Je voyais déjà notre photo dans le journal du lendemain et sa légende: «Arrivée à l'opéra du mécène millionnaire, M. Franklin Eaglen, avec un opossum de Nouvelle-Zélande.»

Nous montâmes dans le salon VIP et Franklin me sourit, amusé.

«On dirait que vous avez fait ça toute votre vie, dit-il. Félicitations.»

J'aperçus le roi de l'ascension sociale, Bertram Pine Hawk.

« Tiens, bonsoir, Franklin, dit-il. Monsieur Mahana, je ne savais pas que vous étiez féru d'opéra.

– J'y suis toujours fourré, mentis-je, je suis le neveu de Kiri Te Kanawa.

– Franklin, nous devons absolument avoir une petite discussion après la conférence, quand nous serons moins occupés.» Il se tourna à nouveau vers moi. «Par ailleurs, monsieur Mahana, auriez-vous l'amabilité de me prévenir si nous devons croiser le fer une nouvelle fois ? J'ai réussi à m'en tirer aujourd'hui, mais…»

Bertram s'éloigna serrer d'autres mains.

«Il est parti, Dieu merci», dit Franklin avant de m'expliquer toute l'histoire.

Ils avaient vécu ensemble pendant cinq ans. Puis, six mois plus tôt, Bertram avait rencontré quelqu'un de plus âgé et de mieux placé politiquement, qui pouvait donner un coup de pouce à sa carrière.

«Je me suis senti si ridicule, m'expliqua Franklin, c'est la première fois que je sors depuis des lustres. Mais me voilà aujourd'hui au bras du plus beau garçon de la salle et Bertram est furax. Je suis avec un type plus mignon que lui, qui a manifestement un flingue dans la poche et qui n'est pas coiffeur.»

Nous prîmes nos places et le rideau se leva. Sur la scène, un navire aux voiles gonflées surmontait la mer déchaînée entre l'Irlande et les Cornouailles. Un jeune marin entonna un chant railleur. Isolde fit son entrée, furieuse, les cheveux rebelles, sa longue robe rouge sang claquant au vent.

«Qui ose se moquer de moi ?»

Elle appela sa suivante, Brangäne.

Et comme si le destin s'acharnait, il s'avéra que Brangäne ressemblait comme deux gouttes d'eau à tatie Pat et que je me remis à penser à Sam et Cliff. À cause de l'intrigue — l'amour impossible entre Isolde, princesse irlandaise fiancée au roi Marke, et Tristan, chevalier au service du roi —, mais aussi en raison du caractère volcanique et propulsif de la musique. Je n'avais jamais entendu un orchestre s'embraser et se déchaîner de la sorte. Ni des voix capables de dominer les instruments et de produire un rayonnement d'une telle splendeur. Et soudain…

Nous n'avons pas beaucoup de temps, dit Sam.

Les amants boivent un philtre d'amour. Arrivés aux Cornouailles, ils ne peuvent réprimer leur désir mutuel.

Ne bouge pas, siffle Cliff. Sam grogne, se cambre et tend les bras, s'agrippant au haut de l'échelle. La lumière se répand en cascades sur son corps.

Dans le lointain, les cors de chasse s'estompent alors que le roi Marke s'éloigne du château. Tristan et Isolde prennent le risque d'être ensemble. La nuit et l'obscurité leur fournissent l'intimité nécessaire et ils cèdent au miracle du désir passionnel.

Mon Dieu, Sam. Je n'aurais jamais cru que ça puisse m'arriver.

Les deux amants expriment leurs ardeurs avec une orchestration d'un romantisme extrême. Mais la musique laisse toujours planer une impression de mort dans leur passion.

La voix de Cliff est rauque de désir et Sam comprend qu'il n'y a plus de retour possible. Ils doivent finir ce qu'ils ont commencé en espérant contre tout espoir qu'ils pourront échapper à leur sort. Il n'en peut plus, il a dépassé le point de non-retour.

Tandis que Tristan est dans les bras d'Isolde, Brangäne fait le guet. Son aria, *La Mise en garde de Brangäne* est d'une immense beauté pénétrée d'un sens profond de la tragédie :

«Je veille, solitaire dans la nuit,
Que celui à qui le rêve d'amour sourit,
Prenne garde à l'appel,
Qui annonce le malheur à ceux qui dorment,
Et les appelle, angoissé, à s'éveiller.
Prenez garde ! Prenez garde !
La nuit bientôt va se dissiper.»

Mais les amants sont découverts et à la fin de l'opéra, Tristan trépasse et Isolde chante son merveilleux *Liebestod* avant de se jeter dans ses bras et dans la mort.

Mild und leise wie er lächelt…

L'aria est comme une mer, une déferlante sonore grandiose s'écoulant en cascades, grimpant dans les aigus jusqu'à l'apothéose d'une intensité magnifique. Puis, dans les derniers moments, la mer se calme, s'apaise, et la voix d'Isolde se mue en une étoile qui luit sur les vagues.

Je t'aimerai toujours, Cliff. Je t'aime depuis la première fois que je t'ai vu. Tu es dans mon cœur et rien ni personne n'y pourra rien changer.

Tu y resteras à tout jamais.

J'accompagnai Franklin à la réception qui suivit le spectacle, mais j'étais impatient de partir. Des bribes d'opéra me revenaient sans cesse en mémoire : les amants maudits, le duo d'amour titanesque, et la brillante aria finale d'Isolde.

En particulier, je ne pouvais me sortir *La Mise en garde* de l'esprit.

Comme Brangäne, ma tante avait veillé sur Sam et Cliff toutes ces années. Elle avait fidèlement préservé leur histoire, envers et contre tous, pour n'aboutir nulle part : quelques appels téléphoniques et le refus de Cliff Harper de boucler la boucle. C'était intolérable.

Puisse Dieu avoir pitié.

Je racontai leur histoire à Franklin en rentrant à l'hôtel.

«Je ne sais pas comment m'y prendre, lui dis-je. Je voudrais faire une dernière tentative d'approche, forcer Cliff Harper à m'écouter. Mais c'est impossible. Il habite près du port de Muskegon sur le lac Michigan. C'est à deux heures de route de Chicago, mon escale est trop brève, je n'aurais jamais le temps d'aller le voir. C'est fichu.»

Juste avant de me déposer, Franklin m'étreignit et me donna une petite tape rassurante sur l'épaule.

«Les choses finissent toujours par se résoudre», me dit-il.

Je pris cela pour une généralité, jusqu'à ce que la réception me réveille tôt le lendemain matin en m'annonçant qu'un message urgent m'attendait en bas. J'ouvris l'enveloppe et trouvai un billet d'avion pour le port de Muskegon, un bon de réservation d'une voiture de location, et une lettre :

Cher Michael,

Vous avez besoin d'une bonne fée et j'espère que vous ne m'en voudrez pas de jouer ce rôle. Mon chauffeur vous attend. Il vous conduira à l'aéroport et vous prendrez le vol de 8 h 30 pour Chicago. De là, vous aurez une brève correspondance pour l'aéroport du comté de Muskegon. Une voiture de location vous attendra. J'espère que vous pourrez faire votre devoir et revenir à temps pour assister à la cérémonie de clôture. L'histoire de votre oncle mérite un happy end.

Cordialement,
Franklin

Roimata frappa à ma porte.

«Franklin vient juste de m'appeler, ne te fais pas de souci pour moi, tout ira bien. Débrouille-toi pour revenir à la séance finale et accomplir notre mission. Allez, reste pas planté là, bouge-toi, Michael !»

— 4 —

L'avion survola des forêts et des lacs éblouissants et amorça sa descente sur l'aéroport de Muskegon. J'avais trois heures avant le retour pour Ottawa. Serais-je capable de tout faire dans les temps ?

«Bienvenue à Muskegon, me lança joyeusement le jeune agent de location de voitures, vous voulez que je trace votre itinéraire sur la carte ?»

Cinq minutes plus tard, j'étais en route vers la maison de Cliff Harper. Le paysage, d'une beauté incroyable, était empreint d'histoire et de l'époque où la région était habitée par les tribus des Outaouais et Potéouatamis. Leurs premiers contacts avaient été avec les Français dans les années 1660, quand les trappeurs et chasseurs avaient parcouru cette région de grands arbres et de lacs. Plus tard, dans les folles années aventurières autour de 1880, l'exploitation forestière avait rendu Muskegon célèbre.

Sam aurait adoré Muskegon et son histoire. La ville était devenue une destination touristique prisée pour ses réserves autochtones, ses bois, ses parcs, ses zones humides et ses villages pittoresques parsemés sur les rives du lac. L'automne était proche et les feuilles mortes volaient comme autant de rêves rouges, jaunes et pourpres.

En réalité, j'avais vraiment l'impression que Sam m'accompagnait. Ou plutôt que j'étais devenu Sam et que j'allais à un rendez-vous… avec trente ans de retard. De temps en temps, en traversant des marinas ou des percées dans les bois, je voyais les éclats du soleil sur le lac et les flèches gravées à la surface par les bateaux de plaisance.

Sur le siège à côté de moi, j'avais ouvert l'écrin contenant Tunui a te Ika. Le jade brillait d'une lumière interne, comme s'il rayonnait de bonheur.

«On y est presque, petit bonhomme. Presque.»

Arrivé au village marqué sur la carte, je m'arrêtai dans un magasin d'articles nautiques pour demander des indications plus précises. Le propriétaire, un type grisonnant, me montra la direction.

«Suis la route jusqu'à la bifurcation à gauche. Les Harper sont dans le second virage.»

Un quart d'heure plus tard, je vis la boîte aux lettres :

DOS DE LA LUNE

C. & W. HARPER

Leur allée traversait des pâturages, puis descendait dans un vaste bassin peu profond qui bordait le lac. J'imaginai les deux frères jouant et communiquant en langue des signes : *Allez, Johnny, on fait la course !* La maison apparut au milieu des arbres. Une construction solide, à un étage, dont les fenêtres brillaient au soleil. On aurait dit qu'elle avait toujours été là, qu'elle avait germé du sol, été dégrossie à la main, puis affinée pour garder plusieurs générations à l'abri en toutes saisons — le genre de maison dans laquelle un petit plouc de l'Illinois aurait grandi.

Je montai jusqu'à la porte d'entrée. Les murs avaient été repeints récemment. D'un côté, il y avait un garage avec un pick-up et des hangars. Je frappai. Encore. Pas de réponse. Je fis le tour et tambourinai sur la porte de derrière. J'entendis une radio. Il y avait quelqu'un.

Des aboiements s'élevèrent en provenance du lac. Je regardai, la main en visière face au soleil. Un homme et deux petits chiens s'approchaient de la jetée dans un canot à moteur. Le type me salua d'un signe de la main et accosta. Ses bêtes s'élancèrent en aboyant entre les arbres, vers la maison. Je m'agenouillai pour les attendre : « Bonjour, les toutous ! Bonjour mes amis ! Comment ça va ? »

Mon cœur cognait, je redoutai de lever les yeux. J'entendis l'homme siffler et rappeler ses chiens.

« Salut, j'ai vu votre voiture. Vous cherchez quelqu'un ? »

Le soleil était aveuglant. Je ne discernais qu'une forme surmontée d'une touffe blonde enflammée de lumière. La voix était légère, amicale, mais prudente. Il me tendit la main. Poigne forte, solide, un filet de transpiration. Pendant ce temps, les chiens sautaient et nous faisaient fête. Il se présenta en entrant dans mon champ de vision : « Cliff Harper. Mais on m'appelle par mon deuxième prénom, Sam, pour me distinguer de mon paternel, Cliff senior. »

Il lui ressemblait. Il était fait du même bois, mais alors que Dieu avait insufflé le divin chez le père, le fils était un simple mortel. L'apparence — ahua — était au rendez-vous, mais l'énergie qui animait et singularisait son corps — ihi — était autre. À moins que ce soit moi qui, ayant vécu avec le rêve de Cliff Harper, l'avais idéalisé, en avais fait un être au charisme unique, impossible à répliquer. Oui, c'était sans doute la raison, même s'il était difficile de ne pas me sentir déçu.

«J'aurais voulu parler à M. Harper senior, dis-je.

– Désolé, mais il est dans l'Indiana, répondit Sam Harper. Il accompagne ma mère chez ses parents. Mon grand-père est souffrant.»

Il me dévisagea avec curiosité, puis il plissa les yeux, comme s'il cherchait à résoudre une énigme. Il claqua des doigts.

«J'y suis ! s'écria-t-il en m'ouvrant la porte et en me faisant spontanément signe de le suivre. Entrez, je veux vous montrer quelque chose.»

Les chiens essayèrent de se faufiler avec nous, mais il leur ordonna de rester dehors. Nous traversâmes la maison à toute allure, les pièces défilaient sans que je voie l'intérieur. Couloir. Salon. Escalier. Chambre sur la droite. Une autre chambre. Un bureau.

«C'est ici que papa fait toute sa paperasse, me dit Sam Harper. Vous savez, factures, correspondance, papiers de vétéran du Vietnam...»

Je regardai autour de moi : livres, bois de cerf au-dessus de la porte, une énorme truite à côté d'une photo d'un père et son fils la tenant fièrement. D'autres cadres argentés affichaient un portrait de famille, une jeune femme ravissante, Cliff Harper.

Pendant que Sam prenait un album en haut d'une étagère, j'avais les yeux rivés sur l'image de son père. Il avait vieilli, mais il était resté beau. Blond, soigné, d'un charme toujours aussi irrésistible. Son regard direct avait perdu son innocence, mais il avait gardé sa moue d'enfant et son demi-sourire plein de mystère.

Sam Harper feuilleta l'album, puis il trouva la page qu'il cherchait et me la montra.

« Vous le connaissez ? » me demanda-t-il.

La légende indiquait *Vietnam, 1969*. La photo m'était familière. Mon oncle Sam et Cliff Harper viennent juste de se baigner. Ils doivent être en permission à Vung Tau. Quelqu'un d'autre l'a prise — George, peut-être. Cliff est assis dans le sable, Sam lové dans le havre de ses bras. Il a un torse puissant et un hei tiki de jade autour du cou. Tunui a te Ika.

« Oui, répondis-je. C'était mon oncle. »

J'essayais tant bien que mal de maîtriser mes émotions.

Quand j'avais trouvé cette même photo, j'avais cru que Cliff Harper était celui qui s'en détachait le plus, qui retenait le plus l'attention. Il regardait droit dans l'objectif. Je découvrais maintenant que si Cliff était le beau gosse, Sam était encore plus captivant. Ses yeux se perdaient dans le lointain, au-delà de l'appareil photo. Son charme était plus subtil, moins dû à son apparence — pommettes hautes et traits finement ciselés —, qu'à une immense tristesse intérieure. Mon oncle avait la beauté voilée et évanescente de la lune.

« C'est à lui que je dois mon nom, n'est-ce pas ? » me demanda Sam Harper d'une voix étranglée d'émerveillement. Je crus que tout allait bien se passer, lorsqu'il changea soudain de ton : « Vous êtes le type qui a appelé papa de Nouvelle-Zélande.

– Oui, vous êtes nommé en honneur de mon oncle Sam. Et oui, c'est moi qui ai téléphoné de Nouvelle-Zélande.

– Et à nouveau d'Ottawa ? C'est vous, hein ? C'est vous ? »

Je sentis sa colère monter et m'aperçus qu'il avait peur. Il remit l'album à sa place, croisa les bras et s'assit au bureau.

« Qu'est-ce que vous voulez ? Pourquoi papa était-il aussi chamboulé ? » Qu'est-ce que je pouvais lui dire ? Que son père et mon oncle étaient amants ? Non. «Je n'aurais pas dû vous faire entrer. Je vous demande de partir immédiatement.»

Son regard se posa sur une carabine contre le mur.

«Ce ne sera pas nécessaire, lui dis-je. C'est votre père que je voulais voir. Il n'est pas ici et je n'ai aucune raison de rester.»

Tout se passa si vite. Je ne suis pas sûr d'avoir très bien géré la situation. Mais il n'y avait peut-être aucun moyen de mettre Sam Harper à l'aise. Même dehors, alors que j'allais vers ma voiture, je continuais à lui faire peur. Je souris pour tenter de le rassurer.

Je tendis le bras par la fenêtre et pris Tunui a te Ika sur le siège passager.

«J'aimerais laisser un cadeau pour votre père. Pourriez-vous le lui remettre à son retour ?»

Le pendentif se cabra et se débattit dans mes mains.

Tu viendras me le rapporter, Sam. Tu viendras.

Je le donnai à Sam Harper.

«C'est beau. Qu'est-ce que c'est ?

– C'est une figurine en jade que mon oncle a offerte à votre père au Vietnam. C'est une longue histoire. Votre père l'a rapportée à Sam…

– Il est mort ? L'homme dont je porte le nom ?

– Oui. C'est pour ça que je suis venu. Pour l'annoncer à votre père et lui rendre le pendentif.»

Il commença à se détendre et me fit un demi-sourire.

«Écoutez, je suis navré. Si c'est tout ce que vous vouliez, je n'ai pas été très accueillant. Je peux vous offrir un café ?»

À mon tour d'être embarrassé.

«Je vous ai déjà suffisamment dérangé, mais est-ce que je peux laisser une lettre avec le cadeau ? Je n'en ai pas pour longtemps…

– Bien sûr. Vous avez de quoi écrire ?

– Oui, merci.»

Je regrettais d'être venu. À quoi m'étais-je attendu ? Je n'avais pas voulu comprendre pourquoi Cliff Harper était si évasif et en colère. Il avait construit une nouvelle vie. Il refusait de revenir sur le passé. J'espérais que la lettre me permettrait de me justifier :

Cher Monsieur Harper,

Je suis navré d'avoir envahi votre espace privé. Je vais rentrer en Nouvelle-Zélande et vous n'entendrez plus jamais parler de moi. Je n'avais nullement l'intention de vous déranger, mais je n'agis pas seulement en mon nom. Ma tante Patty tenait aussi à vous faire savoir que Sam partait vous rejoindre à l'aéroport d'Auckland le soir de 1971 où vous avez quitté le pays. Il a été tué dans un accident de la route en y allant.

Je regrette de m'être invité chez vous, mais j'avais un devoir à remplir. Je vous ai remis le pendentif en jade, Tunui a te Ika, puisque c'était la volonté de mon oncle Sam. S'il l'avait pu, il vous l'aurait apporté en personne à Auckland.

Je vous prie d'accepter mes meilleures salutations,

Michael Mahana.

Je tendis la lettre à Sam Harper avec un sourire forcé et lui serrai la main.

«Si vous ou un membre de votre famille deviez voyager en Nouvelle-Zélande, contactez-nous. Ma tante et moi serons ravis de vous accueillir.

– Vous êtes sûr que vous ne voulez pas boire quelque chose ? Rester pour déjeuner, peut-être ?

– Je vous remercie, mais je n'ai que très peu de temps. Je dois repartir à Ottawa.

– Vous êtes venu d'Ottawa pour quelques heures seulement ?

– C'est tout ce que j'avais. Vous direz à votre père que je suis navré de ne pas avoir pu faire sa connaissance. Au revoir.»

En montant dans la voiture, je voyais Tunui a te Ika essayer de bondir et de revenir dans mes mains. *Non, petit bonhomme, tu dois rester.*

Je devais me dépêcher. Je partis à toute vitesse, mais je me retournai avant de quitter de vue la maison.

Si mon oncle avait pu rejoindre Cliff Harper à l'aéroport, ils auraient peut-être fini ici, ensemble dans l'Illinois. Dans une modeste ferme du comté de Muskegon en bordure de lac ou dans une vallée traversée d'une rivière, où ils auraient pu filer des jours tranquilles. Où ils auraient pu s'adonner tous les soirs à l'étreinte secrète qui clôt la journée. Mais ils n'ont jamais connu le havre de sécurité auquel tout être humain a droit.

Le vent se leva soudain de nulle part. La poussière tourbillonnait haut dans les airs. Les arbres soupiraient, chuchotaient, perdaient leurs feuilles. Au début, elles ressemblaient à des larmes, mais je compris qu'elles étaient en réalité une forme de bénédiction.

Non, Michael. Ne pleure pas, mon neveu. Tu as accompli ton devoir. Je te remercie.

Il y eut un éclair de lumière et le ciel se transforma en une mer de vagues opalines teintées de rouge, étendues à l'infini.

Un ciel de traîne…

D'est en ouest, de longs rubans de nuages s'étiraient en fines masses parallèles, comme si des bancs de poissons grouillaient à la surface. Et des maquereaux argentés en bondissaient partout. Ils avaient été dérangés par un garçon sur un palomino sauvage, qui conduisait sa monture à l'endroit où les collines déchiraient le bleu du ciel.

Mes yeux se brouillèrent.

« Allez, oncle Sam, vas-y ! Vas-y, putain ! Ne regarde pas en arrière, tu es libre, maintenant... »

Le garçon éperonna l'étalon et se lança dans le vide en poussant un cri rauque. Le banc de poissons céleste s'ouvrit et se dispersa en étincelant autour de lui. Le ciel se remplit d'un éclat scintillant comme une pluie argentée.

«C'est fait, tatie Pat. Mission accomplie.»

— 5 —

«T'arrives juste à temps», me dit Roimata.

La salle des Premiers Peuples était bondée pour la séance de clôture. L'heure d'allumer la deuxième étincelle qui mettrait le feu aux poudres.

«Nous avons une résolution de dernière minute, annonça Bertram Pine Hawk. Ah, monsieur Mahana, je vois que c'est encore vous.»

Des rires parcoururent l'assemblée, mais je n'étais pas d'humeur joviale. Même Roimata était anxieuse. Je montai sur l'estrade. Mon oncle occupait toutes mes pensées. J'étais émotionnellement exténué. Je présentai la motion préparée par Lang, Sterling et Wandisa sans parvenir à maîtriser la colère dans ma voix.

« Au commencement, d'après nos légendes maories, la Terre et le Ciel étaient amants. Ils s'embrassèrent si fort qu'il ne resta aucun espace entre eux. Leurs enfants, qui étaient des dieux, durent se glisser à travers les failles. L'un d'eux, Tane, aidé de quelques autres frères divins, conspira à séparer la Terre et le Ciel. La Grande Séparation marqua le début de notre ère. La lumière nous inonda et nous, les enfants, fûment capables de nous tenir debout et d'occuper l'espace lumineux de l'entre-deux.

«Beaucoup voient dans ce mythe une métaphore applicable à toutes sortes de situations. Que l'indépendance exige des sacrifices, par exemple. Que le combat pour l'espace et la lumière — le symbole universel de la connaissance, de l'illumination ou de la liberté — est un défi perpétuel pour les peuples qui ne voient pas le ciel. Je vous propose une interprétation différente.

«Je suis gay. Parmi tous les enfants des dieux, mes semblables — gays, lesbiennes, travestis et transsexuels — sont ceux qui ont vécu dans les crevasses les plus sombres et profondes entre les Premiers Parents. Nous aussi, nous voulons désormais marcher debout dans l'espace lumineux de l'entre-deux.

«Pour ce faire, nous devons sortir de l'ombre. Lorsqu'on appartient aux Premières Nations, ce n'est pas une décision à prendre à la légère, car elle comporte des risques. Mon propre peuple maori est parmi les plus homophobes au monde. C'est un peuple puissant, merveilleux, mais suivant des codes patriarcaux qui interdisent l'inclusion de gays et lesbiennes maoris au sein de la tribu. Si nous dissimulons notre péché, nous sommes acceptés. Mais si nous en parlons ouvertement, si nous l'assumons avec fierté, nous sommes bannis. Mon oncle a été banni. J'ai été banni. Nombre d'entre nous, dans nos cultures respectives, ont été bannis. Nous n'avons nulle part où aller, si ce n'est dans les marges où nous devons inventer notre propre tribu. Il existe une autre solution, mais vous seuls pouvez la valider. C'est ce que je vous demande de faire aujourd'hui.

«Depuis trop longtemps, vous tous, membres issus de cultures traditionnelles, avez bénéficié dans vos rangs du labeur d'homosexuels qui, pour l'amour de leur nation, ont contribué aux chants, poèmes, danses et aux arts en général. Vous n'avez qu'à sonder vos cœurs pour savoir que je dis la vérité. Vous n'avez qu'à vous regarder dans les yeux pour savoir que nos généalogies sont constellées d'êtres aux deux esprits. Mais certains, pour pouvoir fonctionner, ont dû faire semblant de ne pas exister. Ils ont dû se priver du droit de marcher la tête haute parmi nous. Vous saviez parfaitement qu'ils étaient bispirituels. Vous saviez qu'ils vous offraient leurs talents et leurs dons. Vous saviez…»

Je fus incapable de continuer. Je songeai à mon oncle Sam, je voulais lui dire que je parlais pour lui et pour tout le monde.

On est toujours dans une zone de combat, tonton.

Je fermai les yeux et pleurai. Je me fichais complètement de me ridiculiser. Je sentis la présence de Roimata qui m'avait rejoint sur scène. Puis Lang la suivit, avec Sterling et Wandisa.

Une minuscule tribu dans une salle regorgeant d'histoire.

Lang prit le micro:

«Michael a fait preuve de courage en soulevant cette question, mais dans ce pays, ce combat est le nôtre, pas le sien. Je demande donc à cette conférence, au nom de tous les gens à deux esprits, de reconnaître formellement les prouesses de nos ancêtres bispirituels.»

Silence. Bertram Pine Hawk se leva sans nous regarder et dit:

«Une motion a été déposée dans cette assemblée plénière. Elle doit être soutenue par deux délégués avant de pouvoir être votée. Avons-nous un premier soutien…»

Un murmure circula puis s'étouffa. J'avais trop poussé et j'en avais honte. Si je m'étais montré plus conciliant, je n'aurais pas dissuadé l'assemblée d'appuyer la résolution.

«Vous savez tous que je suis homosexuel, dit Franklin. Autant faire mon coming out aujourd'hui. Je soutiens la motion.»

Il tremblait, mais quand il releva la tête, il sembla prendre de la stature. Il était grandi, dressé comme un arbre de la forêt.

«Il me faut un second appui pour pouvoir voter, poursuivit Bertram. Y a-t-il un volontaire ?»

Cette fois-ci, le silence était assourdissant et j'étais certain que nous avions perdu. Je compatissais de tout cœur avec ma petite tribu gay… Wandisa, qui gardait la tête basse ; Sterling, incapable de regarder quiconque dans les yeux. Roimata et moi quittions le Canada le lendemain, mais eux habitaient ici. Il n'y avait pas de fuite possible. Jusqu'à la fin de leurs jours, ils seraient maudits pour être sortis de l'ombre.

Du coin de l'œil, je vis Albert Pentecost murmurer à l'oreille de Bertram. Puis il se leva — Lang gémit de désespoir — et prit la parole :

«Vous me connaissez tous et vous connaissez tous mon petit-fils. Je vous présente mes excuses, car il n'aurait pas dû vous demander de voter la reconnaissance des êtres à deux esprits. Il n'aurait pas dû demander votre soutien.»

Je crus que le vieil homme voulait nous discipliner. Je crus qu'il s'opposait à nous. Lang aussi : il se couvrit les yeux et se réfugia dans les bras de ses amis. Mais la voix de son grand-père changea, comme si le vent avait tourné et soufflait d'une autre direction.

«Lang n'aurait pas dû vous le demander, car ce n'était pas à lui de le faire. C'était à moi. Moi. Je suis son chef. C'est ma responsabilité de faire les choix difficiles, de prendre les décisions difficiles.» Il montra Lang du doigt. «Regardez mon petit-fils. Ce n'est qu'un garçon. Je suis un homme, moi. J'ai laissé un garçon faire une œuvre d'homme. J'ai honte de moi, mais je suis fier de lui. Il a fait preuve d'un courage d'homme en s'exposant dans ce combat. Lui et tous ceux qui se sont levés avec lui se sont exposés à nous. Avec quelles armes ont-ils formé leur troupe de guerre ? Où sont leurs arcs et leurs flèches ? Où sont leurs lances ? Où sont les autres braves et guerriers ? Ils sont venus seuls à la bataille. Ils sont sots, mais je dois saluer leur bravoure. Je les salue d'avoir porté à notre attention ce que nous savons depuis des années.» Il se tourna vers Bertram Pine Hawk. «Je rejoins mon collègue Franklin Eaglen pour soutenir la motion.»

Bertram n'arrivait pas à me regarder. Ni moi ni les autres. Il était l'un de nous, mais il ne pouvait pas soutenir notre regard.

« Nous allons procéder au vote. Tous ceux en faveur, levez la main et dites "oui".»

Il y eut un instant de flottement, puis quelques "oui" éparpillés s'élevèrent aux quatre coins de la salle. Les "non" allaient forcément l'emporter.

«Tous ceux contre la motion, dites "non" », poursuivit Bertram.

Silence.

Et finalement, ce fut aussi simple que ça. Pas de tonnerre d'applaudissements. Pas de danse autour des mâts totémiques. Le changement ne survient pas toujours dans la démesure et le tapage. Il naît parfois discrètement d'un coin silencieux du cœur. Mais j'avais peine à y croire. J'entendis Bertram passer à la résolution suivante comme si de rien n'était.

«Je suis paumé, dis-je à Roimata. On a gagné ?

– Bien sûr, gros lourd, on a gagné», me répondit-elle, les yeux brillants.

ÉPILOGUE

Liebestod

Chapitre vingt et un

— 1 —

«Allez, chérie, dis-je à Roimata, va prendre ton avion.»

C'était la fin de la conférence, et nous nous séparions. Elle allait à Londres et moi à Houston, au Texas, pour passer quelques jours avec ma sœur Amiria et Tyrone.

«Tu es sûre que tu vas te débrouiller sans moi ? me demanda-t-elle.

– Tu parles comme si on était déjà mariés.

– C'est que Carlos m'a donné des instructions très précises. Si tu ne reviens pas à la maison en un morceau, il supprimera ma surclasse de Londres jusqu'en Nouvelle-Zélande. Alors tu vois, mon chou, si je dois choisir entre ton bien-être et la classe affaires, j'ai bien peur que le billet gagne. Oh, écoute…»

Parfois, quand elle n'arrive pas à trouver ses mots, Roimata se rabat sur une manifestation physique, qui se traduit par une étreinte frénétique et une bise mal orientée. Tandis que je nettoyais le rouge à lèvres qu'elle m'avait laissé sur le nez, elle faisait ses adieux à Lang, Sterling, Wandisa et Franklin.

Surprise ! Bertram Pine Hawk vint nous rejoindre :

«Au risque de vous surprendre, Michael et Roimata, je tiens à vous remercier pour ce que vous avez fait. Vous nous avez bien secoués, à deux reprises ! L'ironie du sort veut que j'en aie bénéficié à chaque fois. Le Conseil devra changer et je crois que ce sera l'occasion d'une promotion, au sein de l'institution ou dans une structure plus importante.» Il rit et me serra la main. «Au revoir. Je suis certain que nous croiserons encore le fer un jour, quelque part dans le monde.»

Il s'en alla après avoir discrètement salué notre petit groupe — Roimata en profita pour m'étreindre à nouveau.

«C'est bon, lui dis-je d'un ton apaisant. On se retrouvera bientôt à Wellington.

– Évidemment... Non, je suis émue en pensant à ce qu'on a accompli ici, au Canada ! Bertram s'en rend compte, je m'en rends compte, t'es le seul qui ne remarque rien, Michael. Tu ne vois même pas à quel point tu as changé, mûri. Maintenant, on va aussi devoir sortir de l'ombre à Aotearoa.»

Et elle disparut dans les douanes, un tourbillon de beauté et d'énergie.

«Adieu, ma bonne fée, dis-je à Franklin.

– C'était un honneur, Michael.»

Je me tournai vers Lang, Sterling et Wandisa.

– Soyez forts. Vous avez devant vous un long chemin, parsemé d'embûches, mais ensemble, vous arriverez au but.

– C'est à nous que tu parles ? demanda Lang en riant. Mais on ne se connaît pas. On s'est juste trouvés ensemble par hasard. Je suis un Indien des montagnes.»

— 2 —

Quelques heures plus tard, je passai de la fraîcheur canadienne à la chaleur texane. Amiria fut la première personne que je vis en descendant d'avion. Comment la rater ? Elle était de la taille d'un hippopotame.

« Je suis enceinte, gémit-elle en essayant de me serrer dans ses bras.

– Sans blague, frangine, j'avais à peine remarqué.

– Je tiens même plus derrière le volant. »

Tyrone souriait jusqu'aux oreilles. Je le saluai en chuchotant :

« J'imagine que ce sont des jumeaux.

– Mieux encore. Des triplés ! Le seul avantage c'est qu'Amiria ne pourra plus conduire. C'est une catastrophe ambulante — elle n'a toujours pas compris de quel côté de la route il faut rouler. Avec trois bébés, elle n'aura plus le temps de terroriser les chauffeurs américains. »

Leur appartement, situé en plein centre, était superbement décoré et offrait une vue à mourir sur la ville. En début de soirée, Tyrone s'excusa pour aller travailler au casino. « De toute façon, vous devez avoir beaucoup de choses à vous raconter… »

Assis sur le balcon, ma sœur et moi regardâmes le soleil se coucher. Elle me parla de sa vie au Texas et du fait que tout le monde était super enthousiaste qu'ils attendent des triplés, surtout l'ex de Tyrone.

« Elle pense qu'il va aller se réfugier dans ses bras. Elle peut toujours courir ! Tout ce qu'il veut, c'est passer le plus de temps à la maison, la tête collée sur mon ventre, pour écouter les trois petits filous qui se battent à l'intérieur. Il est complètement gaga, et il a des millions de projets pour eux. Il me rend folle ! »

Amiria prépara un dîner aux chandelles — c'est-à-dire qu'on grignota les mets autorisés du régime de sa gynéco : laitue, carottes, poisson, aucun produit laitier ni matière grasse. Je lui racontai ma rupture avec Jason, ma rencontre avec Carlos, et la proposition de mariage de Roimata.

« Donne-moi le téléphone de cette fille, me dit-elle alors que les triplets la malmenaient à coups de pied. Il faut que je la prévienne le plus vite possible d'un petit détail génétique. Aïe !»

Puis elle m'observa avec perplexité :

«Tu as changé, Michael. Je le vois dans ton comportement, ta dégaine, tout. Comme si t'avais été dans un flou artistique avant de faire ton coming out. Et maintenant, tu es plus net, mieux défini, plus résolu. Je te vois vraiment.»

Ma jumelle avait toujours su aller directement au cœur des choses.

«Tu as raison, répondis-je. Il m'a fallu assez longtemps, mais je crois que j'accepte d'être gay. Je n'en ai plus ni peur ni honte. Je suis heureux et fier. Et…

– Et quoi ?»

Je me levai et regardai la ville qui se fondait dans l'obscurité.

«Et il faut que ça cesse, Amiria. Toute cette haine des gays et des lesbiennes. Tout le mal causé. Je peux contribuer à changer les choses. Mais je dois aller au front.

– Les parents ne vont pas aimer. J'ai eu maman au téléphone la semaine dernière, je lui ai parlé de ta visite… elle espère se réconcilier avec toi, papa aussi.

– C'est ce qu'ils disent, mais ce n'est pas vrai. Ce qu'ils veulent, c'est que je rentre à la maison, que je leur présente des excuses, que je leur dise que j'ai été un vilain garçon et que ça ne se reproduira plus. Mais c'est hors de question, frangine. Ils vont devoir m'accepter comme je suis. Selon mes conditions.»

En fin de soirée, nous étions comme d'anciens amants. Il ne me restait plus qu'une chose à lui confier. J'inspirai profondément, me laissai entraîner par le tourbillon des étoiles dans le ciel nocturne et commençai :

«Amiria, il faut que je te parle de quelqu'un que tu ne connais pas, mais qui était notre oncle. Il s'appelait Sam…»

Cette nuit, l'histoire de l'oncle Sam telle que je la racontai à Amiria, accompagnée jusqu'à l'aube de chants et de pleurs, constitua la Première Narration.

— 3 —

Je passai quelques jours sensationnels au Texas. Amiria et Tyrone étaient invités au vernissage d'une installation de Dan Flavin à Marfa et ils insistèrent pour que je les accompagne. On descendit à l'hôtel Paisano, où les acteurs de *Géant* avaient séjourné pendant le tournage du film. Ma sœur et mon beau-frère avaient la chambre d'Elizabeth Taylor, et moi celle de James Dean. J'imaginais la tête de ma tante Patty quand je le lui dirais. L'exposition était formidable avec ses imposants passages fluorescents illuminant des tunnels d'obscurité. Mais le temps filait, il me fallut rentrer.

«Tu reviendras ? me demanda Amiria.

– Après la naissance des triplés.»

Quand j'échappai enfin aux grandes effusions de tendresse de ma sœur, je dus courir pour ne pas rater mon vol.

«Dis à Roimata que c'est pas la peine qu'elle fasse un bébé, me cria-t-elle. Je lui en donnerai un des miens !»

Dans l'avion pour Los Angeles, nous traversâmes un orage. Les éclairs ne cessaient de zébrer, déchirer, fendre le ciel en une effarante démonstration de puissance. Je pensais aux passages fluorescents, qui s'ouvraient l'un après l'autre, encore et encore, une succession infinie de portes menant à un grand mystère.

Ce spectacle devait-il être admiré pour lui-même, ou interprété comme un présage ? Devais-je creuser les propos de Sterling sur les gens aux deux esprits de culture berdache :

«Les bispirituels étaient des chamans. Les berdaches étaient ceux qui allaient ramasser les cadavres sur le champ de bataille. Ils pouvaient communiquer avec les dieux. Ils voyageaient dans leurs rêves...»

Quelque part entre Houston et Los Angeles, je puisai dans ma bispiritualité. Je me vis prendre oncle Sam dans mes bras et le porter à travers une tempête pyrotechnique d'éclairs et de passages fluorescents. Devant nous, dans cet univers angoissant, je distinguai un autel. J'y déposai son corps et récitai une prière à l'attention de dieux éventuels:

«J'implore votre pitié, votre miséricorde. Je vous en supplie, pas d'obscurité éternelle...»

Était-ce tout ? Je n'étais pas sûr de ce qui s'était passé.

Tout ce que je savais, c'est qu'il faisait une chaleur étouffante à Los Angeles et que j'avais la gorge sèche. Je trouvai une fontaine à eau près des toilettes, mais je ne comprenais pas très bien comment elle fonctionnait. Je ne voyais ni levier ni pédale pour l'actionner. Une adolescente qui me regardait abrégea mes souffrances.

«C'est automatique, expliqua-t-elle, approchez votre visage de la fontaine et...»

... Et l'eau vous gicle dans l'œil...

Je bus et elle rit gentiment. L'eau était froide. Je remplis le creux de ma main et me rafraîchis la nuque. Et c'est en me redressant que je sentis la présence du passé.

La musique diffusée dans le terminal joua peut-être un rôle. C'était *Rhapsody in Blue*, qui évoquait l'époque des big bands, une certaine nostalgie de l'Amérique, la fête nationale. Et quand le morceau devint ultra mélodique, les notes s'élevèrent au-dessus de ma tête et je les suivis...

Une escadrille d'hélicoptères se détacha de la partition, tournoya dans le ciel bleu du Vietnam et atterrit dans le hall. Les rotors du premier ralentirent. Un pilote descendit de l'appareil, me vit, me fit signe et me sourit en ôtant ses lunettes de soleil. Des yeux si verts. Des dents si blanches et bien alignées. Une moue enfantine. Il était irrésistible en uniforme.

« Hé ! Sam... »

Cliff Harper.

Je rêve, ce n'est pas possible...

J'avais encore les mains humides. Je tanguai, fermai les yeux et portai l'eau à mes lèvres.

Ah, l'eau de pluie est toujours si rafraîchissante.

Je me ressaisis et scrutai le hall. Mon cœur battait si fort — mon imagination me jouait-elle des tours ? Les gens qui s'affairaient en tous sens me bloquaient la vue. Puis il réapparut : un beau pilote souriant qui s'avançait vers moi. Je ne l'avais pas rêvé. Mais quelque chose clochait, il vieillissait à chaque pas, à chaque tentative de se frayer un chemin dans la foule. Son allure juvénile se fit hésitante et j'éprouvai un prodigieux sentiment d'aroha — d'amour — pour lui.

Les années avaient été clémentes pour Cliff Harper. Le pilote à la beauté ravageuse que mon oncle avait connu débordait toujours de charme entre deux âges. Ce n'était pas une simple beauté plastique superficielle. C'était une question de charisme.

Cliff Harper s'arrêta à une dizaine de mètres de moi. Il dégageait une impression de grâce et de force. Il se mit à essuyer ses lunettes sur son mouchoir et je compris qu'il ne m'avait pas vu.

Je me dressai face à lui et sentis la colère monter :

« Pourquoi maintenant, monsieur Harper ? Pourquoi venir maintenant ? »

Il laissa échapper un cri.

« Mon Dieu, mon fils m'a dit que tu ressemblais à la photo, mais...

– Pourquoi n'êtes-vous pas resté à votre place, dans le passé ?»

Il ne m'écoutait pas. Il s'approcha, sa canne glissa par terre et il tomba dans mes bras.

«… je ne m'attendais pas à ce que tu lui ressembles autant.»

Je l'aidai à s'asseoir. Des gens s'arrêtèrent et me demandèrent si j'avais besoin d'assistance. Je me tournai vers Cliff Harper.

«Comment m'avez-vous trouvé ?

– J'ai travaillé comme pilote de ligne après le Vietnam, alors j'ai des amis dans l'aviation civile. Ils ont vérifié les numéros de vols que tu m'avais communiqués au téléphone et ils m'ont dit quand tu devais partir.»

Il me dévisageait avidement comme s'il n'arrivait pas à croire qui j'étais — ou avait peur d'y croire.

«Alors, pourquoi maintenant ? Pourquoi ?

– Quand mon fils m'a donné le pendentif et ta lettre, j'ai su que je ne pouvais plus continuer à chasser Sam de ma mémoire.»

Il poursuivit à toute vitesse, comme s'il me suppliait de le comprendre.

«C'est sans doute difficile à accepter pour toi, mais chaque fois que des souvenirs de guerre menacent de se forcer dans mon esprit, je les refoule. C'est pareil pour Sam. Je n'ose pas penser à lui. Si je pense à lui…»

Il attendait que je réagisse, mais je restai muet, je ne voulais rien lui céder. Il fit une nouvelle tentative.

«La vie s'impose, fiston, c'est tout ce que je peux dire. Quand j'ai laissé Sam, et ton pays, j'ai fermé la porte. J'ai cru que Sam avait choisi de rester avec sa famille. J'étais têtu. Trop orgueilleux… Je suis allé de l'avant. Un jour après l'autre. Un mois à la fois. Une année après l'autre. Puis voilà, un jour, je me suis retrouvé sur la rive opposée. J'ai rencontré Wendy. Une femme formidable. On a eu trois enfants. Trois garçons. L'aîné, Cliff junior, a vingt-cinq ans. Mais tu le connais déjà.

– Mais pourquoi avoir enfin décidé de venir me voir ?»

Il leva des yeux débordant de larmes.

«Tu connais quelque chose à l'amour, fiston ? Tu sais ce que c'est de le réprimer et de se refermer comme une huître ? Sam et moi, on allait se retrouver dos à dos contre le monde entier. J'y croyais. Il y croyait aussi. Quand tout s'est effondré, je ne lui en ai pas voulu. Je m'en suis voulu, à moi. Et voilà trente ans que je m'en veux. Et je sais que ça peut sembler fou, mais j'étais convaincu que Sam m'en voulait aussi. Quand tu m'as appelé, je ne voulais rien savoir. Tu ne comprends pas ? Je n'aurais jamais dû abandonner Sam.»

Puis il s'énerva et sortit Tunui a te Ika de sa poche.

«Non, tu ne connais rien de l'amour, petit con, et il a fallu que tu m'apportes cette putain de clé…»

Son visage se ferma.

«Tu es venu chez moi contre ma volonté, je vais devoir m'expliquer auprès de ma famille, ce qui ne sera pas facile. Mais ça c'est demain, pour le moment je dois tout connaître du passé. Alors, parle-moi, petit, et parle vite. Je veux savoir ce qui est arrivé à Sam, dans les moindres détails. Tu dis dans ta lettre qu'il a eu un accident de voiture…

– Le soir où il est venu vous rejoindre à l'aéroport. Une femme était en panne au bord de la route. Mon oncle s'est arrêté pour l'aider. Il pleuvait. Il y avait beaucoup de circulation. Pendant que Sam changeait la roue, un camion a percuté la voiture. Elle est retombée sur lui. Il est mort peu après.»

Cliff Harper poussa un cri de douleur, gémit et se voûta.

«Mon Dieu…»

— 4 —

Cinq minutes plus tard, j'étais assis dans le salon business avec Cliff Harper. Nous avions fait la paix, en quelque sorte, et il faisait la paix avec son passé. C'était étrange. La mort de Sam était tragique, bien sûr, mais elle était aussi la merveilleuse confirmation que Cliff avait espérée pendant de longues années.

« Alors il est bel et bien venu, murmura-t-il. Et il s'est arrêté pour aider quelqu'un en panne sur la route ? C'est Sam tout craché, ça. »

Il se tourna vers moi et soupira.

« Tu n'as pas idée de ce que j'ai traversé après avoir quitté la ferme de ton grand-père. Quand je suis arrivé à Auckland, j'ai téléphoné chez eux, mais Arapeta répondait toujours et refusait de me passer Sam. J'ai essayé de contacter George pour voir s'il pouvait lui donner un message, mais ça n'a pas marché non plus. Le vendredi, j'étais à bout de nerfs. Je suis arrivé en avance à l'aéroport et j'ai attendu, attendu. J'ai failli mourir mille fois en croyant le reconnaître. Je ne me suis jamais senti aussi seul qu'en attendant Sam ce soir-là, au milieu de tous ces gens qui se séparaient ou se retrouvaient. J'ai entendu le premier appel d'embarcation. Le deuxième. Le troisième. Puis… »

Le haut-parleur grésille.

« Votre attention s'il vous plaît. Nous invitons monsieur Harper à passer les douanes pour un embarquement immédiat. Porte 1. »

Cliff devient fou. Il ne peut plus attendre. En désespoir de cause, il se tourne vers le douanier.

« Est-ce que je peux vous laisser un message, monsieur ? C'est pour mon ami Sam, qui devrait être ici. S'il arrive, pouvez-vous lui donner ce mot ? »

Il griffonne son numéro de téléphone et son adresse. *Dos de la Lune, Comté de Muskegon, Illinois.* Il plie le papier et inscrit le nom de Sam.

«Dites-lui de m'appeler dès que possible, s'il vous plaît.»

Le haut-parleur grésille à nouveau :

«Monsieur Harper, monsieur Cliff Harper, l'avion vous attend pour un départ immédiat.»

À l'autre bout du hall, Cliff remarque quelque chose d'étrange, presque surréaliste. Une jeune femme avance en trébuchant, comme hallucinée. On dirait une folle. Sa robe de soirée blanche est couverte de la couleur rouille du sang séché et elle crie un nom «Chris ? Chris…»

Un agent de sécurité tente de la raisonner et de la faire sortir. Elle résiste en répétant : «Non, je dois le trouver. Je dois le trouver.»

Un vieil homme s'approche d'elle et elle s'effondre dans ses bras.

Le haut-parleur s'entête : «Monsieur Harper ? Monsieur Cliff Harper ?»

Cliff est blessé à chaque battement de cœur. Il songe à la fois où Sam s'est porté volontaire pour la mission de sauvetage d'un pilote de F-4 abattu. Sam le rejoint au sol. L'ennemi approche rapidement. Un choc ébranle l'hélico, qui cahote dans les airs :

«Ils ont un lance-roquettes ! crie Seymour. On est touchés !»

Une montée d'adrénaline traverse le corps de Cliff : «Dieu, épargne-moi le sort de Fox.» Il vérifie les jauges, effectue machinalement les procédures pour limiter les dégâts. Il entend sur sa droite les Skyraider qui mitraillent la zone d'où proviennent les roquettes. La forêt s'enflamme et fume.

Sam est toujours au sol auprès du pilote blessé. Seymour hurle qu'ils doivent fuir. Mais Cliff ne peut pas laisser Sam. Pas comme ça. Il voit Sam lui faire signe avec les doigts.

Hé, Harper ! Tu sais ce que «haere ra» veut dire ?

«Non, Sam, non !» hurle Cliff.

Il manie l'appareil d'avant en arrière pour scier la cime des arbres et percer la canopée.

La lumière plonge au sol. Les yeux de Sam brillent d'amour.

Je t'aimerai toujours, plouc de l'Illinois. Tu es dans mon cœur.

Puis il s'en va.

Trente ans s'étaient écoulés et j'étais assis avec Cliff Harper dans un salon d'aéroport. Nous avions tissé des liens entre passé et présent, réussi à recoudre ce qu'il savait de Sam avec ce que je savais de son accident. Et au cours de ce rapiéçage, une forme d'amitié, de réconciliation s'était formée entre nous.

Il me sembla naturel de lui parler de ma tante.

«Comment va-t-elle ?» me demanda-t-il avec une moue étrange, presque comme s'il ne voulait pas vraiment le savoir. Il se détendit quand il apprit qu'elle allait bien. «Elle n'est pas mariée ? s'étonna-t-il, avant de s'intéresser à moi. Parle-moi de toi.»

Je lui dis que j'étais gay. «J'en avais honte avant, mais c'est fini.» Je lui relatai ma rupture avec Jason, ma rencontre avec Carlos et le schéma intéressant qui se dessinait entre Roimata, Carlos et moi. «Mais le principal, c'est que j'ai pris l'engagement politique de changer mon monde. Le monde maori. Je veux le faire pour moi. Pour mon oncle Sam — pour vous…»

Cliff Harper hocha la tête.

«Tu sais, quand tu parles comme ça, tu as une posture qui me rappelle Sam. Une manière de se tenir légèrement penché en avant, prêt à en découdre.»

Un employé du salon business vint me prévenir.

«Monsieur Mahana, l'embarquement de votre avion a commencé.»

Je me levai et serrai la main de Cliff Harper.

«Je suis content que vous soyez venu à Los Angeles.

– Moi aussi, fiston, moi aussi.

– Je peux vous demander un service ? Pourriez-vous parler un jour de mon oncle à votre fils, Cliff junior ? Je comprends que ce soit difficile tout de suite, mais Sam vous a véritablement aimé, il voulait vivre avec vous. Je crois que j'aurais du mal à accepter que vous, en particulier, prétendiez qu'il n'ait pas existé. Pourriez-vous lui en parler un jour, pas forcément demain, ni dans une semaine, ni dans un mois. Mais pourriez-vous lui parler de Sam ?

– Je lui en parlerai», promit-il.

Je commençai à partir, puis je ne sais pas pourquoi — peut-être parce que j'étais heureux, joyeux et chagriné tout à la fois — je me retournai, empoignai Cliff avec intensité et collai son front au mien, son nez au mien, en un hongi, notre salut traditionnel. Je regrettai et déplorai tout ce qui n'avait pas existé, mais aurait pu exister entre Sam et lui.

«Au revoir, monsieur Harper.

– Attends !»

Il avait le visage livide de chagrin, j'eus le sentiment qu'il refusait de me laisser partir. Qu'il cherchait à continuer de faire revivre Sam entre nous. Puis il en trouva le moyen.

Il sortit Tunui a te Ika de sa poche et le porta sous la lumière, qui l'éclaira de l'intérieur et souligna son pénis dressé, son mana, sa force. Le jade tournait et scintillait entre ses doigts.

«Je sais que tu l'as apporté de très loin pour me le donner. Mais je dois te le rendre. Ton oncle aurait voulu qu'il te revienne. Et tu en auras plus besoin que moi pour accomplir tous les exploits qui t'attendent.»

Il me glissa le pendentif autour du cou. Au premier contact, la pierre était froide, comme si elle venait juste de se réveiller. Puis elle se réchauffa contre ma peau et je sentis qu'elle cherchait un endroit où se nicher. Un endroit d'où commencer le combat.

« Et dis à Patty que je lui pardonne », me demanda enfin Cliff Harper.

— 5 —

L'avion s'élança au-dessus de l'océan nocturne et le ciel fut privé de soleil jusqu'à notre descente sur Auckland. La brume ruisselait sur les terres et débordait dans les falaises au bout du monde. Brume, mer, terre, tout se précipitait dans le néant.

Carlos m'attendait et me souhaita la bienvenue.

On alla à l'appartement. On fit l'amour. On parla de ce qui s'était passé au Canada. De ses dernières plongées sous-marines. De Cliff Harper. Il me posa des questions sur Roimata. On refit l'amour.

Cette nuit-là, je me tournai et me retournai au lit, pris au piège du décalage horaire. Mes rêves étaient brisés, des tessons les entaillaient et laissaient entrer les cauchemars. Un effroi épouvantable me saisissait encore quand je franchissais un mur de milliers d'éclats de verre. Je voyais la route noire à minuit, je roulais sur le bitume et j'écoutais les vibrations des sabots sur la chaussée. Le tagada de l'étalon noir. Il m'avait traqué toute ma vie, au fil des ans et des lits, dans d'innombrables rêves.

Vous savez ce que c'est, dans les cauchemars. Il fait nuit noire et vous êtes seul. Comme dans ces films d'horreur où l'acteur se retrouve dans une situation périlleuse sans personne pour l'aider.

Et donc, je me mettais une nouvelle fois à courir. Je pouvais uniquement bouger au ralenti. Je m'entendais grincer des dents, gémir, je me poussais à accélérer, à m'enfuir, à sortir de l'obscurité. Mes pores explosaient de peur, j'étais couvert de sueur.

Je me retournais et voyais l'étalon. Ses yeux étaient enflammés. Ses sabots étincelaient, me narguaient, m'encerclaient dans le noir — il attendait le bon moment. Son vacarme tournoyait puis…

Il fonçait sur moi. Je ne pouvais plus rien faire.

Je m'exhortais à sortir du sommeil, *réveille-toi, réveille-toi*.

Mais l'étalon se cabrait, hennissait de rage et me poignardait de coups de sabot. Ses arcs enflammés lacéraient l'obscurité. Il avait les yeux exorbités et les veines tendues comme des cordes sur son encolure.

Les sabots s'abattaient. Lacéraient.

Puis je m'entendais crier NON, dans mon rêve.

Dressé devant moi, le cheval m'observait, immobile. Il avait un regard fixe et des yeux fous. Il hennissait à nouveau, m'enveloppant de sa hargne et de son haleine fétide.

« Non ! » répétais-je.

Et je me retrouvais soudain avec un fouet couvert de sang entre les mains. Il canalisait toute la furie, la tristesse et la rage du monde ; je le brandissais et en frappais l'étalon.

« Recule, recule ! »

Le fouet formait une voûte. À chaque claquement, il inondait mon rêve d'étincelles, qui se déversaient sur l'animal. Il hurlait de douleur. Puis le fouet se mettait à chanter un chant de force et de puissance. Il disait : « Je ne le tolérerai plus, tu n'auras plus aucune emprise sur moi. À partir d'aujourd'hui, je me défendrai et je gagnerai. »

Je concentrais toute mon agressivité dans le fouet.

« Espèce de monde dégueulasse ! » hurlais-je.

Mes yeux brûlaient. Mes pieds produisaient à leur tour des étincelles comme des silex. À chaque coup, l'étalon rapetissait, glapissait de confusion et de douleur. Il battait — lentement — en retraite.

Dans mon rêve, j'entendis le fouet chanter. Je vis l'étalon perdre du terrain. Le fouet déchiqueta ce rêve jusqu'à ce qu'il cesse complètement d'exister. C'est alors que je me réveillai. Comment Carlos avait-il pu dormir à côté d'une telle agitation… c'était incompréhensible.

Je sortis du lit et allai prendre une longue douche bien chaude. Un extraordinaire sentiment de libération s'immisça en moi et m'apaisa. Je repartis dans la cuisine pour me faire un café que je bus sur le balcon.

« Qu'est-ce qui t'arrive ? me demanda Carlos en bâillant et en se grattant sous les aisselles.

– Je pouvais pas dormir.

– Bon, ben puisqu'on est tous les deux bien réveillés, dit-il en m'enlaçant, autant… »

On fit la course jusqu'au lit. Il gagna.

Chapitre vingt-deux

— 1 —

Il me restait encore une chose à faire pour clore l'histoire de mon oncle.

Mais avant, j'avais des impératifs plus pressants. Le premier était de rompre officiellement avec Jason.

Il voulait me poursuivre en justice, me traîner au tribunal, mais j'avais dit à mon avocat de lui donner tout ce qu'il désirait. La moitié de tout, tout de tout, je n'en avais plus rien à faire. Son propre avocat le persuada de régler la situation à l'amiable et c'est dans son bureau que nous nous réunîmes pour la dernière fois.

Carlos avait proposé de m'accompagner, mais je préférais être seul face à Jason. Évidemment, je ne m'attendais pas à ce qu'il amène son fan-club, Graham et Margo.

La réunion fut un vrai supplice. J'étais triste que nous nous disions adieu dans un cadre légal. Jason était fou furieux, déchaîné, il voulait me saigner à blanc.

«Tu me dois plus de la moitié de ce que nous avions ensemble ! Tu dois me rendre ma vie. J'ai foutu tant d'années en l'air avec toi…»

Il était toujours piégé dans sa descente incontrôlable pour affronter les démons intérieurs que Margo avait dénichés. Furieux, je me tournai vers elle et Graham.

« Vous êtes responsables de lui à présent. Vous avez intérêt à vous occuper de lui. »

J'avais apporté un bouquet de roses pour Jason. Il éclata de rire et me le jeta à la face.

« Tu peux garder tes roses. »

Les pétales s'éparpillèrent comme des gouttes de sang.

L'autre question concernait Carlos. Quoi que Roimata et moi prévoyions — mariage, enfants —, ces décisions restaient dans l'avenir. Et elles devraient prendre en compte le fait que j'étais prêt à laisser Carlos entrer dans ma vie.

« Et si on faisait passer notre relation au stade supérieur ? » me demanda-t-il.

Ma réponse le surprit :

« Tu me donnes Mayfair, Piccadilly, 5 000 dollars en liquide, une carte *Chance*, une *Vous êtes libéré de prison*… et j'y réfléchirai. »

Ses yeux étincelèrent.

« Tu ne peux pas être plus précis ? C'est un oui ?

– Bon, d'accord, mais je prendrai aussi une langouste. »

— 2 —

Un appel téléphonique de Tane Mahuta me donna l'occasion d'aller à Gisborne régler mes affaires.

« Un gamin gay vient de mourir du sida, me dit-il. Il s'appelait Waka et il était originaire de la région de Gisborne. On a besoin de quelqu'un pour mener une opé, rapporter son corps dans son marae. Tu veux t'en charger avec Roimata ?

– Oui. Le temps est venu et je serai fier de mener le groupe. »

Comme par hasard, Tane avait omis de me dire que Waka faisait le trottoir et que le retour de son corps, par conséquent, ne serait pas conventionnel. Vraiment pas conventionnel. Quand je réunis tous ses amis pour organiser le voyage, je faillis m'étouffer en voyant l'énormité de l'entreprise. Quel binz ! Parmi la trentaine de personnes voulant accompagner son cercueil, il y avait d'autres gamins prostitués, deux travestis, des jeunes sans-abri et des ados aux cheveux verts, truffés de piercings et de chaînes.

J'appelai Pat.

«J'ai besoin de ton aide, tatie ! Je peux compter sur toi à Poho o Rawiri ? Tu pourras lancer le karanga pour nous faire entrer ?»

Roimata essaya de botter en touche, mais je la persuadai de se joindre à nous. Quant à Carlos, il promit de nous retrouver à Gisborne après Christchurch, où il devait assister à un hui — une réunion — des pêcheries.

La procession quitta Wellington durant le week-end. Waka était accompagné dans le corbillard par son petit ami Jewel et son cousin Tim. Les autres, nous suivions dans des voitures de toutes sortes, dont une Jaguar tape-à-l'œil (et volée, comme je l'appris plus tard). En nous voyant arriver à Gisborne, Patty dit qu'elle eut l'impression qu'un cirque avait débarqué. Elle nous attendait à l'entrée de Poho o Rawiri avec cet avertissement :

«Punaise, vous avez provoqué une énorme dispute. Certains membres de la famille du garçon ne veulent pas de lui. Il est possible que vous ne soyez pas accueillis sur le marae.

– Nous attendrons toute la journée et toute la nuit s'il le faut, lui répondis-je. Waka a le droit de reposer dans la terre où il est né. Il était Maori autant que gay. Nous sommes venus nous assurer que ses droits seront respectés.»

Je me sentais si fier de notre ope. Je me fichais de l'extravagance de notre tribu. Il fallait du courage pour tenir tête à une culture aussi hostile que la nôtre. Avec sa maison commune et ses sculptures guerrières. Ses cérémonies d'accueil au protocole très strict. Dans l'ancien temps, un faux pas pouvait vous être fatal. Dans notre cas, notre présence n'était pas désirée.

Roimata s'occupa des jeunes filles. Elle leur expliqua les rituels du tangihanga et ce qu'elles étaient censées faire. Quand Carlos arriva, il donna un cours intensif de haka (cinq minutes) aux garçons, y compris Jewel. Aucun d'entre eux n'avait mis les pieds sur un marae avant. La bravade de Wellington s'était muée en terreur absolue.

Nous attendîmes longtemps ; la dispute continuait à faire rage dans la maison commune.

« Bon, voilà deux heures qu'on poireaute, me dit Roimata. Si les gens d'ici n'arrivent pas à se mettre d'accord, tu vas devoir faire du forcing. »

C'est ce que j'adore chez elle. La petite chérie insinue toujours que c'est à moi qu'incombent les décisions difficiles.

« On leur donne encore cinq minutes, lui répondis-je, s'ils ne nous appellent pas, on entre sans être invités et ils peuvent aller se faire voir. Tama tu tama ora, tama noho tama mate : debout, nous vivons. Couchés, nous mourons. »

Certains voulurent s'enfuir en entendant cela. Ils ne seraient pas allés bien loin, remarquez. Je leur avais dit de s'habiller en noir, mais j'avais oublié de dire à Jewel et Tim de laisser leurs talons hauts chez eux.

« D'accord, ordonnai-je à Roimata. Commence le karanga avec tatie Pat. On entre ! »

Et après m'avoir poussé à prendre la décision, elle eut le toupet de me demander si j'étais sûr.

« Oui. Nous sommes un peuple. Nous sommes une tribu. Nous ramenons nos défunts. Je suis prêt à rompre avec la tradition s'il le faut. Personne ne peut nous empêcher d'inhumer les nôtres sur nos terres. Nous ne voulons plus nous cacher, nous ne voulons plus cacher nos morts.

Cette époque est révolue. Nous refusons de les enterrer dans un cimetière anonyme.»

Roimata s'approcha du portail et appela pour annoncer que nous entrions, bienvenus ou non.

Une vieille femme sortit alors de la maison commune et se dirigea vers nous en s'aidant de sa canne.

«Je ne savais pas que Lilly était la grand-mère de Waka, dit Pat.

– C'est Lilly ? La mère de Turei ?»

Trois hommes lui emboîtèrent le pas et — oh, non, ils se querellaient devant tout le monde. Furieuse, Lilly leva sa canne et se mit à les frapper :

«Fichez le camp, espèces de bâtards…»

Ils s'écartèrent. Elle nous regarda et je pense que notre aspect la choqua. Nous avions rapporté le corps de Waka, mais elle essayait de trouver un repère tribal. E hika, elle n'avait jamais vu de tribu comme la nôtre. Mais…

Elle leva le bras droit.

«Haramai ki te ope tane me wahine takatapui…»

Je l'écoutai en songeant qu'on pouvait s'attendre à une réaction courageuse de la part d'une mère qui avait défoncé un cercueil à coups de hache pour voir le visage de son fils.

«Bienvenue dans notre marae, appela-t-elle. Bienvenue à l'étrange tribu devant moi ! Avance, tribu d'hommes qui aiment les hommes et de femmes qui aiment les femmes ! Bienvenue, brave tribu gay, que nous n'avons jamais vue avant. Entrez ! Et apportez votre défunt qui est aussi notre défunt…»

Notre tribu est née ce jour-là. Née de la volonté d'une grand-mère de reprendre son petit-fils pour le serrer contre son cœur. Du besoin d'accepter qu'une nouvelle tribu existait. Ce jour-là, nous avons demandé à ce qu'on nous fasse de la place, car nous arrivions.

Rien ne nous arrêterait.

— 3 —

Oui, il me restait une chose à faire, mais je n'en eus pas l'occasion avant la fin de la soirée. Nous avions été accueillis dans les règles, même si certains étaient réticents, et tous les discours étaient finis. Waka était exposé dans la maison commune et la colère initialement dirigée contre nous se dissipait au fur et à mesure que nous apprenions à nous connaître. On nous déroula des couchages et on nous servit un dîner dans le wharekai. Si l'on faisait abstraction des cheveux verts, des habits bariolés et des piercings, c'était une veillée de tangi habituelle. On ne se serait jamais douté que quelque chose d'extraordinaire venait de se passer.

Tatie Pat était rentrée chez elle de bonne heure. Juste avant la cérémonie d'accueil, je l'avais suivie, attendant le bon moment pour l'affronter, et elle s'en était aperçue. Après qu'elle avait parlé avec Lilly, je lui avais tapé sur l'épaule et elle s'était retournée avec un grand sourire :

« Oui, Michael ?

– Cliff Harper m'a demandé de te donner un message… »

Dis à Patty que je lui pardonne.

Dès que j'eus prononcé ces mots, ma tante sut qu'elle avait été découverte. Son regard était d'une tristesse absolue.

« Est-on obligés de parler de cela maintenant, Michael, ici ? Passe me voir chez moi… »

Je vérifiai que tout allait bien auprès de Roimata. Elle était assise avec la famille de Waka. Ils avaient commencé la veillée funèbre qui se prolongerait jusqu'à ce qu'il soit porté en terre. Puis je cherchais Carlos qui était allé aux toilettes s'assurer que les gamins ne s'y étaient pas réfugiés pour sniffer de la coke ou s'adonner à d'autres activités illégales.

« Je peux te laisser gérer ? lui demandai-je. Je dois aller voir ma tante Patty.

– Bien sûr, dit-il, mais ne tarde pas trop. Quand je t'ai proposé de faire passer notre relation au stade supérieur, c'était pas vraiment ce que j'avais à l'esprit.»

Les réverbères éclairaient la rue principale de Gisborne et en roulant chez Patty, je me souvins de sa première rencontre avec Cliff Harper, telle qu'elle me l'avait racontée. Était-ce alors que tout avait commencé ?

J'aimais mon frère. On nous prenait parfois pour des amoureux. Puis Cliff Harper est arrivé. J'avais le visage collé à la poitrine de Sam et je sentais les battements de son cœur. Da da da da da da. *Mais quand il a vu Cliff, il a changé en* dadada dadada…

La tête me tournait. Non, peut-être que tout avait commencé à la baignade. Sam beuglait le chant de Woody Woodpecker, Cliff prenait des poses ridicules. Des yeux verts comme la rivière, les cheveux enflammés au soleil. Pat était avec Anita et Kara quand elles étaient venues se venger des hommes qui avaient volé leurs vêtements.

À quel moment tout avait réellement commencé ?

Les lumières étaient éteintes chez ma tante ; il n'y avait que la lueur bleutée de la télé dans le salon. Elle regardait un de ses vieux films adorés.

La porte était ouverte. Je passai à côté de l'affiche de *Jusqu'à la fin des temps*. Installée dans son fauteuil favori, tatie Pat était tout excitée :

« Salut, neveu. Tu arrives pile à l'heure ! Regarde ! Le voilà ! »

À l'écran, un jeune homme en uniforme de l'armée américaine descendait d'un car. Un jeune homme qui aurait pu être Guy Madison ou Cliff Harper. Guy Madison jouant Cliff Harper. Ou Cliff Harper jouant Guy Madison.

J'éteignis le poste.

« Oh non ! » rouspéta ma tante.

Je me retournai brusquement et elle se recroquevilla dans son fauteuil. Je la regardai, elle et la maison dans laquelle elle se réfugiait depuis trente ans.

Je devais la pousser à sortir.

«Pourquoi tu l'as fait, tatie ? *Pourquoi ?*

– De quoi parles-tu, Michael ?»

Je lui saisis les poignets et elle se débattit et m'attaqua.

«Tu ne sais rien du tout, Michael, hurla-t-elle. Rien du tout.»

Elle détestait les contacts physiques. Je plaisantais toujours en disant que c'était à cause des gros bisous baveux qu'on reçoit sur le marae. Mais elle eut beau crier et me maudire, je la retins.

«Lâche-moi, Michael ! Lâche-moi tout de suite...»

Elle donnait des coups de pied, griffait et mordait. Puis elle hurla, le barrage en elle céda enfin et elle s'effondra.

«Ils auraient dû me dire la vérité. M'expliquer la vérité. Je croyais que Sam et Cliff étaient juste amis. C'est ce que Sam me disait, mais ce n'était pas la vérité. Si j'avais su, je n'aurais pas...

– Tu n'aurais pas quoi, tatie ?»

Le mariage de George. La salle de réception, 1971. Patty a bu et ricane parce qu'elle a joué un tour en demandant au groupe d'appeler Cliff Harper sur scène pour chanter un morceau. Cliff s'en est tiré à merveille, il a interprété Heartbreak Hotel *comme Elvis. Patty comprend qu'elle l'aime, qu'elle l'aime depuis qu'il est descendu du car, depuis qu'elle l'a vu à la rivière, depuis l'aube des temps. Et elle s'est égosillée quand il a enflammé la piste de danse avec son numéro.*

Le regard de Pat était perdu dans le lointain, ses yeux exorbités.

«Puis à la fin de la chanson, j'ai vu Cliff s'enfuir en courant avec Sam et je me suis souvenue qu'ils repartaient le soir même à la ferme. J'ai hurlé "ne t'en va pas, Cliff", je voulais lui demander de rester, je voulais lui dire que je l'aimais.»

Patty ne peut pas laisser partir Cliff. Elle se fraie un chemin dans la foule pour rejoindre la sortie. Où sont-ils passés ? Elle les voit courir ensemble vers la voiture de location, ils trébuchent joyeusement et disparaissent dans le fossé. "Reste avec nous, Cliff ! Ne t'en va pas !" Elle les poursuit et les entend rire. Elle rit aussi, rit du bonheur d'avoir rattrapé Cliff, et c'est alors que…

Pat se tourna vers moi et se toucha les lèvres.

«Et puis je t'ai vu l'embrasser, Sam, dit-elle d'une voix étouffée, effarée. Je vous ai vus vous embrasser et je ne savais pas qu'en penser… Je ne savais pas que les hommes pouvaient faire ça entre eux, s'embrasser à pleine bouche… Cliff m'a vue et plus tard, il a dû en conclure que c'était moi qui…

– Qui a fait quoi, tatie ?»

Patty vomit, puis repart en courant vers la réception. Son père l'attend et lui demande ce qu'elle a, ce qui ne va pas.

«J'ai tout dit à papa, Sam, poursuivit Pat d'une petite voix plaintive. Je lui ai dit que je t'avais vu embrasser Cliff. Tu aurais dû me dire la vérité, Sam. Si tu m'avais dit la vérité sur vous, je ne serais jamais tombée amoureuse de Cliff. Je n'aurais jamais éprouvé une telle colère, je n'en aurais jamais parlé à papa.»

Je me souvins de la fin du journal de mon oncle.

Puisse Dieu avoir pitié.

«Qui a écrit ces derniers mots, tatie ? C'était Sam ?

– Bien sûr que non.
– C'était toi, alors ?
– Oui.»

— 4 —

Je dus rester jusqu'à 5 heures du matin avec ma tante pour la calmer et la ramener dans le présent. Quand elle en émergea enfin, on aurait dit qu'elle sortait de la mer.

«C'est bon, tatie, lui dis-je. C'est fini, c'est fait.

– J'ai porté cette culpabilité toute ma vie. Je suis heureuse que tu saches tout.

– Tu dois te pardonner. Ce n'était pas de ta faute. Tu peux remiser le passé et reprendre ta vie. Sans compter que j'ai besoin de toi.

– Besoin de moi ?

– Ce n'était qu'un début, aujourd'hui. Il reste beaucoup de Sam qui méritent qu'on se batte pour eux. J'ai besoin de ta fougue, de ton esprit guerrier.»

Elle redressa le dos et regarda dans le lointain.

«D'accord, neveu, dit-elle en crachant dans ses mains. Tu peux me mettre au front. T'as intérêt à me mettre au front sinon ça va barder…»

Roimata avait vu juste. Tante Patty serait une kuia parfaite pour notre nouvelle tribu gay.

Quand je revins au marae, la Croix du Sud moulinait autour de la maison commune. Le bâtiment, qui lui servait d'axe, semblait déterminer la rotation du monde et des astres. Roimata dormait à côté du cercueil de Waka. Des gamins de Wellington avaient trouvé refuge dans ses bras.

Oui, Roimata, tu seras une mère parfaite pour notre nouvelle tribu. Tes enfants seront nombreux — jumeaux, triplés, peu importe. Dommage que tu n'aies pas pu choisir un meilleur père.

Je trouvai Carlos, seul. Il observait les étoiles qui débordaient de la nuit.

«Garde tes mains sur les côtés et ne bouge pas», lui ordonnai-je.

Je me plaçai derrière lui et glissai mes bras glacés sous sa chemise, contre sa poitrine. Il frissonna à leur contact.

L'aube commençait à marbrer le ciel.

«Salut, me dit Carlos, la journée s'annonce superbe...»

Je sentis Tunui a te Ika frétiller d'impatience contre mon cœur. Un bon endroit d'où livrer bataille.

Un bon jour pour engager la bataille.

Je repensai à Cliff Harper et à nos adieux à l'aéroport de Los Angeles.

Je suis sur la passerelle, sur le point d'embarquer. Il est de l'autre côté du terminal. Il semble si seul. Je suis désespéré.

«Monsieur Harper !»

Il se retourne. Je ne sais pas quoi faire. Puis j'entends une musique s'élever comme le bruit de la mer, une musique intemporelle. Le son de cors de chasse battant en retraite. Deux amants prenant le risque d'être ensemble. Puis dans un fracas qui couvre la mélodie, un énorme hélicoptère descend en crevant le toit. Il fait du surplace au-dessus de nos têtes, ses rotors tranchent le soleil.

«De la part de Sam !»

En résonnant dans le hall, ma voix repousse les portes du temps. Les gens s'arrêtent et me regardent, curieux.

Je montre Harper du doigt. *Toi.*

Je montre mon cœur. *Moi.*

Je lève les pouces et fais le signe. *T'aime*

Je garde la tête haute et lui adresse un salut militaire.

Cliff Harper semble sur le point de s'effondrer. Puis il se redresse et répond à mon salut.

Il se retourne et part.

Dans le vrombissement des décollages et des atterrissages, dans le vacarme d'un hélicoptère s'élevant dans le ciel, je suis Cliff Harper des yeux jusqu'à ce qu'il disparaisse.

Le soleil arriva et creva l'horizon.

Je songeai à mon oncle et à sa grande histoire d'amour. Je lui fis une promesse.

Sam, il est temps de reconstruire le monde, mais un monde nouveau sous le signe de la bravoure. Ton histoire en fera partie et je la transmettrai au monde entier.

Je te promets de relier de lumière le haut et le bas de ce nouveau monde. Je raconterai ton histoire à tous ceux que je rencontrerai, qu'ils aient ou non envie de l'entendre. Je leur dirai que tu as aimé un homme d'un amour merveilleux. Avec cet amour, je relierai le cadre externe du monde avec sa structure interne.

Oncle Sam, j'ai compris que l'ensemble de nos récits fournira un lieu et une histoire au monde que nous construisons. Nous, gays et lesbiennes, devons souder notre raison d'être, ancrer nos histoires pour qu'elles deviennent notre grand récit — les fondations, les murs et le toit dont tous les peuples ont besoin. Nous devons raconter nos histoires, nous devons les jouer, nous devons chanter nos chants dans cet univers hostile. Nous devons apporter une nouvelle promesse de vie et une nouvelle musique à cet élan de l'histoire.

Tuia i runga, tuia i raro.
Tuia i roto, tuia i waho.
Tuia i te here tangata ka rongo te Ao.
Ka rongo te Po.
Tuia. Tuia.
Tuia.

Non, oncle Sam, il n'y aura plus d'obscurité éternelle.

REMERCIEMENTS

Ce livre me trotte dans la tête depuis 1986, mais il a seulement pris vie en octobre 1999, sous le titre de *La Mise en garde de Brangäne*. Je l'ai terminé sous sa forme actuelle le 3 juillet 2000. Juste avant que je commence la rédaction, en septembre, l'armée néo-zélandaise devait effectuer des manœuvres à la base militaire de Hobsonville, car j'entendais un tonnerre d'hélicoptères tous les matins et tous les soirs dans la baie d'Auckland, au-dessus de chez moi. Le vacarme servit de puissant stimulus à mon imagination. Il m'évoqua tout particulièrement le souvenir de parents et amis maoris morts pendant le conflit du Vietnam ainsi que deux événements survenus alors que j'étais en poste à l'ambassade de Nouvelle-Zélande à Washington DC de 1987 à 1990 : l'inauguration des Patchworks des victimes du sida et la cérémonie du souvenir des vétérans du Vietnam.

En ce qui concerne la recherche, je tiens à citer les textes suivants : *Brief History of the New Zealand Army in South Vietnam, 1964-1972*, Army Public Relations, NZ Ministry of Defence, Wellington, 1973 ; *Choppers : Thunder in the Sky*, Robert Genat, MetroBooks, New York, 1998 ; *Grey Ghosts : New Zealand Vietnam Vets talk about their war*, Deborah Challinor, Hodder Moa Beckett, Auckland, 1998 ; *Reluctant Warrior : A Marine's True Story of Duty and Heroism in Vietnam*, Michael C. Hodgins, Ivy Books, New York, 1997 ; *Six Silent Men: 101st LRP/Rangers - Book One*, Reynel Martinez, Ivy Books, New York, 1997 ; *Splash One : Air Victory Over Hanoi*, Walt Kross, Brassey's (US) Inc., McLean, 1991 ; *The Killing Zone : New*

Zealand Infantry in Vietnam, 1967 to 1971, Colin Smith, 1994 ; *The New Zealand Army : A History from the 1840s to the 1980s*, Major M.R. Wicksteed, RNZA, Wellington, 1982 ; *Te Mura O Te Ahi : The Story of the Maori Battalion*, Wira Gardiner, Reed, Auckland, 1992 ; *Wounded Warriors, The true story of a soldier in the Vietnam War and the emotional wounds inflicted*, Colin P. Sisson, Total Press Ltd, Auckland, 1994.

J'ai aussi consulté des documents de Bruce Poananga et de George Rogers sur le 28e bataillon néo-zélandais, le bataillon maori.

La conférence des Premiers Peuples décrite dans le roman est basée sur deux conférences qui ont pris place à Ottawa, au Canada : *Beyond Survival* en 1992 et *To See Proudly : Advancing Indigenous Arts Beyond the Millennium*, du 24 au 27 septembre 1998. Le débat politique relaté dans le roman est une extrapolation de problèmes soulevés lors de ces deux événements.

Les paroles de *Heartbreak Hotel* (Axton/Durden/Presley) sont reproduites avec l'aimable autorisation de J. Albert & Son Pty. Ltd.

Les vers cités en fin du chapitre sept sont de Nguyen Du, poète et philosophe vietnamien du XVIIIe siècle.

Comme toujours, je remercie Jessica Kiri et Olivia Ata, sources constantes d'inspiration. Merci aussi à Jenny Te Paa, qui se reconnaîtra, à Darling Thing, à Little Bear, arrivé dans ma vie juste quand j'avais besoin de lui, à Jenny, Jaimie et Gretchen, mes compagnons loufoques pour la traversée du Texas, et aux gars à Hawaii.

Mes remerciements et hommage à mon éditeur Geoff Walker, à Jane Parkin pour sa direction éditoriale et à Louise, Mary et Marilyn, qui m'ont aidé à traverser les jungles du Vietnam.

Du même auteur

ROMAN

Le Patriarche, 2020
Faux-semblant, 2020
La Baleine tatouée, 2022
La Femme de Parihaka, 2023

ALBUM JEUNESSE

Kahu, fille des baleines, 2009

Mireille VIGNOL, traductrice

Après une vingtaine d'années en Australie et une carrière de journaliste spécialisée dans l'Océanie au sein de l'Australian Broadcasting Corporation, Mireille Vignol retrouve les volcans d'Auvergne en 2002 et travaille depuis comme traductrice littéraire. Elle a une soixantaine de romans à son actif, dont des grands noms de la littérature australienne et océanienne. Elle collabore joyeusement et activement avec Au vent des îles depuis 2004.

La Baleine tatouée

Witi IHIMAERA

Titre original : *The Whale Rider*, traduction de l'anglais Nouvelle-Zélande, Mireille Vignol

Witi Ihimaera tisse un conte contemporain captivant et plein d'humou sur le courage, l'espoir, la puissance des femmes et l'importance de liens entre les générations. Un livre phare qui permit au romancie néo-zélandais d'asseoir sa renommée internationale.

39 Bonnes Raisons

de transformer des obsèques hawaiiennes en beuverie

Kristiana KAHAKAUWILA

Titre original : *This Is Paradise*, traduction de l'américain Hawai'i, Mireille Vignol

Immersion en terres hawaiiennes dans un décor idyllique piment d'un savoureux pidgin local... et l'envers de la carte postale. À traver six nouvelles éblouissantes, la jeune auteure Kristiana Kahakauwil parvient à saisir avec élégance, brutalité, humour et profondeur le tensions qui secouent l'archipel.

Bones Bay

Becky MANAWATU

Titre original : *Auē*, traduction de l'anglais Nouvelle-Zélande, David Fauquemberg

Les personnages de cette tragédie contemporaine sont subtil ambigus, bouleversants, si puissamment décrits qu'ils finissent pa habiter durablement le lecteur.

Ce portrait saisissant de la Nouvelle-Zélande des années 1980 à no jours parle de liens familiaux, d'amitié, de gang, de drogue, de violenc de musique, d'amour et d'enfants perdus.

Gugubarra

Jacques-Olivier TROMPAS

Se trouver au mauvais endroit au mauvais moment, c'est un peu un fatalité pour Antoine. Traversant la vie comme un fantôme, il n'es attendu nulle part, mais déclenche malgré tout des réactions e chaîne aux conséquences toujours plus spectaculaires...

et la mer pour demeure

Chantal T. SPITZ

Dans ce nouveau recueil, Chantal T. Spitz nous livre sept courtes nouvelles ancrées en Polynésie. Sept textes qui sont autant de tableaux sombres et violents. Des textes forts qui coulent à la manière d'un slam, s'imprègnent et résonnent. Une prose sans ponctuation, empreinte d'oralité et de poésie dans laquelle l'autrice s'accapare cette langue jusqu'à la tordre.

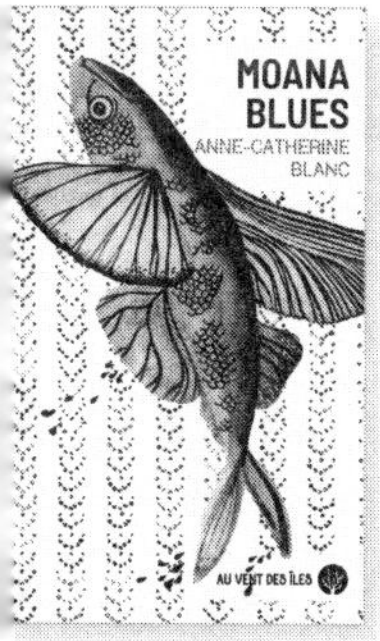

Moana Blues

Anne-Catherine BLANC

Dans une langue magnifique et au travers d'une narration au plus près de son personnage vacillant et tourmenté, Anne-Catherine Blanc nous offre un huis clos d'une force, d'une sensibilité et d'une élégance remarquables, une plongée dans l'intime d'un homme en proie à de vieux démons mais décidé à cultiver l'espoir au milieu du chaos.

Avec beaucoup d'humanité et de finesse elle dévoile les méandres de l'intime et des états d'âme dans un Tahiti très éloigné des clichés.

ruby moonlight

Ali Cobby ECKERMANN

Roman phénomène couronné de nombreux prix, traduit en plusieurs langues, *ruby moonlight* est éblouissant de justesse. Ses images, fortes et évocatrices, sont inoubliables.

Ali Cobby Eckermann tisse son intrigue avec élégance, oscille entre tendresse et violence, et entretient un suspense haletant entre le désir amoureux et le tourment de la peur.

L'Île des rêves écrasés

Chantal T. SPITZ

Ce premier roman d'une autrice autochtone de la Polynésie française, publié à Tahiti en 1991, fut encensé mais surtout décrié. La violence des attaques a été à la mesure des désordres que sa lecture a provoqués, à une époque où le conformisme tenait lieu de pensée. Il est depuis un best-seller de la littérature tahitienne. Avec sa voix singulière, Chantal T. Spitz y raconte le destin d'une famille tahitienne sur trois générations, comme un cri d'alarme pour une identité en perdition, un chant d'amour pour ces femmes et ces hommes colonisés dont la liberté et l'égalité restent à reconquérir.

The Visitants

Randolph STOW

Titre original : *Visitants*, traduction de l'anglais Australie, Nadine Gassie

Ce roman brillant, à la construction narrative audacieuse, est d'un modernité absolue. Il parle des tourments humains, aussi bien à l'échelle individuelle que collective, avec une force et une intelligenc vertigineuses.

Avec *The Visitants*, Randolph Stow a remporté le Prix Patrick White le Nobel australien, en 1979.

Le Monde flottant

Nathalie Lemel. Bretonne et révolutionnaire

Frédéric OHLEN

1921. Nathalie Lemel, figure méconnue de la Commune de Paris, ami de Louise Michel, va mourir, dans l'indifférence générale.

Du petit peuple de Paris aux grandes icônes de l'insurrection, de Bres à Montparnasse, de Quimper à la Nouvelle-Calédonie, au fil de cett biographie à rebours, Frédéric Ohlen questionne les limites, le courag et la pureté de l'engagement.

Pina

Titaua PEU

Livre « coup de poing » qui dit les misères contemporaines à Tahit où Pina brosse le portrait d'une Polynésie déchirée où deux monde parallèles se côtoient sans se voir. Tahiti, île des différences q séparent.

Pina *a été publié en version US en août 2022, par les éditions Restless Book traduit par Jeffrey Zuckerman, après avoir été lauréat du concours French Voic – AWARD GRAND PRIZE IN FICTION 2019 aux États-Unis.*

La Femme de Parihaka

Witi IHIMAERA

Titre original : *The Parihaka Woman*, traduction de l'anglais Nouvelle-Zélande, M. Vignc

Quand un professeur d'histoire à la retraite se penche sur le journal d son aïeule, son monde vacille : les mémoires d'Erenora, jeune maor qui vécut de plein fouet les guerres du XIXe siècle menées par le Anglais, sont bouleversantes. Femme libre et rebelle, elle va devo quitter son village de Parihaka et traverser le pays en se faisant pass pour un homme afin de retrouver son amour de toujours.

Teahupo'o. Le Souffle de la vague

Ingrid ASTIER

Teahupo'o, PK 0. Le bout du bout du monde. Sur la presqu'île de Tahiti, la fin de la route est le début de tous les possibles. Chacun vient y chercher l'aventure. Et les plus téméraires, la vague la plus dangereuse du monde. Celle que tout le monde appelle « La Vague mythique ». Pour Hiro, surfeur légendaire du spot, Teahupo'o reste « sa première femme ». Un matin d'avril, l'équilibre de ce microcosme est perturbé par l'arrivée de Taj, un Hawaiien junkie qui pense que tout lui appartient.

Maeva nulle part

MOURAREAU

Tahiti aujourd'hui. Manutahi approche la quarantaine. Avec un regard désabusé il fait le bilan. Après une scolarité écourtée par un internat difficile, il s'était tourné vers l'armée car c'est le seul ascenseur social en état de fonctionner. Sauf qu'il déserte et revient meurtri du Mali. Recueilli par sa famille dont il devient l'obligé, il tente de joindre les deux bouts avec son petit boulot de livreur pour une plateforme en ligne.

Cousines

Patricia GRACE Titre original : *Cousins*, traduction de l'anglais Nouvelle-Zélande, Marie-Laure Vuaille Barcan et Jean Anderson

L'histoire de trois cousines maories qui ne sont pas nées sous la même étoile. Makareta est l'élue, celle sur qui la communauté fixe tous ses espoirs. Missy est l'observatrice, celle qui accepte sa place mais qui continue à avoir des rêves. Mata est la délaissée, l'orpheline, celle qui regarde couler sa vie avec abnégation. Elles se sont pourtant croisées, alors qu'elles n'étaient que des enfants, le temps de quelques journées heureuses chez une tante. Puis, inexorablement, la vie les a conduites sur des chemins bien différents.

Celles de la Bounty

Rowan METCALFE

Titre original : *Transit of Venus*, traduction de l'anglais Nouvelle-Zélande, H. Theureau

Cette histoire a maintes et maintes fois été racontée du point de vue des Européens. Ici, Rowan Metcalfe, ancêtre directe de Mauatua, une des Polynésiennes emmenées sur la *Bounty*, la raconte avec un autre regard, celui des Polynésiens et particulièrement celui des femmes à l'époque des premiers contacts avec les Anglais.

Éditions Au vent des îles
BP 5670 – 98716 Pirae – Tahiti – Polynésie française
mail@auventdesiles.pf — www.auventdesiles.pf

Imprimé en France par Laballery - 402548
Photocomposition : Scoop - Tahiti
1re édition
Dépôt légal 2e trimestre 2024
ISBN 978-2-36734-555-0
© Au vent des îles 2024